대학1

대학1

초판 1쇄 | 인쇄 2023년 10월 13일
초판 1쇄 | 발행 2023년 10월 21일

지은이 | 고광률
펴낸이 | 권영임
편 집 | 조희림, 김형주
디자인 | 사과나무

펴낸곳 | 도서출판 바람꽃
등 록 | 제25100-2017-000089(2017. 11. 23)
주 소 | (03387) 서울시 은평구 연서로22길 16-5, 501호(대조동, 명진하이빌)
전 화 | 02-386-6814
팩 스 | 070-7314-6814
이메일 | greendeer@hanmail.net / windflower_books@naver.com
홈페이지 | https://blog.naver.com/windflower_books

ISBN   979-11-90910-11-8   03810
        979-11-90910-13-2(세트)

값 16,000원

고광률 연작 소설

대학1

허틀러 행장기

도서
출판 바람꽃

사람이 지혜자의 책망을 듣는 것이 우매자의 노래를 듣는 것보다 나으니라

— 전도서 7:5

주요 등장인물

학구 금기태 설립자 겸 이사장. 명예이사장
　금홍설 _ 장녀. 재미 건축가. 건축과 교수
　금상설 _ 아들. 중석대 병원장
　금별아 _ 금기태·홍예란의 딸

　홍예란 _ 마드무아젤 홍. 금기태 내연녀
　허삼평 _ 맏사위. 명예교수 일본 게이오대학 교수 출신

금종태 금기태 큰형
　금상구 _ 첫째아들. 총장. 2대 이사장. 외과전문의. 의대 교수
　금상필 _ 둘째아들. 총장
　금상걸 _ 막내아들. 총장. 하버드대 건축대학원 출신 건축가

금명태 금기태 작은형. 학교법인 상임이사
　금상조 _ 총장. 아들. 의료기기 사업가

금인산 데이비드 금. 구조개혁본부장
　금교필 법무·감사실장(훗날 사무처장으로 보임) 금일도 건축학과 교수
　모용춘 국제교류원장. 전 입학처장
　부상봉 초대 학장, 마구종 초대 총장, 공수달 총장
　우대업 평주시장(官選) 금상구 장인, 허삼평 명예교수 금기태 인척
　도판구 우대업의 처남

조교 우자광

우자광 국어국문학과 조교, 표성일·허삼락(실용문예창작학과로 전보)·정의명·반윤길·기해연·문엽(학과장) 국어국문학과 교수, 금상조 총장

죽은, 어느 교수의 일기

성조기·피도린(딸 피마리·피애리), 문대업·마강철(방통대로 이직)·소대길(모교 Y대로 이직) 불어불문학과 교수
주하영 와인 바 '무몽(MOMENT)' 사장, 어기수 복학생, 심영출 시간강사

우아한 정식

고시철 대학원 학사운영팀장
명경수·성애옥(학과장)·기창국 국어국문학과 교수
김순녀(사설 여성인권보호센터 센터장) 실문창과 교수, 방우득 동문 출신 강사
지종순 박사과정 원생, 이미연(지종순 친구) 비전임 교원

허틀러 행장기

박박(주인공) 강사, 허삼락·김순녀 실용문예창작학과 교수

오, 모세

오모세 사회복지교육원 원장, 식스아츠칼리지(六藝 대학: SAC)의 학장. 수학과 교수
안장생 특임부총장, 소이만 SAC 학장. 역사콘텐츠학과 교수
구해주 사회복지교육원 원장, 견대성(학교법인 기획조정실장) 교수, 묘종팔 교수
우민동 사회복지교육원 행정팀장, 도미정 과장

그때 왜 그러셨어요

동태걸 건설실장, SAC 운영팀장, 엄영숙 SAC 학장. 의상디자인학과 교수
조미정 SAC 운영팀 과장, 서진욱·주명건·손재수: 동태걸 친구

데우스 엑스 마키나

설상구 전 정보통신지원센터 상임운영실장. 입학홍보팀장
구생만 입학처장, 신구창 홍보실장
오미옥 입학홍보팀 계약직 팀원

내 무덤에 침을 뱉어봐

어상군 사무처장

나도군 기획과 계장, 허지란 직원, 이순녀 팀장

조강면 시설관리과장, 동태걸(사무처장으로 승진) 건설실장, 설상구 입학홍보팀장

문엽(교협 회장) 교수, 구해주(성과연봉제 TFT 위원장) 교수

대학 사용법

사비아 외교·통상학과 재학생

음근한 외교·통상학과 교수, 구애정(음근한의 처) 항공운항과 교수

이대팔(본명 임의걸) 중석대 부속병원 레지던트

사삼식 사비아 아버지, 사비아 큰아버지

잃어버린 정의를 찾아서

천정철(중국장仲國將) 미디어센터팀장

소송 주동자 5인방: 하병구·우구업·소만성·주둔수·기병중

이치돈·백지성·어창길·가중섭 교수

임오구 기획처장, 천오두(전국사학교수연대 고문 변호사) 원고 변호사, 서방언 피고 변호사

소송실무지원팀(TFT) 위원: 강갑열(강변) 기획팀장, 안수성 전 사무처장

오동춘 총장 비서실장, 방을구 법인 업무총괄팀장, 추정우 재무팀장

선우경삼 혁신개발팀장, 문신삼 교무팀장, 천정철 미디어센터팀장

구수하 대외교류협력 부총장, 금교필·양구필·어상군·동태걸·안수성 사무처장

공수달 총장

대학1

일러두기 · 004

주요 등장인물 · 007

조교 우자광 · 013

죽은, 어느 교수의 일기 · 067

우아한 정식 · 133

허틀러 행장기 · 191

오, 모세 · 231

발표지면 · 336

대학2

일러두기 · 340

주요 등장인물 · 343

그때 왜 그러셨어요 · 349

데우스 엑스 마키나 · 383

내 무덤에 침을 뱉어봐 · 443

대학 사용법 · 509

잃어버린 정의를 찾아서 · 539

해설 | 교수 사회의 요지경과 난맥상 – 최재봉 · 687

작가의 말 | 대학, 호우지절을 말하다 · 703

발표지면 · 709

이 글은 학구 금기태 선생이 1980년 평주직할시의 배후도시인 소읍 안천에 개교한 학교법인 중일(中一)학원 중석(仲石)대학교의 이야기이다.

조교 우자광

0

저는 중석대학교 인문대학 국어국문학과에 2년째 조교로 근무 중인 우자광(禹子光)입니다요. 조교를 해보신 분이나 조교와 관계되신 분들이라면 얼추 아시겠지만, 학과 소속 행정조교는 정말 하찮은 존재인데, 특히 사립대학에서는 사환(使喚)급으로서 교수들의 따까리에 지나지 않습니다.

국립대에는 이보다 약간 처우가 나은 연구조교라는 게 있다고 하던데, 그 조교는 사립대의 행정조교나 실습조교보다 무엇이 어느 만큼이나 괜찮다는 것인지 저는 잘 모르겠습니다. 모르긴 몰라도 도긴개긴 아닐까요.

학과 아닌 행정부서에도 팀별로 한두 명씩 행정조교들이 있습니다. 이들은 정규 직원 또는 계약직 직원 들이 마땅히 처리해야 할 소관 업무를 돕거나 나눠서 합니다. 하지만 대다수 조교들은 부서 업무 중 일부를 처음부터 통째 담당하거나, 아예 직원 한 사람치의 업무 중 상당 부분을 떠맡기도 한답니다. 이는 직원 수를 줄여서 인건비를 절약하려는 학교 측의 꼼수와, 맡은 일을 줄여서 수고를 덜고 그만큼의 월급을 거저먹으려는 못된 직원들의 꼼수가 맞물린 결과라고 보시면 됩니다.

조교의 근무연한은 통상 2년이고, 임금은 월 85만 원 안팎을 받습니다. 정규직 임금의 3할, 계약직 임금의 5할에 해당하지요. 그러니까 사립대학에서 조교는 꿩 먹고 알 먹고 도랑 치고 가재 잡는 수준을 넘어 살가죽을 발라 먹고 뼈까지 고아 먹는 수준이라고 할 수 있습니다. 그 정도까지는 아니라고요? 당사자인 저는 그렇게 생각해요.

아무튼 조교는 학과 교수들이 각자의 연구실에 앉아 커피를 주문하면 그들의 입맛—교수들의 입맛을 맞추다가 알게 된 사실인데, 믹스커피는 물의 양과 온도 그리고 젓는 회수와 속도 등에 따라 맛이 달라진다—에 맞춰 지체 없이 대령해야 하고, 은행이나 우체국—모두 학교에서 약 2.5킬로미터 떨어진 안천(安川)읍까지 나가야 있다. 이 때문에 학과장은 조교를 뽑을 때 자가용 보유에 가점을 줬다—의 입출금 업무 등 루틴한 심부름을 해야 하며, 교수들의 가정 대소사에도 물심양면으로 참여해야 합니다. 때로는 이삿짐도 나르고 정리해 줘야 하며, 요청이 있을 경우에는 김장을 도와야 하고, 때로는 자녀들의 학원 등하교를 위해 안천에서 평주(平州)직할시까지 운전을 하기도 한답니다. '무차자(無車者)'인 저는 이런 일을 할 수 없어 눈치를 볼 수밖에 없는데 가끔 스트레스를 많이 받습니다요.

소속 교수들, 특히 학과장의 잘못—이를테면 착각이나 착오, 부주의 등으로 잘못 처리되었거나 게을러서 발생한 우발적 행정 사고—에 대한 책임도 뒤탈이 없으려면 흔쾌히 대신 져야 합니다. 이런 것까지 말하고 싶지는 않지만, 특정 학과의 경우에는 조교가 필요한 학생들을 선발·동원하여 교수가 원하는 행사마다 제때제때 투입을 해줘야만 합니다.

무용학과 조교는 이걸 서툴고 둔하게 처리해서 학과장 모친의 팔순 잔치 행사장에서 귀퉁배기를 얻어맞고 고막이 터져 학교가 잠시 시끄러웠던 적도 있습니다. 뺨을 들이대야 했는데, 고막을 들이댄 것이죠. 그 조교는 상한 고막보다 학과장 지시로 보름 동안 연습한 독무(獨舞)를 못 추게 된 것을 못내 아쉬워했답니다.

하지만 교수님들은 신분과 지위가 절대적으로 높으신 분들인지라, 때린 교수보다 뺨조차도 제대로 맞을 줄 모르는 조교에게 주의—즉 입단속을 철저히 하라—를 주는 선에서 매듭을 지었답니다. 어쨌든 교수들이 치는 사고는 신기루 같아서 경중을 떠나 보통 한 달 안쪽이면 사고 자체가 사라지고 맙니다. 쪽팔린다, 황당하다, 억울하다, 더럽다, 치사하다, 좆같다…… 뭐 이런 사치스러운 감정에 빠지면 조교 생활을 할 수가 없습니다.

학과 교수들은 각자가 조교 한 사람만을 상대하기 때문에 몸종인 양 부담 없이 부릴 수 있지만, 조교는 즉 저만해도 여섯 명의 개성 넘치고 까탈스럽고 자유분방하고 권위적인 교수님들을 모셔야 하기 때문에 잔심부름의 양은 물론이요 스트레스가 장난이 아니랍니다. 또 교수들 서로 간에 반목과 갈등이 발발할 경우, 누구의 추천을 받았느냐, 누구—지도교수—의 새끼냐, 어디서 왔느냐 등의 출신성분까지 문제가 될 수 있어서 살얼음판을 걷듯이 눈치를 잘 살펴 유의해야 합니다. 이런 경우, 평소 근본 없는 조교로 타박받아온 타과 출신이 되레 자유로울 수 있습니다.

학위과정 중에 있는 조교는 정신을 바싹 차리고 초지일관, 불철주야, 일사불란한 충성심을 보여야 합니다. 그렇지 않으면 학위논문 통과 또는 시간 강의가 한순간에 날아가 버릴 수도 있기 때문이지요.

또 남자의 경우는 해당 사항이 적겠으나, 여자의 경우—자신의 얼굴과 몸매와 매력에 나름의 자부심을 느낀다면—에는 교수들과의 '감정적 거리두기'를 요령껏 잘해야 합니다. 햇병아리를 순식간에 통째 잡아먹는 매, 아니 악어 같은 교수들이 더러 있기 때문이지요.

어쨌든 조교는 군대에서 방위가 필요하듯이 대학에서 반드시 필요하고 유익한 존재임에도 일회용 소모품 취급을 받습니다. 그런데 저는 이런 수준의 위상과 역할을 뛰어넘어 학과를, 아니 어찌 보면 중석대를 위기

상황으로부터 구해낸 구교적(求校的)인 공을 세웠는데도 되레 그 때문에 소모품도 아닌 폐기용품으로 처리되고 말았습니다.

무슨 일이 있었냐고요? 바로 그 애끓는 사연을 토로하고자 이 글을 쓰는 것입니다. 혹자들은 이 글을 읽으면서 이건 소설이네, 이게 어떻게 사실이겠어, 라는 합리적 의구심이 드실 수 있습니다. 이 일의 당사자인 저역시 그 이상의 의구심이 들었으니까요.

앞서 장황하게 조교의 위상과 처지를 말씀드린 것은 학교 측에 대고 억울한 사연을 하소연하기—선처까지는 언감생심이고—가 쉽지 않다는 것을 납득 드리기 위해서였는데, 납득이 되실지 모르겠네요. 결국 하소연할 상대와 방법—학교에 탄원을 한다고 해도 받아줄 것 같지 않고, 그렇다고 해서 언론에 기사화시키거나 법적 다툼으로 갈 일은 아닌지라—을 찾지 못해 전전긍긍하던 저는 어쩔 수 없이 이 황당무계한 사연을 소설화하여 발설, 아니 폭로할 생각을 하게 되었습니다.

이 사건은 1994년 3월 중순부터 이듬해 2월 사이에 안천의 중석대학교에서 벌어진 일이고, 여기에 등장하는 단체나 인물들은 모두 실재한다는 사실도 밝혀둡니다.

1

노란 개나리꽃과 흰 벚꽃이 쪽빛 하늘과 색을 다투며 흐드러지게 핀 춘삼월이다. 파리 개선문을 조악하게 카피한 교문과 칙칙한 블록 담장을 경계로 밖으로는 개나리꽃이, 안으로는 벚꽃이 세 싸움을 하듯이 어지러웠다. 여기에 새 학기 개강에 맞춰 꽃단장을 한 남녀 학생들과 꽃구경 나온 상춘객들이 송충이 같은 버들개지 위에서 뒤섞였다.

우자광은 안천 읍내 우체국을 들렀다가 학생회관 안경점에서 극세사 안경닦이 천을 얻어—둘 다 표성일 교수의 심부름이었다. 학과 근로학생을 시켜도 될 일이었으나, 상주하는 학생이 아닌지라 줄창 학과사무실에 있지 않았고, 표 교수처럼 성미 급하고 까탈 맞은 교수가 지금 당장 하라는 지시를 내렸을 경우에는 지체 없이 이행해야만 했다—학과사무실로 바삐 돌아가던 중에 걸음을 멈췄다.

자차(自車)가 없는 우 조교는 우체국 심부름을 할 때마다 대중교통을 이용해야 했다. 안천읍 터미널까지 운행하는 셔틀버스가 있지만, 운행 간격이 1시간인지라 조교를 사노(私奴)로 아는 표 교수의 심부름을 할 때는 도움이 안 됐다.

늙은 벚나무 꽃 피었네 노후의 추억이런가(姥 桜 咲くや 老後の 思ひ出)

벚꽃맞이 이벤트로 총학생회가 배너에 내건 마쓰오 바쇼(松尾 芭蕉)의 하이쿠였다. 한물간 중년 여성이 아름다움을 한껏 뽐냈다는 뜻이 아닐까 싶은데, 이런 걸 알고 선정했나 싶었다. 알았다면, 안천읍 아주머니들이나 학부모들을 배려한 선정이라 할 수 있었다.

하이쿠를 새긴 수십 장의 배너가 10여 미터에 달하는 벚나무 길 양쪽에서 만장인 양 펄럭이고 있었다. 잘 찾아보면 벚꽃을 찬미한 우리 시들도 많이 있을 터인데 굳이 하이쿠로 멋을 부릴 필요가 있나, 라는 생각을 하며 바삐 걷던 우 조교가 갑자기 걸음을 멈췄다. 처음 보는 대자보 때문이었다. 전지 크기의 대자보 두 장이 학생회관 측벽에 붙어 있었다. 곳곳에 시뻘건 색으로 밑줄을 그은 대자보였다.

파란색 매직펜으로 덧칠한 '친애하는 국문과와 중석대 학우 여러분께'라는 제목을 달아 붙이고, 여섯 가지 항목으로 요약한 학과생들의 주장이 적혀 있었다. '학위 없는 무자격자 임용', '임용과정에 부정', '부적절한 과거 행적', '중복 전공 선발', '실력 없는 사이비 교수' 등에 붉은 밑줄이 굵게 그어져 있었고, 게시물 작성일은 단기 4327년이고, 작성 주체가 '백두에서 한라까지 녹두의 기운을 아우르는 들불 기상 중석대 국어국문학과 학생회 임원 총일동'이라고 명시되어 있었다.

오문(誤文) 천지인지라 의역을 해가며 읽은 우 조교는 손수건을 꺼내 뺨과 가슴골로 흘러내리는 땀을 닦아냈다. 국문과 대자보가 맞나 싶었다.

지난 학기에 새로 온 허삼락 교수의 임용과정에 대한 의혹과 부당성을 고발·폭로하는 대자보였다. 자광은 오문으로 된 선동 문구가 가득 찬 대자보를 일별하고는 적시된 의혹의 소스가 어디에서 누구로부터 나온 것인지 단박에 알 수 있었다.

자광은 빠진 새끼손톱처럼 길바닥에 널린 벚꽃 잎들을 지르밟으며 학과사무실로 향하던 발걸음을 행정동 겸 강의동으로 사용하는 '에밀관' 쪽으로 돌렸다.

"총장님을 뵈러 왔는디요……."

무단 침입한 잡상인 모양 비서실 문을 빼꼼히 열고 들여다보던 자광이 너스레를 떨듯 말했다.

대학의 총장은 흔한 반장이나 통장 레벨이 아닌지라, 사전 예약 내지는 통지를 하고 찾아오는 것이 마땅했다. 그러나 자광은 일개 조교라고 하지만 금상조 총장과는 나름의 인연이 있고, 또 이를 비서실장과 직원들이 익히 알고들 있는지라 돌발 방문이 허용됐다.

"우리 우 기자님. 오랜만이네요. 우짠 일로……?"

결재서류를 들여다보던 비서실장이 벌떡 일어나 악수를 청하며 너스레를 떨었다. 둘이 만담을 하는 것 같았다.

자광은 총장과 고교 선·후배 관계라는 비서실장과도 안면이 있었다.

그래도 현직 조교인데 과거의 기자 대접을 받는 것 같아 쑥스러웠다.

총장과 비서실장은 우자광이 대학원생으로 조교가 된 뒤에도 계속 기자라고 불렀다. 예우라기보다는 한번 해병은 영원한 해병이듯이 중석대와 한 번이라도 연을 맺은 기자는 VIP로서 영원한 관리 대상이었다. 무슨 사연이 있는지 기자를 호환 마마보다 더 두려워하는 금기태 이사장의 엄명이었다.

우자광은 조교로 오기 전, 정확히 말하자면 박사과정에 입학하기 전, 학부 졸업 후 1년 6개월가량 지방지 '평주신보'에서 기자 생활을 한 적이 있었다. 그때 중석대 동문 출신 기자로서 맺은 인연이었다. 다행히 결재나 면담 대기자가 없어서 총장과의 면담이 곧바로 가능했다.

"총장님. 힘드시겠습니다요?"

우 조교가 총장에게 눈웃음을 지으며 말했다.

"……?"

금 총장이 의아한 표정으로 손아귀에 쥔 호두 두 알을 깨부수듯이 빠드득 빠드득 비벼대며 딴청을 부렸다. 역시 사업가 출신인지라 표정관리가 빼어났다.

"대문짝만 한 대자보가 붙었던디, 아직 보고를 못 받으셨나 봐요?"

"무슨 대자보?"

내친김에 계속 시치미를 뗄 요량인 것 같았다. 그러나 빠드득 빠드득, 으깨버릴 듯이 호두알을 비벼대는 소리가 불안하고 불편한 심기를 대변해 주고 있었다. 신경전을 벌일 문제가 아닌지라 자광이 대자보 내용을 간추려서 얼른 보고했다.

이미 다 알고 있어서인지, 딴생각을 하고 있어서인지 뚱한 표정으로 보고를 듣는 둥 마는 둥 한 금 총장이 인터폰을 들어 비서실장을 불렀다. 그러고는 직접 달려가서 대자보 전문을 그대로 베껴 오든지 뜯어 오라고 비서실장에게 지시했다. 모르고 있어서라기보다는 학생과로부터 이미 받은 보고와 자광의 보고 사이에 뭔가 차이점이 있다고 생각하는 것 같았다.

금상조 총장으로서는 허삼락 교수 임용 반대 시위가 단순한 학과 분규 차원의 문제만이 아니었다. 그러니까 비유하자면 포탄 심지에 불이 붙은 것이나 다름없었다.

금 총장은 심지에 당긴 불을 끄지 못한다면 심지의 길이에 따라 폭발 시기만 길거나 짧아질 뿐 끝내 터져버릴 터인데, 그렇게 되면 그 파괴력을 무시할 수 없다고 생각했다. 우선 총장 자신이 피해자가 될 수 있었다. 아무튼 금 총장으로서는 터졌을 경우를 대비해 방호벽을 쌓기보다는—방호벽으로 해결될 문제가 아니었다—심지에 붙은 불을 빨리 끄거나 포탄 자체를 해체해 버리는 것이 안전하고 현명한 방법이었다.

"허락만 해주신다면…… 제게 해결할 방도가 있습니다만……."

표성일 교수 심부름 때문에 시간에 쫓기는 자광이 엉덩이를 들썩이며 도치법으로 말했다. 표 교수의 막말과 극언은 정말 듣기 싫었다. 심부름이 늦어지면 이성을 잃는 사람이었다.

"네가?"

반신반의하는 물음이었다. 일찍이 학부 때부터, 아니 그 이전인 전당포 사환을 할 때부터 자광과 알고 지낸 금 총장은 둘만 있는 자리에서 곧잘 '너'라고 칭하며 편히 하대했다. 자광은 어떻게 대하건 괘념치 않았다.

자광이 미소로써 답했다. 맡겨달라는 뜻이었다.

"자네가 그래 준다면야 좋지만……."

이심전심이라고, 침묵과 미소의 뜻을 간파한 금 총장이 "할 수 있겠어"라며 어정쩡한 태도로 물었다.

"그럼요."

자광은 자신 있게 답을 하고는 여비서가 가져온 커피를 원샷했다. 그러고는 뭔가 할 말이 있는 양 쭈뼛쭈뼛하는 금 총장을 뒤로 하고 서둘러 총장실을 나와 학과사무실을 향해 뛰었다. 시간을 지체하다가 표 교수에게 봉변을 당하기 싫었다.

돋보기안경을 이마에 걸친 비서실장이 학생회관 벽에 들러붙어 대자보 내용을 수첩에 베끼다 말고 뛰어가는 자광을 힐끔 바라다보며 손을 흔들어 보였다. 총장과 친해서 받는 '혜택'이었다.

"표 교수님이 개난리가 났어요. 돈을 벌어오라고 시킨 것도 아니고, 수천만 원을 찾아오라고 한 것도 아니고 돈 5만 원을 찾아오라고 보냈는데, 그 새끼가 왜 여태 안 오느냐며 소리소리를 개지르다가 가셨어요."

얼마나 족쳐댔는지 학과사무실을 지키고 있던 근로학생이 자광을 보자 '개'자를 접두어로 오남용하며 어쩔 줄 몰라 했다. 대자보를 보고 총장실에 들르느라 25분가량 지체됐다고 해서 엄한 근로학생을 잡아 족친 것이다.

근로학생이 표 교수의 이런 만행을 처음 맛본 것 같았다. 표 교수의 잦은 만행에 이골이 난 자광은 근로학생에게 통장과 5만 원 현금과 극세사 안경닦이 천을 건네주며 어서 가서 전달해 주라고 했다. 꼭지가 돈 그와 대면하고 싶지 않았다.

욕설에 질렸는지, 죽상을 하고 버티는 근로학생의 등을 떠밀어 내보낸 자광은, 허삼락 교수의 강의시간표를 확인하고 세 개 층 위에 따로 떨어져 있는 그의 연구실로 올라갔다.

기존 학과 교수 다섯 명의 연구실은 남향을 한 3층에 나란히 붙어 있었으나, 허 교수의 연구실은 통행량이 많은 6층 중앙 계단—인문학동인 '위고관'에는 승강기가 없었다—과 붙어 있었다. 오가는 학생들의 발소리와 잡담으로 상시 시끄러운 위치였다. 3층에 빈 연구실이 있었으나, 학과 교수들의 반대와 허 교수 본인의 뜻에 따라 6층에 자리 잡은 것이다.

자광은 허 교수 연구실 앞에서 담배연기에 욕지거리를 섞어가며 떠들고 있는 학생들을 밀쳐내며 주의를 주고 방문을 노크했다. 잡담 소음 때문인지 몇 차례 노크를 반복하고 나서야 허 교수의 기척을 느낄 수 있었다.

허 교수는 일주일에 이틀 배정된 교양과목 6시간 강의가 전부—학과 전공 강의는 배제했다—였으나, 강의 유무 또는 강의시간을 떠나 꼬박꼬박 오전 9시에 출근해서 오후 5시에 퇴근했다. 왕복하는 시계추처럼 출퇴근할 때마다 학과사무실에 얼굴을 내밀었다. 조교에게 출퇴근 도장을 찍어 근무 근거를 남기려는 것 같았다.

임용된 지 한 달이 지났지만, 허 교수의 연구실을 방문하기는 처음이었다. 다섯 명의 교수들이 한통속이 되어 같은 교수로 인정하려 들지 않을뿐더러 몰아내려고 혈안이 되어 있는 허 교수를 조교 따위가 함부로 만나고 다닐 수는 없었다.

생담배를 물고 있는 허 교수와 마주한 자광은 그의 연구실이 6층에 따로 떨어져 있어 다른 교수들의 눈에 띌 걱정이 덜해 다행이라는 생각이 들었다.

"오, 우리 우자광 기자. 아니, 우자광 조교님. 자네가 내 방엔 웬일이신가?"

과장된 제스처로 의자에서 벌떡 일어선 허 교수가 너스레를 떨며 자광을 격하게 반겼다. 마치 십년지기나 이산가족을 맞이하는 태도였다.

그의 과장된 표정과 달리 담배연기로 꽉 찬 어두침침한 연구실은 난민의 임시숙소인 양 어수선하고 썰렁했다. 북향이라 빛이 귀했고, 담배연기에 찌든 벽은 습기로 곰팡이가 슬었으며, 학생들이 떠드는 소음으로 시끄럽기까지 했다. 개강을 한 지 5주가 지났는데, 먼지 낀 책장은 텅텅 비어 있었고, 연구실이면 공통으로 지급되는 비품마저 없었다. 하기야 행정 절차를 밟아 챙겨줘야 할 우 조교가 챙겨준 것이 없는데 뭐가 있을 수 있단 말인가. 머쓱한 표정을 지은 자광은 하릴없이 손바닥을 비비며 창틀걸이 위에 놓인 난 화분을 바라봤다.

祝 중석대학교 국어국문학과 전임교수 부임
75년 역사의 民族代表聖紙 東明日報 평주·중부 총괄지국장 馬平度

리본을 보니 축하 화분이라기보다 동명일보 홍보용 화분 같았다.
"자, 이거라도 마셔."
생담배에 불을 댕긴 허 교수가 파이프 의자에 걸터앉아 리본을 바라보고 있는 자광에게 종이컵을 내밀었다. 허 교수가 직접 탄 믹스커피였다.
허 교수도 자광에게 하대했다. 자광이 지역 신문사인 평주신보에서 1년 6개월 동안 기자생활을 한 적이 있기 때문에 자신이 언론계 대선배라고 주장했다.
"제게 몇 가지만 약속해 주시면, 허 교수님의 어려움을 해결해 드릴 수도 있는데……."
자광은 개문발차 하듯이 본론으로 직행했다. '격리 공간'으로 규정한 허 교수 연구실에서 오래 지체할수록 위험도가 높아질 수 있기 때문에 시간 끌 필요 없이 용건을 빨리 꺼내는 것이 좋았다.
"내가 뭐, 뭘 약속해 주면 되는가, 요?"
미끼 같은 말이었으나 이것저것 가릴 처지도 아니고, 워낙 중차대한 내용인지라 자세까지 고쳐 앉은 허 교수가 즉각적인 반응을 보였다. 이미 출발한 차에 뛰어오르려니 어쩔 수 없었을 것이다.
"어려운 약속은 아니고요……."
대수로운 것이 아니라는 듯 말했다.
"그래, 어서 말해 보게나. 뭔가?"

뜸을 들인다고 생각했는지, 아니면 생각이 바뀌면 어쩌나 싶었는지 다그치듯 재촉했다. 자광이 요구하면 통장을 털어 돈이라도 내 줄 태세였다.

자광은 몇 가지 약속을 말하기 전에 그 약속과 관련된 자신의 입장과 심경을 피력해야만 할 것 같았다. 그래야 허 교수를 돕는 데 대한 불필요한 오해가 없을 것이고 뒤끝도 깔끔하지 않겠는가.

나붙은 대자보를 봤다. 대명천지에 허위 사실이 적시되어 있어서 유감이다. 내용이 근거가 없는 의견뿐이다. 중석대 국문과의 수치다. 둘만 있어서 하는 말인데, 국문과가 허위 사실에 입각한 교수들 간의 이권 다툼에 학생들까지 끌어들여 자중지란에 빠진 데 대해 부끄러움과 자괴감을 느낀다. 동문 출신 조교로서 더 이상 망신살이 뻗치고 위상이 실추되는 것을 좌시할 수 없다. 명색이 한때 진실과 정의를 다뤘던 기자가 아닌가.

자광은 이렇게 설을 풀어 자신이 개입하는 데 따른 대의명분을 밝히고는, 현재 겪고 있는 일을 더 이상 지역사회 인사, 특히 언론 관계자들에게 세세히 하소연하고 다니지 말 것, 학과 교수 다섯 분에 대한 뒷조사를 즉각 중단할 것, 이 사태가 해결된 이후 어떤 행태로든 보복행위를 절대 하지 않을 것. 특히 정의명 교수에게 해코지하지 말 것 등을 약속해 주는 것이 조건이라고 했다.

이번 사태의 발단은 정의명 교수였다. 철없고 소심한 정의명과 허삼락의 전공이 같았다. 둘 다 현대시를 전공한 시인이었는데, 정 교수는 중앙 문단에서 노는 자칭 메이저급이고 허 교수는 지방 문단에서 노는 타칭 마이너급이었다. 성격으로 치면 정이 양(羊)이라면, 허는 하이에나였다. 평주신보 기자로 있는 우자광을 들쑤셔 학교로 들어와 자신의 '수제자'가 되어달라고 한 사람이 정의명 교수였다.

"그 약조를 어떻게 해주면 되겠나?"

손가락이라도 자를 것처럼 결연한 표정을 짓던 허 교수가 다탁 위에 놓인 펜과 종이를 끌어당기며 말했다. 당장 서약서라도 써 줄 태세였다.

"교수로서, 어, 언론······ 아니 교수로서의 명예를 걸고 해주시면 됩니다."

하마터면 '언론계 선배'라고 할 뻔했다. 그는 한때 지역 언론계의 소문난 하이에나였다.

"그러지. 내 교수로서의 명예를 걸고, 해병대 166기 사나이로서의 명예를 걸고······ 녹음해도 돼."

"해병대는 빼시지요."

자광은 군 면제자였다. 자광이 식은 커피를 마시는 동안 스트레스로 피골이 상접한 허 교수가 자신의 절박한 심경과 입장을 밝히며 약속은 반드시 지킬 것이라고 거듭 맹세했다.

그러고는 눈알에 잔뜩 힘을 주며 덧붙이기를 쥐도 궁지에 몰리면 고양이를 문다고 말했다. 혼자 죽지는 않겠다는 결연한 의지의 표명이자 협박성 경고 같았다. 하이에나의 이빨을 드러낸 것이었으나, 자광은 절박한 심경 고백 내지는 격려로 알아들었다. 허 교수가 자신의 각오를 교수들에게 꼭 전해 달라고 했으나, 자광은 그럴 생각이 없었다.

자광은 다 마신 종이컵을 구겨 든 채 자리에서 일어섰다.

"우 조교. 자네도 기자 출신이 아닌가. 잘 알다시피 나도 기자 출신일세. 기자가 쉽게 죽지는 않잖나? 살려주게. 내가 살면, 자네를 반드시 교수로 만들어줌세. 내게 그만한 힘이 있으니 믿어보게."

허 교수가 돌아서 나가는 자광을 붙들어 세워놓고 말했다. 살려달라는 말이 듣기 민망했으나 이 또한 격려사로 알아들었다. 그러나 뒤에 말은 웬 헛소리인가 싶었다.

"자네, 교수되려고 학교로 돌아온 거잖아?"

앞서 이 일에 개입하는 자신의 입장을 분명히 밝힌 자광인지라 허 교수의 감언에 몹시 비위가 상했으나 대꾸 없이 조용히 문을 열고 나왔다.

그는 메이저 중앙지 동명일보의 평주 주재기자 출신이었다. 다섯 명의 학과 교수들이 일심동체가 되어 문제 삼는 것이 바로 그 주재기자 시절에 저지른 부적절한 행위들 때문이었는데, 이를 모르는 것인지, 알고도 모르는 척하는 것인지, 아니면 알고도 배짱을 부리는 것인지 알 수 없었다.

2

지붕만 고딕 양식을 본 뜬, 그래서 마치 방공복에 삼중 교황관을 쓴 것 같이 어쭙잖은 중앙감리교회—반 교수가 장로 직분으로 있는 교회였다— 진입 계단에 쭈그리고 앉아 있던 우 조교는, 어둑한 골목 입구에서 그림자를 앞세운 채 어기적대며 걸어 나오는 반윤길 교수를 알아보고는 냉큼 일어나 엉덩이를 털었다. 그러고는 피우던 담배를 대리석 계단 옆 화단 안쪽으로 던지고 고개를 숙여 인사했다. 이 불경한 짓을 본 반 교수가 인사를 받지 않고 인상을 찌푸렸다.

초·중·고교 교사를 거쳐 대학교수가 된 반 교수는 신앙과 예의범절에 민감했다. 볼 일이 있으면 반드시 대면해야 했다. 전화로 일을 처리하려 했다가는 버르장머리 없는 놈이 되어 경을 치렀다.

"교회가 팔리지 않아서 걱정이네."

자광이 다시 한번 인사를 건네자 데면데면한 표정으로 인사를 받는 둥 마는 둥 한 반 교수가 화단 쪽을 힐끔 쳐다보며 말했다. 미처 불이 꺼지지 않은 담배꽁초에서 연기가 모락모락 솟았다.

반 교수가 불쑥 딴소리를 꺼낸 것은 자광이 왜 자신을 보자고 했는지 짐작하고 있다는 뜻이었다. 만약 그렇지 않았다면 나오지도 않았을 것이고, 나왔다고 해도 그 즉시 왜 불렀느냐고 닦달을 쳤을 것이다. 도둑이 제

발 저리다는 속담이 왜 있겠는가.

수요일 저녁예배 시간이었으나 불이 꺼진 교회 안팎은 철거 지역인 양 조용했다. 안 그래도 왜 예배 중인 교회 앞에서 만나자고 하나 싶었는데, 진즉에 매물로 내놓은 빈 교회였던 것이다.

반 교수는 전도를 하려는 것이 아닐 터인데, 무슨 속셈인지 교회 얘기를 계속 이어갔다. 하기야 강의시간도 절반 이상을 하나님 찬양으로 봉헌하시는 분이 아니던가. 신도심이 개발되면서 원도심이 죽었는데 신도들도 재테크 차원에서 신도심으로 봇물 빠지듯이 이주를 했다고 했다. 좀 괜찮게 산다 싶은 신도들은 다 이사를 갔고, 원룸 사는 젊은이들과 은퇴한 노인네들만 남게 되어서 결국 교회도 신도들을 따라 신도심으로 이사를 할 수밖에 없었다는 것이다.

감리교회 장로인 반 교수가 구도심 교회를 버리고 살림살이가 나은 신도들을 뒤쫓아 교회를 이전할 수밖에 없었던 이유를 시시콜콜 꽤 길게 설명했다. 교회가 팔리지 않아 큰 걱정이라고 또 덧붙였다.

그는 성경책을 두 손으로 감싸 가슴팍에 껴안고 있었다. 용건을 마치는 대로 신도심으로 이전한 교회에 가서 예배를 드려야 한다고 했다. 얘기를 나눌 시간이 없다고 하면서도 교회 얘기를 중언부언한 것이다. 교회 매각 문제에는 어떤 도움도 줄 수 없는 자광은 가슴팍에 양손을 가지런히 모아 쥔 채 반 교수의 설교인지 전도 목적인지 모를 긴 설명을 진지하게 경청했다.

아무튼 커피숍도 쌔고쌨건만 안천읍에서 평주 시내까지 나온 조교를 폐쇄한 자기 교회 앞에 세워놓고 부동산 시장 침체를 하소연해 대는 반 교수가 밉살스럽기도 하고 이해되지도 않았다. 아마도 커피 값을 아끼려고 이러는 것이 아닐까 싶었다. 이런 분이 헌금은 풍덩풍덩하신다고 자랑을 하니 주님의 은혜로다 싶었다.

"허삼락 교수님이 반 교수님에 대해서 많이 알고 계시던데요."

교회 얘기는 충분히 들어줬으니, 자광도 볼 일을 봐야 했다. 뭔지 모를 두려움을 직감한 반 교수가 자기 보호본능에 따라 계속해서 딴소리를 해대고 있다고 판단한 자광이 부러 거칠게 용건을 꺼냈다.

"그, 그럼, 서로 잘 알지. 허 교수와 내가 같은 평주 토박이잖아. 동명일보 주재기자 시절에도 잘 알고 지냈던 사이야."

반 교수가 동문서답으로 천진난만하게 반응했다. 허 교수와의 친분을 자랑하는 말같이 들렸다. 겁이 많은 사람이었다.

자광은 반 교수가 뼈 있는 말을 물렁하게 받으니 당황스러웠다.

"아, 가까우신 사이셨구나. 그런데 허 교수님은 반 교수님께 심하게 서운해하시던데……."

다소 완곡히 표현했으나, 실수했다는 생각이 들었다. 학과에서 묵시적으로 금지한 허삼락 교수와의 만남을 자백한 꼴이 되고 만 것이다.

"나한테, 왜?"

허 교수의 표적이 됐다고 생각한 때문인지, 눈을 동그랗게 뜬 반 교수가 의외라는 듯이 물었다. 자광은 '그걸 네가 어떻게 알아'라고 물어보지 않은 게 다행이다 싶었다.

"학과의 원로이자 좌장이시고, 사적으로는 막역한 사이인 반 교수님이 자신을 도와주기는커녕 몰아내려는데 앞장서 있으신 것 같다고……."

자광은 허 교수가 빙의한 양 거침없이 내질렀다.

반윤길 교수는 학과 서열 1위인 상왕(上王)이었다. 그러나 학벌은 물론이요 뚜렷한 전공—수필가 자격으로 소설을 담당했다—과 리더십이 없어 학문적으로나 학과 운영에 있어서 실세가 아니었다. 눈치를 보다가 다수결에 휩쓸려가고 마는 스타일이었다.

"그건 오해야, 이 사람아. 아니, 허 교수가 나를 그렇게 오해하고 있단 말이얏?"

"예."

자광이 반 교수의 너스레를 무지르듯 단호히 답했다.

"왜?"

"그건 제가 모르겠고요, 아무튼 이대로 혼자 죽지는 않으시겠답니다요."

잽 같은 어퍼컷을 날렸다.

"그게 무슨 소리야? 왜 죽어? 아니 누가 죽어? 누굴 죽여? 내가? 허 교수를······?"

놀란 반 교수가 고장 난 인형처럼 제어를 못했다.

"대자보 안 보셨어요?"

"대, 대자보? 무슨 대자보?"

"저라도 대자보를 보면, 교수들이 한통속이 되어서 자신을 죽이려고 이러는구나, 라고 생각하겠던데요."

자꾸 빤들대며 엉뚱한 질문을 반복하는 반 교수에게 쐐기 박듯 말했다.

"얘가 지금······."

'감히 나를 협박하는 거야?' 라는 말이 하고 싶은 것 같았다.

"학생들이 써 붙인 대자보를 보니까 허삼락 교수는 박사학위도 못 딴 무자격자이다, 라는 내용과 학교법인을 협박해서 교수 자리를 얻어냈다는 내용이 있던데요. 이게 다 인사 기밀 아닌가요? 누군가 까발린 것이 아니라면 학생들이 이런 걸 어떻게 알 수 있겠어요? 그리고 누군가가 까발린 것이라면, 법인이 까발렸겠어요? 그렇다면 학생들이 누구에게 듣고서 그런 걸 알았겠어요? 딱 하면 척 아닌가요······ 아니, 그런데······ 허 교수님은 진짜 박사학위가 없는 거예요?"

자광이 반 교수를 슬슬 코너로 몰아가며 능청스럽게 물었다. 상식적으로 박사학위도 없는 사람을 어떻게 정규직 전임조교수로 임용할 수 있겠는가. 건너편에 있는 손님을 태우려고 불법 유턴한 택시 전조등이 반 교수를 비췄다. 난감해하는 기색이 전조등 빛에 고스란히 드러났다.

반 교수가 임용된 1981년에는 석사과정 중이어도 전임강사—즉, 전임교원—임용이 가능했다. 반 교수도 그렇게 시작했다. 심지어 수필가가 소설 전공 교수가 된 것이다. 그러나 1994년인 지금은 박사학위는 기본이고, 적어도 강의 경력이 5년 이상은 되어야 전임이 될 수 있는 필요조건을 갖췄다고 할 수 있었다.

"그, 글쎄, 그건…… 나도 잘 모르겠고……."

반 교수가 오리발을 내밀었다. 자광은 이래서 반 교수가 싫었다. 명명백백한 사실도 자신에게 득이 될 것이 없다 싶으면 즉각 입을 다물거나 부인했다. 그가 생각하는 실리 앞에서는 진리나 사실이나 진실은 물론이고, 체통마저도 똥친 막대기만 못했다. 그러면서도 장로님이라니…… 믿어지지 않을 때가 많았다.

"허 교수님이 자신의 학위증명서 원본을 제게 보여주면서 반 교수님은 어떻게 해서 학위를 받게 되셨는지 아느냐고 묻던데요. 그걸 제가 어떻게 알겠어요. 그런데 대체 그 말이 무슨 뜻이에요?"

자광은 좀 더 몰아붙였다.

"뭐, 뭘? 뭘 아느냐고……?"

반 교수가 드디어 심하게 말을 더듬었다.

"저는 모르지요."

자광은 슬쩍 때리고 얼른 빠졌다.

"아니 자, 잠깐! 그런데 너는 왜 나를 붙잡고 이런 말을 하는 거야? 허, 허 교수가 시킨 거야?"

반 교수가 뒤늦게 무슨 눈치를 챈 것인지, 아니면 궁금했던 것을 묻는 것인지 알 수 없었다. 몹시 당황하는 것은 틀림없어 보였다.

"저도 생각이 있는 사람인데, 학과의 모든 교수님들과 학생들이 일사

분란하게 나서서 허 교수를 몰아내려고 하는 마당에 뭣 때문에 눈치 없이 허 교수 입장을 전하러 다니겠어요?"

자광이 정색을 하며 시치미를 뗐다.

"몰아내려고 하는 건 아니지……."

그러면서도 반 교수가 고개를 끄덕였다. 자광의 말을 부정하지 않는다는 뜻 같았다.

"저는 다만, 허 교수님께서 제게 하신 말씀 중에 반 교수님이 어떻게 해서 학위를 받으셨는지 잘 안다고 하기에 그게 도대체 무슨 뜻인지는 모르겠지만…… 그래도 반 교수님께 무슨 해코지라도 하시려고 저런 뜬금없는 말을 하는 게 아닌가 싶어서…… 그걸 알려드리려고…… 이렇게……."

드디어 올무까지 걸었다.

"나, 나는 학위 있어. 정상적으로 땄다고…… 왜? 내가 학위를 안 땄대? 학위가 없대?"

뒷걸음질만 치다가 급기야 올무에 걸린 반 교수가 버둥거리며 자광에게 따지고 들었다. 자광은 지금 만담을 하고 있나 싶었다.

"아무튼 교수님. 이판사판 입장이신 허 교수님은 교수님과 붙어도 손해가 될 게 없겠지만, 허 교수님이 교수님을 붙들고 늘어지기라도 하는 날이면 낭패이실 것 같은데요. 그러니까 이런 싸움에서는 교수님 안전을 위해서라도 얼른 빠져나오시는 게 좋지 않나요? 도망치는 쥐도 막장에 몰리면 돌아서서 고양이를 문다잖아요."

허 교수가 반 교수를 타깃으로 삼을 수도 있다는 전언이었다.

"그래서 자네 생각이 뭔가?"

호칭이 '얘'에서 '너'로, '너'에서 '자네'로 바뀌었다.

허 교수의 공갈이 허튼소리는 아니었던 것 같았다. 반 교수의 박사학위

취득 과정에 흠결이 있고, 이를 허 교수가 알고 있다고 봐야 했다.

"교수님이 학과의 어른이시니까, 교수님께서 해결책을 찾으셔야지요."

자광이 반 교수를 만나 결론적으로 해야 할 말을 건넬 차례였으나 뜸을 들였다. 섣부르게 말을 꺼냈다가는 오해를 받을 수도 있었다.

"알겠네. 내가 앞장을 서보지. 어떻게 하면 되겠나?"

그러면서 반 교수는 금 총장으로부터 닦달을 당해 이미 학과 교수 회의를 다섯 차례나 열어 대책을 논의했고 공동 합의를 결의한 바 있다고 했다. 결의의 골자는 학생들이 써 붙인 대자보 내용이 터무니없는 소문이니 그걸 믿고 경거망동해서는 안 된다는 것이었다. 그런데도 소문이 안 없어지고, 대자보까지 나붙은 걸 나보고 어쩌라는 것이냐고 따졌다. 자신도 안타깝고 답답한 심정이라며, 이 일을 촉발한 정의명 교수가 원망스럽다고 했다.

자광은 순진한 건지, 멍청한 건지, 아니면 딴청을 부리는 것인지 알 수 없었지만 한 귀로 듣고 한 귀로 흘리며 말했다.

"교수님들이 모이면 그렇게 말씀들을 하시겠지요. 서로 다 아는 사람들끼리 모인 자리에서 누가 허위 사실을 사실이라고 하겠어요. 하지만 각자 흩어져서 학생들을 만나면 그렇게 말씀들을 안 하시는 게 문제 아닌가요?"

교수들이 각자의 강의시간을 통해 깨진 바가지에서 물 새듯 학생들에게 허삼락 교수 임용상의 부정 의혹과 인격적 결함을 줄줄 흘리고 다녔다. 양아치 세계에서도 잘하지 않는 비겁하고 비열한 짓이었으나, 교수들 각자가 순진하고 패기 왕성한 학생들을 상대로 두 달째 이런 짓을 벌이고 있었다.

"그러니까 나한테 뭘 어떡하라는 거냐고?"

반 교수가 시계를 보며 보챘다. 선한 구경꾼인 자신에게 뭘 요구하느냐는 항변 같았다. 이 사건의 발단 동기를 정확히 알 수는 없으나, 교수들이

유착·공유하고 있는 불순한 취지와 목적은 분명했다. '깜'이 안 되는 것으로 서로 작당한 학과 교수들은 허삼락이 불문곡직 싫은 것이다.

지역사회의 좋지 않은 평판과 호전적 기질도 문제지만, 학자나 교육자적 시각으로 볼 때도 절대 교수감이 아니라고 생각했다. 장차 그가 학과에 평지풍파를 일으킬 가능성이 110퍼센트라는 것이었다. 임용 1년 차인 막내 기해연 교수는 중석대의 굴욕이자 장차 학과의 골칫거리이자 수치가 될 것이라고 장담했다.

그러나 자광이 볼 때는 허 교수의 지역사회에서의―학과가 아니라―경력·관계·영향력 등등을 고려할 때 자신들보다는 비교우위에 있는 것이 확실하다고 판단한 것 같았다. 각자의 성(城)을 쌓고 그 안에 틀어박혀 사는 교수들로서는 자신들보다 크고 강한 성과 무기를 가진 후임이 오는 것을 결사반대할 수밖에 없었다. 허삼락은 이른바 지역사회에서 나름의 영향력이 있는 정치적 '거물'이었다. 우물 안 개구리가 아니었다.

허 교수는 선발 과정에서 학과를 패스한 채 금기태 학원 설립자와 총장―설립자의 조카―의 라인을 타고 들어왔다. 학과에는 동종 전공자인 정의명 교수가 있었다. 나이도 정 교수보다 두 살 위인 53세였다. 막내인 기해연 교수 입장에서는 자칫 어른을 모시게 될 판이었다. 기 교수가 허 교수를 반대하는 이유였다.

대다수 교수들의 이성과 논리는 각자의 전공과 자기애―또는 이해득실 관계―속에서만 작동했다. 상식과 도리보다 자신들의 우월적 신분과 지위가 우선이었다. 즉 자신의 사고와 판단과 행위 자체가 진리이자 정의였다. 때문에 '공동(共同)악'인 허 교수를 '공공(公共)의 악'으로 만들어 쳐부수는 데 있어 다른 이성이나 논리는 있을 수도 없고 필요치도 않았다. 이성의 집단인 대학에서 상식 밖의 싸움이 학생을 부추겨 대리전 양상으로 지속되고 있는 이유였다.

곳곳의 경계석이 빠져나간 화단 위로 바람에 휘둘린 굵은 빗방울이 후드득 떨어졌다. 바람 때문인지, 빗방울 때문인지 헤벌쭉 벌어져 있던 목련꽃이 떨어져 네 활개를 폈다.

"제가 교수님을 급히 만나 뵙자고 청한 이유는 학과가 이전투구를 해서도 안 되지만, 아까 말씀드렸듯이 그 전에 교수님께서 엄한 유탄을 맞으실 수도 있겠다는 우려 때문입니다."

비를 맞고 선 반 교수를 게시판 지붕 밑으로 잡아끈 자광이 용건을 서둘렀다. 빗소리가 너무 커서 소리를 질러야 했다.

네놈이 언제부터 내 걱정을 했는데, 라고 물으면 할 말이 없겠으나 일단 설득을 위한 정지작업으로 적당한 아부가 필요했다. 자광이 겪은 반 교수는 그런 사람이었다.

"고맙네. 그러니까 내가 어떻게 하면 되겠나?"

올무에 걸려 순한 양이 된 반 교수가 같은 질문을 반복했다. 본래 남의 말을 듣는 것보다 자신의 말을 하는데 익숙한 게 교수인지라, 우 조교는 답을 재촉하는 반 교수의 질문에 짠한 느낌이 들었다.

"내일 학교에 가시면 학과 전체 교수 회의를 소집하세요."

"……?"

"지금까지 다섯 차례 교수 회의를 하면서 나눴다는 말, 즉 대자보 내용은 근거 없는 허위 사실이라는 것을 문서로 만들어서 연명을 하시고 각자의 자필서명을 받으세요."

"……?"

"그걸 학생들이 써 붙인 대자보 곁에 붙이시면 됩니다."

"그러면 해결이 되겠나?"

"네, 일단 교수님은 허 교수님의 타깃으로부터 벗어나시는 겁니다."

반 교수의 '실익'을 먼저 챙겨줘야 했다.

"알겠네. 그다음은 어떻게 되는 건가?"

시내버스가 튕긴 빗물이 반 교수의 바짓가랑이를 흠뻑 적셨다.

"제가 학과 선배이자 조교로서 학회장을 불러 이해와 설득을 구해보겠습니다."

"될까? 학생들은 강경해. 막무가내야."

반 교수가 유체이탈 화법으로 뻔뻔스레 말했다. 순박한 학생들을 강경하게 내몬 것은 한통속이 되어 거짓 정보를 흘려주며 부추긴 교수들 때문이 아닌가. 반 교수도 여차하면 학생들을 끌어넣고 도의적 책임으로부터 벗어나려는 수작을 염두에 뒀던 것 같았다.

"이 사건 발발의 소스 제공자가 교수님들이시잖아요? 그 소스가 잘못된 것이라고 공개적으로 인정했으니까, 학생들이 허삼락 교수 사퇴 투쟁을 이어갈 명분이 없어지는 거잖아요?"

자광은 굳이 하지 않아도 될 말을 했구나 싶었다. 그러나 이미 뱉은 말이었다.

"아니, 자네는 왜 그게 교수들 탓이라는 건가?"

조교 생활 2년 차인 자광은 이래서 교수들이 싫었다. 자기부정, 무오류, 유체이탈 등등을 일상 속에 끼고 사는 신이 내린 특권층들이었다.

"아무튼 저는 교수님을 구해드린 겁니다."

자광은 반 교수의 의심을 피하기 위해 헤벌쭉 웃으며 멍청한 말을 덧붙였다.

3

조선조 모사 유자광(柳子光) 냄새가 나는 우자광과 헤어진 반윤길 교수는 부아가 치밀었으나 생각은 복잡해졌다. 이게 원로교수가 신경 쓸 일인가 싶었다. 늦게 참석한 수요예배 내내 똥끝이 타서 담임목사님의 설교를 듣는 둥 마는 둥 했다. 방귀를 뀌어대며 똥을 싸지른 사람은 정의명 교수인데 그 똥물을 왜 자신이 뒤집어쓰게 됐는지 모를 일이라는 생각 때문이었다.

지금까지 주의 은혜—그게 아니라면 초등학교 교사가 어떻게 대학교수가 될 수 있었겠는가—로 살아왔듯이 이번 고난도 주님의 뜻이니 주님께서 간섭하시어 무탈하게 해결해 주실 것이라 굳게 믿었으나, 초등학교 시절 깝죽대며 대들었다가 허삼락에게 직사게 얻어맞아본 적이 있어 누구보다 그의 호전성과 전투력을 잘 아는, 아니 체험해 본 반 교수로서는 이만저만 걱정이 아니었다. 결국 꿈에 나타난 허 교수가 자신을 올라타고 앉아 주먹질을 해대는 바람에 잠이 깬 밤을 홀딱 새우고야 말았다.

정의명과 허삼락은 전공이 같아 문제였으나, 전공이 완전히 다른—사실 대학에 수필을 전공한 전임교수가 있을 수 없었다—반 교수는 이번 사건과 무관한 사람이었다. 그러나 이해 당사자인 정 교수가 후배 교수들을 자극해서 비분강개토록 부추겨 학과 차원의 일로 키운 것이다.

정 교수는 겉보기엔 멀쩡한데 이상한 피해망상증과 콤플렉스와 강박증이 있었다. 본인을 사회적 모순과 부조리, 불의 등과 맞서 싸우는 급진 진보주의자라고 생각했고, 스스로를 금상조 총장과 학교 측의 부당한 통제 및 강압에 맞서 대립·투쟁하고 있는 안티 세력이라고 생각했다. 그래서 법인과 학교가 자신을 싫어하고 꼬나보고 있으며 무언가 꼬투리를 잡아 해고하려 한다며 떠들고 다녔다. 그러나 정 교수는 재단이나 학교 측에 대립·투쟁하는 교수가 아니라 불만과 비방을 지껄여대며 뒷담화를 까고 다니는 수다쟁이였다.

그는 허 교수의 임용이 자신을 쫓아내기 위한 사전 포석이라고도 했다. 반 교수가 아는 한 전혀 근거가 없는 피해망상이었다.

반 교수는 이른바 민중 시인도 아닌, 아줌마와 여성—심지어는 여고생들까지—팬들을 줄줄이 거느리고 사는 서정 시인이 이렇게 억지 주장하는 것에 대해 도무지 이해가 되지 않았으나, 어쨌든 정 교수 본인은 피해망상증에 걸린 사람처럼 주장하고 행동했다.

반 교수는 지방 사범대인 '지잡대' 출신이지만, 정 교수는 SKY대 중 K대 출신인지라 S대 출신인 대다수 후배 교수들이 전적으로 그를 따랐다. 그러니까 서열 1위 상왕이라는 허울뿐인 반 교수와 달리 학과의 실세이자 중심축이자 좌장은 정 교수였다.

수요예배를 참선하듯이 마치고 10시가 넘어 귀가한 반 교수는 네 명의 교수들에게 일일이 야간 전화를 돌려 긴급 비상 조기회의 소집 시 참석여부를 조심스레 개진했다. 목마른 놈이 샘 파는 게 이치 아닌가. 긴급한 비상 회의니 만큼 9시 전에 하자고 했으나, 막내 기해연 교수가 자기는 심야형 인간이라 죽어도 9시 전에는 기상조차 불가하다고 뻗댔다.

뿐만 아니라, "학생들이 문제 삼은 걸 가지고 왜 교수들을 집합시켜 괴롭히시나요"라며 따지고 들었다. 툭하면 아침 6시에 불려 나가 조기청소와 새마을운동을 한 경험을 가진 반 교수로서는 이해되지 않는 기상 패턴이었다.

"기 교수. 학생들이 일으킨 문제를 수습하는 게 교수요."

유약한 반 교수가 변명하듯이 겨우 답했다. 말은 그렇게 호기롭게 했지만, 대거리를 하고 나올까 봐 가슴이 벌렁벌렁 뛰었다.

대차게 받아치자면, '네 연놈들끼리 짝짜꿍이 되어 짜고 흘린 가짜정보로 아무것도 모르는 순진한 학생들을 뒤에서 부추겨 생긴 사달이니, 문제는 네놈들이 일으킨 것이다. 그러니까 문제 해결에 앞장서야 할 놈은 내가 아니라, 네 연놈들이야!'라고, 내질러야 마땅했다. 그러나 반 교수는 이렇게 말을 할 배짱도 뒷감당을 할 힘도 없었다.

아무튼 반윤길 교수의 인내와 노력으로 이튿날 오전 10시에 학과 비상 전체 회의가 열렸다. 교수 다섯 명 전원이 참석했다. 연극배우처럼 화장을 한 기해연은 10분 늦게 나타났다.

"그래서 우리가 뭘 하면 됩니까?"

불만스러운 표정을 하고 안경을 닦던 표성일 교수가 자리에 앉았다 일어섰다를 반복하며 시비조로 물었다. 고어를 전공해서 그런지 현대어 표현이 늘 서툴렀다.

학과장인 문엽 교수는 새로 장만한 것 같은 개량한복 차림으로 새색시인 양 다소곳이 앉아 눈알만 굴리며 침묵으로 일관했다. 굿이나 보고 떡이나 먹겠다는 태도였다.

"자, 잠깐! 반 교수님은 내가 거짓말을 만들어서 퍼뜨렸다는 겁니까?"

정의명 교수였다. 출발한 버스를 잡으려는 듯한 목소리였다. 숨을 거칠게 몰아쉬며 눈동자를 떨었는데, 손가락 끝도 같이 떨고 있었다.

"예?"

당황한 반 교수가 정 교수를 멍하니 쳐다보며 난색을 보였다.

"아니, 반 교수님이 허삼락이가 박사학위 없다는 것은 가짜 뉴스라고 단정을 하셨잖습니까?"

정 교수가 조준사격을 하듯이 쏘아붙였다. 정확히 말하면 반 교수가 가짜 뉴스라고 한 것이 아니라, 자기들끼리 내린 결론이었다. 정 교수가 만만한 반 교수를 표적으로 삼아 몰아붙이고 있는 것이다.

반 교수는 말문이 막혔다. 지금까지 다섯 차례 가진 회의 때마다 자기들끼리 가짜 뉴스라는 말을 주고받았고, 그때마다 묵묵부답 앉아만 있던 정 교수가 이제 와서 왜 자기에게 억지를 부리나 싶었다.

나머지 두 명의 교수도 같은 의문을 가졌는지 일제히 정 교수를 멍한 표정으로 바라봤다. 왜 이러는 것인지 답을 달라는 제스처 같았다. 표 교수만 행동장애라도 있는 양 심란하게 앉아다 일어섰다를 반복하고 있었다.

정 교수가 답했다. 법인 이사로 있는 동창으로부터 직접 전해들은 인사 정보인데 가짜 뉴스일 리가 있겠느냐면서 되레 따지고 들었다. 그러면서 "학과에 최고 어른이신 반윤길 교수님은 협잡꾼, 야바위꾼 같은 근본 없는 놈을 교수로 받아들여서 장차 우리 국어국문학과를 망치실 작정입니까?"라고 고함을 질러대며 게거품을 물었다.

"나, 나는 사실관계를 정확히 따져보자는 것이었지. 또…… 교수 한 사람 때문에 학과가 망가지고 있으니……."

봉변을 당한 반 교수가 어쩔 줄을 몰라 했다. 울음을 터뜨릴 것 같았고, 당장이라도 자리를 박차고 뛰쳐나갈 태세였다.

"저 때문에 학과가 망가지고 있다는 겁니까?"

벌떡 일어선 정 교수가 삿대질을 하며 물었다.

"정 교수님이 그만 참으세요."

학과장인 문엽 교수가 끼어들었다. 반 교수는 문 교수가 정 교수에게 참으라고 한 말이 더 이해되지 않아 황당하고 서운했으나 무시할 수밖에 없었다.

"뭘 그렇게 뜨뜻미지근하게 말씀하세요. 나는 당신네들과 생각이 다르다, 난 허삼락이 편이다, 차라리 이렇게 말씀을 하라고!"

문 교수의 만류를 뿌리친 정 교수가 사지를 부들부들 떨며 아랫사람을 야단치듯이 말했다.

"오, 주여."

반 교수는 기가 막혔다. 정 교수의 대거리를 보자, 학생들이 쓴 대자보의 주장들이 그로부터 나온 것이 틀림없다는 확신이 들었다.

그의 주장을 요약하면, 가짜 학위 또는 학위가 없다, 임용과정에 법인의 부당하고 부정한 압력이 있었다, 교수가 되기에는 미심쩍고 부적절한 행적이 많다, 교수될 자질과 실력이 없다, 기존 전공 교수인 정의명을 몰아내려는 법인과 학교의 음모다, 등으로 다섯 가지였다. 문제는 이들 가운데 어느 하나도 입증할 만한 근거나 자료는 물론이요 정황증거조차 없다는 것이었다.

그럼에도 불구하고 정 교수가 자신의 주장이 틀림없다며 제시한 구두 근거는, 허삼락은 부적절한 행적이 많은 사람이기 때문에 기존 전공 교수를 음해하여 몰아내는 짓에 얼마든지 가담할 수 있는 인물이고, 그렇기 때문에 임용과정에 부정과 음모가 있다고 충분히 예측할 수 있으니, 학위와 실력이 없는 것 또한 당연지사가 아닌가, 라는 것이었다. 전건부정의 오류에 순환 논증의 오류 등이 어지럽게 교접한 황당한 억지였다.

어쨌든 정의명 교수의 핵심 주장은 허 교수를 갑자기 뽑은 이유가 안티 세력으로서 비판의식을 가진 자신을 장차 제거하고, 허삼락으로 하여금 강의 공백 없이 뒤를 잇게 하려는 데 있다는 것이었다.

"아니오. 그렇지 않소. 허 교수 신규 임용과 정 교수는 어떤 상관관계도 없소. 그건 금상조 총장님도 확인해 준 사실이오."

기존 전공 교수가 있는데 왜 전공이 같은 교수를 또 뽑느냐는 반 교수의 질문에 총장이 그럴 만한 사정이 있고, 그 사정은 정 교수나 학과와는 무관하다고 분명히 답한 바 있었다. 또한 허 교수는 조만간 실용문예창작 학과를 만들어 따로 나갈 것이라고 했다. 허 교수의 임용을 진행할 당시 반 교수가 학과장이었다.

어떤 사정이 있는지 몰라도 총장은 허 교수가 조만간 실문과를 만들어 나갈 것이니 학과가 걱정할 것 없고, 우선 당분간 국문과에서 허삼락을 받아주기만 하면 된다고 했다. 그럴 거라면 실문과를 만들고 나서 임용하면 되지 않겠느냐고 하자, 실문과를 만들기 위해 국문과에 임시 임용하는 것이니 양해해 달라고 했다.

말을 알아듣지 못한 반 교수가 재차 묻자, 총장은 중석대 교수 자격이 아니면 허삼락이 어떤 자격으로 교육부를 상대해서 실문과 신설을 추진하겠느냐고 반문했다. 정히 못마땅하면 당신들이 하든지, 라며 짜증을 부렸다.

도통 알아듣기 어려운 비상적(非常的) 처사이기는 했으나, 실세 총장의 결심이 공고히 선 일—이사장의 뜻도 같다는 의미였다—을 반대할 수는 없었다. 당시 학과장 임기 말이었던 반 교수가 이런 사정을 정 교수의 귓구멍에 딱지가 앉을 만큼 전달해 준 바 있었다.

"확인은 무슨…… 교수 임면권이 재단 이사장에게 있지, 총장에게 있습니까? 임면권도 없는 총장이 뭘 확인해 줄 수 있다는 거요?"

정 교수가 주특기인 억지를 부리고 나섰다. 노래방에 가서 음정 박자를 무시한 채 제 흥에 겨워 무데뽀로 가사를 내지를 때와 다를 바가 없었다. 금상조 총장은 금기태 이사장이 총애하는 조카가 아니던가.

"선배 교수님들 이제 그만들 싸우시고, 저 좀 살려 주세요. 판석동 법인에서는 이 사태를 이 달 안에 해결 안 하면 학과 교수들의 집단 해교행위로 받아들이겠대요."

지친 표정으로 머리를 감싸 쥐고 있던 문엽 교수가 교수들을 쓰윽 둘러보며 말했다. 이 달 안이라고 해야 닷새가 남아 있었다.

"뭐요? 법인에서?"

"법인, 누가? 금 이사장님이?"

"아니, 법인에는 언제 불려갔다 온 거요?"

"왜 그런 걸 말하지 않고 있었소?"

"그러게. 왜 이제야 그런 중차대한 말을……."

"법인에서 직접 학과장을 호출했단 말이야?"

"우리를 협박하는 건가?"

"협박은 무슨? 압박이겠지."

자리를 잡고 앉아 콧구멍만 쑤시고 있다가 다시 극세사 안경닦이를 꺼내든 표성일 교수도 끼어들었다. 교수들은 호떡집에 불이라도 난 양 서로서로 하나 마나 한 질문을 퍼부으며 법인을 성토하고 있었다. 물론 하나 마나 한 뒷담화였다.

한마디 불쑥 내질러 교수들을 우왕좌왕하게 만든 문 교수가 자신은 부처님 가운데토막인 양 침묵했다. 한참 동안 침묵하며 생각에 잠겨 있던 문 교수가 헛된 말만 많을 뿐 대책이 없는 교수들을 다시 한번 쓰윽 훑어보며 말했다.

"제가 이런 말까지는 전달하고 싶지 않습니다만, 학위가 버젓이 있는 사람을 학위가 없다고 해서 일으킨 문제이니, 그 황당한 경위를 철저히 조사해서 책임을 묻겠답니다. 그리고 이 문제가 만에 하나 언론에 기사화돼 학교 명예가 실추되는 사태가 발생하기라도 하면 그에 상응하는 법적 책임까지 묻겠답니다. 학과장이 무슨 죕니까?"

문 교수의 발언에 티격태격하던 회의 분위기가 숙연해졌다. 정말 울컥했는지, 아니면 쇼인지는 모르겠으나, 문 교수가 개량한복 옷소매로 눈가를 쓰윽 훔쳤다. 그러고는 겉저고리 주머니에서 무언가를 펴내 펼쳤다. 반 교수의 연락을 받고 난 뒤, 밤잠을 설치며 작성한 입장문 초(草)라고 했다.

4

반윤길 교수로부터 긴급 비상 교수 회의 결과를 전해들은 우자광은 돼지 소풍 가는 날 우화—아기 돼지들이 소풍을 가기 전에 인원점검을 하는데 아무리 세어도 한 마리가 모자라 결국 소풍을 못 간다는 얘기다. 인솔 선생이 자신을 빼고 세어서 생긴 문제였다—를 들은 것 같아 절로 웃음이 터져 나오려 했으나, 어금니를 앙다물고 참았다.

"어쨌든 교수 공동 입장문은 나오는 거지요?"

자광이 목표 성적을 달성한 선수를 바라보는 코치인 양 애정과 기대 어린 눈길로 바라보며 물었다.

"그럼. 여기 있네."

긍지가 느껴지는 말투였다. 자랑스레 답을 한 반 교수가 A3 용지 두 장짜리 교수 공동 입장문을 건넸다.

자광은 A3 용지를 근로학생에게 건네며 학생회가 붙인 대자보 수만큼 복사해서 그 옆에 바싹 달아 붙이라고 했다. 그러고는 반 교수와 사전 약속한 역할 분담에 따라 오후 5시까지 학과 학생회 임원들을 과사무실로 전원 집합하라고 통지했다. 조교가 아닌 선배의 자격으로 소집하는 것이라고 했다.

"교수님들이 넘 불쌍해요. 법인의 부당한 압력에 굴복해 팩트와 정의를 부정해야 한다니……."

부학회장의 말이었다. 참한 인상과 얌전한 행동거지로 교수들의 사랑과 신뢰를 한몸에 받고 있는 주부 만학도였는데, 정의명 교수의 서정시에 반해 중석대 국문과에 입학했다는 학생이었다. 이 만학도에게 정 교수는 우상이었다.

자광은 그녀의 말을 듣는 순간, 공동 입장문의 잉크가 마르기도 전에 교수들의 딴소리가 시작됐다는 불길한 징후를 느꼈다.

"누가 그런 말을 해, 요?"

자광이 따지듯 물었다.

"누가 한 게 중요한가요, 그게 사실이라는 게 중요한 거지."

늦깎이가 자광을 나무라는 어조로 답했다. '넌 어린놈이라 아직 세상을 잘 모르는구나', 하는 표정이었다.

"교수님들이 공동명의로 써 붙인 입장문 아직 못 봤어요?"

자광이 물었다.

"우 조교님. 우리들은 특정 교수님들의 지시를 받고 움직이는 꼭두각시가 아니랍니다. 알 만큼은 다 알고 있다고요."

만학도 대신 총무가 손 빗질로 노랗게 염색한 긴 생머리를 빗어 넘기며 자광에게 퉁을 놓듯이 말했다. 둘은 동성 연인처럼 늘 붙어 다니는 사이였다. 껌을 질겅질겅 씹고 있었으나 입에서는 구린 담배냄새가 묻어나왔다. 존 레논의 마누라 오노 요코를 닮았다고 스스로 주장하는 학생이었다.

"저희는 그깟 가짜 공동 입장문 따위에 회유당해 굴복하지 않을 겁니다."

학회장이 결연한 말투로 학생회 입장이라며 밝혔다. 자광은 이 사달이 무지의 소치인지 집단 세뇌의 결과인지 알 수가 없어 당황스러웠다.

사실이 공지되면 사태가 종료될 것이라고 생각했는데, 그게 아니었다. 학생들은 사실이 아니라 생각과 감정을 중요시하는 것 같았다. 그러니까 사실을 바탕으로 생각하려 하지 않고, 생각을 바탕으로 사실을 만들어내려는 것 같았다.

"싸움에는 상대가 있는 법이야. 허삼락 교수를 만나서 직접 해명을 들어보는 건 어때?"

허 교수가 문엽 학과장을 통해 학생들 앞에서 해명할 수 있는 기회를 달라고 수차례 요구했었다. 그러나 사실을 호도할 것이 빤한 해명은 들을 필요가 없다며 학과장과 교수들이 거부한 바 있었다.

"우리가 왜 교수님들도 거부하신 거짓 변명을 들어야 해요? 우 조교님은 우리가 그렇게 만만해 보이세요?"

만학도의 말에 입술을 앙다문 생머리가 콤비 플레이를 하듯이 고개를 끄덕여 동의를 표했다. 자광은 눈알을 부라리며 째려보는 만학도 앞에서 할 말을 잃었다.

"학과 교수님들을 이간질시키고 학생들의 학습권을 방해한 허 교수는 책임을 지고 반드시 물러나야만 합니다. 그게 학생회 입장입니다요."

학회장이었다.

"허 교수님이 이간질을 시켰다고? 학습권을 방해했다고? 수업 거부는 너희들이 한 거잖아?"

"그런데 조교님은 허 교수 편이에요?"

생머리였다.

"편?"

"우리에게 책임이 있다고 몰아붙이면서 허 교수 편을 들고 있잖아요, 지금."

"뭐, 허 교수? 이 자식이…… 허 교수님이 네 친구냐?"

자광은 머리끄덩이를 틀어쥐고 싶은 것을 겨우 참으며 소리쳤다. 그러고는 덧붙여 물었다.

"허 교수님이 피해잔데, 무슨 책임이 있다는 거지?"

자광은 흥분했다.

"선배, 아니 조교님. 그 말에 책임지실 수 있어요?"

"좋아. 그렇다면 너희가 대자보에서 주장한 것들에 대한 물적 증거나 근거를 대봐. 교수님들에게 들은 말 말고."

자광이 준비해 둔 허 교수의 학위증명서 사본을 꺼내 보여주며 말했다.

"그거 가짜잖아요?"

학회장이 말하자, 다들 고개를 끄덕이며 동의했다. 그때 창밖에서 북과 꽹과리 소리가 들렸다. 그러고는 '허삼락은 즉각 자진사퇴하라!'는 구호가 울려 퍼졌다.

자리에서 일어나 주차장을 내려다보니 학과 교수들의 차가 한 대도 보이지 않았다. 지정 주차 공간이 있는데 다른 곳에 차를 세워뒀을 리 없었다. 모두 서둘러 퇴근한 것 같았다.

"허삼락 교수 퇴진 시위나 수업 거부는 학내, 아니 학과 문제로 얼마든지 끝날 수 있어. 그런데 이걸로 인해서 허 교수님이 실제로 사직을 하게 되면 그때부터는 법적 문제가 되겠지. 법이 너희들 주장을 믿을까, 아니면 여기 이 물증을 믿을까? 잘들 생각해 봐."

자광이 학위증명서 사본을 내두르며 말했다.

"법적 문제라는 게 무슨 뜻이에요? 우릴 협박하시나⋯⋯."

"너 같으면 거짓된 주장, 허위 사실로 직장에서 쫓겨났는데 가만히 있겠어?"

"아니 그럼 교수님들이 우리한테 거짓말을 했다는 겁니까?"

교수님들 말만 듣고 이러는 것이 아니라던 말을 스스로 번복하고 있었다.

"어떤 교수님이, 어떤 거짓말을 했는데?"

자광이 반문했다.

"우 조교님도 아시다시피 교수님들이 허 교수는 박사학위도 없다고 하셨잖아요?"

"없다고 하지는 않았을 텐데, 가짜라고 했지."

"그게, 그거 아닌가요?"

"누가 그래. 그게 그거라고? 교수님들에게 다시 여쭤보면, '가짜로 의심된다'라고 했다고 하실걸."

"아으 씨바⋯⋯ 죄송해요. 그런데 지금 말장난해요. 아무튼 허 교수가 자기를 교수로 임용해 달라고 재단 이사장을 2년 동안이나 괴롭혀왔대요."

자광은 긴장했다. 이놈이 뭔가 알고는 있는 것 같았다. 알고 있다면 자광의 해결책이 쉽게 통할 리 없었다.

"동명일보 주재기자 시절에 얻은 정보로 협박을 한 거 아녜요?"

부학회장이 끼어들었다. 의구심과 상상력이 넘쳐 입이 가벼운 정의명 교수가 주부 만학도를 붙잡고 선을 넘은 하소연이라도 한 것 같아 불안했다.

"그게 무슨 말입니까?"

"아니 뭐……."

만학도가 말끝을 흐렸다. 무언가 듣기는 들었으나, 발설할 수는 없는 것 같았다.

"카더라, 그런 거 아니에요? 라는 식의 말은 이제 그만하세요. 이런 무책임한 말들이 없는 실체를 만들어내는 겁니다. 여기 이 학위증명서를 보고도 정말 느껴지는 게 없으세요?"

입을 틀어막아야겠다는 생각에 자광이 늦깎이의 말을 자르고 윽박질렀다.

"아니 왜 저한테 자꾸 이러시는데요?"

늦깎이가 울먹이며 대들었다. 자광은 이쯤에서 마무리 짓는 것이 좋겠다는 생각이 들었다.

"아무튼 이번 사건은 교수님들의 의심과 말로부터 시작된 것인데."

자광은 이 점을 분명히 하기 위해 말을 잠깐 끊고 좌중을 둘러봤다. 그러고는 "그 말이 사실과 다르다는 것을 공동 입장문을 통해 공식적으로 공표했으니, 더 이상 문제 삼지 않는 것이 학과를 위해서나 여러분 개인을 위해서도 좋을 것 같다. 안 그러면 법적 책임을 져야 할 불상사가 생길 수 있다. 학과가 쟁송에 휘말리는 일은 없었으면 좋겠다"라고 정리했다. 그러나 자광의 뜻대로 정리되지 않았다.

"교수님들은 어쩔 수 없어서, 불이익을 안 당하려고 작성한 공동 성명서라고 하던데요?"

섭외부장의 말이었다. 이번 사건을 인문대학생회와 공동 추진토록 한, 그러니까 사태를 키운 놈이었다. 황당하지만, 이해가 안 되는 것은 아니었다. 자신들이 떠벌이고, 그것이 가짜라고 스스로 인정을 한다면 결국 자기 부정이 아닌가.

"누가?"

자광은 하나 마나 한 질문을 하고 말았다. 섭외부장이 그런 말을 한 교수 이름을 조교에게 고자질할 수 있겠는가. 이런 식으로 학생들을 끝까지 이용해 자신들의 잇속을 챙기려는 교수들의 행태가 이해는 됐으나, 개탄스러웠다.

5

물에 물 타고 술에 술 탄 듯한 교수들의 두루뭉술한 공동 입장문 내용이 끝내 문제가 됐다. 자세히 보니 행간 곳곳에서 억지 춘향인 양 마지못해 썼다는 냄새가 물씬물씬 풍겨 나왔다.

학생들이 써 붙인 대자보 내용과 자신들은 서로 무관하며, 그 불명확한 내용에는 '전적'으로 동의하지 않는다고 했다. 그러니까 전체적으로는 동의하는데 부분적으로 불명확해서 동의가 곤란하다는 것인지, 부분적으로는 동의할 수도 있다는 것인지, 이현령비현령식의 독해가 가능한 입장문이었다. 초를 잡은 학과장 문엽 나름의 '곤조'가 느껴졌다.

이 입장문이 일단 인문대학생회와 학과학생회의 연대를 약화시키고 과격한 학생들의 기세를 누그러뜨리는 데는 일조를 했다. 입장문이 나붙고 닷새가 지나자 시위는 소강상태로 접어들었다. 고막을 찢어발기던 북과 꽹과리 소리도 멈췄다. 그렇다고 해서 시위 학생들이 출구전략을 찾는 것 같지도 않았다.

허삼락 교수는 이런 어정쩡한 상태를 불안하고 못마땅해했다. 적들이 후반 공세를 빡세게 몰아가기 위한 하프 타임 내지는 폭풍 전야의 고요로 생각하는 것 같았다. 그도 그럴 것이 잔불이 곳곳에 여전히 남아 있었고 누군가 미필적 고의인 양 헛바람을 불어 넣기라도 하면 즉시 되살아나 활활 타오를 여지가 컸다. 때문에 허 교수의 입장에서는 무조건 눈치만 살피며 하염없이 기다릴 수 없었다. 입장문이 나붙고 일주일이 지나자, 허 교수가 자광을 학교 밖으로 불러냈다.

"우 조교. 이 말도 안 되는 싸움을 학외로 확장시킬 생각은 없네. 그런데도 철부지 학생들을 들쑤셔 계속해서 불장난질을 한다면, 나도 더 이상은 참을 수가 없다네."

허 교수가 군침이 도는 한우 회무침을 권하며 말했다. 반격의 맞대응을 시작하겠다는 선전포고였다. 자광에게 메신저가 되어 이 포고를 전해 달라고 한우고기를 사 먹이는 것 같았다. 점심을 컵라면으로 때운 자광은 대꾸 없이 회무침을 집어 먹었다.

"당하고만 있을 수는 없지 않나? 우 조교 생각은 어떤가?"

입안에서 살살 녹은 회무침이 목구멍에 걸렸다. 이게 조교를 불러내 물을 성질의 질문인가 싶었다. 답을 하면 자칫 허 교수와 '같은 편'이 될 수밖에 없는 문제였다.

"이러다가 잠잠해질 텐데요……."

캑캑거리던 자광이 젓가락을 내려놓고 물 잔을 들며 겁쟁이인 양 말했다.

"글쎄…… 그래줄까?"

허 교수가 자광의 빈 잔에 소주와 맥주의 비율을 맞춰 넘치도록 따르며 말했다.

"허 교수님이 만약 학교에서 쫓겨나는, 아니 사직을 하게 된다면 그때부터 너희들은 법적 책임을 지게 될 것이라고 단단히 겁을 줬습니다."

자광은 무릎을 꿇고 잔을 받으며, 학생회 임원진과 나눈 대화를 슬쩍 흘렸다. 허 교수가 듣고 싶어 할 말이 아닌가 싶었다.

"고맙구만. 나도 이번 주까지는 참아볼 생각일세."

왼고개를 틀고 있던 허 교수가 통유리 밖으로 4번 국도 건너편으로 보이는 중석대 부속병원을 바라보며 말했다.

숯불 위에 올린 꽃등심살이 먹음직스럽게 익었으나 자광은 입맛이 달아났다. 허 교수가 어디다 대고 못된 기자 '꼬장'을 부리려드나 싶어 불쾌했다. 그런데 단순한 꼬장이 아니었다. 술을 따르고 구찌 서류가방을 뒤적이던 허 교수가 회색 마닐라 각대봉투를 꺼내 건넸다. 미키마우스 스티커가 붙은 각대봉투였다. 얼결에 봉투를 받아든 자광은 당황스러웠다.

"자네가 한번 보라구. 자식들, 학자연하지만…… 이 정도로 구린 놈들이야."

허 교수가 양아치 '연장' 자랑질하듯이 야비한 웃음을 흘리며 말했다.

"저는 안 보겠습니다."

잠시 머뭇거리던 자광은 들고 있던 각대봉투를 상 밑으로 되돌려줬다. 옳지 않은 싸움을 말리는 것과, 말려드는 것은 차원이 다른 문제였다. 일개 조교로서 교수들의 이전투구에 말려든다는 것은 감당할 수도 득이 될 것도 없는 위험천 만한 일이 아니던가.

"직접 열어보는 게 부담스럽다면 내가……."

매사가 일방적이고 저돌적인 허 교수가 봉투를 열어 내용물을 꺼냈다. 어지간히 강퍅한 사람이라는 생각이 들었다. 이래서 교수들이 그를 꺼리는 것이 아닐까 싶었다.

"내가 설마 자네를 이용이야 하겠는가. 지금이라도 후배 기자를 불러 전해주면 될 일인데, 안 그런가?"

이용하려 들면서 이용하지 않겠다는 헛말을 누가 믿겠는가. 이용할 생각이 없다면 군이 이럴 필요가 뭐란 말인가. 자신의 이런 반격 계획을 자광이 교수들에게 전해주지 않으면, 언론에 뿌리겠다는 협박일 수도 있었다.

자광은 마음을 바꿔—안 그러면 지금까지 한 노력이 모두 허사가 되지 않겠는가—허 교수가 허공에 흔들어댄 문건을 건네받았다. 궁금증보다는 의구심 때문에 내용을 살펴볼 필요가 있었다.

학과 교수 개개인의 사생활 정보와 학과 운영 관련 비위들을 조사한 내용이었는데, 급조한 데다가 정체불명의 학생들과 심부름센터를 긴 냄새가 풍겼다. 그가 동명일보 기자 시절 수단과 방법을 가리지 않고 정보를 취득했다는 소문이 틀린 것 같진 않았다.

어쨌든 진위와 신빙성 여부를 떠나 가짓수와 분량만으로도 학과에 오명을 씌우고 교수들의 명예와 권위를 실추시키기에 충분한 내용들이었다. 재고품 창고 대방출이라는 말은 들어봤어도 이런 식의 비리 의혹 대방출은 처음이어서 당황스러웠다. 자광은 교수들이 왜 허삼락의 임용을 반대하는지 확실히 이해할 수 있을 것 같았다.

"술을 좀 더 하겠나?"

허 교수가 문건을 훑어보고 이런저런 생각에 빠진 자광의 표정을 살피며 말했다. 식탁 한 귀퉁이에 빈 소주병과 맥주병이 나란히 놓여 있었다. 회무침도 남았고 아직 손도 안 댄 채끝살이 있었으나 식욕이 완전히 달아나 한 점도 먹고 싶지 않았다.

"많이 마셨습니다. 그만 일어나야 할 것 같습니다요, 교수님."

자광이 시계를 들여다보며 선약이 있다고 말했다.

"어, 그래. 고기가 아직 많이 남았구만…… 저, 여기요."

군말로 아쉬움을 표하던 허 교수가 손을 번쩍 들어 서빙하는 아주머니를 불렀다. 그러고는 남은 고기를 테이크아웃 할 테니 싸 달라고 했다.

의자에서 먼저 일어난 자광은 고개를 숙인 채 종종걸음으로 음식점을 나왔다. 만석인 음식점 손님들 중에 중석대 부속병원 교수들이 없으리라는 법이 없었고, 또 그들 중 국문과 교수들과 교류가 있는 교수가 없다고 장담할 수 없었다. 설레발치는 허 교수의 목소리가 지나치게 컸던 것도 부담이었다.

밝고 해맑은 보름달이 조명등인 양 주차장을 훤히 비추고 있었다. 유명 맛집이기 때문인지 주차장에는 30여 대가 넘는 승용차들이 꽉 들어차 있었다. 대대수가 고급 외제차였다. 스포츠신문과 주간지를 옆구리에 끼고 담배를 꼬나문 대리운전 기사들이 주차장 주변을 서성거리고 있었다. 계산을 치르고 포장한 고기를 받아오느라 늦게 나온 허 교수가 자신의 아우디 승용차 트렁크를 열었다.

"이거 받게."

허 교수가 트렁크에서 꺼낸 양주와 포장한 생고기를 건넸다. 양주는 발렌타인 35년산이었고, 고기는 양으로 볼 때 남은 것에 새것을 보탠 것 같았다. 자광은 받고 싶지 않았다. 받기가 찜찜한 뇌물이 아닌가. 그러나 막무가내로 건네주는 허 교수와 실랑이를 벌일 수도 없는 상황이었다. 누가 보기라도 하면 더 난처한 일이 벌어질 수 있었다. 마치 손발이 묶인 상태로 일방적 폭행을 당하는 기분이었다.

빵, 빠앙. 택시가 주차장 입구에서 경적을 울렸다.

"먼저 가게."

택시를 향해 손을 번쩍 들어 보인 허 교수가 자광의 등을 떠밀었다. 콜택시를 부른 것 같았다.

"밤늦은 시간에 정의명 교수 자취방을 드나드는 여학생이 여럿 되더구만."

택시 있는 곳까지 뒤따라와 자광을 태운 허 교수가 차문을 닫아주며 혼잣말하듯이 말했다.

"하기야 가족과 떨어져서 이런 궁벽진 시골구석에 남자 혼자 있자니 적적하기도 할 거야, 그치?"

뭐라 대꾸할 말이 없었다. 자광은 허 교수의 비열한 수작질에 속이 매스꺼웠다.

"정 교수가 자취한 지가 10년도 넘었지?"

자광이 멈칫거리는 기사에게 속삭이듯 말했다.

"기사 아저씨, 출발하세요."

6

허삼락 교수가 한우를 사준 이튿날인 금요일 오후, 정의명 교수가 부학회장 편에 우자광을 자신의 연구실로 불렀다.

"네가 왜 허삼락이를 두둔하고 다니지? 실망했는데…… 실망했어."

자광이 들어오자마자 정 교수가 고개를 절레절레 흔들어대며 야단을 쳤다. 야단맞을 만한 짓을 하지 않은 자광이었으나, 변명조차 할 수 없었다. 금요일이니 정 교수는 학교가 아닌 서울 본가에 올라가 있어야 하는 날이었다. 정 교수의 언성이 갑자기 높아지자 세면대에서 찻잔과 쟁반을 씻으며 곁눈질로 동정을 살피던 부학회장이 슬그머니 연구실을 빠져 나갔다.

정 교수는 정서가 해맑고 순진해서인지 시인임에도 말이 직설적이고 모질었다. 그의 시에는 은유와 비유와 위트와 유머와 역설이 가득하고 사랑과 이해와 배려도 구구절절 넘쳤다. 하지만 지나치게 자기중심적이고 상식과 논리가 취약한 때문인지, 실생활에서의 언어 구사력은 초딩 수준이었다.

"그 사람은 학위가 없거나, 있어도 가짜 학위라고. 그런 인간을 편들겠다고 반 교수님까지 불러내서 겁박을 해."

자광은 뭐 주고 뺨 맞은 기분이었다. 불쑥 정 교수가 허 교수와 다른 게 뭐지, 라는 생각마저 들었다. 흥분한 정 교수가 배신감을 느낀다면서 지금까지 학생들에게 주장해 온 허 교수 임용에 대한 문제점을 강의하듯이 반복했다. 과거 행실이 불량한 사람이야, 임용과정에 부정이 있는 사람이야, 실력도 뭣도 없는 놈이야…… 등등.

"그런 인간 편에 선 너도 똑같이 나쁜 놈이얏!"

정 교수가 분을 주체하지 못하겠는지 삿대질까지 하며 말했다. 사실과 진실을 찾기보다는 누구 편이냐를 중요하게 여기는 사람 같았다. 그러나 어쩌겠는가. 자광에게 정 교수는 반드시 받들어 모셔야 할 동아줄이자 뒷배이자 주인님이 아닌가.

"총장님께서 허 교수는 내년에 실문과가 생기면 그리로 갈 것이라고……."

주눅이 든 자광이 변명하듯 말했다. 물론 금 총장으로부터 직접 확인받은 말이었다.

"그 말을 믿어? 자네는 내 말보다 총장 말을 더 믿는다는 거지? 다들 그놈이 어떤 놈인지를 몰라서 그래. 지금 못 쫓아내면 그놈은 그대로 우리 국문과에 말뚝을 박는 거야. 그렇게 되면 네 미래도 쫑 나는 거고."

자광은 허 교수의 거취와 자신을 한데 엮어 말하는 정 교수의 저의가 유치하고, 무섭고, 서운했다. 금상조 총장은 이 일이 확대되면 가장 큰 곤경에 빠질 사람이었다. 그런 사람이 거짓을 말해 문제를 복잡하게 만들 이유가 없었다. 그리고 반윤길 교수와 학과장인 문엽 교수가 총장을 만났을 터인데, 그들이 이런 사실을 정 교수에게 전하지 않았을 리 없을 것이다.

"설령 교수님께서 믿지 않으신다고 해도, 허 교수는 내년에 반드시 실문과를 만들어서 그리로……."

"이놈이 감히 어디다 대고 어깃장을 놔!"

자존심 상한 자광이 성깔을 부리자, 정 교수가 못된 망아지 다루듯 강하게 대응했다.

"만약 그렇게 된다면, 그 인간 같지 않은 허 교수가 지금 당하고 있는 일들을 잊겠습니까? 반드시 보복하려 들겠지요. 허 교수는 그런 인간이라면서요?"

자광은 못된 망아지 뒷발질을 하듯이 밀어붙였다.

"그때, 그때 가서 어쩌실 겁니까, 교수님?"

자광이 대차게 몰아붙이자 놀란 정 교수가 말문을 닫고 잠시 생각을 정리하는 것 같았다. 그러고는 잠시 후, "내, 내가 뭐, 뭘 어쨌다고……"라며 자광을 쳐다봤다. 자신은 허삼락 교수에게 책잡힐 만한 흠이 없다고 항변하는 것 같았다.

"제가 왜 이 사건에 끼어들었는지 아세요? 그건 다 정 교수님을 지켜드리기 위해서입니다. 허 교수가 교수님들을 공격할 때, 아니 보복할 때 교수님들이 허 교수에게 했듯이 근거도 증거도 없이 학생들처럼 막무가내로 밀어붙이겠습니까? 그렇게는 안 하겠지요. 아니 못할 겁니다요. 허 교수는 동원할 학생들도 없으니까요. 그렇다면 뭘 가지고 공격하리라고 생각하세요?"

허접한 문건을 봤다고 밝힐 수는 없었다.

"그걸 생각해 보세요, 교수님."

"……."

"어제 허 교수가 보자고 해서 만났습니다. 저에게 자신의 최후통첩을 전해주라고 했어요. 국문과의 아마겟돈을 원하시는지 물어보랍니다요. 원하세요?"

7

교육부로부터 9월 8일자로 실용문예창작학과 신설 승인이 떨어졌다. 허삼락 교수의 저돌적 추진력과 로비력이 화제에 올랐으나, 놀라움을 감춘 국문과 교수들은 교육부의 누군가를 협박해서 따냈을 것이라며 이죽거렸다. 허 교수가 실문과를 만들어나갈 것이라는 금 총장의 말이 새빨간 거짓이라며 게거품을 물었던 정의명 교수를 비롯해 학과 교수들 중 그 누구도 별도의 입장을 밝히지 않았다.

어쨌든 허 교수는 최종 승자가 되어 지옥 같았던 국어국문학과를 떠나게 되었다. 9월 8일자로 실용문예창작학과 개설 주비위원장으로 발령을 받았다. 주비위원장이 된 허 교수는 사흘이 지났을 때, 자신의 연구실 이전을 자광에게 전화로 지시했다.

그는 갑자기 카리스마가 넘쳤는데, 위압적이고 단호한 목소리로 일목요연하게 연구실 이전 작업을 지시했다. 커피를 타주고, 한우를 사 먹이며 술을 따라주고, 고급 양주까지 안기던 예전의 그 인정 넘치고 너그럽던 허 교수가 아니었다.

그래도 우자광이 난리치던 학과 교수들을 주저앉혀 자신을 살려준 1등 공신인데, 배려나 보은은커녕 고맙다는 빈말 한마디가 없었다. 대면을 피해가며 밖에서 전화질로 시시콜콜 지시하고 확인했다. 학과 교수 그 누구도 허 교수의 무리하고 부당한 지시로부터 자광을 지켜주려 하지 않았다. 지켜주고 싶어도 그럴 수 없었을 것이다. 자광은 팽을 당한 것이다.

연구실을 이전하는 날, 날짜만 정해준 허 교수는 아예 출근도 하지 않았고 짜장면 값조차 내놓지 않았다. 평주에서 전화를 걸어와 급한 볼 일이 생겼다면서 이사를 부탁, 아니 잘하라고 지시했다. 자광은 허 교수에게 얻어먹은 커피와 고깃값을 치른다고 생각했다.

근로학생이 구내매점에서 구해 온 빈 라면상자에 허 교수의 짐을 쌌다. 다행히 퇴진 소요 사태로 대다수의 포장된 책 상자를 뜯지 않고 그대로 쌓아둔 덕분에 일을 덜 수 있었다. 학생은 건실한 예비역으로 두 명만 부르고, '과돌이' 근로학생에게는 인근 과수농가에 가서 리어카를 빌려오라고 했다. '위고관'에서 이공대 건물인 '소피관'까지는 거리가 꽤 있어 짐을 한 번에 나르려면 리어카가 필요했다.

실용문예창작학과가 문과일 터인데, 굳이 이과 대학에 소속시킨 것을 보면 허 교수가 국문과에 얼마나 큰 원한이 맺혔는지 알 수 있었다. 허 교수는 명분을 붙이기 위해 창작에 따른 실습비를 따로 받으려면 문과가 아닌 이과에 소속시키는 것이 맞는다고 주장했다. 하지만 단대를 구성하는 기준과 원칙이 무엇인지는 의문이었다.

교수연구실의 타과 이전 관련 업무를 해보지 않은 자광은 기획팀에 전화를 걸어 집기비품을 어떻게 해야 하는지 물었다. 그러자 일체를 신품으로 구매해줄 것이니, 기존 집기비품은 그대로 두라고 했다. 그러고 보니 허 교수 연구실의 기존 집기비품은 모두 이전의 다른 교수가 사용했던 중고품들이었다. 학과장인 문엽 교수가 허 교수 연구실에 쓸 새 집기비품 구매요청 결재를 해주지 않은 때문이었다.

시건장치가 고장 난 삼단 책상서랍을 열고 안에 든 잡다한 물품들을 꺼내 챙겼다. 마지막 서랍을 열었을 때, 회색 마닐라 각대봉투가 보였다. 미키마우스 스티커가 붙은 낯익은 봉투였다. 자광은 짐을 꾸리느라 여념이 없는 두 예비역 학생을 등지고 잽싸게 각대봉투를 숨겼다. 사건이 종결됐으니 필요 없을 것이라는 생각과 행여 나중에라도 화근이 될 수 있겠다는 생각에 훔치기로 한 것이다.

자광은 각대봉투를 제외한 나머지 짐을 소피관 2층 새 연구실—수학과 교수들 연구실 옆이었다—로 모두 옮긴 뒤, 허 교수에게 전화를 걸어 결과를 보고했다. 유선상으로 보고를 받은 그는 수고했다는 빈말조차 하지 않고 알았다고 했다.

어찌된 일인지 연구실 이전 이후, 허 교수에게서 회색 마닐라 각대봉투에 대한 어떠한 말도 나오지 않았다. 이튿날도, 그다음 날, 그리고 그다음 다음 날도 아무런 말이 없었다. 이제 필요 없게 됐으니 부러 찾지 않거나 잊은 것인지도 모른다는 생각이 들었다.

혹여 찾으면, 보안이 필요할 것 같은 문건이라 따로 챙겨뒀다가 드릴 생각이었는데 깜박했다면서 즉각 돌려줄 생각이었다. 자광은 각대봉투를 자취방에 갖다 놓지 않고 과사무실 책상서랍에 보관해 두었다.

그러나 석 달 가까이 지나고 학기말 시험이 끝났는데도 허 교수로부터 아무런 말이 없었다. 자광은 각대봉투를 자취방에 옮겨뒀다가 나중에 소각하기로 했다. 그러고는 서랍에서 각대봉투를 꺼낸 자광은 가방에 넣기 전에 내용물을 살펴봤다. 내용물을 꺼내 본 자광은 깜짝 놀랐다. 내용물이 바뀌어 있었다.

그날 허 교수가 자광 앞에서 꺼내 들고 자발 맞게 흔들어댔던 그 문건이 아니었다. 각대봉투는 틀림없는 그 각대봉투였으나 문건이 낯설었다.

'평주도시기본계획[확정안]' 겉표지와 '(자) 사회개발계획' 중 '보건·의료' 부문을 발췌한 복사물, 병원 건립 관련 승인신청 구비서류 사본, 매장문화재 발굴조사 관련 문건 사본, 지적도, 토지대장 등본, 등기부등본과 녹음테이프 2개와 16장의 사진이 들어 있었다. 모두 복사본들이었다. 자광은 각대봉투에서 끄집어낸 내용물을 건건이 살폈다.

1981년 작성된 도시개발계획[확정안]에 시장 우대업(禹大業)이라는 이름이 보였고, 동구 신도시 개발이라는 부제가 붙어 있었다. 택지와 상가와 보건·의료·종교 시설과 공공용지(公共用地) 등이 구획된 확정안이었다.

동구 판석동 산 1-3번지가 중석대 부속병원이 들어선 의료 시설 용지로 지정되어 있었고, 문화재발굴조사 보고서는 '오정동(五丁洞) 산성'에 관한 것이었다. 산성의 주소지가 판석동 산1번지였다. 그러니까 부속병원 자리에 산성이 있었던 것이다. 평주 동구와 안천 지역으로 고만고만한 테뫼식 산성들이 많았다. 백제와 신라의 접경지역으로 잦은 무력 충돌이 있었던 지역이기 때문이었다.

자광은 도서관으로 달려갔다. 평주 동구 문화원에서 발간한 『동구의 산성』을 찾아 펼쳤다.

'동구 관내 산성 현황표'에 11곳의 산성이 있는 것으로 나타났다. 오정동 산성에 대한 기록도 있었다.

동구 판석동 산 1번지 일대로 추정. 일부 구간 협축식(夾築式) 조성 확인. 능선과 이어진 나머지 구간 성돌 완전 붕괴로 축성법을 알 수 없음. 동벽 서벽 남벽에서 나온 것으로 추정되는 면석(面石)은 화단경계석으로 사용됨. 1982년 중석대 부속병원 부지에 편입되어 조사 불가.

책자 간행 연도가 1993년이었다. 그러니까 우대업 시장 시절에 지역 문화재인 오정동 산성 자리에 중석대 부속병원이 들어선 것이었다. 우대업은 금상조의 장인이었다.

한우집에서 등심살을 씹으며 통유리 밖으로 부속병원 쪽을 의미심장한 눈빛으로 바라보던 허 교수의 모습이 떠올랐다.

토지대장의 판석동 산 5번지 소유주가 도판구로 되어 있었다. 도판구는 우대업의 처남이었다. 3년 전 부속병원을 증축할 때, 인척 중 누군가가 알박기를 했다고 수군거렸던 땅이었다.

자광은 책상 위에 어지럽게 흩어놓았던 문건을 주섬주섬 챙겨 보스턴백에 욱여넣었다. 그는 각대봉투를 챙기면서 내용물이 바뀐 이유, 허 교수가 각대봉투를 찾지 않는 이유가 다시 궁금해졌다. 연구실을 이전하는 날, 코빼기도 보이지 않은 이유 역시 궁금했다.

0

허삼락 교수는 국문과를 디딤판 삼아 실문과를 만들어 홀연히 떠났고요, 그는 저에게 약조한 대로 정의명 교수에게 앙갚음을 하거나 다른 교수들을 원망 또는 해코지하지도 않았어요. 정말 국문과에 아무런 미련도 남기지 않았고, 아무런 일도 없었던 양 무골호인처럼 떠났어요.

이과대 쪽으로 가서 자신만의 성(城)을 지어 성주로 등극한 허 교수는 그 뒤부터 절대 권력자로서의 힘을 행사하는 것만으로도 바쁜지라 국문과 쪽으로는 눈길 한번 주지 않았답니다.

문제는 저였어요. 모든 것이 없었던 일인 양 끝난 것과는 달리 제 처지는 아주 고약하고 난감하게 꼬이고 말았어요. 없었던 일처럼 끝났기 때문에 있었던 일의 모든 것을 저 홀로 짊어지게 된 것입니다. 일단 허 교수 사퇴 시위가 잦아든 4월 말 이후부터 학과 교수들이 저를 상대하지 않고 따돌리기 시작했어요.

교권을 농락·조롱하여 교수의 위상을 실추시켰고, 이로써 교수 집단의 위계와 질서에 심대한 손상을 줬다는 거예요. 일개 조교 놈이 계획적이고 악의적 책략으로 대학 사회의 존엄한 생태계를 교란시켰다는 것이지요.

이 말을 정의명 교수에게 들었으나, 듣고도 무슨 소린지 알 수가 없었어요. 제 진심은 모두 사라지고 자기 멋대로 한 오해만 남은 것이지요. 저는 피를 토하고 싶은 심정이었으나, 길을 걷다가 재수가 없어 똥을 밟은 것으로 결론지었어요. 안 그러면 어떻게 견디겠어요.

하지만 그건 교수들의 뒤끝을 몰랐던 제 오인이자 오만이었어요. '수제자'—바꿔 말하면 후계자입니다—로 삼겠다는 언질을 주며 저를 꼬드겨 학교로 불러들인 정의명 교수가 보복 모드로 돌변한 거예요. 굳이 그렇게까지 하실 필요가 있었을까 싶었지만, 그것도 제 오만이었던 것이지요.

결국 저는 박사과정 4학기를 겨우 마친 상태로 학과에서 퇴출되었어요. 정 교수님이 약속하시기를, 조교는 2년 임기만료가 돼도 1년 더 연임할 수 있도록 총장 특인을 받아줄 것이고, 강의도 주당 9시간은 챙겨주겠다고 하셨거든요.

"어쩌지…… 교수님들이 다 부정적이네."

정 교수님은 이 한마디로 자신의 약속을 단박에 폐기처분하셨어요. 저와의 약속에 대한 책임을 엉뚱하게도 학과 교수들에게 씌운 것이지요. 학과 교수들의 동의를 구하고 저를 수제자 삼기로 한 것이 아닐 터인데, 교수들의 반대로 약속을 지킬 수 없게 되었다니…….

저 우자광은 천애고아입니다. 학대를 못 이겨 12세에 고아원을 도망쳐 나와 구걸과 껌팔이 등을 하며 살았는데, 15세가 되자 '오야지' 형이 형사미성년자를 벗어났기 때문에 명실상부한 자기 삶을 살아야 한다면서 '기술'을 가르쳐 주었습니다.

저는 이 기술을 쓰며 살아가던 중에 평주역 대합실에서 어떤 분의 안주머니를 칼로 따다가 들키게 되었는데, 새옹지마라고 그분의 도움을 받아 중·고교 과정을 검정고시로 마쳤습니다. 그날 저의 허리춤을 움켜쥐고 역전 파출소로 향하던 그분께서 무슨 생각이 들었는지 파출소를 지나쳐 목욕탕으로 데려가 깨끗이 씻기셨어요. 그러고는 성당에 데려가 고백성사를 시키고는 전당포 점원으로 채용해 숙식 제공에 공부까지 시켜주신 거예요. 역 근처에 목욕탕과 전당포를 가지고 계신 그분 성함이 금자, 종자, 태자(金宗泰)셨어요. 금상조 총장의 큰아버지입니다.

동냥아치를 벗어났을 뿐, 전당포 점원인 고아에게 대학 진학이 어디 가당키나 한가요. 그런데 1980년, 사장님의 뜬금없는 지시에 따라 예비고사를 치렀고, 우연히 점수표를 보게 된 사모님의 은공으로 신생 중석대학에 지원을 하게 되었습니다.

당시 제 점수는 310점—당시에는 체력장 20점을 포함해 만점이 340점이었다—이었는데, 이런 수재를 데리고 있으면서 가르치지 않는다면 죄를 짓는 것이라면서 착한 사모님이 사장님을 닦달한 것이지요. 사장님이 꺼려하자, 사모님은 장학금을 받고 다닐 테니 학비는 안 줘도 되고 시간만 주면 될 일인데 그걸 못해 줄 이유가 뭐냐며 따지기까지 했어요. 사장님은 돈이 안 들어갈 것이라는 말을 듣고 나서 허락을 하셨어요.

나중에 안 사실인데, 사장님은 제가 공부하는 꼴을 못 봤는데—실제로 잠시라도 엉덩이 붙일 짬을 주지 않고 부려먹었어요—검정고시만 보면 고득점을 얻으니, 공부 실력이 어느 정도 되는지 알아볼 요량으로, 그러니까 호기심에서 저에게 예비고사를 권한 것이었대요. 사모님이 제 성적표를 본 것은 우연이 아니라, 사장님이 자랑하시는 바람에 보게 된 것이었어요. 당시 중앙 언론에 보도된 서울대 법과대 합격 가능점수가 312점이었어요. 저는 중석대에 전체 2등으로 입학했고, 4년 내내 전액 장학금을 받았어요.

그리고 저는 입학식을 치르기 전에 금 사장님의 집을 나와 중석대학 임시 교사(校舍)에서 기숙했어요. 당시 대학 설립 인가는 받았는데, 교사가 없어서—그때는 교사 없이도 대학 설립인가를 내줬어요—폐쇄한 안천 읍내 직업훈련원을 임대해서 개교 준비를 했답니다.

금종태 사장님의 지시로 그곳으로 간 저는 거기에서 소사 노릇을 하며 지내다가 우연한 기회에 사장님이 중석대 설립자이신 금기태 님의 형이라는 사실을 알게 됐어요.

억울하고 절박해서 하소연을 하다 보니 사연이 길어졌네요. 구걸하며 비루하게 살아온 놈의 버릇이니 양해해 주세요.

눈치로 살아와서 세상물정을 모르지 않는지라 기대는 하지 않았으나, 자신을 구해주면 저를 교수로 만들어줄 것이라며 맹약했던 허삼락 교수는 교수를 만들어주기는커녕 실문과의 조교로도 뽑아주지 않았고 시간 강의마저도 내주지 않았어요. 신설 학과인지라 유 경력자 조교가 필요할 텐데도 자신을 돕다—어쨌든 결과적으로 도운 것은 사실이니까요—가 국문과에서 팽 당한 저를 뽑지 않은 거예요.

허 교수도 실문과 신설과 동시에 저와의 구차한 연을 정리한 것이지요. 제 도움을 받았다는 구차한 사실 때문에 저를 피하는 것 같았어요. 사람은 누구나 부끄럽고 구질구질한 과거는 속히 지우고 싶은 법이니까요.

결국 저는 모두에게 팽을 당한 것이지요. 그래서 살 길을 찾아야겠기에 저를 누구보다 아껴주셨던 평주신보 국장님을 찾아가 이런 처지를 하소연하며 도움을 청했어요. 그분은 S대 동문으로서 사업가이셨던 금상조 총장님과도 각별한 사이셨거든요.

"네가 갑자기 끼어드는 바람에 쫓아낼 수 있었던 놈을 못 쫓아냈다고 하던데."

"예?"

국장님의 말을 들은 저는 깜짝 놀라 까무러칠 뻔했어요. 저를 엄청 아껴주시고 챙겨주셨던 국장님이 허튼소리를 하실 리 없기에 충격이 더 컸어요.

이 글을 읽으신 여러분도 아시다시피 금상조 총장님이 동의를 해주셔서 시작한 일이었잖아요. 그런데 국장님의 말에 의하면, 금 총장이 허삼락 교수 퇴진 사태를 유발 또는 조장했을 수도 있다는 추측이 가능하잖아요. 어쩔 수 없어서 임용은 했지만, 내쫓을 생각이었다는 겁니다. 그것도 국문과 교수들의 힘을 빌려서 말입니다. 아니 대학이 무슨 정치판인가요.

저는 국장님이 이런 얘기를 왜 이제 와서야 하시는 거냐고 물었어요. 교육부로부터 실문과 신설 승인을 받은 뒤에 금 총장을 만날 기회가 있었는데, 그때 그가 이제는 허삼락 '그 새끼'를 쫓아내기 힘들게 됐다고 말했다는 겁니다. 그런데 총장님은 내가 해결을 하겠다고 했을 때, 왜 그러라고 했던 것일까요. 대학이 권모술책의 경연장은 아닐 터인데…….

국장님과 헤어진 저는 생각이 복잡했어요. 버스를 탔는데, 어디를 가려고 어디로 가는 버스를 탔는지, 대체 버스는 왜 탔는지, 그리고 잠시 뒤에는 지금 지나는 곳이 어디인지, 버스비는 내고 탔는지 아무것도 알 수 없었어요. 그냥 버스가 가다 서다 하는 것만 느낄 뿐이었어요.

그러다가 정신을 차려보니 버스가 평주 기차역 앞 로터리를 돌고 있었는데, 그 순간, 허삼락 교수가 찾지 않고 있는 각대봉투가 떠올랐어요. 다시 생각해 보니 허 교수님은 저에게 했던 자신의 약속을 버린 것이 아니었어요. 그러니까 저에게 자신이 교수로 임용된 방식을 넌지시 전수해 준 것이었지요. 각대봉투 내용물이 허 교수가 약속을 이행한 증표였던 것입니다.

버스를 갈아타고 자취집에 도착한 저는 책장서랍에서 미키마우스 스티커가 붙은 회색 마닐라 각대봉투를 꺼내 소각했어요. 천애고아로 당장 살길이 막막했지만, 각대봉투를 지푸라기 삼고 싶지는 않았답니다.

불에 타 뒤틀리는 미키마우스가 저를 보며 비웃는 것 같았는데, 그 표정이 허삼락 교수 같았습니다.

죽은, 어느 교수의 일기

1

날씨가 백설기를 찌는 것 같았다. 눈이 내려 얼더니 그 위로 비가 내려 얼고 다시 눈이 내려 얼었다.

성조기 교수는 방학 중인데도 이런 악천후에 학교 연구실로 출근을 해야 했다. 머들령 터널을 통과하자마자 내리막길에서 차가 미끄덩하면서 핸들이 멋대로 놀아 기겁을 했다.

성 교수는 바퀴에 체인을 감으면서 이런 악천후에 만나자고―그것도 굳이 학교에서―떼를 쓴 피마리에게 쌍욕이 저절로 나왔다. 이 불한당 같은 날씨에 자신을 만나야겠다는 피도린 교수의 딸이 밉살스럽고 못마땅했다.

그러나 어쩌겠는가. 아무리 오래 알고 지낸 동료 교수의 딸이라고 해도 이제는 임의롭게 지내온 예전의 그 딸이 아니었다. 사법연수원 '배치고사'에서 차석의 성적을 받아 법원 근무가 결정되었다고 하지 않는가. 성적에 따라 법원, 검찰, 변호사 순으로 갈 곳이 나뉘는데, 법원이라 하면 판사가 됐다는 뜻이다. 그러니까 S대 법대 출신으로서 사법고시를 거쳐 판사가 된 동료 교수의 딸이 아버지 근무지였던 학교에서 만나기를 희망한다는데 정당한 사유 없이 어떻게 거절할 수 있단 말인가. 아무나 판사가 되는 게 아니고, 또 세상일이라는 것은 장차 어찌 될지 모르는 게 아니던가.

"제가 판사에 임용된 것은 다 교수님 덕분이에요, 감사해요."

검정 바지정장 차림으로 한 시간가량 늦게 나타나, 언 길 탓을 한 피마리가 다탁 위에 검정 비닐봉지를 올려놓으며 말했다. 학교 편의점에서 사 온 것으로 보이는 비타500 한 박스였다. 시침이 '11'을 향하고 있었다.

그녀의 사시나 배치고사에 일조한 바가 없는 성 교수는 말뜻을 헤아리지 못해 떨떠름한 표정으로 예비판사가 준 비타500 상자만 물끄러미 내려다봤다.

"성 교수님께서 아빠 장례를 훌륭히 주관해 주신 덕분에 제가 남은 연수 과정에 전념할 수 있었어요. 감사해요."

양 무릎을 모아 그 위에 양손을 다소곳이 얹은 그녀가 성 교수에게 거듭 사의를 밝혔다. 학과장으로부터 피 교수의 사인을 사실대로 보고 받은 총장이 일언지하에 거절했으나, 성 교수가 총장을 패스하고 이사장을 찾아가 설득과 사정을 한 끝에 인문대학장(人文大學葬)으로 치러낼 수 있었다. 학교가 지저분한 소문에 휩싸이지 않으려면 공식적 장례가 필요하다고 했다.

성 교수는 그녀 뒤로 멀리 보이는 눈 덮인 구진벼루를 바라봤다. 백제 성왕이 전투 중인 아들을 몰래 보러 오다가 적의 매복에 걸려 잡혔다는 곳이었다. 그녀가 판사 임용이 왜 자기 덕분이라고 강조하는지 모르겠지만, 어쨌든 진심으로 축하한다고 하면서 학과 교수들과 함께하는 식사자리라도 마련해 보겠다고 했다. 입찬소리로 끝날 수 있는 인사치레였다. 죽은 피 교수를 학과 교수들이 좋아하지 않았다.

"아무튼 고맙…… 네."

성 교수가 '다'를 '네'로 우물쭈물 바꾸며 말했다. 마리를 봐온 것이 세 살 때부터였다. 피 교수가 자신의 교수 임용이 결정된 해에 태어난 둘째 딸이 신동이라면서 팔불출인 양 자랑을 해댔었는데, 판사가 됐다니 성 교수로서도 기쁘고 대견스러울 뿐이었다.

"피 교수님이 살아계셨다면 얼마나 좋아하셨겠어…… 요."

그녀의 광채와 포스—사법연수원생 신분으로 두 달 전 장례식에 참석했을 때는 전혀 느끼지 못했다—에 부러움과 주눅이 든 성 교수는 공연히 눈치를 보느라 대화 내내 이런 식으로 말끝을 오락가락하며 버벅댔다. 궁벽진 시골 대학의 교수로서 갖는 자격지심 때문인 것 같았다. 그는 말을 편하게 하라고 하지 않는 피마리가 밉살스러웠다.

성 교수의 자격지심과 마리의 자존감 속에서 이런저런 이야기가 오갔다. 이야기라기보다 마리의 일방적인 질문과 부탁들이었다.

"녹조근정훈장까지 받게 해주셔서 더욱 감사드려요. 그리고 제가 부탁드린 말씀도 잘 살펴주세요."

약 20여 분이 지났을 때, 할 말을 다 했는지 마리가 정중히 고개를 숙이고는 숄더백을 집어 들었다.

"내가 해야 할 도리를 한 것뿐인데…… 뭐. 그, 그래…… 그렇게…… 요."

성 교수가 따라 일어서며 말했다. 단과대학장으로 치른 것은 도리라기보다 생떼라고 해야 맞았다.

"아참. 그리고 이거…… 아빠가 차를 바꾸신 거 같은데,"

마리가 깜박 잊을 뻔했다는 듯이 숄더백에서 무언가를 꺼내 건넸다. 자동차 카탈로그였다.

"차가 어디 있는지 모르겠다면서 엄마가 알아봐 달래요."

카탈로그 갈피 속에 매매계약서가 끼어 있었다. 2011년식 렉서스 is250이었다. 통장과 보험증서를 챙길 때 같이 가져간 것 같았다.

성 교수는 피 교수가 렉서스를 타고 다니는 것을 본 적이 없었다. 그것도 빨간색 렉서스였다. 고 피도린 교수의 둘째딸 마리는 렉서스 차량 수배까지 부탁한 뒤 돌아갔다.

성 교수는 비타500과 사법연수원 심벌 마크가 찍힌 파일 케이스를 물끄러미 바라봤다. 비타500을 마시고 힘내서 파일 케이스에 담긴 숙제와 렉서스의 행방을 추적해 달라는 뜻 같았다.

마리가 연구실을 나갈 때 동작이 굼뜬 조교가 일회용 컵에 담긴 믹스커피를 들고 허둥대며 왔다. 5미터 떨어진 과사무실에서 믹스커피를 타서 배달 오는데 25분이 걸린 것이다. 성 교수는 고작 25분을 만나려고 50분 동안 언 길을 운전해서 학교까지 왔다고 생각하니 화가 치밀었다.

2

성조기 교수는 피마리, 즉 예비판사의 부탁이 담긴 파일 케이스를 열고 내용물을 꺼내 다시 살폈다. 피 교수의 육필 일기를 복사한 여섯 쪽의 A4 용지였다.

저희가 무고히 나를 잡으려고 그 그물을 웅덩이에 숨기며 내 생명을 해하려고 함정을 팠사오니

멸망으로 졸지에 저에게 임하게 하시며 그 숨긴 그물에 스스로 잡히게 하시며 멸망 중에 떨어지게 하소서

내 영혼이 여호와를 즐거워함이여 그 구원을 기뻐하리로다

첫 쪽은 일기의 속표지를 복사한 것으로 보였는데, 끄트머리에 '시편

35:7-9'라고 부기되어 있었다. 일기의 프롤로그 같았다. 마리에게 아버지 죽음에 관한 의심을 제공하고 안천읍까지 내려오게 한 성경구절이었다. 피 교수가 예수쟁이라는 건 금시초문이었다.

나머지는 마리가 요약해 들려준 내용들이었다. (……)은 마리가 검정 매직펜을 칠해 지운 부분이다.

1990년 5월 16일(수)

(……)

이 자식들이 내 등 뒤에다가 칼을 꽂는구나. 물론 내가 제놈들을 교수로 임명해 준 것은 아니지만, 내가 내 동문 후배도 마다하고 무엇보다 실력을 갖춘 일류 명문대 출신을 써야 한다고 주장했기 때문에 제놈들이 교수가 될 수 있었던 것이 아닌가.

아, 그런데 제자들 교육과 학과 발전을 위해 자신들을 선택해 준 ~~결과가 내 발등을 찍다니~~ 나에게 칼을 꽂다니……. 혀를 물고 죽어버리고 싶은 마음뿐이다.

(……)

'이 자식들'이란 불어불문학과 교수들—문대업·서남일·마강철·소대길—을 뜻한다. 성 교수까지 포함시켰다면 다섯 명일 것이다. 미루어 짐작컨대 앞의 (……)은 피 교수가 왜 군이 자신의 후배가 아닌 명문대 출신을 교수로 뽑으려 했는지, 아니 뽑게 됐는지 그 음흉하고 내밀한 속마음이 적혀 있었을 터다.

같은 지방 소재 국립대 출신이자 2년 후배인 성 교수는 마리가 지워버린 그 불편하고 불쾌한 배경과 이유를 잘 알고 있었다. 피 교수의 실력, 일류 명문대 운운은 성 교수를 견제 내지는 고립시키려고 급조한 명분이자 핑계였다. 본인이 지워버린 내용을 읽어서 잘 알고 있을 텐데, 그 내용을 알아봐 달라고 하니, 부녀가 서로 닮아 음흉스럽구나 싶었다.

두 달 전, 피마리는 허겁지겁 3일장만 치르고 올라가 사법연수원 최종 평가시험을 준비하느라 아빠의 돌연사에 대해 따로 생각해 볼 만한 시간적·정신적 여력이 없었다고 했다. 학사 일정과 시험을 모두 마치고 집에 내려와 뒤늦게 아빠의 유품을 정리하다가 일기장을 들여다보게 되었다는 것이다.

마드무아젤 주가 말한 피 교수의 사망시각은 새벽 1시 5분이었다. 자다가 전화로 사망 소식을 들은 성 교수는 집을 나서면서 안천(安川)경찰서 경리계에 근무하는 제자와 통화했다. 경찰의 조언이 필요한 상황이라고 판단했기 때문이었다.

제자의 조언과 '지시'에 따라 먼저 유족에게 사망 사실을 알리려고 했으나, 프랑스 체류 중이라는 큰딸 피애리의 연락처는 알지 못했고, 겨우 연락이 된 작은딸은 사법연수원에 있어서 평주까지 내려오려면 시간이 좀 걸릴 것이라고 했다.

작은딸이 엄마에게 연락을 하겠다고 했다. 인근 청주시에 산다는 피 교수의 전 부인—2년 전에 이혼했다—은 차편이 없어서 당장 갈 수는 없고, 날이 밝는 대로 첫차를 타고 오겠다고 했다.

아침 8시쯤 중석대 부속병원 지하 안치실에 나타난 전 부인이 애도보다는 의구심 가득한 표정으로 검시관인 양 고인의 사체를 요리조리 살펴가며 한참 동안 뜯어봤다. 그러고 나서는 곧바로 성 교수에게 피 교수의 연구실로 함께 가자고 했다. 강요 같은 부탁이었다.

성 교수는 잠시 망설였으나 거절할 수가 없었다. 법적으로는 이혼한 사이라고 해도 자신과 서로 모르는 사이도 아니었고, 그녀도 두 딸의 부모인데 어쩌겠는가. 게다가 피 교수의 사망 장소와 시간, 사유 등이 너저분한 것도 그녀의 부탁을 거절할 수 없는 이유였다. 물론 어차피 알게 될 사실이지만, 이걸 성 교수 자신에게 캐묻거나 따지고 들면 난처하고 민망할 수 있었다.

성 교수는 학교 측에 사망 사실만 보고했을 뿐, 장례 절차 등 학교 측과 급하게 논의할 사항들이 많았다. 그러나 그는 시신 안치실을 나오자마자 남사스러울 정도로 닦달을 해대는 전 부인을 태우고 학교로 향했다. 운전을 하면서 장례 방식 등을 놓고 교학처장과 통화했다. 서로의 생각이 너무 달라서 논의가 되지 않았다.

아침 8시 40분께 성 교수의 승용차 편으로 학교에 도착한 전 부인은 피 교수 연구실 문을 열어달라고 요구했다. 눈치 없는 조교가 보조키를 가지고 있다고 밝혔으나, 현 부인도 아닌, 법으로 정리된 전 부인의 요구를 무턱대고 들어줄 수는 없었다. 성 교수가 난색을 보이자, 전 부인이 둘째 딸에게 전화를 걸어 연결해 주었다.

성 교수는 둘째 딸의 요구대로 문을 열어주었다. 성 교수와 조교가 지켜보는 가운데 몸집이 비대한 전 부인이 물 찬 제비 같은 동작으로 마치 압수수색을 하듯이 책상 서랍과 캐비닛을 열어 샅샅이 뒤졌고, 책장 이곳저곳을 훑어보고 쏘아보다가 몇 권의 책을 따로 골라내서는 책갈피까지 일일이 살폈다.

30여 분 가까이 머무르며 연구실을 이 잡듯이 뒤진 전 부인은 약간의 현금과 통장과 보험증서 등과 양주 한 병을 찾아내 챙겼다. 피 교수와 마드무아젤 주가 볼을 맞대고 찍은 5×7 사이즈 사진을 잠시 들여다본 뒤 바닥에 내던지고 나갔다.

연구실을 나온 그녀는 손수건을 꺼내 땀을 닦아내며 피 교수가 따로 쓰는 방은 없느냐고 물었다. 맡은 보직이 없어서 따로 쓰는 방이 없다고 했다. 그러자 조교를 쳐다보며 학과 행정실에 고인의 우편물이나 사물은 없는지 물었다. 성 교수와 눈을 맞춘 조교가 잽싸게 머리를 가로저었다.

그로부터 사흘 뒤, 인문대학장(人文大學葬)을 마치고 피 교수의 연구실에 들른 마리는 어머니가 챙겨가지 않은 개인 사물 가운데 이것저것 추려내 라면상자 가득히 담아갔다. 그때 피 교수의 일기장과 다이어리 등을 챙긴 것 같았다.

프랑스에 체류 중이라는 큰딸은 장례식장에 나타나지 않았다.

"아빠가 학과에서 엄청 심하게 따돌림을 당해 오셨던 것 같아요. 과로로 인한 돌연사라고 생각했는데, 이걸 보다가 보니 집단 괴롭힘과 스트레스 때문일 가능성도 있겠다 싶었어요. 교수님은 어떻게 생각하세요?"

마리가 파일 케이스에서 꺼낸 복사물을 펼쳐놓고 한 말이었는데, 가관이었다. 예비판사가 아버지의 사망 원인을 따져보겠다며 설정한 가정이었다.

"그, 글쎄……."

놀란 성 교수는 자신도 모르는 사이에 저절로 벌어진 입을 어쩌지 못해 애를 먹었다. 적반하장도 아니고, 물에 빠진 사람 구해줬더니 보따리 내놓으라는 것도 아니고, 대체 이걸 뭐라고 해야 할지 알 수 없었다.

뒤틀려 벌어진 창틀—1987년 갑작스러운 증과증원으로 급하게 강의동을 짓느라 부실공사가 되었다—을 비집고 들어온 칼바람이 성 교수의 등짝을 쑤셔댔다. 창밖을 보니 다시 비가 뿌리고 있었다. 비와 눈이 드잡이를 하는 불온한 날씨였다.

"제가 판사라고는 해도 조사나 수사 같은 걸 할 수 있는 권한이 없잖아요. 또 제 임지가 어디가 될지도 모르고…… 그래서 부탁드리는데, 이걸 여기 놓고 갈 테니까, 교수님이 좀 알아봐주세요."

어안이 벙벙한 성 교수에게 마리가 덧붙인 말이었다. 그러니까 권한만 있으면 당장 수사에 착수할 터인데, 그러지 못해서 성 교수에게 일종의 내사를 부탁한다는 말로 들렸다. 표현은 완곡했으나 시퍼렇게 날이 선 말이었다.

성 교수는 난감했다. 이때 휴대전화 문자 알림음이 들렸다.

— 와인도 김빠지면 맹물돼요.

와인 바 '무몽(MOMENT)'의 주하영 사장이 보낸 문자였다. 단골로 출입하는 교수들 사이에서는 마드무아젤 주로 불리는 여자였다. 키핑 한 와인을 마시러 오라는 말이었으나, 조만간 들러달라는 청이었다. 그러고 보니 와인을 키핑해 둔 지도 어느새 두 달이 넘어가는 것 같았다.

— 우울해요.

두 번째 온 문자를 확인한 성 교수는 다탁 귀퉁이에 있는 휴대전화를 잽싸게 집어 주머니에 넣었다.

"그, 그게…… 그러니까……."

뜨거운 감자라도 입에 한가득 베어 문 양 성 교수는 말을 맺지 못했다.

"곤란하신 건 잘 알아요. 그렇다고 해서 제가 고발을 하는 것도 좀 그렇잖아요?"

마리의 말투가 거칠었다. 성 교수는 그 말이 당신네 교수들의 위신과 체면을 생각해서 고발은 안 하려는 거야, 로 들렸다. 물증만 없을 뿐 정황 증거를 확보한 형사가 피의자를 대하는 듯한 태도였다.

"그, 그게…… 그래요. 어쨌든 내가 한번…… 빠, 빨리 알아보리다."

심기가 불편해진 성 교수가 이참에 사인을 말해버릴까 하다가 독한 검사의 수사지휘를 받는 줏대 없는 수사관인 양 우물우물 답을 뱉고 말았다.

"아빠와 4인방 교수님들 간에 어떤 일들이 있었는지 꼭 알아야겠어요. 법 없이도 사실 분이신데…… 아빠가 불쌍해요."

자동차 카탈로그를 건넨 그녀가 급기야 울먹이며 눈시울을 적셨다. 그러고는 커피를 가져온 조교를 옆으로 밀쳐내고 연구실을 나간 것이다.

성 교수는 '4인방 교수님들'이라는 표현에 정신이 아뜩했다.

3

피도린 교수는 중석대학 개교 이듬해인 1982년 개설한 불어불문학과 전임강사로 임용됐다. 설립자이자 초대 이사장인 학구 금기태의 '지인'이 불문과 개설을 강력히 추진했다고 했다.

그 미모의 지인이 학과 초대 교수로 내정되어 있었는데, 갑자기 생각을 바꿔 임용을 고사하는 바람에 급하게 새 사람을 찾다가 이사장의 고향 후배이자 불어 교사인 피도린을 임용하게 된 것이다. 당시 그는 평주고교 제2 외국어 교사로 있으면서 석사과정 4학기 중이었기 때문에 임용 자격에 하자가 없었다.

"인생은 새로운 기회의 연속이다. 티켓이 준비된 자만이 새로운 기회를 잡을 수 있는 것이다. 여러분이 공부하는 이유도 나처럼 티켓을 준비하기 위해서가 아니겠는가."

피 교수가 학기 초마다 학생들에게 들려주는 두 가지 자기자랑 중 하나였다. 마치 작대기 하나로 입대해 별을 따낸 군인인 양 자부심 넘치는 이 말을 들은 대다수 학생들은 이구동성으로 "교수님 말씀이 맞아요. 그래서 졸업장이 필요한 거잖아요"라고 화답하고는 했다.

월남전에 참전해 고엽제 속에서 베트콩을 쫓아다닌 이력이 그의 두 번째 자랑이었다.

격동의 1980년 3김—김대중·김영삼·김종필—의 불온한 난립을 잠재우고 빨갱이들의 광주 폭동을 유혈 진압한 뒤, 그러고도 여전히 누란지계에 놓인 나라의 안위를 지키고자 부득이 정권을 잡은 전두환 각하는 국민의 선진적 교육열을 따라잡지 못하는 후진적 대학교육 인프라를 확충시키고자 하는 일념으로 신규 대학 증설과 기존 대학의 증과 증원을 전격적이며 강력한 방법으로 강행했다. 군인, 하면 강력하고도 일사불란한 추진력이 아닌가.

그 당시, 대학에 가고자 하는 학생 자원은 차고 넘쳐났으나, 교원은 경우가 달랐다. 대학 진학을 원하는 학생—이 중 40퍼센트 안팎만 대학 진학을 할 수 있었다—과 우골탑을 쌓아서라도 뒷바라지할 각오가 된 학부형은 방방곡곡 지천에 넘쳐났다. 그러나 석·박사는 가뭄에 콩 나는 수준이었다.

지금처럼 석·박사가 흔치 않았기에 큰 결격사유—범죄 전과자 또는 반정부 사상범—가 없는 한 석·박사학위 소지자들이 대학의 교수가 되는 건 식은 죽 먹기였다. 그러니까 그 시절에 피도린 교수의 티켓 훈시는 교육적 가치와 실용성을 갖춘 훌륭한 금언이었다.

금기태 이사장의 미모의 지인이 갑자기 마음을 바꾼 확실한 이유는 끝내 알려지지 않았다. 대신 그 지인이 이사장의 내연녀라는 말이 돌았다. 때문에 굳이 교수를 해서 학교에 얽매일 필요가 없다는 추측과 그녀를 교수로 앉힐 경우 자칫 '평주기업사(국가안전기획부 평주 지사의 위장 칭호)'에 학원 비리로 책잡힐 수도 있기 때문에 포기했을 것이라는, 아니면 말고 식의 근거 없는 추측이 떠돌았다.

석사과정 티켓으로 일약 대학교수가 된 피도린은 중석대학에서 전체 임용서열 8위의 교수가 되었다. 즉, 학내 권력서열 8위가 됐다는 뜻이다.

1981년 개교 당시 5개 학부 6개 학과 272명을 모집—이 중 30퍼센트는 졸업정원제로 추가 선발 정원이다—하고, 교수는 부상봉 학장—당시에는 단과대학 규모였다─을 포함하여 7명만 임용했다. 같은 해 전방위적인 로비로 의과대학 개설 승인이 나면서 1982년 의대 소속 교수 8명을 무더기로 뽑았으나, 피도린은 이들보다 발령일자가 한 달가량 앞섰다.

피 교수가 비록 고교 제2 외국어 담당교사 출신이라고는 하지만, 평주고는 안천읍과 이웃한 평주직할시의 전통 명문고였고, 금 이사장과는 한 고향 출신이었다. 게다가 임용서열 8위 교수인 만큼 그의 자부심과 긍지는 물론이요 초창기에는 남다른 소명감과 책임감을 가지고 마치 종갓집 종손이라도 되는 양, 자신이 맹종하는 금 이사장과 학교 사이를 뻔질나게 오가며 학교의 대소사를 간섭했다. 그러다 보니 오지랖이 점점 넓어져 이사장과 학장을 수시로 독대해 가면서 직보·직언·간언·충언을 빌미로 한 이간질 고자질 등을 비롯하여 필요시에는 모략까지도 펼쳤다. 그는 다 학교를 위한 일이라고 했는데, 분란의 근원이었다.

이때부터 피도린 교수는 스스로 중석대의 발전에 길라잡이가 되고 '악마의 변호인' 역할을 하겠다면서 학교와 법인 관련 일이라면 뭐든 살펴보고 들춰내 메모하고 기록했다. 또 『아미엘 일기』로 유명한 아미엘처럼 자기 성찰을 위한 일기 쓰기도 빠뜨리지 않는다며 자랑했다.

어쨌든 메모와 기록과 일기는 그가 절대 권력자인 금 이사장과 독대를 할 때 무능하고 무책임한 교수들─이들을 안티 세력, 심지어는 빨갱이들이라고 칭했다─을 비난·비판하는 물적 근거와 증거가 되었다.

피마리가 지금 그 가운데서 발췌한 일기의 일부를 제시하며 내용에 대한 진위와 돌연사의 원인·배경·동기 등을 소상히 내사해 달라고 압박하고 있는 것이다. 다른 사람도 아니고 그의 직계비속인 딸이 아버지의 사적 감정이 개입된 문장 몇 줄을 빌미삼아 실체를 까발려 달라고 덤벼드는 아이러니한 상황이 성 교수로서는 난감할 따름이었다.

1991년 5월 16일(수)

스승의 날인데 내 방에 찾아오는 제자가 아무도 없다니…….
왜일까?
처음 겪는 일이라 황당하다. 어찌 이럴 수가 있단 말인가!
    (……)

조교를 다그쳐 알아보니 학생들이 나를 무능하다는 이유로 퇴출대상
교수로 지목했으며, 또 성 교수의 귀띔에 의하면 문과대 학생회장 주관으
로 곧 행동에 들어간다고 했다. 불문과 학회장 놈이 문과대 학생회 차원
의 공조 대응을 요청했다는 것이다. 문대업을 위주로 한 ■ ■ ■ 4인방의
공작 냄새가 난다.

대자보도 써서 내 연구실 문에 붙였는데 기가 막혔다. 88올림픽 기념
문화사업의 일환으로 1987년 내가 번역해서 출간한 아르튀르 랭보의 시
집을 문제 삼다니…… 그것도 감히 학생 놈들이…… 내가 번역한 시집에
서 50개나 되는 문장을 뽑아 '가당치도 않은 고삐리 선생 수준의 악역(惡
譯)'이라고 주장했다. 악역을 주장하기 위해, 올바른 번역이라며 병기한
문장을 보고 더욱 기가 막혔다.

내가 번역한 단어가 잘못됐다면서 유사어와 동의어를 찾아 바꾸고 어
순을 뒤틀어 재조합해 놓았다. 그러고는 오역을 넘어 악역이라고 주장했
다. 또 의역은 직역으로 직역은 의역으로 바꿔놓고 원작자의 기본 의도를
무시한 명백한 오역이라고 했다.

이렇게 뽑아 지적한 50개 문장은 학생들 솜씨로 볼 수 없었다. 조금만
신경 써서 들여다보면 전문가의 손길과 장난질이 엿보였다. 4인방이 간
여했다는 합리적인 추정이 가능했다. 이는 학생들이 아니라 문대업을 중
심으로 한 4인방이 합작해 만든 명백한 음모다. 배후에 ■ ■ ■ 4인방이

있는 것이다.

(······)

1991년 5월 20일(월)

(······)

"문장 내에서 단어 간에 리에종(연음)이 어디서 일어나고 어디서 안 일어나는지를 모르고 심지어 'r' 발음이 형편없고, 발음 기호대로 실제 발음을 하는 경우도 많다. 불어 발음은 뭉갤 때 뭉개주고 뺄 때 빼주는 게 상식이요 생명인데 명색이 불문과 교수라는 피 교수의 발언은 초딩 수준에도 못 미친다고 할 수 있다."

학회장이라는 놈이 4인방의 사주를 받아 대자보에 써서 인문대 강의동 위고관 벽면에 붙인 내용이다.

마리가 지운 것으로 보이는 두 군데 '■■■'는 '빨갱이' 같았다.

성 교수는 일기를 보면서 느닷없이 조악한 추억록 속의 이등병 시절이 떠올랐다. 돌이켜 보면 1980년대 후반과 90년대 초반에 교수로서 치른 고생은 구타와 인격말살 속에서 치렀던 졸병 시절의 개고생에 견줄 바가 아니었다. 학원민주화라는 이름으로 자행된 집단 모욕과 따돌림에 불가항력적으로 시달린 악몽의 시절이었다. 군 생활의 개고생은 고참들로부터 당한 것이었으나, 학원민주화 당시의 고역은 제자인 학생들로부터 당한 것이었다. 물론 누구나 다 당한 것은 아니었고, 무능·어용 교수로 찍힌 피도린 교수를 비롯한 대여섯 명의 교수들만 당했다. 이 가운데 두 명은 학생들이 쫓아냈다.

뼈다귀를 입에 문 채 물에 비친 제 모습을 보고 짖어대다가 물고 있던 제 뼈다귀마저 물에 빠뜨려 못 먹게 됐다는, 이솝 우화가 있는데, 피도린 교수가 이랬다. 개교 초기 그의 욕심과 심술과 전횡은 대단했다. 그런데 이 기고만장이 학원민주화를 맞으면서 제 입의 뼈다귀도 놓치고 제 발등 제가 찍는 일을 겪게 된 것이다.

1987년 불어불문학과의 세 번째 신임 교수를 선발—1982년 40명 정원으로 시작한 뒤, 정원이 120명이 된 1985년까지 피 교수와 성 교수 두 명이 시간강사들과 함께 학과를 커버했다—하는 과정에서 문제가 터졌다.

성조기 교수가 자신이 추천한 지원자를 밀자, 피 교수가 어깃장을 부렸다. 정실과 친소 관계를 떠나 실력 있는 교수를 뽑아야만 학생들을 잘 가르쳐 학과가 진정으로 살 수 있다는 명분을 내세워 반대하고 나선 것이다.

피 교수가 주장하는 실력 있는 교수란 학벌과 연구논문 발표 실적이 빼어난 사람을 뜻했다. 일단 학부와 대학원 모두 'SKY대' 출신이 필요조건이고, 'S대'와 SCI급의 유수 국제학술지 논문 발표 실적이 충분조건이라는 것이었다. 연구원을 뽑는 것이 아니라, 교수를 뽑는 것이기에 강의와 지도 능력도 중요할 터인데 강사 경력 따위는 중요한 것이 아니라고 우겼다.

피 교수 자신이 고교 교사 출신인 점을 고려할 때, 생떼이자 억지였다. 성 교수는 학과 교수이고 또 중석대 구성원을 뽑는 것인 만큼 인성과 애교심도 중요한 선발 조건이라며 피 교수가 급조한 억지주장에 맞섰다. 그러자 피 교수는 학벌과 연구실적 좋은 놈이 인성과 애교심과 교수 능력도 '잇빠이' 있는 법이라면서 무질렀다.

성 교수는 학과 서열 1위이자 마드무아젤 홍의 '애견'인 피 교수의 억지 주장을 당해낼 힘이 없었다. 대학은 실체가 없는 껍데기이고 학과가 실체인지라, 학과 서열 1위의 교수가 학과 운영에 관한 의사결정의 시종을 좌지우지했다.

게거품을 물며 이런 주장을 하는 피 교수도 정작 학부와 석·박사과정 모두 지방 국립대 출신에 SCI급 게재 논문 한 편 없는 교수였다. 자기 말로는 가난 때문에 4년 전액 장학금이 필요해서 SKY대 진학을 포기한 것뿐이라고 했지만, 알 수 없었다.

피 교수의 결사반대에 부딪힌 성 교수는 모교 후배 지원자로부터 섭외비 명목으로 받아쓴 5백만 원을 토해내야 했다. 당장 그 돈 5백만 원을 구하지 못한 성 교수는 학교 신협에 2년 거치 5년 분할상환 조건으로 대출을 신청했다.

이재와 꼼수에 밝은 금기태 이사장이 교수 선발이라는 먹잇감을 해당 학과 선임(先任) 교수들에게 맡기고 지켜볼 만큼 공정하거나 천진무구한 사람은 아니었다.

부동산마다 매겨진 공시지가가 있듯이 교원직도 시중에 형성된 공시 호가라는 게 있었다. 임용 시 약간의 비공식적 기부금—이 돈은 해당 학과 교수가 거간비로 떼어먹기도 하고, 총장 또는 이사장이 통째 먹기도 한다. 나눠 먹을 경우에는 대부분의 경우 위로 올라가면서 배분율이 커지는데, 더러 아래에서 비율을 크게 챙겨먹는 간 큰 교수도 있었다—내지는 공식적 발전기금을 얼마든지 받아낼 수 있는데, 이런 사학계의 오랜 미풍양속을 이사장이 모를 리도, 포기할 리도 없지 않은가.

하지만 불어불문학과에 예외가 적용됐다. 피 교수가 금 이사장의 내연녀 마드무아젤 홍을 구워삶아서 이사장이 간여하지 않도록 만든 것이다.

사람은 누구에게나 의외의 약점이 있는 법이다. 함께 길을 걷다가도 바닥에 떨어진 10원짜리 동전을 주울—실제 줍는 것을 봤다—정도로 돈을 보는 눈이 밝을 뿐 아니라, 단돈 10원에도 과감하게 체면을 버리고 실리를 챙기는 그에게도 '무조건적인 숙명적 사랑' 때문에 처한 치명적 약점이 있었는데, 그게 마드무아젤 홍이었다.

금에게 홍은 자신의 지적·문화적 수준과 지향점을 드러내주는 깃발이었다. 여하튼 이사장의 사랑은 중석대에서 한때 세상을 떠들썩하게 한 모 유명 목사의 파리 나비부인 사랑 의혹 사건에 맞먹을 만한 스캔들이었다. '파리의 선진 교양 및 문화'로 포장하고 무장한 마드무아젤 홍의 허영과 사치는 중일학원 내에서는 물적·정신적 경계를 허물며 막강하게 작동했다.

학구 금기태 이사장이 아무리 배움[學]에 금테[釦] 두른 호(號)를 가졌 다고 할지라도 마드무아젤 홍의 품위와 교태 앞에서는 무용지물이었다. 성 교수로서는 어디를 찔러도 피 한 방울 안 나올 이사장이 대체 왜 말 상에 잇몸까지 튀어나와 못생긴 저런 여자에게 끌려다니며 피를 쭉쭉 빨리면서도 꼼짝을 못하는 것인지 불가사의할 따름이었다.

프랑스의 여행지—고흐 형제 무덤 앞이다—에서 우연히 만나 사귀었 다는 마드무아젤 홍의 허영과 사치는 물적 명품 애호를 넘어 지적 엘리트 주의에까지 뻗쳐 있었다. 그녀가 주장하는 파리의 교육, 파리의 문화, 파 리의 교양이 이사장이 이루고자 하는 중석대의 지향점이자 철학이자 가 치였다. 개선문을 본 뜬 교문을 비롯해서 대다수 강의동 명칭까지도 프랑 스와 유관한 것들을 찾아 붙였다.

불가사의하게도 이 말상 내연녀와 피 교수는 꿍짝이 잘 맞았다. 이사장 이 홍에게 홀린 이유를 알 수 없듯이, 도도한 홍이 용렬한 피와 꿍짝이 잘 맞는 이유도 도무지 알 수 없었다. 다만 이사장의 말에 의하면, 마드무아 젤 홍의 허파에 든 바람이 빠지지 않고 유지될 수 있도록 비위를 맞춰주 는 일과 바람이 빠졌다 싶으면 바로 채워 넣어주는 일에 피 교수만큼 능 하고 빠른 사람이 없다고 했다. 놀랍게도 이사장은 홍의 허파에 든 바람 과 자신을 동일시했다. 그 바람이 빠지면 마드무아젤 홍과 이별을 해야 한다는 것을 잘 알고 있다는 것이었다. 믿기지 않는 사실이었다.

그러니까 금과 홍 사이에 오해나 갈등, 틈이 생기면 피도린이 나서서 해결해 준다는 말이었다. 굼벵이도 구르는 재주가 있다고 피 교수에게 그런 재주가 있었다. 대다수 교수들이 속으로 부러워하면서도 겉으로 손가락질하는 재주였다.

마드무아젤 홍은 불문과 교수임용만큼은 프랑스식으로 권위 있는 석학의 추천을 통한 완전 공채로써 공개 면접을 통한 투명하고 공정하고 품격 있는 선발을 하겠다고 '선언'했다. 당연히 홍은 교수 선발에 관여할 아무런 지위도 권한도 없었다. 하지만 금 이사장에게도 그녀의 선언을 무찌를 만한 힘이 없었기 때문에 그녀가 말한 선발 기준과 방식대로 이루어질 수밖에 없었다.

그러나 피 교수는 마드무아젤 홍과의 불필요한 야합—성 교수의 후배를 선발하지 않기 위한—으로 SKY대 출신을 뽑은 바람에 제 무덤을 제가 판 꼴이 되고 말았다. 자충수가 됐다는 말이다.

이런 '불필요한 야합'으로 뽑은 첫 번째, 그러니까 학과의 세 번째 교수가 문대업이었다. 부뚜막에 올라앉은 고양이 모양 얌전하고 순종적인 데다가 수줍음까지 보여 성 교수도 이의 없이 임용 동의를 했는데, 뽑고 난 뒤에 보니 피 교수의 평주고교 제자였다. 물론 평주고 출신인 것은 서류 심사과정에서 알고 있었다.

이때부터 피도린 교수의 불행의 싹이 터 자라기 시작했다. 순간의 선택이 10년을 좌우한다는 광고 카피를 넘어 피 교수는 잘못된 순간의 심술—'불필요한 야합'이 성 교수의 후배를 신임 교수로 뽑지 않으려는 심술이 아니었다면 뭐란 말인가—로 자신이 돌연사하는 그날까지 무려 25년 동안이나 무간지옥 속에서 시달리다가 끝내 '십자가형'까지 받아야 했다.

고교 제자 문대업을 뽑은 피 교수는 자신의 공평무사하고 미래지향적인 인사 마인드를 타 학과 교수들도 본받아야 한다며 자화자찬하고 다녔다. 그러면서 문대업이 와신상담하며 갈고 닦은 이빨과 발톱을 드러내기 전에, 그러니까 그가 고교 스승인 피 교수의 말에 딸랑딸랑 복종하는 애견 시늉을 해 온 3년 사이에 세 명의 교수를 SKY대 출신으로 더 뽑았다. 우리네 교수 업계에서 자기보다 잘난 놈을 절대 뽑아서는 안 된다는 불문율을 어긴 것이다.

문대업은 피도린과 고교 사제 관계라도 있다 하지만, 나머지 세 명은 타지, 타 고교 출신이었다. 장차 '니나 내나 다 같은 교수'라며 쌩까고 덤벼들면 맞설 방책이 없단 얘기였다.

S대 출신 문대업이 임용 3년 차가 되면서부터 무풍지대였던 학과에 변화의 조짐이 일었다. 이 변화 조짐이 1990년대 초반 전국 대학으로 들불처럼 번진 학원민주화운동 시기와 맞물렸다.

인내심 많고 머리 좋은 문대업은 3년의 짬밥을 기반으로 후배 교수인 SKY 3인을 자기 수하로 복속시켰다. 문은 지잡대 출신에 실력도 뭣도 없는 피 교수가 사사건건 자기를 노예나 부하직원 다루듯이 함부로 지시하고, 툭하면 제자들이 보는 앞에서 야단까지 치는 행위가 못마땅했다. 자신을 평주고교 때 학생 다루듯이, 군대 쫄따구 다루듯이 함부로 대하는 버르장머리를 고쳐주고 싶었다.

SKY대 출신이라는 동질성 하나만으로도 넷 사이에는 엘리트·명문·주류 등의 카테고리와 연대감 속에서 이미 충분한 동질감과 동지애가 형성되어 있었다.

입사 3년 만에 학과 링커의 포지션에 오른 문 교수는 이른바 'SKY대 : 지잡대'의 양자 구도를 만들어 피 교수의 무소불위 만행과 불합리한 학과 운영에 슬슬 제동을 걸기 시작했다. '1:1:4'의 구도가 된 것인데, 학원민주화에 따른 학내 분규가 정점으로 치달으면서 학과는 결국 SKY 4인방의 손아귀에 완전히 장악되고 말았다.

죽은 자식 불알 만지는 얘기지만, 성 교수는 그때 피 교수 편에 붙어서 2:4를 만들어 줄 걸 그랬다는 아쉬움이 컸다.

1990년 중석대학교—1989년 종합대학이 됐다—에서는 무능·어용 교수 퇴출이 최대 이슈로 부상했다. 학원민주화운동이라는 거창한 구호는 내걸었으나, 이제 막 종합대학교가 되어서 안천 읍민들과 함께 한껏 들뜬 시골구석의 중석대 내에서는 이렇다 할 정치·사회적 이슈도 없고, 또 그런 것을 만들어낼 만한 자질도 감당할 만한 능력도 없었다. 그렇다고 해서 금기태 이사장이 버티고 있는 재단을 향해 학원을 민주화하라고 빡세게 대들 만한 세력도 없었다. 그래도 무언가는 해야겠기에 교수들 간의 세력과 이권 다툼에서 비롯된 세대 전쟁 성격을 띤 무능 교수 퇴출 음모에 학생들이 동원됐다. 성 교수가 보기에는 그랬다.

소장파 교수들이 이를 자정자강(自淨自彊) 운동이라고 했는데, 콘셉트가 중국의 문화대혁명과 비슷했다. 중석대 차원에서 이 소름 돋는 전쟁을 설계하고, 순진한 학생들을 홍위병인 양 앞세워 이끌어간 놈이 문대업이었다. 피 교수가 빨갱이 4인방이라고 하는 근거였다.

성 교수도 몇 가지 실수로 이놈이 놓은 덫에 걸려들었으나, 학과 일에 관해서는 무조건 간여하지 않거나 중립의 입장에 선다는 약속을 하고 풀려났다. 1:4 구도에서의 중립은 1:5가 되어주겠다는 의미나 다를 바 없었다.

이렇게 해서 1:1:4의 구도에서 빠진 성조기 교수는 자유롭고 한가하고 무료했다. 학원민주화운동으로 시끄러웠다고는 하지만, 정치사회적 이슈에 휘둘리지 않는 한 당시 대다수의 지방대학 교수들은 호시절이나 다름없었다. 반정부 투쟁을 하지 않는 한 신분과 지위가 철밥통같이 보장되었고, 권위와 명예와 자유를 공고히 인정받았으니 걱정할 일이 없었다.

연구하라고 들볶지도 않았고, 지금처럼 학생들로부터 강의평가를 받아야 하는 불편함도 없었으며, 신입생을 모집하러 잡상인 취급받으며 고교 방문을 해야 한다거나, 대외 봉사 실적을 정량 점수화해서 들이대며 다그치는 일도 없었다. 보직욕에 따로 꺼들리지 않는 교수에게는 그냥 그 나물에 그 밥을 먹듯이 강의록 하나만 있으면 하루하루가 천국이었다. 매해 학생은 넘쳐났고, 등록금은 매년 물가상승률의 세 배 이상으로 올랐다. 말 그대로 호우지절(好雨之節)이었다.

그러나 지금은 어떤가. 과거, 즉 1990년대에는 싸가지 없는 빨갱이 후배 교수 놈들과 부딪히지만 않으면 무사안일이었으나—똥이 무서워서 피하나 더러워서 피하지—2012년 지금은 대학 인증 평가를 구실로 교수는 3대 의무가 있다면서 연구·교육·봉사 각 부문별로 기준과 목표를 정해 개별성과를 닦달하지 않나, 고교 선생들에게는 잡상인 취급을 받고, 기업에서는 거간꾼 취급을 당해가며 신입생 경쟁률과 졸업생 취업률을 올리기 위해 노심초사, 전전긍긍해야 했다.

그럼에도 불구하고 교권을 뚱친 막대기로 알고 삑 하면 대드는 학생 놈들까지 골칫거리가 한두 가지가 아니다. 화가 나서 야단을 치거나, 어떻게 해서든 가르쳐보려고 잔소리나 훈계라도 하면 강의평가로 보복을 하는 것은 물론이요 감정이 듬뿍 담긴 글들을 소셜 미디어에 올려 여론재판에 붙인다. 아예 곧바로 총장을 찾아가 클레임을 거는 놈도 있다.

어디 그뿐인가. 학교가 2002년과 2005년 두 차례 미충원 사태를 겪고, 2011년 정부 시책에 의해 등록금마저 반강제적으로 동결이 되면서 임금 제도가 호봉제에서 성과연봉제로 바뀌어 철밥통도 많이 짜부라졌다. 그래도 여전히 철밥통인 것은 다행스러운 일이었다.

어쨌든 교수도 오욕칠정을 가진 사람인지라 심신이 편해지면 딴마음을 품게 되는 법이다. 그때는 '2세대 교수'—박사학위와 어느 정도 강의 경력이 있어야 전임이 되었다—들의 '정풍 운동'을 표방한 집단행동 때문에 '1세대 교수'—석사과정 중이어도 전임교수가 가능했다—에 속하는 성조기 교수는 계속 이어졌던 본부처장 보직이 끊어지고, 월 보직수당 30만 원짜리인 국제교류원장을 겨우 꿰차고 있었다. 그것도 보직 금단현상—산후우울증과 비슷하다고 보면 된다—을 견디지 못해 세 차례나 금기태 이사장을 찾아가 읍소한 끝에 꿰찬 보직이었다.

4

'한국식 민주주의'를 만들어 외치며 자유가 방종과 무책임을 낳는다고 경계를 게을리하지 않았던 유신 시대의 구호는 명언이자 진리였다. 피도린 교수의 일기에 절절히 쓰인 것처럼 학과 교수들이 1:4로 이전투구 중일 때, 자유인이었던 성조기 교수에게 뜻하지 않은 절체절명의 위기가 찾아왔다.

1992년 10월 25일 일요일로 기억된다. 아, 아무리 세월이 빠르고 무정타한들 어찌 그날의 그 끔찍한 일을 잊을 수 있으랴!

마당의 잡종견 '멀대'가 골목의 보안등을 보고 하릴없이 짖어대던 한밤중에 느닷없이 철 대문을 때려 부수는 소리가 들렸다. 쾅, 하는 소리에 놀라 차량 폭탄 테러라도 일어난 줄 알았다.

평주 집에서 아내와 함께 주말 드라마 〈아들과 딸〉을 본 뒤, 어영부영하다가 막 잠자리에 들려던 성 교수는 깜짝 놀라 현관으로 달려 나가 문을 열어젖혔다. 파자마 바람이었다. 그러나 곧 그 자리에 몸이 얼어붙고 말았다.

철 대문을 부수고 집 안으로 들어온 웬 젊은 놈이 도끼를 들고 장작을 패듯이 대문을 찍어대며 난동을 부리고 있었다. 중은 아닌 것 같은데 머리를 삭발하고 웃통을 벗은 허우대가 건장한 놈이었다. 수호전의 노지심이 저렇게 생기지 않았을까 싶었다. 처음에는 이 미친놈이 행패 부릴 집을 잘못 찾아 들어온 것이 아닌가 싶었다.

뒤따라 나와 있다 이를 본 아내가 112에 신고를 해야겠다며 거실로 되돌아가려는 순간, 성 교수는 불현듯 집히는 구석이 있어 급히 아내를 제지했다. 그는 자신을 향해 돌아선 놈의 얼굴을 보고는 그가 집을 잘못 찾아온 미친놈이 아니라는 것을 안 때문이었다. 보안등 빛에 얼굴을 드러낸 미친놈이 비틀거리며 달려들었다. 만취 상태 같았다.

"야잇, 개애새끼야, 죽어랏!"

개새끼를 죽이겠다는 미친놈이 멀대가 아닌 자신에게 달려들었다.

그날 그 자리에 그대로 서 있었더라면 성조기는 저세상 사람이 되었을 것이다. 집 안으로 도망치던 그는 등 뒤로 날아든 도끼날을 간신히 피했다. 철 대문에 이어 현관 유리문이 박살났다.

놈이 성 교수를 겨냥해 도끼를 던졌는데, 만취해 방향감각이 무뎌진 탓에 가까스로 목숨을 구할 수 있었다. 운동신경과 체력이 남다른 성 교수는 엎치락뒤치락 몇 번의 필사적 뒤넘이질 끝에 놈을 제압한 뒤 부축해서 거실로 끌고 들어왔다. 놈이 다시 잡은 도끼는 빼앗지 못했다.

놈에게 난동의 단초를 제공한 건 성 교수였다. 성조기는 국제교류원장 직을 맡은 교수인데도 그 이름과 달리 영어가 몹시 서툴렀다. 그럼에도 불구하고 국제교류원장직을 맡았기 때문에 하계 방중 단기 어학연수단을 인솔해서 미국에 가야 할 공무가 생겼다. 물론 영문과 교수나 영어가 네이티브 수준인 다른 교수에게 얼마든지 위촉 또는 부탁할 수 있었으나, 자존심 문제도 있고 또 아직껏 못 가본 미국인지라 마음을 다잡아 인솔에 나섰다.

1992년 26명으로 구성한 단기 어학연수단을 인솔해 LA 공항에 내렸다. 그런데 문제가 터졌다. 한 학생의 짐이 통째로 사라진 것이다. 곱상하지만 어리바리하게 생긴 2학년 남학생이었는데, 인솔 단장인 성 교수에게 달려와 없어진 가방을 찾아내라며 울고불고 난리를 부렸다.

당황해서 잠시 우물쭈물하던 성 교수는 어쩔 수 없이 공항직원에게 다가갔다. 그런데 거기까지가 다였다. 공항직원은 그의 영어를 알아듣지 못했다. 성조기 단장은 눈깔을 부릅뜬 채 왓과 와이를 딸꾹질하듯이 반복해 대는 불친절한 공항직원 앞에서 벌겋게 달아오른 얼굴로 땀만 삐질삐질 흘릴 뿐 진도를 나가지 못했다.

바로 그때, 'LA 천사'가 등장했다. 앳된 천사의 유창한 영어와 예쁘고 깜찍하기까지 한 동양적 외모에 감탄한 공항직원이 스스로 분실물 탐지견이 되어 약 20여 분 동안 이리 뛰고 저리 뛰고 한 끝에 남학생의 황색 캐리어를 찾아들고 나타났다. 수화물 취급자의 부주의로 컨베이어 벨트에서 따로 떨어져 나와 있었다며, 가끔 있는 사고라고 했다. 천사가 성 교수에게 통역해 준 내용이었다.

천사도 어학연수단 일원이었는데, 그때 그 순간 성 교수의 눈에, 아니 가슴 한복판에 남녀노소와 인류를 가리지 않는 큐피드의 화살이 깊숙이 꽂히고 말았다. 뭐가 잘못된 것인지, 뭐에 씐 것인지 LA 천사가 여자로 보인 것이다.

성 교수는 천사에게 영어를 그토록 '엑실로(엑설런트)'하고 '팍세(퍼펙트)'하게 잘하면서 어학연수를 온 이유가 뭐냐고 물으며 추근거리기 시작했다. 천사가 스펙 때문이라고 명확한 답을 줬으나, 성 교수는 이 답을 못 들은 척 무시하고 자신과의 숙명적 인연 때문일 것이라는 자가 결론을 내렸다.

천인공노할 결론이었으나, 에스메랄다를 사랑하게 된 노트르담의 꼽추인 양 숙명을 받아들이기로 한 성 교수는 연수를 마치고 귀국 후에도 LA 공항에서 분실물을 찾을 수 있도록 '도와준' 일에 대한 사례와 멘토링을 핑계로 이 천사와의 지속적인 관계를 유지했으며, 그러면서 호시탐탐 기회를 엿보던 끝에 급기야 인면수심의 사고를 저지르고 말았다.

성 교수는 그해 2학기 중간고사 채점을 하면서 도움이 필요하다는 구실로 LA 천사를 평주시 모 오성급 호텔—채점을 호텔에서 할 이유가 뭐란 말인가—로 불러냈다. 그러고는 천사와의 인연이 숙명임을 몸으로 입증했다.

성 교수의 행위—본인은 비겁하게도 우발적 행위라고 했다—자체가 워낙 천인공노할 짓이었기 때문에 이 일이 들통 나자, 학교에서도 감당이 안 되었는지 내부 입단속만 강조하며 시간을 끌었다. 규정 속도 100킬로미터 도로를 180이나 200 정도로 달리면 단속이 되겠지만, 아예 500킬로미터 이상으로 광속 질주를 하면 과속 단속 카메라가 감당을 못하는 것과 같은 이치라고나 할까.

물론 천운도 따라줬다. 당시 천사는 자신이 처한 처참하고 불우한 가정 환경 때문에 사랑을 구실로 같이 놀 궁리나 하는 지질한 남자친구 따위가 아니라 아버지 같은 사람, 즉 돈과 지위가 자신에게 도움을 주고 지켜줄 수 있을 만한 든든한 후견인이 절실히 필요한 처지였다고 했다.

천사의 아빠는 알코올중독자였다는데, 툭하면 엄마를 때렸다. 때릴 때마다 사력을 다해 때렸는데, 그동안 잘 피했던 엄마가 어느 날 머리를 잘못 맞는 바람에 정신에 문제가 생겼고, 결국 천사는 고아원에 맡겨졌다. 천사가 고아원에서 자랄 때, 아빠는 집을 팔고 나서 행불자가 되었고, 온전치 못한 정신으로 식당의 허드렛일을 하며 근근이 살아가던 엄마는 역술을 한다는 불목하니 출신 놈팡이와 사실혼 관계로 엮였다.

그 놈팡이가 제 자식이라며 천사를 고아원에서 데려왔다. 알고 보니 이 놈팡이가 절에 있을 때 수간까지 했다며 자랑하는 색광이었는데, 호시탐탐 천사를 노렸다. 천사는 하루속히 놈으로부터 벗어나야 했으나, 엄마를 놔둔 채 그럴 수가 없었고, 또 가출을 해도 갈 곳이 없었다.

여기까지가 어학연수를 마치고 돌아온 뒤, 멘토링 시간에 천사가 성 교수에게 고백성사를 하듯이 털어놓은 기구한 사연이었다. 그러니까 성조기도 머리를 좀 쓸 줄 안다는 교수인지라 천사를 호텔로 불러내 사고를 칠 때는 나름대로의 자신감과 계산이 깔려 있었다고 봐야 했다. 일이 이렇게 되자 천사 역시, 한량 같은 복학생 남친 대신 중석대의 번듯한 실세 전임교수인 성조기와의 합의를 선택했다. 문제는 천사의 남친이라고 주장하며 남편처럼 구는 88학번 복학생 어기수였다.

성 교수는 철 대문이 박살 난 그날, 아내를 마당으로 나가 있으라고 한 뒤, 빡빡머리 발 앞에 무릎을 꿇고 삼배구고두(三拜九叩頭)를 하듯이 조아린 머리를 거실 바닥에 찧어가며 이해와 용서를 구했다. 일단 살고 봐야 할 절박한 상황이었다.

학과 교수가 제자의 도끼질에 난자당하는 엽기적 사고만은 막아야겠기에 뒤늦게 달려왔다는 세 명의 불문과 예비역—그러니까 예비역 넷이서 술을 마셨던 것이다—들이 증인으로 지켜보는 앞에서 성 교수는 오줌까지 지려가며 싹싹 빌었다. 바지에 오줌을 지리고 난 직후에 경찰이 들이닥쳤다. 이웃집에서 신고를 한 것 같았다. 이것이 이른바 '어기수 도끼 만행 사건' 전말이다.

피도린 교수가 경찰까지 개입하게 된 이 사건을 마치 자기 일인 양 앞장서서 해결해 주었다. 이튿날 학교 연구실로 직접 찾아온 경찰관이 사건 경위 조서를 작성해 보고해야 한다면서 성 교수에게 퇴근하시는 대로 지구대로 출두해 달라고 했다. 지구대장이라는 경감이 몇 가지 질문을 했는데, 말끝마다 깍듯이 '교수님'을 붙여가며 초딩이 받아쓰기하듯 불러주는 대로 받아 적었다.

20분쯤 받아쓰기를 한 경감이 바쁘신 교수님을 번거롭게 오시라고 해서 몹시 죄송하다며 지구대 밖까지 졸졸 따라 나와 배웅했다. 그러면서 경감은 공정하게 평가한 학점에 자의적 불만을 품고 흉기까지 들고 주거를 침입해 보복 폭력을 행사하는 호래자식들까지 사랑으로 가르치시느라 고생이 너무 심하시다며 심심한 위로의 말을 건넸다. 그러고는 그런 망나니를 제자라는 이유로 처벌을 원치 않으신다니 존경스럽다고 했다. 경감은 성 교수가 진술한 내용의 토씨 하나도 의심치 않는 것 같았다. 피도린 교수가 윗선에 손을 써둔 덕분이었다.

뒤늦게 천사를 포기할 수밖에 없다고, 포기하는 것이 이롭다고 판단했을 어기수는 피 교수의 지도 아래 학사—석사—박사과정을 무탈하게 마치고 현재 '식스아츠(Six Arts)칼리지' 소속 비정년트랙 교수로 교양 불어를 강의하고 있다.

피 교수는 그를 비정년트랙 전임 교원으로 뽑을 때, 어기수를 위해서도 아니고, 성 교수 개인의 과오를 덮기 위해서도 아니며, 오직 학과의 위상과 이미지 그리고 학과 교수들의 체통과 위신을 지키기 위한 고육지책임을 강조했다. 그러면서 다른 해결책이 있으면 내놓으라고 했다. 아울러 어기수 선발은 동문 출신 학위 소지자들에게도 희망을 주는 인사로 평가될 것이라고 했다.

피도린 교수의 대인배적이며 미래지향적인 결단과 노력으로 스캔들은 학과의 자체적 힘만으로 마무리가 됐다. 그 당시에는 정도와 방식만 다를 뿐 이런 류의 스캔들은 암암리에 더러 벌어지는 일이었다. 내부적으로 조용히 종결될 수 있었던 진짜 이유는 성 교수가 4인방과 갈등 또는 대립을 하지 않았다는 점과 워낙 패륜적인 사안인지라 대외적으로 터뜨릴 경우 학과가 자폭하는 결과를 낳을 수 있다는 판단 때문이었다. 패륜 교수 하나 때문에 공멸할 수는 없지 않은가.

피도린 교수가 고립무원 속에서 4인방과 싸우느라 성 교수에게 베푼 배려와 은혜는 이뿐만이 아니었다. 그는 성 교수를 위해서라기보다 자기 자신을 위해서, 그러니까 성 교수를 자기편으로 끌어들이기 위해 여기저기 싸지르고 다니는 성 교수의 밑을 열심히 닦아주었다.

2년 전에 터진 '논문 대필 자수 사건'도 동병상련의 아픔과 세 명—마강철 교수가 방통대로 갑자기 이직해서 이 무렵 SKY는 셋이 되었다—의 교수에 대한 견제와 보복이 절실히 필요했던 피 교수의 적극적인 도움으로 겨우 해결될 수 있었다.

5

피도린 교수는 성조기 교수를 구해줬으나, 정작 자신의 문제는 더욱 더 꼬여만 갔다. 피 교수는 버르장머리 없고 불온한 4인방에게 굴복하거나 타협할 의사가 전혀 없었다. 학과 교수 회의 때마다 고성과 욕설이 오가는 벼랑 끝 갈등과 충돌이 잦아졌다. 학과 운영의 중심에 학생 교육이 있는 것이 아니라, '지잡대 교수:SKY대 교수'의 반목과 대결이 있을 뿐이었다.

성 교수는 보직 수행을 핑계 삼아 대다수의 학과 회의를 빠졌으며 혹 참석을 한다 해도 관망하는 입장을 고수했다. 문대업과의 물밑 약속 때문이었다.

대학과 학과 돌아가는 사정을 어느 정도 파악한 마강철 교수도 문대업의 배턴을 이어받아 피 교수와 대립각을 세웠다. 피 교수가 리버럴아츠와 전공의 융·복합을 추구하는 '식스아츠칼리지' 교육 지침을 전달하자, 전공도 감당 못하는 뇌가 없는 애들에게 교양을 빡세게 가르치라는 것이 말이 되는 소리냐고 빈정대며 대들었다. 중석대의 교육 철학과 가치를 전면 부정하는 발언이었다.

"마 교수, 당신은 뇌가 있어서 뇌 없는 학생들의 부모가 낸 등록금으로 가족을 부양하나?”

참다못한 피 교수가 한마디 했다.

“그렇게 좋은 뇌를 가진 당신은 왜 SKY대로 못 가고 지잡대 교수가 된 거요?”

물론 SKY대 교수 임용 기준이 뇌 수준에 달려 있는 것은 아니지만 마 교수의 패악스러운 발언에 충격을 받은 성 교수도 참을 수가 없어 이렇게 내질렀다. 피 교수를 거들어주느라 한 말이 아니라, '뇌가 없다'는 학생을 가르치는 교수로서 순간적으로 자존심이 상하고 모욕감이 들었다.

성 교수는 '어기수 도끼 만행 사건'으로 큰 빚을 진 이후에도 문대업과의 '밀약' 때문에 4인방과 피 교수 간의 다툼에 개입할 수 없었다. 그러나 이 말승강이질에서 피 교수 편을 들어준 것을 계기로 데면데면하게 지냈던 둘 사이에 본격적인 해빙 무드가 싹텄다.

성 교수는 다시 피 교수의 일기로 돌아왔다.

2001년 9월 5일(수)

학과를 위해 선의로 한 일을 사익 추구, 아니 범죄로 몰아붙이다니 참 담하구나. 내가 자기들의 그 알량한 지적재산권을 강탈해서 아이들 코 묻은 돈을 삥 뜯자고 공동 교재를 출간했단 말인가?

(……)

교재 채택료는 받아서 한 푼도 떼먹지 않고 학과 통장에 입금했다. 아니, 처음부터 학과 통장으로 입금됐다. 통장 입금액을 공개하고 입출금 내역을 공개했는데도 나를 의심하다니, 악의적인 모함에 억울함을 넘어 다 죽여버리고 싶은 분노가 솟구친다.

공동 교재 저작료와 교양 교재 채택료 건은 학과 내에 엄청난 분쟁을 일으켰음은 물론, 지방 언론사 기자들까지 들러붙어 일파만파 걷잡을 수 없는 스캔들로 확장됐다.

피도린 교수는 자신의 뜻이 순수했고 떼먹은 돈은 한 푼도 없다고 주장했으나, 학과 교수와 학생 들은 그 주장을 일축했다. 금전적 투명성을 객관적·합리적으로 입증하지 못한 때문이었다.

문제는 학과 교수 중 그 누구와도 상의 내지는 고지 없이 비밀리에 무려 5년 동안이나 공동 집필료[원고료]와 교재 채택료를 피 교수 개인 통장—학과 통장이라고 주장했으나 개인 통장이었다—으로 받아 '관리'해왔다는 사실이었다. 더 문제가 되는 것은 공동 저술에 참여한 학과 교수가 피 교수 자신을 빼고 세 명이었는데, 출판사가 이들에게 개별적으로 지급하겠다는 집필료를 피 교수 마음대로 퉁치고, 판매 부수 기준으로 교재 정가의 15퍼센트에 해당하는 금액만 학과발전기금 명목으로 받은 점이었다. 또 계약서를 따로 쓰지 않고 구두 계약을 했다고 주장했다.

그러면서 매출 규모가 작은 지방의 C급 대학이라는 이유로 출판사가 교재 출판을 꺼려했으나, 사정사정해서 겨우 출판한 것이라며 공치사까지 했다. 전혀 틀린 말은 아니었다.

어쨌든 교수들이 집필료에 큰 신경을 쓰지 않았던 것은 이러한 출판계 사정을 잘 알고 있었고, 또 집필료보다 교재가 발행됐을 경우 인정받게 될 연구 평가 점수가 제법 컸기 때문이었다. 별다른 연구 없이 여기저기서 적당히 추린 자료들을 모아 교재를 만드는 것이 머리 싸매고 연구논문을 쓰는 것보다 훨씬 수월하지 않은가.

총장 지시로 법무감사실이 꾸린 진상조사위가 5주 동안 조사한 결과, 피 교수의 주장이 대부분 거짓으로 드러났다. 교재 출판사 측의 말에 의하면, 교수 각각 A4 용지 기준으로 장당 2천 원의 고료를 제안했다. 그러나 피 교수가 여기저기서 따와 짜깁기해 만든 원고라서 교수들이 원고료 따위는 기대하지도 않으니 안 받아도 된다고 했다. 그러니 몇 푼 되지도 않을 원고료는 굳이 안 줘도 되고, 대신 회식비 백만 원과 학과 운영 기금으로 쓸 예정이니 인세나 조금 더 올려달라고 했다. 그러면서 학과 교수들과는 합의가 됐으니 학과장인 자신 명의의 통장으로 입금을 부탁한다고 했다는 것이다.

교재 채택료는 집필료와 경우가 달랐다. 학과생들을 제외한 중석대 전체 학생들을 대상으로 가르치는 공통 교양 불어 교재를 피 교수가 독단적으로 선정하고는 해당 교재사로부터 채택료 일체를 리베이트로 받아 챙긴 것이다.

그러니까 공통 교양 불어를 수강하는 학생 3백여 명이 특정 교재를 구입한 대가를 2년 동안 독식해 온 것이었다. 이 채택료는 불문과 교수들과 직접적인 관계는 없었다. 교양 불어 강의는 대다수 시간강사들이 맡아 했고, 이들을 총괄 운영·관리하는 책임자가 피 교수였다. 그러나 이 리베이트도 학과 운영 기금으로 쓴다고 했다니 학과와 전혀 무관하다고 볼 수는 없었다.

피 교수가 조사위에 제출한 통장 복사본에는 '8,251,327'원의 잔고가 있었다. 인세와 채택료가 뒤섞이고 이자가 덧붙은 잔고였다. 입금과 관련해서는 어떤 기준하에 얼마를 받았는지, 현금으로 받은 거래는 없었는지, 인출과 관련해서는 어떤 근거로 돈을 빼내 어디에 사용한 것인지 내역을 제대로 알 수가 없었다.

피 교수가 통장과 함께 '양심적' 사용 내역서라고 하면서 A4 용지 한 장을 제출했다. 돈은 모두 학과 운영 및 발전을 위해 쓰였다는 주장과 다섯 개의 항목으로 사용 내역을 나누어 두루뭉술한 금액을 표기한 것이 다였다. 이를테면 관·항·목 중에 관만 자의적으로 구분한 것이었다.

학과 OT: 2,500,500원

학술답사: 1,250,000원

축제 주점 운영 지원: 650,000원

학과 임원 연수: 800,000원

경조사 및 기타: 350,000원(학생회 임원 관련)

지출을 증빙할 수 있는 영수증이나 현금수령증 등은 따로 없었다. 그때 그때 돈을 받은 학생 임원들이 있으니 의심스러우면 그들에게 물어보면 알 수 있다고 뻗댔다.

말이 안 되는 얘기였다. 이미 졸업했고, 군에 갔고, 휴학했고, 자퇴했을 학생이 부지기수일 텐데 무슨 수로 물어본다는 것인가. 또 물어본다고 해도 그들이 기억하고 있다가 분명한 답을 해줄 수 있는 문제도 아니었다.

피도린 교수 자신이 돈을 지급했다고 주장하는 행사일(학과 OT, 학술답사 등)과 인출일은 얼추 맞아야 했으나, 그것도 제각각이었고 다섯 뭉치로 나눈 사용 항목과 소계들도 서로 맞지 않았다. 차변과 대변 값이 다른, 더하기 빼기도 안 맞춘 내역서를 제출한 것이다.

어쨌든 이것으로 그동안 학과 행사나 학생 임원들과의 간담회 때마다 자신의 사비를 내주는 양 한껏 생색을 내며 찔끔찔끔 내놨던 돈의 출처는 밝혀졌다.

피 교수는 조사를 받는 내내 되레 자신의 노력 덕분에 출판사로부터 인세와 채택료를 받아낼 수 있었고, 또 불문과와는 무관한 교양 교재 채택료까지 학과 발전 기금으로 확보하여 쓸 수 있게 된 것이라며 공치사를 늘어놨다. 그러면서 사적으로 착복한 돈은 한 푼도 없기 때문에 하늘을 우러러 한 점 부끄러움이 없다고 항변했다.

학교가 사태를 원만하게 수습해 보려고 해도 피 교수의 이런 '무데뽀'가 문제였다. 명백히 드러난 잘못을 시인하기는커녕 비상식적인 변명을 하고 되레 음모론까지 주장하며 학과 교수들을 규탄하고 나섰다.

음모론으로 역공을 당한 문대업 교수가 결국 이 문제를 지역 언론사에 직접 까발렸다. 내부 폭로로 곤경에 처한 홍보팀이 어떻게 해서든 막아보려고 안간힘을 썼으나, 증거를 가지고 기승전결을 갖춰서 기자들에게 떠벌여대는 취재원이 해당 학과 교수인지라 손쓸 방법이 없었다.

보다 못한 총장이 성조기 교수를 불러서 몇 가지 미션을 지시했다. 출판사와 연락해서 피 교수에게 건너간 돈이 얼마인지 정확히 파악해 수입과 지출 금액을 맞추고, 피 교수를 잘 달래서 객관적 증빙 자료가 없는 지출금 전액은 통장에 채워 넣고, 그 통장 원본을 학과장인 서남일 교수에게 공식적으로 인계하라고 했다. 음모론을 제기한 점에 대해서는 문 교수에게 구두 사과하고, 이번 문제 전반에 대해 해당 구성원에게 공개 사과하는 입장문을 발표하도록 조처하라는 미션이었다.

입출금을 정산한 통장 인계로 학과 교수들 간의 내부 불만을 잠재우고, 사과문으로는 학생들의 의혹과 분노를 가라앉혀보라는 뜻이었다. 그러면 총장이 필요한 후속 조치를 할 것이고, 언론사도 직접 '처리'하겠다고 했다. 피 교수가 문제를 계속 키우면 법적 조처를 취할 수도 있고, 일이 잘 처리되면 성 교수의 업무 능력과 업적을 잊지 않을 것이라고 덧붙였다.

총장의 지시를 이행하는 일은 지난했다. 피 교수는 사적으로 떼어먹은 게 없는데, 자신이 왜 돈을 채워 넣어야 하느냐며 펄쩍 뛰었다. 그렇게 되면 되레 돈을 떼먹었다고 자인하는 꼴이 된다며 화를 냈다.

성 교수는 힘없는 학과장 대신 학과의 실세 문대업 교수를 만났다. 지출액 중에서 학과 교수들이 공통적으로 인정해 줄 수 있는 금액을 말해 달라고 했다. 문 교수는 학과 교수들뿐만 아니라 학생들의 인정도 필요하다고 했다. 그러고는 그가 학과장을 통해 학회장과 논의한 끝에 전체 통장 입금 수입액 기준 65퍼센트에 해당하는 금액만 정당한 지출로 인정해 줄 수 있다고 했다.

성 교수는 채워야 할 35퍼센트 중에 15퍼센트를 자신이 감당할 터이니 피 교수더러 나머지 20퍼센트를 내라고 했다. 피 교수가 못 하겠다면서 뻗댔다. 통장 입금 이외의 돈에 대한 것은 더 이상 문제 삼지 않고, 통장 입금액 중 지출 근거가 불분명한 것만 문제 삼아서 그 돈만 채우고 끝내는 것으로 합의를 봤음에도 이마저 거절한 것이다.

성 교수는 피 교수의 무모한 배짱과 어깃장에 화가 치밀었으나, 그동안 그에게 받은 은혜가 크기에 화를 낼 수는 없었다. 그렇다고 해서 잠자코 있을 수만도 없는 성 교수는 이건 돈이나 자존심의 문제가 아니라 자칫 교수직을 유지하느냐 잃느냐가 달린 중차대한 문제라고 설득했다.

언론이 후속 보도를 하는 날에는 진위를 떠나 모든 것이 끝장이라고도 했다. 그리고 진상위를 지휘하고 있는 법무감사실에서 이번 일은 뇌물수수·횡령·유용 의혹으로 자칫 형사소송으로 엮일 가능성이 있으니 질질 끌지 말고 가능한 빨리 매듭을 짓는 것이 좋겠다는 의견을 총장에게 보고했다고 덧붙였다. 법무감사실에서 이런 말은 하지 않았다.

성 교수의 거짓말 처방에도 피 교수는 요지부동이었다. 고교 제자에게 무릎 꿇는 짓은 죽어도 할 수 없다고 했다. 자업자득을 부정한다는 말이었다.

성 교수는 피 교수에게 통장을 달라고 했다. 그는 자기 돈으로 잔고를 꿰맞춘 통장을 서남일 학과장에게 건네주고, 사과문 초안을 작성해 피 교수에게 만나자고 했다. 피 교수는 반나절 동안 검토한 후에 마지못해 서명했다. 문 교수에게 구두 사과는 끝내 하지 않았다.

총장이 문 교수를 불러 자신이 대신 사과할 테니 더는 문제 삼지 말라고 했다. 그러고는 총장이 사건을 최종적·공식적으로 종결짓기 위해 교원 징계위를 열어 피 교수를 '경고' 처분하기로 의결했다.

피 교수가 이 처분에 대해 항의했다. 철회하지 않으면 음독자살 내지는 할복이라도 할 기세였다. 아니 그렇게까지 못 한다고 해도 106킬로그램의 몸무게에 당뇨와 고혈압 환자인 그가 심박정지로 급사할 가능성을 배제할 수 없었다. 결국 겁먹고 당황한 총장은 최하 수준인 '주의' 처분으로 재의결했다.

그러나 학과가 이렇게 허우적거리는 사이에 불어불문과가 '불어전공'으로 축소 재편되어 경상대 산하로 복속되었다. 일문과와 중문과도 불문과와 같은 절차를 밟았다. 2001년에 겪은 일이다.

머지않아 한국 대학들이 맞이하게 될 것이라고 경고한 신입생 미충원 사태가 궁벽진 시골구석에 처박힌 중석대에 먼저 찾아온 것이었다. 금기태 이사장이 수도권 분교 설립의 필요성을 자각한 것이 이때부터라고 했다.

이즈음 피도린 교수의 부부간 갈등도 정점을 찍은 것 같았다. 교재 저술료 및 채택료 유용 의혹 사건으로 학생들과 옥신각신하던 중에 갑자기 쓰러져 중석대 부속병원 응급실로 실려 간 피 교수는 협심증 진단을 받았다. 그런데 이틀 만에 퇴원한 피 교수가 돌연 집을 나와 별거에 들어갔다는 소문이 돌았다.

어린 학생들에게 무능력하다고 찍힌 데 이어, 부도덕하다고까지 찍힌 인간과 더 이상 같이 사는 게 쪽팔린다는 부인의 폭언에 충격을 받은 때문이라는 설과 황당하지만 마드무아젤 홍—주가 아니라 홍이다—과의 관계를 의심해 우울증에 빠진 부인이 병원에 나타나지도 않은 때문이라는 설이 나돌았다. 둘 다 맞을 수도, 둘 다 틀릴 수도, 둘 중 하나가 맞을 수도 있는 설이었다. 분명한 것은 초등학교 교사인 피 교수의 부인이 대학교 교수인 남편을 제대로 대접해 주지 않는다는 사실이었다.

성조기 교수도 부부싸움 끝에 막장까지 수차례 들락날락해 봤으나, 그의 아내는 막장 안에서도 남편의 신분과 지위가 교수임을 존중해 주었다. 아마도 피 교수가 직장에서 받은 스트레스를 아내에게 위로받으려는 무모한 기대를 한 탓에 탈이 난 것이 아닐까 싶었다.

성 교수는 직장에서의 일을 비공개하는 데 비해 파리지엔적 감성 소유자인 피 교수는 공개를 넘어 공유하고 인정까지 받으려는 무모한 노력을 지속해 왔던 것 같았다. 각자의 삶이 각자의 몫이고, 여기는 파리가 아닌 안천이라고 그토록 일러줬는데도 소용이 없었다.

"제자를 따먹었는데도 모든 걸 용서해 주고 품어주는 마누라도 있는데, 이 여편네는 초삐리들과 노는 주제에 교수인 나를 형편없는 파렴치범으로 취급을 한다니까…… 이런 씨부랄……."

성 교수가 위로의 뜻으로 마련한 술자리에서 씹던 두부김치 조각과 함께 피 교수가 내뱉은 말이었다. 말의 앞부분이 좀 '거시기'해서 화를 내려고 했다가, 그가 씨부랄 뒤에 "좆같은 넌!"이라고 덧붙이는 바람에 얼른 건배 제의를 하고 말았다.

6

2010년 성조기 교수는 학생처장으로 있을 때, 학생들과의 등록금 협상에 실패—16.5퍼센트 인상이 이사장으로부터 하달받은 가이드라인이었는데, 15.3퍼센트로 합의를 한 것이다—한 이후 일체의 보직을 받지 못했다. 3년 전 일인데 그때부터 무보직 상태로 지내왔다.

학생 대표들과 최종 타결 전에 금기태 이사장의 내락을 받아야 했으나, 그때 금과 홍의 만남 30주년 기념 이벤트로 이사장이 마드무아젤 홍과 파리 여행 중이었다. 언제나 그랬듯이 일정도 행선지도 목적도 밝히지 않고 비밀리에 떠난 '밀월여행'이었다.

그러니 사전 내락을 이유로 전화질을 하기에 적절한 상황이 아니라고 판단했다. 게다가 출국 전에 별도의 지시도 없었다. 그러나 얼마든지 통화가 가능했는데 연락조차 시도하지 않고 제멋대로 협상을 타결했다는 것이 괘씸죄가 되었다.

일이 이렇게 된 데는 두 가지 요인이 있었다. 하나는 인근 사립대학들보다 성 교수가 이끌어낸 중석대 인상률이 평균 0.9퍼센트 포인트나 높았고, 또 학생처장을 6년째 하면서 네 번째 치르는 등록금 협상이다 보니 이 정도—4년째 보직임기 중 가장 높은 인상률이었다—면 이사장도 흡족해하겠거니 하고 자만한 것이었다.

이사장이 주목한 지점은 '자만'이었다. 즉 자만(自滿)을 자만(自慢)으로 판단한 것이다. 이사장은 구성원에게 늘 주인 된 자세로 일하라고 했으나, 주인처럼 일하면 분수를 망각하고 주인 행세를 했다며 야단을 치고 책임을 따져 물었다.

엎친 데 덮친 격으로 더 큰 문제가 터졌다. 반값 등록금을 외쳐대는 여론에 편승한 교육부가 2011년부터는 등록금을 동결하라는 권고를 하고 나섰다. 그러면서 강제는 아니니 대학들이 알아서 할 일이라고 했으나, 대학교육협의회를 앞세워 추진하는 대학 평가 점수에 이를 반영한다고 했다. 향후 등록금을 올리면 대가를 치러야 한다는 협박이었다.

그러니까 성 교수는 본의 아니게 금 이사장에 의해 후발 대학인 중석대가 등록금을 최대한 올릴 수 있는 마지막 기회를 날려 학교 재정에 큰 손실을 초래한 해교자(害校者)가 된 것이다.

그 결과 성 교수는 버려진 뒷방 늙은이 신세가 되고 말았다. 그러나 1987년 학생부장으로 시작해 학무처장 2회 4년, 도서관장 1회 2년, 일반

대학원장 2회 4년, 특수대학원장 1회 2년, 문과대학장 1회 2년, 대외협력 겸 홍보처장 2년, 학생처장 6년으로 중석대에 28년 재직하는 동안 도합 25년 보직자 생활을 했다. 한시적 보직인 개교 30주년 행사 추진위원장이나, 각종 평가 준비위원장 등은 겸보로 했다.

성 교수는 피 교수와 달리 한국 대학사회, 특히 사립대학의 전통적 작동 순리를 철저히 신봉하고 따랐기 때문에 줄창 본부 주요 보직의 운이 튄 행운아가 될 수 있었다. 그는 인사권을 틀어쥐고 있는 금기태 이사장 앞에서 피 교수처럼 자기 생각을 함부로 말해본 적이 없고, 남을 헐뜯은 적도 없으며, 어떤 지시이건 간에 거절을 해본 적이 없었다. 인사권자인 이사장 앞에서 성 교수는 물에 물 탄 듯 술에 술 탄 듯 허허실실 행동했다. 철저히 금 이사장의 손바닥 안에서만 놀아주었다.

금 이사장은 이런 점을 높이 사 마땅한 후임자를 찾지 못해 지체되고 있는 보직 자리가 생기면 여차없이 성조기를 불러다 앉혔다. 물론 학원민주화운동으로 난세였던 1990년대 초반과 또 LA 천사 스캔들이 터진 1년 동안은 쥐 죽은 듯이 엎드려 있어야 했다.

성 교수는 주요 보직 생활 25년 동안 강의는 책임수업시수—평균 주당 6시간 꼴이었다—만 겨우 때웠고, 연구는 시간이 남아돌아도 아예 거들떠보지 않았다. 굳이 연구를 하지 않아도 문제 삼지 않았기에 연구를 할 필요가 없었다. 연구를 많이 한 피도린 교수는 무능 교수로 찍힌 바 있으나, 성 교수는 연구를 하지 않았어도 '관계'를 잘 관리하려 애썼기에 무능 교수로까지 찍히지는 않았다.

2011년 보직에서 떨려 나 평교수로 돌아와 보니 교원 업적평가 규정이 바뀌어 승진에 장애가 생겼다. 성 교수는 중견·원로급에 해당하는 정교수였다. 그런데 2009년 임금체계가 호봉제에서 성과연봉제로 갑자기 바뀐 뒤, 이전까지는 호봉 승급 시마다 자동으로 인상되었던 임금이 없어진 것에 대한 불만이 고조되었다.

그러자 더 이상 직급 승진을 할 수 없는 정교수들을 대상으로 R1-5까지 다섯 단계의 등급—R-1은 정교수 모두에게 줬다—을 새로 만들어 호봉 폐지로 지불 근거가 없어진 임금 일부를 보전(補塡)해 주기로 했다는 것이다. R은 Royal의 이니셜이라고 했다. 그러니까 정교수 할애비라 해도 논문 실적이 없거나 미달이면 R2-5가 될 수 없고, 그렇게 되면 보전분 임금도 받을 수 없게 된다는 말이었다.

성 교수로서는 그깟 보전 임금 몇 푼은 문제될 것이 없었으나, 학과 후배 교수들 앞에서 면이 서지 않는 것은 큰 문제였다. 연구실적에 신경을 쓰지 않을 수가 없었다.

평교수로 돌아와 등재한 첫 연구논문이 문제가 됐다. 성 교수가 발표한 논문의 실질 저자인 제자 놈이 문제를 일으켰다. 그 미친놈이 지도교수로부터 심한 압박을 받아 자신의 논문을 상납할 수밖에 없었다며 '양심선언'을 한 것이다. 성 교수로서는 기가 막힐 노릇이었다. 성 상납도 아닌 논문 상납이라니…….

타 지역의 대학에서 학부와 석사과정을 마쳤다는 40대 초반의 시간강사 심영출이 4년 전 불문과 박사과정에 입학했다. 그는 신학대학에서 목회 자격증을 땄고 목회 활동을 한 경력을 자랑했다. 목회 활동만으로는 가족을 부양할 수 없어 강의를 시작하게 되었고, 결국 박사과정까지 밟게 되었다고 했다.

이놈이 존경하는 성 교수님의 57세 생일을 축하드린다면서 USB를 들고 왔다. 16기가짜리 USB를 건네주며 생일선물이라고 했다. 「알렉상드르 뒤마의 『삼총사』에 등장하는 삼총사의 성격 분석」이라는 제하의 논문이 들어 있었다.

"교수님의 생신을 진심으로 축하드립니다요. 교수님께 필요한 게 뭘까,

고민고민하다가 생각해낸 것인데, 교수님의 명성에 누가 되지나 않을까 걱정입니다요. 모쪼록 다음 학기에는 R2로 승진하시는 주님의 은혜가 함께하시기를 기도드리겠습니다요."

USB를 받은 성 교수는 당혹스럽고 섬칫했다. 괜한 푸념을 해서 심영출에게 약점을 잡힌 것은 아닌가 싶었다.

"S대 모 교수는 1년에 저서를 열 권씩이나 펴내고 있는데, 난 소논문 한 편도 못 써서 쩔쩔매고 있으니······."

논문 때문에 스트레스를 받다가 개강파티 자리에서 술김에 불쑥 내뱉은 말이었다. 안 쓰던 논문을 쓰려니 보통 곤욕이 아니었다. 문장을 만들어놓고도 그게 맞는 문장인지 틀린 문장인지 알 수가 없었다. 불문(佛文)이 아닌 한글 문장이었다.

"10년 동안 쓴 글을 모아뒀다가 한 해에 다 방출한 게 아닐까요? 공저(共著)이거나······."

능글맞은 심영출이 성 교수의 말을 농으로 받았다.

"지난 10년 동안에도, 그 전 10년 동안에도 매년 다섯 권 안팎의 개인 저서를 꾸준히 내온 사람이야."

말뜻을 못 알아들었다고 생각한 성 교수가 퉁을 주듯이 말했다.

"참 부끄럽네요."

"누가······ 내가?"

"제자가 되어서 교수님께 아무런 도움도 되어드리지 못하니······."

"지금 날 비웃는 건가?"

성 교수가 발끈했다. 굳이 화를 낼 일은 아니었으나, 제자에게 무시당하고 있는 게 아닌가 싶어 화가 났다.

"교수 한 사람이 10년 동안 매년 다섯 권 안팎의 저서를 내고, 그것도 모자라서 한 해에 열 권의 저서를 낸다는 게 정말 가능하기는 한가요?"

성 교수의 말을 제대로 못 알아들었는지, 심영출이 반문했다.

"그, 글쎄……."

물리적으로 가능한 일일까 라는 생각이 들었으나, 답으로 말하고 싶지는 않았다.

"뒤마가 소설 공장을 운영했듯이 제자들을 모아서 논문 공장을 차린 게 아닐까요? S대에는 교수 뺨치는 수재들이 많잖아요."

성 교수는 이놈이 나를 조롱하나 싶어 심기가 언짢았다. 아무튼 심영출이 선물한 논문은 제목부터가 유치하고 허접한 면이 있었다. 교수를 뺨칠 제자는 아닌 듯싶었다. 영출은 선물인 만큼 공동저자나 감수가 아닌 성 교수님의 단독연구로 하시라고 덧붙였다.

성 교수는 논문의 질적 수준이 떨어져 일주일 넘게 묵히며 망설였으나, 대안이 없었다. 결국 아쉽고 다급한 대로 학회에 제출했다.

자신도 여러 차례 논문 심사를 해오면서 욕이 나오는 논문이지만, 연구자와의 관계를 고려해 품앗이로 통과시켜 준 적이 있는지라, 성 교수는 논문을 접수시키면서 학회에 전화를 넣어 이런 점을 상기시켜주지 않을 수 없었다. 심영출이라는 이름으로는 죽었다가 깨어나도 등재가 불가한 논문이지만, 성조기의 이름으로는 가능할 수 있었다.

이 '선물'을 계기로 심영출의 허접한 소논문 두 편이 성조기 이름으로 둔갑을 해 국내 학술지에 추가로 등재됐다. 보직을 맡고 있지 않아 연구할 시간은 많았으나, 공부 머리가 너무 굳어 연구에 한계가 느껴졌고 오랫동안 안 하던 짓을 하려고 하니 온몸이 쑤시고 짜증이 솟구쳤다. 때문에 제자의 성의를 거절할 수 없었다. 그런데 이 일이 뜻밖의 사달을 일으켰다. 아니 사달의 단초가 됐다.

학과 서열 4위 마강철 교수가 갑자기 방송통신대학의 교수로 이직―후임은 선발하지 않았다―한데 이어, 소대길 교수까지 이직을 하게 된 것이었다. 개강을 한 달 보름 남겨놓고 소 교수가 갑작스레 모교인 Y대로 간다고 통보를 해왔다.

이런 일, 중석대보다 더 나은 대학으로 이직을 하는 일이야 언제든 겪을 수 있는 것인 만큼 별다른 문제가 될 수 없었다. 교수 두 명의 공석이 생겼으나, 학과에서는 남은 교수들로 견뎌보겠다는 의사를 밝혔다.

그런데 마드무아젤 홍이 후임 충원을 '지시'했다. 한때 50명에 달했던 학과 정원이 반 토막 났기 때문에 두 명의 교수가 빠져나갔다고 해도 교수 충원율은 물론이요 학과 운영에는 큰 지장이 없었다. 그럼에도 불구하고 교수를 충원하라는 것은 홍이 점찍어둔 지원자가 있다는 뜻이었다.

문제는 심영출이 지원서를 제출한 것이다. 이 사실을 교무팀으로부터 통보받은 성 교수는 그가 지난 학기에 박사학위를 받기는 했으나 좀 엉뚱하다 싶었고, 또 지도교수와 한마디 상의도 없이 이럴 수가 있나 싶어 황당했다. 하지만 뒤가 캥기는 빚이 있는지라 함부로 물어볼 수도 없는 성 교수는 뒤늦게 찾아와 사후 보고를 하는 심영출에게 열심히 해보라는 격려의 말을 전했다.

"제가 뭐 깜이나 능력이 되겠어요. 다 교수님 믿고 해보는 일이지요 뭐. 잘 부탁드려요."

가시가 있어 보이는 대꾸였다.

"그래, 주님의 은혜로 잘될 거야."

성 교수는 침착함을 잃지 않으려고 애썼다.

"주님께서 성 교수님을 통해 능력을 행사하시겠죠."

점입가경이었다. 성 교수는 이 말을 의례적인 말로 알아들었다. 그러나 지원자들의 1차 서류심사가 진행되는 과정에서 그 뜻을 명확히 알게 됐다.

"비록 교수님 이름으로 발표한 것이지만, 그래도 저명 학회의 학술지에 논문까지 세 차례나 발표한 사람인데 설마 1차 서류심사에서 떨어뜨리는 일은 없겠죠?"

1차 서류심사는 학과에서, 2차 서류심사는 외부 대학의 안면 있는 학과 교수들에게 의뢰해 진행했다. 찻잔 속 같은 상아탑 안에서만 살다 보니, 세상물정을 제대로 알지 못하는 성 교수인지라 '심영출 목사'의 이 말이 협박이라는 것을 눈치채는 데는 시간이 좀 걸렸다.

1차 서류심사에서 최저 점수로 탈락한 심영출은 안면을 까고 본격적인 공갈과 협박을 시작했다. 도끼를 들고 대든 것보다 더욱 놀랍고 난감한 일이었다.

성 교수의 연구실에서 진을 치고 끼니때마다 햄버거를 씹어가며 농성전을 했다. 학술지에 기 발표한 세 편의 논문이 자기 것임을 확인해 주는 각서를 써달라고 요구했다. 다음 번 교수 초빙 관련 서류심사에서는 이번과 같은 억울함을 겪을 수 없다는 것이 이유였다.

누가 봐도 말이 안 되는 억지였는데, 성 교수에게는 말이 되는 억지라는 게 문제였다. 놈은 작정기도를 하듯이 들러붙었다. 놈의 집요한 협박으로 악몽이 3개월째 계속됐다. 일상이 망가져 피골이 상접해진 성 교수는 더 이상 견딜 수가 없어 피도린 교수를 찾아가 도움을 청했다.

서로 상부상조할 수밖에 없는 피 교수가 해결사로서 심영출을 학교 밖으로 불러내 어르고 달랬다. 나이가 곧 지천명인 50이 될 터인데 무엇이 현명한 짓인지를 잘 생각해 보라며 타일렀다. 분수에 넘치는 욕심을 부리다가 다 잃고 좌절을 맛볼 것인지, 아니면 부족하지만 분수에 맞는 걸 얻어내는 선에서 만족할 것인지, 어느 것이 하나님의 뜻인지를 하나님께 물어보든지 스스로 판단해 보라고 했다. 피 교수는 술 안 마시는 놈을 맨 정신으로 상대하느라 무척 힘들었다고 했다.

아무튼 그렇게 해서 식스아츠칼리지에서 비정년트랙 교원을 뽑을 때, 두 사람—피와 성 교수—이 심영출을 적극 도와주겠다는 약속을 하고 마무리 지을 수 있었다.

이 일로 인해 성 교수는 상부상조 차원을 떠나 피도린 교수를 진정으로 존경하는 선배이자 결초보은해야 할 평생 은인으로 모시게 되었다.

하지만 피 교수는 이듬해, 심영출을 비정년트랙 교원으로 뽑는데 앞장섰다는 이유로 문대업으로부터 심한 곤욕을 치렀다. 문 교수가 비정년트랙 교원 지원자 중에 S대를 나와 파리 8 방센느―생드니대학교에서 박사학위를 받은 사람이 있었는데, 어떻게 해서 학벌이 허접한 심영출 따위가 붙고 그 사람이 떨어질 수가 있느냐며 시비를 걸어왔다. 피 교수가 교원 선발은 계통과 절차를 거쳐 진행되는 것으로, 자신은 붙이고 떨어뜨릴 권한이 없는 사람이라며 오리발을 내밀었으나 통하지 않았다.

문대업은 지난번 학과 정년트랙 전임교수 선발과 심영출의 비정년트랙 전임교수 선발 간에 마드무아젤 홍과 모종의 거래가 있었던 것이 분명하다고 주장했다.

"피 교수님이 배후라는 거 다 압니다."

"배후?"

"배후가 없었다면 어떻게 이런 황당한 결과가 나올 수 있습니까? 대체 홍과는 어떤 관곕니까?"

문의 입에서 튀어나온 침방울이 피 교수의 안면에 튀었다. 성 교수는 아무리 그래도 그렇지 고교 제자라는 놈이 스승이자 자신을 전임으로 뽑아준 선배 교수에게 이런 식으로 대들어도 되나 싶었다. 패륜이요 배은망덕이었다.

"이봐 문 교수님. 교수는 학벌과 실력만으로 할 수 있는 직업이 아닙니다. 그걸 일깨워준 사람이 당신이오. 심영출 선생은 학과 공헌도가 높고 너 같은 놈과 달리 성품도 좋아서 학과생들이 잘 따르는 것으로 알고 있소. 우리 학과에서 뽑아 썼어야 할 정년트랙감입니다. 학과와도 무관한 교양

부문 비정년트랙으로 뽑은 거요. 그런데 당신이 왜 내게 시비지?"

손수건을 꺼내 얼굴의 침을 닦아낸 피 교수가 존대와 반말에 욕설과 비아냥 등을 뒤섞어 대꾸했다.

"홍과 짝짜꿍이 된 배후가 맞네."

"책임질 수 있는 말만 해, 이새끼얏!"

피 교수가 갑 티슈를 집어 던졌다.

"에이 씹할! 중석대가 당신 거얏! 내가 씨부랄, 다 깐다!"

"뭐, 뭐얏? 너 이자식이…… 으, 으으윽!"

문 교수의 멱살을 움켜잡았던 피 교수의 손이 스르르 풀리며 풀썩 주저앉았다.

그날 문대업이 피 교수의 연구실을 찾아와 부린 행패는 지성인인 교수가 아닌 호래자식이나 저지를 법한 하극상이었다.

성 교수를 돕다가 문 교수에게 패악질을 당한 피 교수는 그날 또다시 앰뷸런스에 실려 중석대 부속병원으로 긴급 이송됐다. 이번에는 이틀 만에 퇴원하지 않았다. 입원 원인을 제공한 문 교수가 열이틀째 되는 날 마지못해 병실로 찾아가 피 교수에게 사과했다. 그러고도 사흘을 더 병실에 머문 뒤에 퇴원했다.

피도린 교수는 퇴원한 뒤부터 자신만을 위한 제2의 인생을 살겠다면서 수영장과 헬스클럽에서 보내는 시간을 두 배로 늘렸다. 그는 주어진 강의만 할 뿐 자유인처럼 지냈다. 106킬로그램에서 97킬로그램으로 감량한 몸무게를 세 달 만에 25킬로그램이나 뺐다. 그러고는 뜬금없이 모든 것을 버리고 나니, 여자가 생겨 밤이 외롭지 않다고 자랑했다.

성조기 교수는 유부남도 여자를 두는데, 그는 문제될 게 없는 이혼남인지라 축하드린다고 했다. 피도린의 여자는 학부 학생도 아니었다.

그날, 성조기 교수는 사이드 테이블에 올려둔 휴대전화 진동음을 듣고 잠에서 깼다. 그는 통화 도중에 긴급 출동 명령이 떨어진 구급대원처럼 옷을 찾아 입고 안천읍으로 내달렸다. 골목에 세워둔 차를 빼 운전을 하는 내내 마드무아젤 주가 울먹이며 내지른 다급한 목소리가 단속적으로 귓속을 들쑤셨다.

성 교수는 안천경찰서에 근무하는 제자에게 전화했다. 잠이 덜 깬 제자에게 주로부터 들은 얘기를 전달하자, 치정관계 살인사건이 아니라면 걱정할 일이 아니라고 했다. 그러면서 하품을 하고는 자칫 학교가 망신당할 수 있으니 신고 전에 자극적인 장면은 수습하는 게 좋겠다고 했다. 사고 현장을 훼손해도 되느냐고 되묻자, 그러면 죽은 망자의 명예를 훼손할 작정이냐고 되물었다. 스승에 대한 생각이 깊은 제자였다.

성 교수가 마드무아젤 주의 아파트 주차장에 도착했을 때는 밤 1시 40분이었다.

거실로 들어서는 순간 성 교수는 휑하고 싸늘한 기운이 감지돼 섬뜩했다. 피도린 교수는 마드무아젤 주가 전화로 일러준 대로 거실 소파 아래에 알몸으로 뻗어 있었다. 살은 뺐어도 겉껍질이 벗겨진 아름드리 통나무 같았다.

"어떡해요?"

양손바닥으로 얼굴을 감싸 쥔 주가 쪼그리고 앉아 오들오들 떨며 물었다. 성 교수는 기적을 바라는 마음으로 피 교수의 기도를 확보하고는 5분 가까이 심폐소생술을 했다. 그러나 이미 통나무가 되어 아무 반응이 없었다.

"들어오시자마자 정신없이 서두르시더라고요. 침대가 있는 안방으로 가시자고 해도 막무가내로 제 옷을 벗기시며……."

주가 이미 전화로 들려준 말을 변명처럼 반복했다. 좀 더 상세하기는 했다.

"뭘, 먹었어요? 아니면 먹였거나?"

성 교수가 현관 쪽에 너부러져 있는 피 교수의 양복저고리를 보며 물었다.

"뭐, 뭐요?"

"발정제, 아니 비아그라 같은 거……."

"아뇨…… 그, 글쎄요. 저는 그런 거 안 먹였는데 모르죠."

주가 고개를 세차게 저었다. 침대에서 차분히 했다면 죽지 않았을 터인데, 거실에서 서둘러 한 것이 피 교수의 사인이라도 되는 양 그녀는 거듭해서 이 점을 강조했다.

"술을 많이 했습니까?"

성 교수가 여기저기 난삽하게 벗어놓은 피 교수의 옷을 찾아 입히며 물었다. 간신히 바지를 다 입혔는데 주가 팬티를 건넸다. 샛노란색이었다. 성 교수는 피 교수로부터 주가 노란색을 좋아한다는 말을 들었던 기억이 떠올라 피식하고 웃음이 나왔다.

"아, 아뇨…… 예, 예. 평소보다는 많이 하셨지만…… 그렇다고 해서 그렇게 많이 하시지도 않았어요."

주가 팬티 입히는 것을 거들며 답했다. 그 답이 모호했다. 답을 하면서도 많이 했다고 하는 것이 좋은지, 적게 했다고 하는 것이 좋은지를 계산하느라 망설이는 것 같았다.

대충 옷을 입힌 성 교수가 아직도 떨고 있는 마드무아젤 주를 대신해 112 상황실에 신고 전화를 했다. 그러고는 현관 앞에 너부러져 있는 양복저고리를 집어 소파 등받이에 걸쳤다.

8

성조기 교수는 조교가 학교 앞 24시간 편의점에서 사다준 왕뚜껑과 삼각김밥으로 늦은 점심을 때웠다. 믹스커피를 타서 가져온 조교가 먹고 난 음식물 쓰레기를 걷어 나갔다.

성 교수는 커피를 마시며 이메일을 뒤적였다. 지난해 11월 말에 학보사 주간이 전달해 준 '어느 원로교수의 조언'이라는 제목으로 쓴 피도린 교수의 칼럼 원고를 찾았다. 2학기 종강호에 실어달라며 자기에게 보낸 칼럼 원고인데 주제가 민감하고 내용이 심란스러워서 게재를 못한 채 가지고만 있었는데, 피 교수님이 돌아가셨으니 성 교수에게 전달한다고 했다. 주간은 그 이유를 두 분이 평소 친동기간처럼 가까이 지내는 것을 봐왔기 때문이라고 했다. 생사람 잡을 놈이었다.

한국 대학은 전두환 각하 집권 이후인 1980년부터 수적으로 급격히 증가했다. 박정희 각하처럼 정변으로 집권을 했으니 민심 획득을 위한 정권의 정당성을 인정받기 위해 대학의 졸업정원제 도입을 통한 30퍼센트 추가 입학과 대학 증설이 필요했던 것이다.

나는 이때 고교의 불어 교사였으나 미리 준비해 둔 티켓이 있어 교수가 될 수 있는 행운을 얻었다. 그러니까 나는 유신독재정권 폐지 이후 1세대 교수가 된 것이다. 이때는 석사학위만 가졌어도, 아니 석사과정 중이어도 정규직 전임교원이 될 수 있었다.

2세대 교수는 일단 박사학위가 기본이고, 약간의 시간강사 경력에 빽(연줄)과 돈과 운이라는 삼박자가 맞아야 했다. 3세대 교수는 명문대학의 박사학위가 필요조건이고, 화려하거나 차별화된 경력과 빽과 돈과 운이라는 충분조건을 갖춰야 했다. 4세대 교수는 국내외 명문대 학위와 각종 경력은 기본이고, 강력한 빽과 돈과 천운이 따라줘야 겨우 정년트랙 교원이 될 수 있었다. 그러니까 요즈음은 비정년트랙 교원이 되려고 해도 3세대 정년트랙이 갖추었던 조건이 필요한 것이다.

그러나 이런 조건들이 다 무슨 소용이란 말인가. 서울대가 있고 중석대가 있는 것—즉, SKY대와 지잡대를 말한다—이 현실이고, 중석대가 서울대 학생 수준(학업 능력)을 따라갈 수 없다는 사실이 중요한 것이 아닌가.

때문에 교수는 자신이 가진 학벌과 실력을 떠나 자신이 가르치는 학생의 눈높이에서 학생을 인정하고 사랑할 줄 알아야만 한다. 그러나 일부 교수들은 자신들의 출신 학벌과 실력만 믿고 스스로 자랑질만 일삼거나, 수학능력이 낮은 학생들을 혐오할 뿐 좀처럼 학생들의 실존 자체를 인정하려 하지 않는 게 작금의 큰 문제이다. 게다가 알량한 학벌과 연구실적을 기준으로 선배 교수들을 얕잡아보고 학교 정책에 반기를 들고 툭하면 선배 교수들을 문제 삼아 대립과 갈등을 일상화하고 있다. 교육의 목적이 세상의 위계와 질서를 찾고자 함에 있을진대 편을 갈라 세력 다툼만 하려고 드니 문제다.

불문학을 이해하지도 못하면서 낮아진 지원율과 경쟁률만 가지고 백안시하는 학교 구조본의 시각과 태도도 문제다. 인문학이 주목받아야 할 시대에 선진 불문학을 죽이고 있는 그들의 처사를 어떻게 봐야 할는지 걱정스럽기 짝이 없다. 그러나 무지하고 무책임한 구조본은 무소불위의 권력만 앞세울 뿐 이렇다 할 원칙과 기준도 없이 망나니 칼춤을 추고 있으니, 이를 지켜보는 필자는 원로로서 부끄럽고 참담할 뿐이다.

(……)

우리 불문과는 이번 년도에도 학생 미충원으로 구조본으로부터 3차 학과 정상화 대책안 제출을 요구받았다. 그러나 내 어찌 자신들의 학벌과 실력에 도취되어 학생들을 부정하고 인정하지 않는 철부지 교수들과 마주 앉아 학과와 중석대 갱생의 자구안을 논의할 수 있단 말인가.

기승전결 중 결이 없었는데, 칼럼의 논지와 논조가 하소연 내지는 투정 형식을 빌린 항의 같았다. 성 교수는 칼럼을 읽으면서 불현듯 피 교수가 대학의 적폐청산을 위해 악역을 자처했던 지난 사건이 떠올랐다.

피 교수는 중석대 임용서열 8위에 절대 권력자인 금기태 이사장의 고향 후배이자 마드무아젤 홍의 '심정적 동지'임에도 불구하고, 학무처장 한 학기를 한 것이 보직 경력의 전부였다.

그는 자칭 공평무사를 신봉하는 원칙주의자여서 융통성이나 동정심이 없었다. 그렇다고 정의와 공정을 추구하는 것도 아니었다. 사안과 규정을 보는 독해력과 이해력이 둔하고, 호오(好惡)를 갈라 치는 각박한 심성 때문에 균형감이 부족한 사람이었다.

4인방과의 지속적인 다툼의 근본 원인도 여기에 있다고 볼 수 있다. 게다가 월남전 후유증 탓인지, 상명하복의 정신이 지나쳐 옳고 그름을 따져보고 판단을 해야 하는 상황에서도 윗사람과 아랫사람, 보직교수와 평교수의 서열을 중요시했다. 그러니까 원칙주의자라기보다는 사적 신념을 진리로 알고 사는 자기 중심주의자였다.

그는 학무처장직에 오르자마자 금 이사장에게 독대를 청해 당장 척결해야 할 여섯 가지 적폐를 지적했다.

첫째, 교수가 수업 시간을 마음대로 잘라 먹거나 결강을 밥 먹듯이 하고도 보강하지 않는 점. 둘째, 강의시간에 학생의 학업 수준과 인격을 비하하는 발언을 일삼는 점. 셋째, 성적 정정기간에 교수가 잠적하여 연락두절이 되는 경우. 넷째, 총장의 승인 없이 타 대학 강의를 나가는 경우(심지어는 자기 전공 강의를 후배 강사에게 넘겨주고, 사설 학원 강사로 나가면서까지). 다섯째, 학기 중에 보고도 없이 해외 장기여행을 하는 경우. 여섯째, 논문 대필 및 상습 표절 행위.

피 처장은 이 여섯 가지 고질적 적폐를 청산해야만 흐트러진 교원들의 기강이 잡히고 학교가 삼류에서 이류로 올라설 수 있는 발전 동력을 얻는다고 주장했다. 그는 금 이사장이 존경한다는 삼성 이건희 회장의 1993년 프랑크푸르트 선언을 벤치마킹한 것이라며 적폐 척결의 즉각적, 전면적 시행을 다짐했다.

그러나 대다수 평교수들은 피 처장의 이런 행위가 1990년대 무능 교수 퇴출 대상에 묶여 고초를 치른 데 대한 뒤늦은 보복이라고 떠들어댔다. 성 교수가 보기에는 불성실한 후배 평교수들의 견강부회였으나, 2001년에 발발한 이 적폐와의 전쟁에서 피 처장은 처참하게 패했다.

피 처장은 유신시대 관(官)에서 반상회 현장을 지도·점검하듯이 수하 팀장을 대동한 채 수업시간표와 체크리스트를 들고 각각의 강의실을 돌며 교수들의 수업 실태를 현장 확인했다. 법과 규정에 어긋난 것은 아니나 워낙 문제적 발상인지라 현장점검을 구경하려는 대학 구성원까지 몰려다녔는데, 분위기가 마치 군대의 일석점호 또는 검경이 불량배들을 대상으로 하는 불심검문을 연상케 했다고 술회했다.

단 하루 동안 실시한 기습 점검에서 실제 강의를 반 토막만 하고 사라진 교수, 3분의 1 토막만 한 교수, 조교를 통해 실습을 시키고 행불자가 된 교수, 결강한 교수, 결강을 했는데 보강 신청조차 안 한 교수, 보강 신청은 했으나 보강을 안 한 교수 등이 수두룩하게 적발됐다. 피 처장은 보강일을 토요일로 잡은 교수들까지 점검했다. 이 과정에서 시간강사들도 대거 적발이 됐는데, 이들은 다음 학기 강의부터 배제됐다. 물론 피 처장이 사임한 뒤였으나, 금 이사장의 지시로 강사직을 잃게 된 것이다.

교수들이 이 일로 자괴감과 모욕감을 느꼈다면서 들고 일어났다. 그러니까 현행범으로 붙잡힌 범죄자가 수사과정상의 증거수집 방식을 문제 삼으며, 자신들이 저지른 범죄보다 잘못된 수사방식이 문제라면서 되레 자신들을 수사한 형사를 처벌해야 한다고 주장하는 꼴이었다.

교협은 피 처장의 행위가 모든 교수들을 용의자 내지는 잠재적 범죄자로 취급했음은 물론이요 교권을 감시하고 침해하는 적폐이자, 교수 권익을 실추시킨 내부 총질이고, 인권 침해 행위에 해당하는 짓이라면서 총장에게 피 교수의 즉각적인 보직해임과 사과를 요구했다. 피 처장은 코너에 몰린 임명직 총장—금씨 일가가 아닌 교육부 고위 간부 출신으로 민원 발생에 극도로 민감했다—의 간곡한 부탁을 받아 자진 사퇴했다. 피 처장의 거부로 사과는 총장이 대신했다.

성 교수는 금 이사장을 찾아가 피도린 교수의 단대장을 건의·설득할 때 프린트한 칼럼을 제시하고 과거의 이 적폐 청산 사례를 상기시켰다. 비록 실패한 적폐 청산이었으나, 장례 방식과 절차를 그의 충성심과 애교심에 대한 보답 차원에서 생각해 달라고 사정했다. 또 피도린 교수야말로 진정한 교육자이니 녹조근정훈장을 상신해 달라고 건의했다.

피마리로 인해 오랜만에 학교에 나온 성 교수는, 떡 본 김에 제사 지낸다고 신학기 강의계획서도 짜고 인계 받은 대학원 운영 현황도 살펴봤다.

성기조의 공식 보직명은 일반대학원장 겸 상공업경영·문화예술대학원장이었다. 대학원 지원자가 줄어 신학기부터 일반대학원과 두 개의 특수대학원을 합쳤다.

피 교수의 장례 과정을 지켜본 금 이사장이 총장을 불러서 성 교수가 과거 등록금 협상 과정에서 자기에게 보여주었던 자만심(自慢心)은 병이었지만, 피 교수에게 행한 신의(信義)는 약이라고 하면서 그에게 다시 보직을 줘도 좋다고 했다는 것이다. 총장도 저술료와 채택료 사건으로 성 교수에게 진 빚이 있는지라 대학원장직을 내렸다.

창밖에 콧물 같은 진눈깨비가 내렸다. 앞서거니 뒤서거니 오전 내내 내렸던 비와 눈이 아예 한 덩어리가 되었다. 성 교수는 상스러운 날씨라고 생각하며 다탁 위에 펼쳐놓았던, 피마리가 놓고 간 복사본 내용물을 파일 케이스에 챙겨 넣었다.

그는 족쇄라도 채워진 양 연구실에 들어앉아 피마리가 낸 숙제를 어떻게 풀어야 할지 고민에 고민을 거듭하며 시간을 보냈다. 대학원 운영 현황 보고서는 건성으로 훑어보고 덮었다. 그러다 6시가 되었다. 와인 바 무몽이 문을 열 시간이었다. 그는 코트와 가방을 챙겨 연구실을 나섰다.

아무래도 술을 좀 해야 할 것 같아 차를 두고 걸었다. 마드무아젤 주의 말마따나 키핑해 놓은 와인도 마셔야했지만, 그녀에게 볼 일도 있었다.

피마리가 준 숙제를 풀려면 그녀의 도움도 필요했다. 그녀에게 죽은 피 교수와 아직 한 배를 타고 있다는 사실을 알려줘야 했다.

무몽까지는 샛길로 걸어서 10분 거리였으나 샛길인 논두렁이 얼어서 돌아가야 했다. 4차선 국도를 건너서 농가들 사이를 지나 50여 미터에 이르는 구릉지를 오르면 논밭을 뒤로 한 채 제멋대로 자리 잡은 십여 채의 원룸들이 보이고 그 끄트머리 평지에 무몽이 있었다. 무몽 앞쪽은 수령이 오래된 아름드리 느티나무가 있었고, 뒤편으로는 서화천이 흐르고 발아래 멀찍이 대청호가 보였다.

무몽은 2002년 한일 월드컵이 열린 2월에 생겼다. 개교 초기에는 학교 주변이라고 해서 밥집과 술집이 우후죽순처럼 생겼으나 곧 하나둘 문을 닫고 말았다. 학생들은 안천 소읍이 아닌, 버스로 30분 거리인 평주직할 시로 가서 먹고 마시며 놀았다.

이런 외진 곳에 틀어박힌 와인 바를 누가 찾아올까 싶지만 중석대 교수들과 인근 미군부대 장병과 의예과대 학생 등이 단골로 드나들었다. 근처 관광지에서 숙박하는 여행객들도 더러 찾아오는지라 그런대로 장사가 되는 편이라고 했다. 그래도 주 고객은 중석대 교수와 의예과대 학생 들이었다. 무엇보다 학교 근처에는 무몽만 한 분위기의 술집이 없었다.

성조기 교수가 가쁜 숨을 고르며 무몽 앞에 이르렀을 때, 자율방범 컨테이너부스와 삼색 천을 엮어 금줄을 두른 느티나무 사이에 빨간색 신형 렉서스가 주차되어 있었다. 방중인데도 학생 몇몇이 창가 테이블을 차지하고 앉아 커피를 마시며 수다를 떨고 있었다. 이른 저녁시간에는 커피를 팔기도 했다.

갑자기 나타난—피마리를 만날 때 주가 보내온 문자에 답을 하지 못했다—성 교수를 반갑게 맞이한 마드무아젤 주가 키핑해 둔 무똥 까데 레드와인을 내왔다. 피 교수 장례식 이후, 처음 보는 주의 얼굴이 많이 수척해져 있었다. 그날 일로 안천경찰서에 두 차례 따로 불려가서 조사를 받고 진술을 했다고 하니 충격과 불안이 컸을 것이다.

주방 일과 서빙을 아르바이트생에게 맡긴 주가 새 와인 한 병을 들고 와 성 교수 맞은편에 앉았다. 그러고는 잔망스러운 날씨와 갱년기 우울증 타령을 하다가 성 교수에게 비겁하고 무심한 사람이라고 시비를 걸며 와인 한 병을 홀짝홀짝 다 비웠다.

성 교수는 자신이 비겁한 사람은 절대 아니며, 마드무아젤 주에게 결코 무심하지 않았고, 다만 학과가 불의의 상을 치렀는데 술집 드나드는 모습을 보일 수 없어 '근신'을 했던 것이라고 둘러댔다.

"그게 비겁하고 무심한 거지. 그렇다고 전화도 한 통 못 하나…… 얌전히 있는 아줌마 꼬드겨서 학생을 만들어 놨으면 케어를 해줘야지요, 케어를…… 안 그래요?"

혀가 꼬인 것인지, 꼬인 척을 하는 것인지 분간할 수 없었다. 아무튼 제자가 스승에게 꼬장을 부리는 세상이 된 것이다.

무몽을 드나들던 단골 교수들이 술장사 잘하고 있는 여주인을 꼬드겨 중석대 대학원생으로 만들었다. 그녀의 말에 의하면 취중에 농담처럼 주고받은 말들이 쌓여 진담이 되었다고 했다. 그녀가 석사과정에 입학한 2006년은 다시 충원율을 회복한 학부—2002, 2005년에는 각각 학부생 미충원 사태가 발생했다—와 달리 대학원은 심각한 정원 미달 상태였다.

"어쨌든 고생 많았어, 마드무아젤."

주의 빈 잔에 무똥 까데 레드 와인을 따라주며 말했다.

"생전에 피 교수님이 나한테 성조기, 그놈이 나보다 잘해,라고 물었어요."

와인 네댓 잔을 주고받았을 때, 볼이 발갛게 달아오른 주가 취기어린 눈을 흘기며 말했다. 나이를 무색케 하는 애교였다. 주의 말에 화들짝 놀란 성 교수는 목구멍에 걸린 와인을 가까스로 삼키고 주위를 둘러봤다. 하마터면 6만 5천 원짜리 와인을 뿜을 뻔했다.

갑작스럽고 황당해서 대꾸할 말이 떠오르지 않았다. 아무리 취중이라지만 이 여자가 대체 무슨 꿍꿍이속으로 이런 되먹지 못한 말을 지껄이나 싶었다.

"피 교수님이 술 마시는 내내 그렇게 물었다니까. ……하면서도 물었어. 그러니까 계속 그걸 물으며 힘쓰다가 죽은 거야."

와인을 원샷으로 비우고 성 교수 옆자리로 옮겨 앉은 주가 귀엣말로 지껄였다. 성 교수는 피 교수가 복상사 한 원인이 자신에게 있다는 말로 들렸다. 성 교수는 대꾸할 말이 없었다.

"내가 멍청한 년이지. 그때 답을 빨리 해줬어야 했는데……."

"……."

"하지만 나는 어이가 없어서 답을 하기가 싫었다니까. 우린 쿨한 사이 잖아."

빈 잔을 든 주가 성 교수를 빤히 쳐다보며 말했다. 성 교수는 조명이 어두운 입구 반대 쪽 테이블에 앉아 글라스로 주문한 와인을 마시고 있는 학생 커플을 힐끔 쳐다봤다. 댓 걸음 거리였다. 하몽과 피타브레드를 시킨 것으로 보아 있는 집안의 의예과 학생들 같았다.

"학생들이 들어."

주의 귀를 잡아당긴 성 교수가 타이르듯이 말했다.

"왜 이래? 흥분되게……."

여학생이 주를 향해 고개를 돌렸다.

"왜 자꾸 이러는 거지?"

성 교수가 정색을 하며 주를 바라봤다.

"혹시 두 분이 라이벌……?"

주가 개의치 않고 큰 소리로 물었다.

"무슨?"

성 교수가 펄쩍 뛰며 소리쳤다. 여학생에 이어 남학생까지 고개를 돌린 커플이 성 교수 쪽을 곱지 않은 시선으로 째려봤다. 교수라는 걸 모르지 않을 터인데 눈깔을 부라렸다.

아무튼 성 교수는 피 교수 복상사의 발단이 어쩌면 황당무계한 시기질투에서 비롯된 것일 수도 있겠다는 생각이 들어 허허롭게 웃지 않을 수 없었다.

그러나 피 교수가 완전히 헛짚은 것이라고는 할 수 없었다. 10·25 도끼 만행 사건으로 더 이상 학생들을 넘볼 수 없게 된 뒤부터 마드무아젤 주를 지켜본 것은 사실이었다. 그러나 이미 피 교수가 선점했다고 공표한 여자였고, 또 학점을 덤으로 얹어줄 수는 있어도 피 교수처럼 거한 선물까지는 바칠 뜻이 없었기 때문에 입맛만 다시고 있었다. 성 교수는 피 교수의 말을 통해 마드무아젤 주가 '공사' 기술이 빼어난 여자라는 것을 직감하고 있었다.

"그런데…… 아무래도 나 박사과정을 그만둬야 할라나 봐."

주가 감바스를 포크에 찍어 성 교수의 주걱턱 밑에 들이밀며 콧소리로 말했다.

마드무아젤 주, 그러니까 주하영은 박사과정을 두 학기 마쳤기 때문에 이번 학기부터는 강의 자격이 주어졌다. 그러려면 다음 주로 예정된 학과 모의강의평가를 통과해야만 했다. 박사과정 중인 원생들에게 시간 강의는 줘야 했으나, 학부생들의 컴플레인을 무시할 수도 없었다. 매년 정원 미달이어서 소나 개나 뽑다 보니 수준 미달의 원생들이 부지기수였다.

성 교수는 또다시 잽싸게 주변을 살핀 뒤 감바스를 받아먹으며 물었다.

"그걸 왜 나한테 물어?"

"대학원생이 대학원 문제를 대학원장님께 묻지 않으면 누구, 누구한테 묻는대?"

주가 손가락으로 성 교수의 콧방울을 톡 치며 말했다. 성 교수는 또 잽싸게 주변을 둘러보지 않을 수 없었다.

"소문 한번 빠르구먼. 흐흐."

짐짓 멋쩍은 헛웃음으로 받았다. 주가 학교 인사 문제까지 꿰뚫고 있는 것 같았다.

"떠돌고 있다는 소문도 신경이 쓰이고 해서……."

주가 피 교수의 죽음에 관한 소문을 들이대며 징징거렸다.

"시작을 했으니, 끝을 봐야지."

성 교수는 빈 와인 잔을 빙빙 돌리며 말했다. 그는 여러 생각 끝에 공적·사적으로 꿩 먹고 알 먹고, 도랑 치고 가재 잡을 방법을 찾았기 때문에 여유가 있었다. 이제 그 방법을 말해야 할 때라고 생각했다.

"그럼, 성 원장님이 날 케어해줄 거야?"

"학생이 주인이고 고객인 시대인데, 교수가 학생을 케어해 주지 않으면 직무유기잖아? 더구나 대학원장인데, 안 그래?"

성 교수가 넉살좋게 받았다. 그러고는 알바생을 불러 무똥 까데 레드 와인 한 병을 주문한 뒤 덧붙였다.

"그래서 말인데, 마드무아젤 주가 신경 쓰인다는 그 문제도 우리가 선제적으로 해결하는 게 좋겠어. 어때?"

"우, 우리가? 어, 어떻게? 그럴 방법이 있어?"

주가 남은 와인을 따라 마시며 허물없는 마누라인 양 물었다.

"피 교수 딸이 판사가 된 거 모르지?"

"그래?"

놀란 표정으로 되물었다.

"응. 판사가 돼서 오전에 날 찾아왔어."

"정말?"

주가 울상을 지었다.

"응. 그러니까, 내가 하라는 대로만 해."

"어떻게?"

성 교수의 계획을 들은 마드무아젤 주가 망설임 없이 즉각 동의했다. 이어 카운터로 가 종이와 볼펜을 가져오더니 초를 잡기 시작했다. 취기 탓인지 글자가 제가끔 놀았다.

피도린 교수님 작고 이유 해명서

사실과 다른 괴상망측한 소문이 학과 교수들 사이에 나돌아 본인 주하영은 이에 대한 진실을 밝히고자 합니다.

2011년 11월 28일 밤 11시 우리 무몽에 오셔서 와인 한 보틀을 마신 피도린 교수님께서 과음으로 인해 12시 30분경 가게에서 갑자기 쓰러지신바, 콜택시를 불러 가게와 가까운 본인의 아파트로 모셨습니다.

그러고는 즉각 성조기 교수님께 연락을 취했고, 성 교수님은 1시 35분경 아파트에 나타나셨습니다. 그러나 제 아파트로 모셔온 피 교수님은 곧바로 가슴을 움켜쥐고 계시다가 갑자기 거실에서 급성심장마비로 쓰러진 채 숨을 거두었습니다.

이에 성 교수님이 112와 가족에게 연락하여 사망 소식을 알린 것이 전부입니다. 안천경찰서에서 진술한 내용도 이와 똑같습니다.

때문에 본인이 피 교수와 성관계가 있었고, 이로 인해 피 교수가 사망한 양 민망하고 허무맹랑한 말을 하는 것은 사실과 무척 다른 부분으로서 장차 제가 아니어도 유족 중 누군가가 민형사상의 책임을 물을 수도 있음을 천명합니다.

2012년 1월 16일
작성자 주하영
확인자 성조기

성 교수는 삐뚤빼뚤한 글씨체로 주하영이 작성한 초(草)의 제목을 '고 피도린 교수 작고 경위 석명서'로 바꾸고, 1시 35분을 1시 40분으로 고치고, 첫 문장과 끄트머리 문장 두 군데를 각각 삭제했다. 나머지는 문장의 성립 여부를 떠나 의미 전달이 된다고 판단해 그대로 두었다. 문장을 손대면 자칫 '작당'한 의심을 받을 수도 있기 때문이었다.

"이거 전해줘요."

삭제한 문장을 빼고 정서한 석명서에 서명을 받아 무몽을 나올 때, 취기로 비틀거리며 문밖까지 따라 나온 마드무아젤 주가 무언가를 건넸다. 자동차 스마트키였다. 스마트키를 받아 쥔 성 교수는 짐짓 이건 뭐냐는 표정으로 주를 바라봤다.

"할부 끝나면 내 앞으로 명의이전 해주겠다고 약속했었는데……."

아쉬운 표정의 주가 가게 앞에 주차한 빨간색 렉서스를 손가락질로 가리키며 말했다. 말을 꺼내지 못해 망설이기만 하다가 나온 성 교수는 뜻밖의 선물을 덤으로 받은 기분이었다.

마드무아젤 주와 헤어진 성조기 교수는 어두컴컴한 농로를 기듯이 걸어 버스정류장으로 향했다. 취기 탓인지, 길 탓인지 디딤 발이 자꾸 미끄러졌다. 쇠똥과 닭똥 냄새가 코끝을 파고들었다.

애초부터 피도린 교수의 일기와 관련해서 따로 조사할 만한 것은 없었다. 석명서와 자동차 키까지 받아낸 성 교수는 기대 이상의 결과에 마음이 홀가분해졌다.

이제는 언제든지 피마리를 만날 수 있게 되었다. 그렇다고 숙제를 받은 지 하루가 지나기도 전에 숙제를 풀었으니 당장 만나자고 할 필요는 없었다. 적당한 뜸은 들여야 했다.

버스정류장에 도착해 시계를 보니 9시 5분 전이었다. 성 교수는 피마리의 전화번호를 찾아 눌렀다. 다음 주 중, 설 명절 전에 원하는 날을 잡아서 만나자고 했다. 올 때, 아빠 차를 찾았으니 대중교통 편으로 오라는 말을 덧붙였다.

9

평일의 국립현충원은 을씨년스럽고 한산했다. 녹지 못해 응달에 쌓인 눈이 흰 담요 같았다. 월남전 참전 용사로서 고엽제 6급 상이용사인 피도린 교수는 장병 3묘역에 안장되어 있었다.

먼저 묘에 도착한 피마리가 쪼그리고 앉아 칼바람 속에서 얼어 죽은 잡초를 이 잡듯이 골라 뽑아내고 있었다.

성조기 교수가 노란 국화 다발―마드무아젤 주가 꽃값을 주며 대신 사서 전해 달라고 했다―을 놓고 머리를 조아려 기도했다. 마리도 절이 아닌 기도를 했다. 언뜻 보니 눈두덩이 밤알 크기로 부어올라 있었다. 이미 한바탕 운 것 같았다.

성 교수는 또 학교로 오겠다는 마리에게 그러지 말고 현충원에서 보자고 했다. 학교보다는 현충원에서 만나는 것이 교통편도 그렇고 또 대화를 나누기에도 심적 불편함이 덜할 것 같아서였다.

"아빠가 협심증인 건 알고 있었지, 요?"

긴장했는지, 말끝이 또 엉켰다.

"예? 저는 처음 들어요. 당뇨이신 건 알고 있지만……."

의외였다. 피 교수가 각별히 애지중지한 마리는 알고 있으리라 생각했었다. 어쩌면 고시 공부 중인 딸을 위해 감췄을는지도 모른다는 생각이 들었다. 부모 마음이 다 그렇지 않은가.

대뜸 복상사라는 불경한 단어를 꺼낼 수가 없어 에둘러 표현할 말을 찾던 성 교수는 잠시 난처했다. 쭈뼛쭈뼛하며 망설이는 성 교수를 마리가 쳐다봤다. 아무래도 망자의 묘 앞에서 할 말이 아니라고 판단한 성 교수는 날이 추우니 가까운 곳으로 가서 차나 한잔 하자고 했다. 자신이 몰고 온 빨간색 렉서스에 마리를 태워 국도 변에 있는 가까운 찻집으로 들어갔다.

"우리가 아빠의 명예는 지켜드려야겠지, 요?"

개량한복 차림의 아줌마가 가져다준 수제 생강차를 한 모금 마시고 나서 성 교수가 입을 열었다. 망자에게 존경의 예를 표하고, 또 그의 생전 명예를 빌미 삼아 얘기를 풀어 마리의 의문점에 대한 답을 해주어야겠다는 생각으로 현충원에서 보자고 한 것이었다.

"무슨 뜻이에요?"

통유리 창을 통해 주차장에 세워둔 렉서스를 물끄러미 바라보고 있던 마리가 따지듯 물었다.

성 교수는 마리가 부탁, 아니 '내사 지시'를 하고 간 복사물에 관한 자초지종을 먼저 설명해 주었다. 그러면서 일기에 적힌 내용을 오해 없이 독해할 수 있도록 앞뒤로 실재했던 일들도 시간 순, 사건 순으로 세세히 일러주었다. 듣는 마리의 얼굴색이 점점 발개졌다. 민망함 때문인 것 같았다.

그녀는 듣는 내내 별도의 질문을 하지 않았다. 질문이 없어서라기보다 더 이상 어떤 이야기도 추가로 듣고 싶어 하지 않는 것 같았다. 말을 마친 성 교수가 다탁 위로 편지봉투를 건넸다. '고 피도린 교수 작고 경위 석명서'였다.

"이제 한 달 좀 더 지나면 개강이야. 교수들은 입으로 벌어먹고 사는 사람들이잖아? 모르긴 해도 계속해서 소문을 내겠지."

내용물을 펴본 마리의 얼굴이 렉서스 빛깔처럼 벌겋게 달아오르는 것을 보고 다 읽었다고 판단한 성 교수가 처연한 목소리로 말했다.

피 교수의 사망일은 11월 28일이었다. 그때부터 방학에 들어가기 전인 12월 중순까지 피 교수 죽음과 관련한 이런저런 소문이 학과를 중심으로 한참 동안 나돌다가 방학을 맞아 잦아든 상태였다.

눈을 내리깔고 입을 꾹 다문 채 돌부처인 양 앉아 있던 마리가 아무 말 없이 손수건을 꺼냈다. 그러고는 돌아앉아 눈자위를 닦아냈다.

성 교수는 마리가 민망하고 창피해 불편해 한다는 생각이 들었다. 더 이상 시간을 끌며 마주하고 있을 필요가 없었다.

"마리 씨 판사 임용 축하연을 열어주는 게 어떨까 하는 생각을 했었는데, 그보다는 아버지 장례를 먼저 치렀잖아요. 그래서 마리 씨가 사례의 뜻으로 학과 교수들을 식사자리에 모시는 것은 어떨까 싶네, 요. 그리고 이 문제도 해결하고…… 어때요?"

성 교수는 마리가 손에 쥐고 있는 석명서를 가리키며 물었다. 마리가 돌장승처럼 침묵했다.

"제 아빠하고의 인연이 30년이 넘으셨으니 성 교수님은 제게 아빠 같은 분이세요. 맞죠?"

한참 만에 마리가 부어오른 눈을 치켜 든 채 물었다.

"30년이 넘지는 않았고…… 햇수로 28년쯤 됐지……."

성 교수가 멋쩍은 웃음을 지으며 답했다.

"성 교수님께서 아빠의 중석대 교직생활의 처음과 끝을 명예롭게 마무리해 주세요."

석명서를 되돌려준 피마리가 "그래주실 것이라 믿어요"라며 자리에서 일어나 꾸벅하고 고개를 숙였다.

성 교수가 같이 일어서며 맞절로 답했다. 그는 뒤늦게 마리의 잔꾀에 당했다는 생각이 들었다. 자신은 그만 빠질 터이니 성 교수가 알아서 뒤처리를 해달라는 말이었다.

"나중에 계좌번호 주시면 비용은 제가 입금해 드릴게요."

의자를 뒤로 빼며 돌아선 마리가 카운터를 바라보며 덧붙였다.

"이, 이거 가져가야지."

서둘러 자리를 뜨려는 마리를 뒤좇아 간 성 교수가 스마트키를 건넸다.

카운터 앞에서 차 키를 받아 쥔 마리가 찻값을 치르려고 지갑을 꺼내든 성 교수를 어깻짓으로 거칠게 밀쳐냈다. 그러고는 만 원권 지폐 두 장을 주인 여자에게 건네고 쏜살같이 찻집을 빠져나갔다.

우아한 정식

1

"앞으로는 정식으로 수업을 할 테니 그렇게들 아시오."

교수가 학생에게 할 수 있는 지극히 당연하고 정상적인 수업 방침이겠으나, 이 말을 하게 된 배경과 앞뒤 맥락을 짚어보면, 앙심을 품은 용렬한 선전포고라는 것을 누구나 단박에 눈치챌 수 있을 것이다.

강의동 기초공사를 하느라 전봇대 굵기의 콘크리트 원형 말뚝을 때려 박는 항타기(杭打機) 소리가 쿵쿵 울릴 때마다 강의실이 통째 들썩거렸다. 날이 풀리자, 식스아츠[六藝]교육을 위해 서둘러 교양 강의동을 짓는 공사가 장맛비같이 거센 봄비에도 아랑곳하지 않고 분주히 진행됐다.

고시철은 기가 막혔다. 방귀 뀐 놈이 되레 성을 내는 꼴이 아닌가. 시철은 명경수 교수의 말이 끝나기도 전에 고개를 돌려 뒷자리에 앉은 지종순을 노려봤다.

수강 때마다 교수의 침 분사 거리 내인 맨 앞자리에 턱을 괴고 앉아서 강의하는 명 교수와 눈짓을 주고받던 그녀가 뒷자리에 멀찌감치 떨어져 앉아 있는 것만으로도 충분히 미심쩍었다. 그녀가 또 무언가 일을 꾸민 것이다. 어쨌든 명과 지, 둘만이 사전 합의된 꿍꿍이가 있는 것 같았다. 그렇지 않고서야 명이 갑자기 자기가 가진 교권을 흉기처럼 다루는 날, 지가 멀찌감치 앉아 있는 우연이 일어날 가능성은 희박했다.

둘이 사귀든, 잠자리를 같이 하든 자신과는 상관없는 일이니, 둘 사이에 자신을 함부로 끌어들이지 말라고 한 시철의 거친 경고를 지종순이 알아듣기는커녕 곧이곧대로 또는 과장해서 명 교수에게 꼰지른 것 같았다. 푼수때기 지종순은 그러고도 남을 여자였다.

시철은 명 교수의 악 감정 깔린 강의가 귀에 들어오지 않았다. 면접시험 때 당한 집단 '린치'가 어제 일인 양 또렷하게 떠오르면서 부아가 치밀어 오르고 뒷골까지 당겼으나 참으려고 안간힘을 썼다. 선전포고를 한 명 교수도 나름 긴장했는지, 경직된 목소리에서 평소와 다른 트레몰로 주법 같은 떨림이 감지됐다.

— 콰앙! 쾅!

항타기의 둔중한 소음이 명 교수의 강의를 방해했다. 평소 같았으면 이 소음을 핑계 삼아서라도 서둘러 수업을 마쳤을 것—게다가 첫 수업이었다—인데, 오늘은 소음과 맞서가면서까지 강행할 태세였다. 강의가 무슨 시위 출정식처럼 긴장감이 돌았다.

지역의 타 대학 일반대학원들도 다 그렇듯이 중석대 대학원도 신입원생 모집이 하늘의 별 따기였다. 뜻과 돈만 있으면 석·박사과정을 얼마든지 수료할 수 있도록 개방된 지 오래였다. 특수대학원의 경우는 돈만 있으면 대학원 측이 보험영업을 하듯이 개별 방문을 통해 뜻과 동기를 부여해 줬다.

대학원 학사운영팀 직원인 시철은 쉰한 살에 박사과정에 진학했다. 공부에 큰 뜻이 있어서라기보다 얼떨결에 석사만 하고 만 것이 밑을 닦지 않은 것 같아 영 찜찜했고, 또 박사라도 따두면 정년 후 시간 강의로 용돈벌이라도 할 수 있지 않을까 해서였다. 이른바 인생 이모작을 위한 예비

같은 것이었다.

물론 30대 초반에 석사학위를 땄을 때는 장차 전임교원에 도전해 보겠다는 당찬 포부가 있었다. 교직원으로 오래 지켜본 결과 교수라는 게 학벌과 실력과 돈만으로 되는 것이 아니라, 운대가 잘 맞으면 될 수도 있겠다는 생각이 들었기 때문이었다. 교수 대다수가 번드르르하게 학벌만 좋았다 뿐이지, 갖춘 실력이나, 전세 보증금처럼 들였다는 돈의 규모로 볼 때 시철로서도 늦기는 했지만 전혀 불가능한 도전만은 아니었다.

'신이 내린 직장(boondoggling)'이라고 사람들이 말하지만, 대학이 점점 사양업종이 되어가는 데다가 궁벽진 시골 대학에서 박봉에 시달리는 월급쟁이에 불과했다. 계속해서 공부에 한눈을 팔만큼 사정이 녹록지 않았고, 또 교수가 되려면 결정적으로 갖춰야 할 필수요건 한 가지가 더 있다는 것을 알게 되면서 포기하는 쪽으로 생각을 굳혔다. 시철은 학벌을 대체할 만한 뒷배, 즉 빽이 없었다. 이게 다 핑계이고 자기변명이라면, 신의 직장에서 안주하며 탱자탱자하다가 기회를 흘려보낸 것이라고 봐도 딱히 변명할 말은 없다.

어찌 됐든 이런 변변치 못한 사정과 이유를 들어 흘려보낸 박사과정을 뒤늦게 쫓아가서 얼씬거리게 된 것이었다. 25년 차 고참 직원이 되고 보니 시간과 돈에 약간의 여유가 생겼고, 과거와 달리 박사과정 수학이 지적 주전부리 수준이 되어 공부도 큰 부담이 없어진 데다가, 결정적으로 일반대학원 모집률을 올려야 하는 직무상 책임이 있었다. 해서 대학원 학사운영팀장인 고시철은 원님 덕에 나발 부는 격으로, 도랑 치고 가재 잡는 격으로 박사과정 진학을 결심했던 것이다.

결심이 선 뒤, 아내의 승인을 받은 그는 즉시 해당 학과, 즉 국어국문학과 소속 교수들을 개별 접촉해서 입학 의사를 개진했다. 한때 직원의 대학원 진학을 금지—직원이 딴 데 정신을 팔면 근무의 질이 떨어진다는 것이 표면적 이유였으나, 실은 직원이 학위를 받으면 교수들과 맞먹으려 대들거나 우습게 볼 수 있다는 것이 실제 이유였다—하는 규정을 만들어 운영한 적이 있었으나, 원생 재원이 줄어들어 대량 미충원 사태가 발생한 2005년부터 전격 폐지됐다. 원생이 돈인데, 돈이 줄어든 마당에 원생을 가려 받을 수 없는 처지가 된 것이다.

아무튼 해당 학과의 석사 출신이자 직원으로서 원서 접수 전에 학과 교수들의 의견을 타진해 '사전 허락' 즉, 내락을 구하는 것은 도리이자 필수 수순이었다. 석·박사과정 입학은 학과 교수들의 뜻이 중요, 아니 절대적인데 서로 알고 지내는 직원이 그들의 의견 개진을 패스하고 원서를 내봐야 면접도 못 보고 서류 심사에서 떨어질 것이 뻔한 때문이었다. 신분으로 작동하는 주종 관계가 엄격한 대학에서 시철은 그들의 따까리인 직원이 아니던가.

개별 접촉에 앞서 수순에 따라 학과장인 성애옥 교수의 의사를 먼저 타진했는데, 자신은 따로 밝힐 의사가 없고, 학과 교수들과 상의를 한 뒤 답을 주겠다고 했다. 시철은 학과장 덕에 교수들과 개별 접촉할 필요가 없어졌다.

일주일이 지난 뒤에 시철은 학과장으로부터 과 교수들이 거부하지 않는다는 답을 득했다. 사양 학과이자 실용문예창작학과와 통합 대상인 국문과 입장에서 신입원생을 확보한다는 것은 가뭄에 콩보다 귀하고 중요하다는 현실을 부정할 수 없기 때문인 것 같았다.

시철은 대학원 학사운영팀에 근무하는지라 마감 결과 국문과 박사과정 지원자가 시철 자신과 지중순뿐이라는 사실을 알았다. 배정 정원이 5명인데 지원자가 두 명뿐이니 면접은 형식일 수밖에 없을 것이라고 생각했다.

그런데 그게 아니었다. 학과 조교가 통지하기를 문엽 교수가 갑자기 이

번부터 면접은 규정과 절차에 따라 정식으로 보겠다고 했다는 것이다. 이유를 묻자, 그건 모르겠으나 문 교수가 시철 때문에 많이 열받아 있는 것 같다고만 덧붙였다. 그러면서 그게 뭔지 잘 생각해 보면 면접에 도움이 되지 않겠느냐고 조언했다. 생각하고 말 것도 없이 시철은 문 교수가 열받을 만한 짓을 한 게 없었다.

규정과 절차에 입각한 국문과의 정식 면접이 대체 뭔지는 모르겠으나, 학과 실세인 문 교수가 그렇게 하겠다고 했다면 그렇게 될 확률이 100퍼센트였다. 시철은 일찍이 몇몇 사건을 통해 문 교수의 '꼬장'을 겪어보고 지켜봐서 잘 알고 있었다. 문 교수가 예전의 꼬장들을 깨끗이 잊게 해줄 전대미문의 꼬장을 면접장에서 적나라하게 보여줄 줄을 어찌 알았겠는가. 맙소사……

"가르쳐 줄 전공 교수도 없는데, 왜 지원한 거요?"

개량한복 차림의 문엽 교수로부터 시비조의 첫 질문을 받는 순간, 시철은 넋 놓고 있다가 선빵을 얻어맞은 기분이었다. 첫 단추가 잘못 꿰어지고 있었다. 약속대련처럼 치러졌던 면접이 자유대련—곧 난투극이 된다—으로 바뀐 것이다. 시철은 이게 문 교수가 예고한 정식 면접인가 싶어 황당했다.

시철이 전공하고자 하는 소설은 반윤길 교수가 정년퇴직을 한 3년 전부터 공석이었다. 학과구조조정위에서 사양 학과로 분류한 국문과에 더 이상 교수는 충원해 주지 않기로 결정한 것이다. 반 교수의 정년퇴직은 시철이 입학 의사를 타진하기 3년 전 일이었다. 그러니까 반 교수 정년퇴직을 들먹이며 시비 걸 일이 아니었다. 시철 입장에서는 질문이 아니라 시비였다. 게다가 학과장을 통해 문 교수의 사전 허락까지 받고 면접에 임하는 것이 아닌가.

어쨌든 문 교수의 이 첫 질문은, '너를 받아 줄 수 없어' 또는 '우리가 생각이 바뀌었어'를 에둘러 표현한 것으로 볼 수 있었다.

"전공 교수님이 없다는 건 저도 잘 알고 지원한 건데요."

시철은 맞설 수가 없어 완곡한 표현으로 답했다. 멍청한 답이었으나, 그렇다고 해서 초장부터 까놓고 대들거나, 속생각을 까발릴 수는 없지 않은가.

"그러니까 가르칠 교수도 없는데, 들어와서 누구한테 뭘 배우겠다는 말이냐고?"

슬리퍼를 꿴 한쪽 발바닥만 바닥에 뒀을 뿐, 마치 로마시대 황제인 양―시철에게는 노숙자로 보였다―응접소파에 드러누운 명경수 교수가 한 차례 몸을 뒤척이며 끼어들었다.

그는 학과 교수 서열상 막내임에도 대학 선배인 문엽의 무한한 편애하에 방약무인한 상식 밖의 자세를 취하고 있었다. 그는 시철보다 열세 살이 아래였고, 다른 면접관인 선임 교수들보다 스무 살 안팎 아래인지라, 그 자세가 결코 바람직하다거나 적절하다고 볼 수 없었다. 아무튼 양아치들도 이런 식으로 위계질서가 문란할 것 같지는 않았다.

"제가 학과 교수님들께 먼저 입학 가부를 여쭤보지 않았나요? 가르치는 거야 강사님들도 할 수 있는 거고…… 또 지난 3년 동안 그렇게 해오지 않았나요?"

시철도 면접관들의 질문 페이스에 맞춰서 대응키로 했다.

"뜨내기 강사가 가르치는 것과 전임교수가 가르치는 건 다르지. 박사과정인데……."

머리에 까치집을 지은 명 교수가 상체를 일으키며 야지를 놓듯이 말했다. 마치 엄마만 믿고 자신보다 힘 센 상대에게 함부로 까불어 대는 철없는 아이 같았다. 전임교수보다 실력과 책임감, 인품까지 훨씬 뛰어난 뜨내기 강사가 많다는 말을 하고 싶었으나, 파국을 원치 않았기에 말꼬리를 잡지 않았다. 적절한 방어만 하려고 했다. 그런데 점입가경이 아닌가. 시철은 결국 대거리를 하지 않을 수 없었다.

"그러시다면 모집 요강에서 소설전공을 아예 빼시거나, 먼저 전공 교수를 뽑으셨어야 하는 거 아닌가요? 학과에 전공 교수 없는 게 제 잘못입니까?"

격조 있는 대꾸는 아니어도 나름대로 점잖은 표현이었다. 사전 약속을 뒤집어가며 돌림빵을 먹이듯이 막 나가는 면접관들에게 어떤 예우를 해줄 수 있겠는가.

시철이 내지른 대꾸에 일순 분위기가 싸늘해졌다. 원로인 기창국 교수—어학 전공인데, 관례를 깨고 문학 관련 면접에 참석했다. 나중에 알게 된 사실인데, 문 교수가 참석을 요청했다는 것이다. 그러니까 문 교수가 학과 교수 전원의 만장일치로 기철을 떨어뜨렸다는 명분을 얻기 위해 작심하고 벌인 수작이었던 것이다—는 불편한지 코를 파고 코털을 잡아 뽑거나 내내 헛기침을 하며 고개를 돌렸고, 학과장인 성애옥 교수는 표정관리가 안 되는지 험악해지는 분위기에 눈꺼풀을 떨며 어쩔 줄 몰라 했다.

"직원이 낮에 공부할 시간이 있겠소?"

한방을 날리거나, 외통수를 만들지 못해 안달이 난 문 교수가 또 허방에 대고 잽을 날렸다.

"직장을 다니는 대학원생들이 저 말고도 더 있는 것으로 아는데…… 앞으로는 강의가 낮에만 이루어지나요?"

특수대학원이건 일반대학원이건 대학원 강의가 주간이 아닌 야간에 또는 주말에 이루어지고 있는 것은 타 과에서도 이미 사오 년 전부터 시작된 일이다.

기철은 면접관들을 심하게 자극하고 싶지는 않은지라, 직원의 대학원 학업이 가능하다고 바뀐 복무규정까지는 들먹이지 않았다.

"햐, 거 참!"

명 교수가 못마땅하다는 듯 장탄식을 내뱉고는 다시 소파에 벌러덩 드러누웠다. 들러리로 불려왔던 백발의 기창국 교수가 콧구멍을 쑤셔대다 말고 슬그머니 일어나더니 허리를 짚고는 어기적어기적 자리를 떴다. 디스크 치료 중이라는 기 교수가 엉거주춤한 자세로 일어나 나가자, 명 교수는 아예 슬리퍼를 벗고 소파 위로 양발을 모두 올렸다. 발 고린내가 나는지 같은 소파에 앉은 문 교수가 코를 찡그리며 명 교수와 거리를 두었다.

굴욕감이 든 시철은 대체 무엇 때문에, 무엇이 잘못 되어서 이 면접이 개그처럼, 돌림빵처럼, 집단 린치처럼 황당하게 진행되는 것인지 그 이유가 궁금했다. 정말 개그 리허설인가 싶기도 했는데, 정작 더 기가 막힌 것은 이 개그 같은 면접을 지켜보면서도 아무런 간섭 없이 국으로 앉아만 있는 성애옥 학과장도 도통 이해가 되지 않았다. 아무리 바지학과장이라고는 하지만, 그래도 학과장이 아닌가. 면접비 5만 원 받자고 이러고 있으려는 없을 것이다.

아무튼 면접이라기보다 개그와 만담 같은 헛소리 베틀을 하느라 면접 시간이 40분—서로 아는 사제지간인 경우, 통상적으로 면접이 10분을 넘기지 않았다—을 넘겼다. 문 교수가 정식으로 하겠다며 기철을 겁박한 면접이 이런 것인가 싶었다.

짐작컨대 교수들끼리는 시철과의 면접과 관련해서 사전에 무언가 협잡 내지는 교감이 오갔던 것 같았다. 기철을 대하는 태도로 보건대, 마치 학과가 불한당으로부터 불의의 습격이라도 당해 이를 사수해야만 하는 절체절명의 위기에 처해 최후의 배수진을 치고 결사항쟁이라도 하는 분위기였다. 얼굴이 벌겋게 달아오른 문 교수가 급기야 씩씩거리며 시철을 노려보기까지 했다.

'정식' 면접은 45분 만에 끝났다. 시철은 큰 '중상자' 없이 면접을 마친 것이 다행스러울 뿐이었다. 그는 45분 동안 모욕과 화를 참느라 식은땀 속에서 어금니를 깨물고 주먹을 움켜쥐고 있어야 했다. 그런데 나중에 알고 보니 면접관들도 그랬다고 했다.

"고 선생님은 왜 그렇게 오래 걸린 거야? 난 차만 한 잔 마시고 5분도 안 돼서 끝났는데……."

시철 다음으로 면접을 마치고 나온 지종순이 학사운영팀으로 찾아와 대뜸 내지른 말이 무언가 떠보려 온 것 같았다.

"뭐, 5분?"

시철만 정식 면접을 봤다는 뜻이었다.

"응. 다 잘 아는 사인데 새삼스럽게 면접 볼 게 있겠냐면서…… 그래도 왔으니까 차는 한 잔 마시고 가라던데."

종순의 말에 분노가 치솟은 시철은 얼굴이 시뻘겋게 달아올랐다. 교수들이 이런 식의 차별로 자신을 대놓고 무시해도 되는 것인가 싶었다. 면접 때보다 더 심한 굴욕감에 치가 떨렸다. 대체 그 이유가 뭐란 말인가.

"아무것도 안 묻고?"

"차 맛이 괜찮으냐고 묻던데."

종순이 웃으며 답했다.

"뭐?"

시철은 기가 막혔다.

"모르겠다고 했어. 겨우 한 모금 찔끔 마셨는데, 면접이 끝났으니 어서 나가보라는 거야."

차 한 잔, 아니 한 모금으로 면접을 갈음했다는 지종순이 자랑하듯이 말했다. 마치 '나, 이런 여자야' 라는 과시가 느껴지는 말투였다. 그러면서 면접이 길어진 이유를 물었다. 그게 궁금해서 온 것 같았다. 뻔뻔한 여자였다.

"진짜 차 맛만 묻고, 아무것도 묻지 않았단 말이지?"

시철은 담배를 빼 문 채 백제 성왕이 신라 군졸들에게 잡혀 죽었다는 구진벼루 쪽을 바라보며 한참 동안 생각에 잠겨 있다가 종순에게 물었다.

"등록금은 준비됐냐고 묻던데."

그녀가 푼수데기처럼 답했다.

"하, 씨……."

시철은 욕을 삼켰다.

"자기한테는 뭘 물어봤는데? 나는 자기가 직원이라서 근자에 학교 돌아가는 얘기를 나누느라 늦어지는 줄 알았지……."

그렇게 일러줬건만, 또 '자기'라는 호칭을 쓰며 너스레를 떨었다.

"내가 욕한 거, 명 교수에게 전했지?"

시철이 딴전을 부리는 종순에게 물었다.

"아, 아니……."

답과 표정이 달랐다. 권력과 사랑 사이에서 나름대로 줄타기를 하고 있을 지종순의 고뇌가 엿보였다.

"아니긴…… 명경수, 그 새끼 낯짝에 써있더만. 네가 내 욕한 거 다 안다, 라고."

인근 타 대학 불문과 졸업생인 지종순이 중석대에서 국문과 석사과정을 하는 동안 자신보다 어린 명 교수와 무척 가까워진 것 같았다. 그녀도 명 교수보다 열세 살이 위였지만, 사오십대 중년이 되면서 시대적·정서적 동질감을 공유한 데다가 명 교수의 가정불화—부부싸움을 자랑인 양 떠벌였다—도 한몫 거든 것 같았다.

지종순과 동갑내기인 시철은 서로 알고 지낸 2년 만에 말을 트는 사이가 됐다. 여자는 자칭 12년 차 베테랑 논술 과외 교사인데, 지역 문학판을 기웃거리며 문인들과 이런저런 계기로 엮여 친목을 다져오다가 '평주문학진흥회'에 가입하게 되면서, 회장이자 중석대 교수인 허삼락을 알게 되었고, 그게 또 인연이 되어 국문과에 석사과정으로 들어와—실용문예창작학과 교수인 허삼락을 통해 중석대와 인연을 맺었으나, 그의 인간성이 싫다며 국문과를 선택했다—학위를 받았다. 그녀는 현재 '제2의 주체적 인생'을 위해 이혼소송 중에 있으며, 물어보는 사람이 없음에도, 또 물어보지 않음에도 곧 솔로가 될 것이라고 나발을 불며 다녔다.

지종순은 지역 문학판을 들락날락할 때, 지역의 유명 문인—몇 안 되는데 그중에서도 영향력 있는 교수 문인들 중심으로—들과 돈독한 관계를 맺었다. 그녀가 돈독한 관계를 맺는데 특별한 노력이나 사교술 따위는 필요치 않았다. "뵐 때마다 활짝 웃는 낯으로 반갑게 인사 올리며 농담 몇 마디 주고받고, 한 달에 두어 번 꼴로 커피나 식사를 대접해 드리고, 또 기분이 꿀꿀하신 것 같다 싶으면 약주와 노래방 유흥을 제공해 드렸다. 물론 생신이나 특별한 날—타지에 특강을 다녀오셨다거나 수상을 하셨다거나 해외를 다녀오셨다거나—을 정성껏 챙겨드리고, 이런저런 행사 때마다 집에서 노는 끼 있는 친구들을 불러내 빈자리를 채워주는 관심과 열의를 보이면 됐다"고 지종순은 떠벌였다.

언뜻 가짓수가 많아 보이지만, 무릇 인간에 대한 상규(常規) 및 예의 수준에서 해결할 수 있는 것들이고, 여기에 약간의 비용—식사 및 다과—과 측은지심만 더하면 문인 교수들과 얼마든지 각별한 인맥을 구축할 수 있었다. 평균치의 신체와 평범한 외모인 지종순은 나잇살만 관리했음에도 불구하고—나잇살조차 무방비인 또래들이 어디 한둘인가—시니어 문인들의 시각적 욕구를 충족시켜줄 수 있기 때문에 관심과 사랑을 한몸에 받았다. 아래턱이 지나치게 긴 것은 이순자 닮은 '복턱'이라고 하거나, 전지현의 애교점과 동급으로 치부해 주었다.

논술 과외 선생으로 잘 나가던 그녀가 대학을 기웃거리게 된 데는 이유가 있었다. 그녀의 생명보험사 FP였던 친구가 공부 실력은 없는데, 다른 실력으로 한 노교수의 심신을 제압해 대학에서 어엿한 강의전담 교원이 되어 나타난 것이다. FP가 그 다른 실력이라는 것이 무엇인지에 대해서는 비방(祕方)인 양 말해주지 않으려 했으나, 어르고 달래서 알게 된 결과가 황당스러웠다. 기저질환자로서 불능이었던 노교수에게 오전육기의 이적(異蹟)을 선사했다는 것이다.

보험영업사원보다 논술 선생이 한 끝 높기 때문에 자신이 FP보다 못할 것이 없다고 생각해 온 지종순은 이 충격적인 소식을 듣고 크게 깨달은 바가 있어서 자신도 타고난 사교성을 계발해 친구의 뒤를 따르기로, 아니 늦었지만 보다 앞서가기로 작심을 한 것이다. 그녀는 외모와 방중술이 FP를 따라가지 못하는지라 오전육기의 이적 실현은 넘볼 수 없으나, 사교술로서 백전백일기를 할 수 있다는 열정과 강단을 믿었다고 했다.

시철은 평주에 있는 한 대학에 강의전담 교원이 됐다는 FP의 방중술에 대해 아는 바는 없었으나, 종순의 변화무쌍한 사교술이 그에 맞먹을 것이라는 데에는 의심의 여지가 없었다. 이미 학과 교수들이 그녀의 손아귀에 있었다.

명경수 교수를 대하는 그녀의 태도는 얼핏 보기에 공손하면서 싹싹하기가 이루 나무랄 데 없었으나, 나누는 화제에 공사(公私) 구별이 없었고, 주고받는 19금 음담에는 경계가 없었다. 누가 봐도 사제지간이라기보다 격이 없는 그렇고 그런 사이로 보였다.

종순은 이십대 후반이나 삼십대 초중반의 대학원생들과는 노는, 아니 교수를 대하고 다루는 스케일과 기교가 달랐다. 듣기 민망한 수위를 넘나드는, 성희롱 수준이라 볼 수 있는 음담패설도 스스럼없이 오갔다. 종순 쪽에서 시의적절한 순간에 이런 농을 걸어주니 이심전심으로 고마울 따름이었다.

좀 의아한 것은 노땅들에게나 먹힐 이런 기술이 아직은 새파랗게 어린 명경수에게 제대로 먹혔다는 점이었다. 그가 색에 궁한 것인지, 그녀가 빼어난 것인지는 알 수 없었다.

아무튼 그녀는 명 교수가 자신의 가슴 털까지 보여줘서 봤다며 그걸 자랑이라고 떠벌였다. 명 교수의 가슴 털이 풍성하다는 것을 대신 자랑해주는 것인지, 학생인 자신이 교수의 그 털을 봤다는 것을 자랑하는 것인지, 아니면 듣는 이들로 하여금 학생이 교수의 은밀한 가슴 털을 봤다는 데 대한 선망과 질투를 유발하려고 그러는 것인지는 알 수 없었다. 뭐가 됐건 그게 시철에게 자랑할 일인가 싶었으나, 그녀는 매우 자랑스러워하는 것 같았다. 해서 그녀가 정말 순진무구한 푼수때기로구나, 생각했는데, 그런 것이 아니었다. 다른 이들에게는 어떤 뜻으로 한 말인지 모르겠으나 시철에게는 '나는 명 교수가 자신의 가슴 털까지 스스럼없이 보여주는 원생이야, 그러니 당신도 이런 점을 참고해서 나를 대해줘야 하는 거 아냐'라는 뉘앙스를 담아서 한 말이었던 것이다.

그녀는 변태스럽게도 명 교수의 가슴 털 본 것을 중석대 동문 강사들에게도 위세를 부리듯이 떠벌였다는데, 이쯤에서 시철은 권력자인 전임교수—학과 일을 쥐락펴락하는 문엽 교수가 본부처장으로 보임되는 바람에 학과에서 해 온 그의 역할을 명경수가 도맡았다—와 가깝다는 것을 내보이는 증표로 삼았다는 것을 알 수 있었다. 밖엣 사람들이 들으면 웃을 일이었으나, 중석대 안에서는 내세울 만한 일이었다.

이 정도로 떠벌이고 끝냈으면 별탈이 없었을 터인데, 가슴 털 사건으로 한껏 고무된 그녀가 한 발 더 나가버리는 바람에 사달이 생겼다.

"이런 말, 해도 되나? 암튼 명 교수님이 나하고만 둘이 수업을 하면 재미있을 텐데, 고 선생이 들어오게 되면 아무래도 분위기가 불편할 것 같다고 투덜대던데……."

"야이, 씨발. 그만 해! 내가 그런 얘기 더 이상 하지 말라고 했지?"

시철이 욕설을 내뱉으며 말을 끊었다. 그러고는 들었던 술잔을 상 위에 내리쳤다. 박사과정 원서접수를 서로 자축하자면서 종순이 마련한 술자리였다. 시철은 각자 하는 자축을 왜 굳이 같이 하자고 불러서 이런 말을 지껄여대는지 알 수 없었다.

명 교수가 했다는 말을 달리 해석하면, 종순과의 편안한 수업과 오붓한 관계에 방해가 될 놈의 박사과정 입학이 껄끄럽다는 뜻이 아니겠는가. 또 악의적으로 해석하면 종순의 입을 통해 시철의 입학을 만류하거나 포기 시키려는 수작으로도 읽힐 수 있었다. 뭐가 됐든 원생 선발권을 쥔 교수로서 해서는 안 될 매우 부적절하고 위험한 발언이자 행위였다.

"아니 뭐 그걸 가지고 욕까지 하고 그러지…… 질투해?"

취기가 오른 종순이 재미있다는 듯이 물었다. 어쩌면 취기를 핑계로 개기는 것일 수도 있었다. 시철은 욕을 참고 말했다.

"입학, 수업. 학교에서 이런 건 학칙과 규정에 따라 하는 공적인 일이야. 교수가 사적인 감정을 가지고 함부로 떠들 대상이 아니라고……."

"방귀 한 방 뀐 걸 가지고, 똥 싸 뭉갠 것처럼 난리네."

종순이 계속 깐족댔다.

"그리고 분명히 말하는데, 너희 둘 사이에 나를 끼워 넣지 마! 둘이 어디 가서 뭔 짓거리를 하건 나와는 상관없는 일이잖아? 그리고 부탁이니까, 너희들끼리 주고받는 개소릴랑은 내게 옮기지 말아줘. 오케이?"

아마도 이 말이 명경수에게 전달된 것 같았다. 굳이 작정하고 일러바쳤다기보다 취중 또는 맨 정신에 이런저런 잡담—일주일에 한 번 꼴로 3년을 만났으니 신변잡기적 화제 말고는 새롭거나 생산적인 대화가 있을 리 없었다—을 나누다가 말이 꼬여 추궁을 당하는 과정에서 이실직고를 했을 수도 있었다. 그게 아니라면 여자가 나름대로 '배려'를 한답시고 시철의 워딩 그대로가 아니라, 워딩에 담긴 뜻을 완곡하게 에둘러 전달한다는 것이 되레 문제를 키운 것일 수 있었다. 잔망스런 말재주를 믿고 잔머리를 굴리다가 곧잘 설화(舌禍)를 부르곤 하는 것이 그녀의 고질병이었다.

종순이 시철에게 명 교수와의 사적 친분─친밀한 또는 은밀한 관계가 더 정확한 표현일 수 있다─을 대놓고 자랑하고 다니는 것은 어제오늘 일이 아니었다. 이런 관계를 증명이라도 하듯이 종순은 박사과정 입학을 전제로 명 교수의 연구실에서 선행 학습을 했다는 것이다. 그러니까 시철이 입학을 하게 되면 이 선행학습도 도루묵이 될 수 있다며 명 교수가 안타까워했단다. 이 지점에서 시철은 꼭지가 돌아 쌍욕을 내질렀다.

"개새끼!"

시철은 자신이 직원만 아니었다면 명 교수를 교육부나 감사원에 고발 조처하고 싶은 심정이었다. 하지만 이미 원서접수까지 마쳤는데 황당한 돌발변수로 입학을 포기할 수 없어 일단 참기로 하고 면접에 임했다. 그런데 그 면접에서 전혀 예기치 못한 상식 밖의 집단모욕, 즉 돌림빵을 당한 것이다.

아무튼 갖은 우여곡절 속에서, 인권 유린까지 당해가면서 입학한 박사과정이었다. 돌이켜 보면 학과 교수들은 시철을 떨어뜨리기로 사전 작당을 하고 면접을 한 것이었다. 일단 면접장에 앉혀놓고 여기저기 찔러보고 쑤셔보다가 칼끝이 좀 들어간다 싶으면 깊이 박아 넣어 절명을 시켜버리기로 사전모의를 하지 않았다면 결코 있을 수 없는 일이 아닌가.

학과 교수들의 내락을 받아 원서를 접수할 때까지는 별다른 문제가 없었으나, 시철이 한 말 혹은 뜻을 종순이 명 교수에게 전하자, 일이 이 지경에 이르렀을 것이라는 합리적 추정이 가능했다.

지종순은 학과 소속 시간강사들의 강의 배정도 자기가 명 교수를 설득·이해시켜─사실상 자기가 배분 내지는 조정 권한을 가지고 있다는 뜻이었다―합리적이고 공평하게 이루어지도록 한다면서 공치사를 하고 다니기도 했다. 그녀가 강의시간을 조정한다는 시간강사들 대다수가 중석대 국문과 출신 동문들이었다. 그러니까 타 대학 출신에, 학부에서 타 전공을 한 여자가 중석대 석사과정에 입학한 이후, 어린 명 교수―임용 5년차 조교수였다―와 사적 친분을 쌓고 이를 이용해서 동문 출신 시간강사들의 강의 배정 및 배분까지 좌지우지해오고 있다는 말이었다.

이런 명경수 교수가 새 학기 수업 첫 시간에 들어와 대뜸 향후 수업을 '정식'으로 진행하겠다며 으름장을 놓은 것이다. 시철은 어처구니가 없었다. 화가 나기에 앞서 머릿속에서 쥐가 나는 느낌이었다.

정식이 정확히 뭘 의미하는 것인지는 모겠으나, 정식으로 하겠다는 말은 통상적으로 해오던 방식으로 수업을 하지 않겠다는 의미였다. 시철이 듣기에는, 교권을 적극적으로 이용해서 '너를 갈구겠다'는 말과 다름없었다. 말하자면 특정 교수가 특정 학생을, 교수로서 학생을 대하는 평상심이 아닌 원수를 대하는 복수심으로 교육·지도·평가하겠다는 뜻으로 봐야 했다. 시철은 뭐 이런 놈이 다 있나 싶었다.

"앞으로 수업은 이 책으로 합니다."

명 교수가 외서(外書)를 들어 흔들며 선전포고 하듯이 말했다.

"뭐라고 쓴 거예요?"

지렁이 체로 'Philosophie de l'art'라고 끄적거린 칠판을 쳐다보던 종순이 뜬금없이 키득키득 웃으며 물었다.

"이뽈리뜨 아돌쁘 떼느의 저서요."

명 교수가 여유로운 동작으로 손가락에 묻은 분필가루를 털어내며 혀를 굴렸다.

"저게 이뽀…… 뭐라고 쓴 거예요?"

학부가 불문과였다는 종순이 다시 물었다. 시철은 둘이 짜고서 자신을 놀리는 것일 수 있다는 생각이 들었다.

"그건 아니고, 예술철학이라는 책이오."

명 교수가 정색하는 척하며 답했다.

"진즉에 그렇게 말씀을 하셔야지…… 어디 출판사예요?"

종순이 능청스레 대꾸했다.

"포고텐 무크에서 나온 거요."

명 교수가 외서를 들고 종순에게 다가가 'Forgotten Books'를 손가락 질로 가리켰다.

"아니, 그걸 우리가 어떻게 해요? 영어도 못 하는데 불어잖아요."

종순이 이번에는 시철을 바라보며 물었다. 불문과 출신인 나도 못하겠는데 너는 할 수 있어, 라고 묻는 표정이었다. 시철은 이것들이 지금 상황극을 하는 건가 싶었다.

"박사를 거저먹으려고 했어요?"

어린 명 교수가 붓털처럼 기른 소울 패치를 만지작거리며 말했다. 당황한 종순이 과장되게 벌린 입을 다물지 못했다. 예술철학은 종순이 선행학습 중이라고 자랑했던 교재였다. 아마도 명 교수는 시철이 종순을 통해 이런 사실을 알고 있다는 것을 모르는 것 같았다.

"다음 시간에는 첫 번째 챕터를 고시철 씨가 번역해서 발표하세요."

이미 배알이 뒤틀린 시철은 명 교수를 노려보며 대꾸하지 않았다.

"아니 고 선생님이 어떻게 이걸 다다음 주까지 번역을 해 와요. 안 그래요?"

안 그래요,는 시철을 향한 물음이었다.

"왜 다다음 주야? 다음 주까집니다."

시철은 점입가경이라는 생각이 들었다.

"예? 격주 수업 아니에요?"

종순이 놀란 양 물었다. 명경수의 정색 표정에 맞먹는 연기였다.

"그래서 모두(冒頭)에 정식으로 하겠다고 말했잖아요."

— 쿵! 쾅!

잠시 멈췄던 항타기 소음이 이어졌다. 명 교수가 공사장 소음 때문에 첫 시간은 책 소개 한 것으로 마치겠다고 했다.

시철은 첫 수업도 정식으로 해달라고 하고 싶었으나, 참았다. 교권이 엿장수 가위질이었다. 시철은 이런 악의적이고 치욕스러운 '정식' 수업은 받을 수 없다고 판단했다. 중석대 국어국문학과가, 전례 없이 번역서도 아닌 외서를 가지고 수업을 한다는 것도 악의적으로 여겨졌다. 『Philosophie de l'art』는 불문학도에게는 원서(原書)이겠으나, 국문학도에게는 외서가 아닌가.

"아, 저 소리 자꾸 들으니까, 느낌이 쫌 그렇다 그쵸, 교수님?"

다시 항타기 소리가 쿵쾅거리자, 종순이 명 교수를 쳐다보고 헤벌쭉 웃으며 말했다.

2

고시철 팀장은 이튿날 직속상관인 대학원장을 만나서 박사과정 자퇴의사를 밝혔다. 이미 낸 입학금과 등록금이 아까웠으나 돈 때문에 명경수의 '껌'이 되어 지속적인 인권 유린을 당할 수는 없었다.

평주에 가야 할 일이 생겼다면서 결재를 서두르던 대학원장이 입학을 하자마자 자퇴하려는 사유를 물었다. 부하직원에 대한 관심에서라기보다 궁금해서 의례적으로 묻는 질문 같았다.

시철은 바쁘다고 서두르는 원장에서 간략한 사유를 말했다. 직속상관이 묻는데, 부하직원이 답을 안 할 수 없었다.

"그런 일이 있었군. 내가 조만간 명 교수를 한번 만나볼 테니, 자퇴서는 도로 넣어두시게."

시철의 답을 건성건성 듣던 대학원장이 자리에서 일어서며 말했다. 시철은 황당했다. 새겨들었다면 그런 말을 할 수 없었을 것이다. 물론 생각해 준다고 한 말이겠으나, 대학원장이 나서서 해결할 문제가 아니었을 뿐만 아니라, 바라는 바도 아니었다. 말을 한 시철만 호구가 될 수 있었다.

명 교수를 만나 보겠다니…… 만나서 뭔 말을 하겠다는 건가. 홧김에 또 요점 정리를 하느라 앞뒤 안 가리고 엉겁결에 자퇴 사유를 곧이곧대로 말한 시철은 정말 호구가 된 기분이었다. 초록은 동색이라고, 교수끼리 만나서 직원인 시철의 자퇴 문제를 놓고 어떤 입방아질이 오갈지는 따로 상상하지 않아도 뻔했다. 그들에게 한낱 직원은, 시철이 25년 차 팀장이라 할지라도 아랫사람 같은 존재가 아닌가. 그러니까 팩트에 기반한 얘기가 아닌, 신분과 지위에 기반한 의견을 주고받으며 시철을 호구로 만들 가능성이 컸다.

"그러면 제가 휴학을 할 테니, 명 교수님은 만나지 마시죠, 원장님."

시철은 자퇴를 일단 휴학으로 바꿔 사태를 수습했다. 재학률—휴학은 자퇴와 달라 재학률에 포함된다—또한 등록률 못지않게 중요한 평가 항목이었다. 원장도 이런 사실을 무시할 수 없었을 것이다.

졸지에 자퇴를 휴학으로 처리한 고시철은 분통이 터졌으나 참을 수밖에 없었다. 사전 보고를 하지 말고 자퇴서를 낼 걸 하는 후회도 들었다. 물론 그런다고 상황이 달라질 리는 없었다.

명 교수와 막장까지 간 상황에서 복학할 일은 없을 터이니—복학을 한들, 시철이 삼배구고두례에 맞먹을 항복을 하지 않는 한, 향후 학점이나 논문 문제는 어떻게 되겠는가—결국 돈만 날린 꼴이 되고만 것이다. 게다가 시철은 직원이기에 당할지 모를 인사상 불이익과 교수들의 집단보복이 걱정되어 교육부나 감사원에 민원조차 넣을 수 없었다. 그는 울화통이 터져 생병이 날 지경이었다.

고시철이 패배감 속에서 이를 갈며 잠을 설치는 동안에도 어김없이 해가 바뀌어 신학기가 찾아왔다.

명경수 교수는 시철이 휴학을 하자, 수업의 효율성과 원활한 진도를 위해서라며 『Philosophie de l´art』를 번역서인 『예술철학』으로 바꿔 1학기를 마쳤고—실은 명 교수와 종순의 선행 학습으로 이미 마친 과목이었다—2학기 때는 '한국 명시 독해'라는 근본도 없는 중삐리 수준의 교과목을 개설해 진행했다. 시철은 명색이 대학원 행정팀장인지라 알고자 하면 개설 교과목과 개별 학점 등은 얼마든지 알 수 있었다. 또 수업 진행 상황은 물어보지 않아도 지종순이 만날 때마다 시시콜콜 알려주었다.

그녀는 외서가 아닌 번역서로 바뀌었다면서, 마치 시철이 그 문제로 휴학을 한 양 아쉬워했다. 아무튼 그녀는 『예술철학』으로 수업한 '문학의 이해'와 '한국 명시 독해' 모두 A⁺였다.

그런데 신학기가 시작되고 두 달쯤 지났을 때, 예기치 못한 일이 발생했다. '허삼락 부당 임용 저항 사건' 이후 평화롭던 국문과에서 내분(內紛)이 일어난 것이다. 시철은 일찍이 이 내분을 '확신'하고 있었고, 그래서 또 일찍이 문엽 교수에게 경고해 준 바가 있었기 때문에 새삼스러운 일이 아니었다. 곪아서 터진 것이기는 하지만, 되레 늦게 터진 게 의아할 뿐이었다.

4년간의 본부처장직을 마치고 학과로 복귀한 문 교수는 뒤늦게 무언가 이전과 달리 불편하게 돌아가는 학과 동향과 기류를 감지했다. 지구가 태양을 중심으로 돌듯이 학과 또한 문엽을 중심으로 돌아왔는데, 복귀하고 몇 주를 지내고 보니 학과가 명경수를 중심으로 돌아가고 있었다.

지구가 어찌 달을, 아니 별을 중심으로 돌 수 있단 말인가. 설령 문엽이 본부 보직을 하는 동안에는 그럴 수밖에 없었다고 할지라도—양해한 바 있다—문엽의 귀환과 동시에 원상 복귀되었다면 문제될 것이 없었을 터인데, 여전히 명경수 중심의 사이비 왕조가 창성했던 것이다.

이 역성(易姓) 왕조에 분기탱천한 문 교수가 즉각 경위 및 사태 파악에 나섰다. 대학 시절 '가방모찌'—둘 사이의 나이 차이를 생각하면 불가사의 하다—였던 후배를 데려다 교수로 앉히고 무한한 믿음과 사랑을 베풀었 는데, 자신이 학과를 비운 4년 동안 권력을 찬탈해간 분노가 하늘을 찔렀 다. 학과가 비상계엄상태에 들어갔다.

계엄사령관인 문엽 교수가 못할 게 없었다. 명경수를 두둔하느라 면접 과정에서 모욕으로 엿을 먹였던 시철까지 소환했다. 문 교수는 모욕에 대 한 사과 없이 경청의 예를 갖춰 그동안의 학과 동향을 꼬치꼬치 캐물었다. 시철은 2년 전 귀띔을 해준 특이 동향을 녹음 재생하듯 반복해 들려줬다.

문엽이 시철을 소환한 이유는 갑작스러운 충동에 의한 것이 아니었다. 2년 전 귓등으로 들은 말을 새겨듣고자 부른 것이었다.

일찍이 문이 학생처장 3년 차에 들어갈 때, 학과의 이상한 조짐과 동 향을 간파한 시철이 처장실로 찾아가 학과 운영과 관련해서 지금부터라 도 관심을 가질 것과 각별히 즉각적으로 살펴봐야 할 것들에 대하여 중점 사항 몇 가지를 일러준 적이 있었다. 지금 살펴보지 않고 넘어가 늦어지 면 후환을 부를 수도 있다는 경고도 덧붙였다. 이 후환이 문엽의 후환인 지 학과의 후환인지는 알아서 판단하라고 했다. 순전히 졸업동문으로서 학과의 안녕과 질서, 발전을 위해 한 '충언'이었는데, 이걸 명 교수에 대한 고자질 내지는 이간질로 받아들인 문 교수가 대뜸 정색하며 면박을 줬다.

"아니 고 팀장이 왜 내게 이런 말을 하는 거요?"

시철은 학과의 안위를 도모코자 하는 충심에서 장차 벌어지게 될 개싸움 을 말리려 했다가 되레 모사꾼으로 몰려 귀싸대기를 얻어맞은 기분이었다.

대학이 제국이라면 개별 학과들은 제후국이었고, 또 제후국에 소속된 교수들 각자가 제후들이었다. 그러나 사람의 세상살이가 녹록지 않아 둘 이상만 모이면 위계가 생겼다. 또 위계가 있어야 질서에 따라 조직이 원활히 돌아가는 법이었기에 제후들로 구성된 학과에도 엄연히 서열이라는 것이 있었다.

이 서열은 구성원 개개인의 책상 위에 깔판처럼 깔아놓고 들여다보는 '학내 전화번호부 현황' 판에 나와 있었다. 통상 임용 순이 곧 서열 순이었는데, 국문과의 경우 현재, 기창국—문엽—성애옥—명경수 순으로 되어 있었다. 문엽은 서열 2위였다.

그러나 임용 서열 1위라고 해서 무조건 권력 실세 서열 1위가 되는 것이 아니었다. 학과 사정과 개별 성품 및 자질에 따라 실세가 정해지기 때문이었다. 그러니까 적장자에 맏이라고 해서 반드시 왕위 계승자가 되는 게 아닌 것과 같다. 각설하고, 우여곡절 끝에 실세가 문엽이었다. 학과는 문엽의 지배하에 있었다.

다시 말하지만 명경수는 문엽이 뽑은 교원이었다. 문 교수가 한때 설립자인 학구 금기태의 사랑과 신임을 한몸에 듬뿍 받은 적이 있었는데, 그때 그 기세로 설립자와 '쇼부'를 쳐서 가방모찌 후배인 명경수를 전임교수로 뽑은 것이다. 전무후무한 일이었다.

그래서 S대 시절 문의 가방모찌였던 명은 중석대 국문과 교수가 돼서도 줄곧 결초보은 프레임에 갇혀 꼬붕 짓을 해야만 했다. 그런데 이 꼬붕이, 오야붕인 문이 본부처장—허구한 날 학생들과 맞장을 뜨며 시비비비를 다투고 힘겨루기를 하는 학생처장이었다—을 하느라 불철주야 여념이 없는 틈을 타 학과 운영 프레임과 프로세스를 깡그리 바꿔버린 것이다. 그러니까 왕조로 치자면, 법, 제도, 규칙, 규정, 규범 등을 자기중심으로 바꾸고, 관례, 유례, 관행 등까지 자의적으로 만들고 해석해서 실행했는데,

이게 4년 동안 학과 문화로 굳어졌다. 여기에 명 교수를 조종한 지종순의 입김도 크게 반영되었다.

이런 짓이 가능하게 된 것은, 과거 문엽이 독단적, 이기적, 즉흥적으로 학과를 운영해 온 전례가 있기 때문이었다. 명경수는 이런 문엽의 학과 독점 구조 청산 및 개선을 명분이자 빌미로 내세워 똑같은 짓을 저질렀다. 굳이 비유하자면 구악(舊惡)을 신악으로 대체한 것이다.

어찌 됐건 둔덕을 쌓듯이 권력 구조의 재편, 아니 찬탈이 암암리에 차근차근 디테일하게 쌓여 온 것인데, 4년이 지나고 보니 우뚝 솟은 산처럼 공고해진 것이다. 즉 명경수와 지종순의 지배를 받는 학과가 되어버리고 말았다는 얘기다.

시철은 햇수로 3년 전에 이런 문제를 예측했고, 문엽에게 이를 일깨워 주려고 갔다가 면박과 모욕을 당했다.

그 당시까지만 해도 문과 명 사이의 사랑과 믿음은 무쇠솥에 무쇠 풀, 천년바위 같았다. 그 둘의 사랑과 믿음이 학과를 장악하는 힘의 원천이요 학과의 '문명(文明)'이었다. 문엽이 일찍이 서열 4위 시절부터 학과를 장악할 수 있었던 것은 명경수라는 시간강사를 행동대장으로 부릴 수 있었기 때문이었다.

학과를 장악한 문 교수는 임용 20년 차에 들어가면서 대학본부 핵심 보직으로 관심을 돌렸다. 권력 확충을 위해 골목대장에서 벗어나 중앙 무대의 장수가 되고 싶었다. 문에게 각별한 호감을 가지고 있던 설립자—중석대도 일반 사학과 마찬가지로 설립자가 인사와 재정권을 쥐고 있는 막후실세였다—는 그의 뜻에 따라 본부처장으로 등용시킬 것을 총장에게 지시했다.

그래서 5년 전, 학생지원처장직에 보임이 되었다. 본래 보직연한은 2년인데, 문 교수의 빼어난 학생자치단체 장악력에다가 안정적이며 창의적인 지도력이 인정을 받아 2년 연임을 하게 된 것이다. 학생지원처장 직을 훌륭히 완수하면 학무연구처장이나 기획처장으로 발탁될 줄 알았는데 그렇게 되지는 않았다. 학무연구처장이나 기획처장은 하고자 하는 교수들이 꽤 있었으나, 동네 양아치들을 상대해야 하는 파출소장만큼 골치 아픈 학생지원처장은 그렇지 못했다.

아무튼 이 2년 연임이 문제를 일으키고 말았다. 문이 2년만 하고 학과 복귀를 했더라면 큰 무리 없이 빗나간 모든 것을 되돌려 놓을 수가 있었을 터였는데, 2년 더 학과를 비우는 바람에 돌이키기 힘든 지경이 되고 만 것이다.

국문과의 교수로서 소속 학생들을 다룰 때는 학점과 이런저런 지출 및 추천권 등을 쥐고 있어서 크게 힘든 일이 없었다. 학생들이 따르지 않을 수 없었던 것이다. 그러나 처장으로서 학생자치회 간부들을 다루는 것은 학과의 학생을 지도·통제하는 메커니즘과 완전히 다른지라 애로사항이 많았다. 말을 들어 처먹지 않았다.

수시로 터지는 황당한 민원들, 회계 규정과 효용성을 무시한 복지 향상 요구들, 무조건 10퍼센트 삭감 내지는 동결을 전제로 시작하는 일방적 등록금 협상—2011년부터는 정부시책으로 등록금이 동결되어 협상 자체가 큰 의미를 잃었다—등등으로 1년 내내 정신적·물리적 여유를 가질 틈이 없었다. 특히 등록금 협상 때는 악을 쓰며 무조건 인하를 주장하고는, 협상이 끝나고 학기가 시작되기도 전에 장학금 수혜율과 학생복지 투자비율을 무조건 늘려야 한다고 생떼를 썼다. 이런 일이 4년 내내 반복됐고 이런 징글맞은 아수라 속에서 하루하루를 보내야 했다.

문 교수가 이런 학생들과 맞서 대학 전체의 안녕과 발전 그리고 재단의 '이익'을 위해 악전고투하고 있는 사이에 학과의 권력이 명경수에게로 슬그머니 이동한 것이다.

그러나 명 교수의 입장에서 보면, 그 알량한 권력을 가로챘다기보다 상식과 순리에 따른 자연스러운 이동이었다. 학과에는 특히 학부가 아닌 대학원의 경우에 고전이나 어학보다 현대문학 지망자가 월등히 많았기 때문에 명이 해야 할 일도 많았고, 일이 많음에 따라 힘이 커지는 것은 당연지사였다. 물론 권력이 세(勢)를 만들기도 하지만, 명으로서는 결단코 세를 만든 적이 없었다. 아무튼 이런 과정 속에서 명의 뜻과는 무관하게 어느새 실세 아닌 실세가 되어버리고 만 것이었다. 그게 전부였다.

3

문과 명, 둘의 사이가 문 교수의 학과 복귀 이후 곧바로 금이 간 것은 아니었다. 워낙 오랜 세월 닦아온 돈독한 관계였던지라 문이 이상 징후나 변화 사실을 인지했음에도 불구하고 곧바로 대립과 갈등이 불거지지는 않았다.

특히 지난해 2학기에는 문 교수가 명이 저지른 지저분한 사건에 뛰어들어 눈부신 활약을 했고 이는 형제애 이상의 사랑과 우정을 보여준 감동의 휴먼 드라마이기도 했다. 지금에 와서 들춰내기는 다소 민망스럽지만 사건의 전모는 이렇다.

명경수 교수의 부부 사이가 뜨악하다는 소문은 수년 전부터 학과에 떠돌았다. 가정사이니만큼 명 교수 본인이 떠벌이고 다녀서 알게 된 일이었다. 이 소문이 지종순과 명 교수와의 관계에서도 작동한 것 같았다.

그런데 공교롭게도 그와 비슷한 시기에 부부 사이가 안 좋아진 교수가 또 있었다. 학과장인 성애옥 교수였다. 그녀의 남편도 교수—경상도 유명 대학의 유명 교수이다—였는데, 프랑스의 모 대학 교환교수로 가 있다가 그만 현지인 여교수와 뜨거운 관계에 빠져 파경 직전에 처한 것이었다. 성 교수가 용서할 뜻이 있음을 표하고 정리할 기회를 충분히 줬음에도 불구하고, 남편이 둘 사이는 불륜이 아니고 학문적 동지―'니덤의 질문'으로 유명한 조지프 니덤이 두 여자 즉, 부인과 루궤이전을 같이 데리고 산 예를 들었다―라고 주장하며 관계 정리가 불필요할 뿐만 아니라 불가능하다고 했다는 것이다.

그래서(이게 적절한 접속사인지는 모르겠으나, 어쨌든) 성애옥이 아홉 살이라는 나이 차이를 딛고 대학 후배인 명경수와 뒷구멍으로 정분을 틔운 것이다.

문 교수라도 학과에 신경을 쏠 수 있는 형편이었더라면 이런 부적절하고 괴이한 상황이 어느 정도 통제 또는 조정될 수 있었겠지만, 주구장창 셋―기창국·성애옥·명경수―만 붙어 있는 학과에서 둘 사이에 슬그머니 잉태된 예상밖의 정분인지라, 당사자들 스스로도 애정행각의 자제 및 자정 능력을 잃어버리게 되었는데, 결국 사달이 난 것이다. 학과에 기창국 원로교수가 있었지만, 정년이 몇 개월 안 남은 데다 따로 학교에 기여한 공이 없어 명예교수가 될 가능성이 없어지자 학과 일이나 후배 교수들에게 관심을 갖지 않았다. 그는 제대를 앞둔 말년병장처럼 행세했다.

이 둘의 조절장치 없는 애정행각은 각자의 연구실을 은밀하게 수시로 드나들며 2년 가까이 지속됐다. 연구실이 밀회장소였다.

성애옥은 2년을 헛되이 보내지 않았다. 그사이 성 교수가 과단성―이런 경우 통상적으로 여자가 결단력이 있지 않은가―을 보여준 것이다. 그녀가 결정 장애인 남편을 전격 정리했다. 그녀의 남편은 기다렸다는 듯이 동의했다.

그 이후로 가드를 바짝 올린 명경수가 아웃복싱 자세를 취하게 됐고, 성애옥은 그럴수록 몸이 달아 더욱 저돌적인 공격 자세를 취하게 됐다.

관록 붙은 유경험자들의 말에 따르면, 불륜은 통상적으로 3년 차에 권

태기가 찾아오는데 합심하여 이를 지혜롭게 극복하지 못하면 헤어지게 된다고 했다. 명 또한 이 케이스에서 예외일 수 없는지라 점점 거리를 넓혀가며 뜨뜻미지근한 태도로 성을 밀어내려 했다는 것이다.

그러나 무슨 근거 또는 무슨 언질이라도 받고 그랬는지는 모르겠으나, 명과의 제2의 출발을 위해 호적과 재산 정리까지 말끔히 마친 성으로서는 명의 배신을 결단코 받아들일 수 없었다. 물론 명색이 머리가 있는 교수인데, 명의 사주를 받고 이혼을 했다거나, 오직 명만 바라보고 이혼을 한 것으로 볼 수는 없었다. 그러나 머리가 있는 교수도 가슴이 있는 인간인지라, 명이 보인 태도와 전혀 무관하다고 볼 수만도 없었다. 이상은 기창국 교수의 생각이었다.

성애옥이 마침내 2년간 밀당한 명경수와의 관계를 '희롱과 농락'으로 규정내리면서 뭇사람―기창국 교수와 유경험자들―의 생각이 전혀 사실무근이 아님을 입증시켰다.

그러니까 문엽 교수가 처장 4년 차 중간쯤 접어들었을 무렵, 명경수와 지종순이 2학기 수업을 알콩달콩 시작했을 무렵이었다. 어느 날 갑자기 문 교수를 호출한 금상필 총장이 그의 면전에다 편지봉투와 4등분으로 접힌 A4 용지를 연달아 집어던지면서 고함을 내질렀다. 좀처럼 없던 일이었다.

"이, 이, 이…… 이게 시정잡배들도 아니고, 명색이 교수라는 사람들이…… 하, 할 수 있는 짓이오? 내, 마, 말이…….."

말이 안 나온다는 말을 하고 싶어 하는 것 같았다. 영문을 몰라 당황하던 문이 카펫 위를 엉금엉금 기어 다니며 흩어진 A4 용지 다섯 장과 편지봉투를 주워 가지런히 추슬렀다.

"아, 아니, 교, 교, 교수가…… 시, 신성한…… 여, 연구실에서…… 어, 어떻게 이, 이런…… 짓을…….."

격노한 총장은 말을 잇지 못해 계속 버벅거렸다. 총장의 격노 속에서 잽싸게 추스른 A4 용지를 페이지 순으로 맞춰—페이지가 안 매겨져 있어 한참 걸렸다—읽어나가던 문 교수는 양 볼이 화끈 달아오르며 몸 둘 바를 몰라 진저리를 쳤다. 쥐구멍이라도 찾아서 들어가고 싶었다. 문엽은 금 총장이 불을 쑤시던 부지깽이 모양 시뻘겋게 얼굴이 달아올라 씩씩대고 있는 이유를 비로소 알 수 있었다.

　　제 연구실에 들어온 명경수 교수가 대화 중에 제 곁으로 와 슬그머니 바싹 붙어 앉더니, 갑자기 치마 속에 손을 불쑥 넣어서는 그곳의 터럭을 몇 가닥 뽑아냈어요.
　　저는 너무도 갑작스런 일에 너무나도 당황해서 소리조차 지를 수가 없었어요.

자를 대고 붉은색 밑줄을 그어놓은 부분이었는데, 금 총장이 읽으면서 그은 것 같았다. 총장은 그 몇 가닥의 터럭이 편지봉투 안에 들어 있으니 열어서 확인해 보라고 했다.
　　뺨이 벌겋게 달아오른 문엽은 황급히 A4 용지 다섯 장을 다시 읽었으나, 터럭에 얽힌 사태를 정확히 파악할 수가 없어 난감하고 면구스러운 표정으로 총장을 바라볼 뿐 뭐라 대꾸할 말이 없었다.
　　성애옥이 썼다는 탄원서 문장도 가관이었다. 암호문도 아니고, 엽기 음란 소설도 아닌, 명색이 국어학 전공 교수가 쓴 문장일 터인데 무엇을 전달하고 또 무엇을 주장하고자 쓴 글인지 도통 이해가 되지 않았다. 분노를 주체할 수 없었던 것 같다.
　　인과관계는 물론이요 육하원칙과 논리가 없고, 중언부언에 징징거리는 원망과 하소연뿐이었다. 자신은 결백하고 불가항력의 상태에서 당한 성

폭력 피해자라는 것과 상대인 명 교수는 개만도 못한 변태성욕을 가진 가해자라는 것을 주장하려는 의욕이 성애옥의 이성과 논리를 깡그리 앗아간 것 같았다. 아무튼 자신은 당한 여자, 명경수는 나쁜 놈이라는 주장뿐이었다.

문 교수는 사건의 전모를 알기 위해 자신이 따로 성 교수를 찾아가 추가 설명을 듣든지, 질의응답이라도 가져야 할 것 같았다.

명경수 교수가 성애옥 교수의 연구실에는 언제, 무슨 일로, 왜 간 것인지—터럭을 뽑으러 간 목적이 아니라면—무슨 대화를 나눴으며, 왜 맞은편이 아닌 그녀의 곁으로 가 붙어 앉게 된 것인지—맞은편에 앉았다가 그녀 곁으로 옮겨간 것이라면 왜 그러게 됐는지—또 서로가 익히 그럴 만한 그렇고 그런 관계이거나, 성의 말마따나 미친 변태 놈이 아닌 다음에야 아홉 살 연상인 선배 여교수의 치마 속으로 어떻게 손을 넣는 흉악한 짓을 할 수 있단 말인가. 문엽으로서는 이해는커녕 상상조차 어려운 일이었다. 터럭까지 뽑았다니…….

그런데 명경수가 번개맨 또는 투명인간이 아닌 다음에야 그의 손이 치마 속으로 들어와 팬티를 뚫고 터럭까지 닿을 동안, 또 그 터럭을 잡아 뽑을 때까지 성은 얼음땡 놀이라도 하고 있었단 말인가. 최면에라도 걸려 있었단 말인가. 그게 아니라면 대체 뭘 하고 있었기에…… 등등 문 교수는 상식과 상궤(常軌)로 풀리지 않는 의문이 한두 가지가 아니었다.

그러나 이보다 더욱 심각하게 궁금한 것은 누워서 침 뱉는 게 뻔한, 자기도 개망신당할 게 뻔한 이런 지저분한 탄원서를 써서, 왜 총장에게 제출했느냐는 점이었다. 물론 억울하게 당한 성폭력—진상 규명이 필요하지만—을 말 그대로 탄원코자 한 것이라 할 수 있으나, 문 교수 또는 뭇사람의 입장에서 볼 때는 납득이 안 가는 문제였다.

그러니까 누워서 침 뱉을 만큼, 아니 둘 다 죽고 말자고 할 만큼의 문제가 있지 않고서는 터럭을 증거물로 제출하며 총장까지 끌어들일 일이 아니지 않은가. 문엽은 부부간의 애정싸움이 칼부림으로 번진 영화〈장미의 전쟁〉—마이클 더글러스와 캐서린 터너가 주연으로 나온—이 떠올랐다. 학과의 실세이자 좌장인 문엽은 머릿속에서 이런저런 생각이 꼬였다.

"어떻게 생각하시오?"

시뻘겋게 달아오른 총장이 다그치듯이 문 교수에게 물었다. 사태 파악조차 안 된 문 교수는 이런저런 생각 중인지라, 선뜻 답을 할 수가 없었다. 총장은 학과 일이니 문은 대략 알고 있을 것이라고 생각하는 것 같았다.

이런 기습적 음모 발췌, 즉 극적 상황이 연출되려면 무언가 사전에 전제돼야 할 분위기 또는 쌍방 간 암묵적 동의절차 등이 필요했다. 그렇지 않다면 둘 다 교수—또는 상식을 갖춘 정상인—가 아님은 물론이요 호래자식들이거나 1급 정신병자가 아니면 짐승이어야 했다. 연구와 강의 스트레스를 못 견뎌 동료 이성 교수 간에 무단으로 터럭을 뽑고 뽑혔다는 기이한 사례는 학계와 교육계 어디에도 보고된 바가 없었다. 다만, 1910년 매국노 윤덕영이 조선을 일본에 넘기려고 고종의 어새(御璽)를 빼앗기 위해 조카인 순정효황후 치마 속으로 손을 넣었다는 망국의 역사 기록은 있다.

금 총장은 문 교수가 들고 있는 A4 용지와 봉투를 손가락질하며 더럽고 추접해서 자신이 가지고 있을 생각이 없으니, 문 교수에게 가져가서 소각을 하든지 알아서 처리하라고 했다. 진상조사도 진상조사이지만, 교원 품위유지 저해로 둘 다 싸잡아 조처를 할 수도 있는 문제였으나, 금 총장은 교수에게 규정을 떠나 한없이 관대한 중석대의 전통과 관행에 따라 미적지근한 태도를 보였다.

문엽 교수는 기분이 더러웠다. 명·성이 사적으로 일으킨 불상사를 가지고 마치 질투라도 하듯이 자신을 다그치며 잡도리하는 총장이 못마땅했다. 그러나 금상필 총장으로서는 문 교수를 따로 불러 호통을 치고 따질 만한 충분한 이유와 근거가 있었다. 문 교수가 학연과 정실 관계를 앞세워 뒷구멍으로 설립자인 작은아버지를 꼬드겨서 명경수를 뽑았다는 사실을 잘 알고 있기 때문이었다. 총장은 일체의 인사 청탁을 거절하는 작은아버지가 왜 문 교수의 청만 들어줬는지 알 수 없었다.

물론 총장을 비롯해서 기존의 국문과 교수 넷은 모두 S대였다. S대 아닌 '지잡대' 출신들이 넷 있었는데, 하나는 무능 교수로 찍혀 스스로 물러났고, 하나는 모교로 이직(移職)했고, 하나는 정년퇴임을 했으며, 하나는 실용문예창작학과를 만들어서 나갔다. 그래서 국문과에는 성골 S대 출신들만 남았다.

아무튼 문 교수는 이 황당한 불의의 사건을 해결하기 위해, 중차대한 등록금 예비협상—연평도에서 천안함 침몰로 나라가 뒤숭숭한데, 새로 출범한 총학이 본부건물 입구에 기선 제압용 농성천막을 치고 뜬금없이 전례에도 없는 예비협상을 요구하고 나왔다—으로 정신적 여유가 없음에도 명경수 교수를 만나 사건 전말을 들었다. 그러고는 성애옥 교수를 학교 밖으로 불러내 따로 만나 각각 사건의 전말을 들었다.

둘이 같이 저지른 사건일 터인데, 둘의 말이 서로 달랐다. 말이 다르니, 중립적 입장에서의 사건 중재나 해결이 난망했다.

일이 꼬이려고 그랬는지, 아니면 명 교수에 대한 성 교수의 원망과 분노가 분초(分秒)를 다툴 만한 원한으로 바뀌어버린 때문인지, 그녀의 동료 교수이자 절친인 김순녀 교수와 이미 사건 일체를 공유하고 대처 방향까지 정했다고 했다. 문 교수가 한발 늦은 것이다.

성애옥의 말에 의하면, 탄원서를 받은 금 총장이 조사 의무를 이행하지 않고 아무런 조처 없이 미적거리는 바람에 불가피하게 취한 자기방어 조치라고 했다. 알고 보니 탄원서를 받은 것은 8일 전이었다.

문 교수는 눈앞이 깜깜했다. 쉰한 살에 미혼인 김순녀 교수는 실용문예창작학과 소속이었는데, 성 관련 문제에 대해서라면 선 아니면 악이라는 기계적이며 단호하고 확고부동한 이분법적 판단기준을 가지고 있었다. 게다가 사설 여성인권보호센터 센터장으로서 성범죄에 대해서는 조정보다는 응징을 우선으로 한다고 지역사회에 뜨르르 소문이 난 여성인권운동가이기도 했다. 때문에 김 교수와 이 문제를 얘기한다는 것은 고양이에게 입안의 생선을 먹지 말고 뱉어내 달라고 사정하는 것과 다를 바가 없었다.

명경수의 구명 운동이 난항에 빠졌다. 김순녀 교수에게 성폭력—김과 성은 일단 성폭력 사건으로 잠정 규정했다—은 인과 또는 전제라는 것이 있을 수 없는 일이었다. 앞뒤 인과를 들여다보거나, 상황 맥락 따위는 일체 묻지도 따지지도 않고, 또 오직 터럭을 뽑은 그날, 그 자리, 그 순간도 아닌 뽑은 행위 자체만을 문제 삼아 파렴치하고 중차대한 패륜적인 성폭력으로 몰고 갔다.

김순녀 교수는 학교 측에 법과 규정에 따른 공식적인 자체 진상조사위 구성을 즉각적으로 요구했다. 이 문제로 김 교수와 독대를 마친 금 총장은 맨붕에 빠졌다. 당사자인 성애옥 교수보다 더 크게 분노한 그녀가 자신의 요구를 5일 이내에 시행하지 않으면, 이 사건 해결을 위해 부득불 교외(校外)로 끌고 나갈 수밖에 없다고 엄포를 놓은 것이다. 그녀의 강단과 추진력을 풍문으로 익히 들어 잘 알고 있는 총장으로서는 얼마든지 실행 가능성이 있는 겁박이라고 생각했다. 총장이 문엽 교수를 다시 호출했다.

"문 처장이 볼 때 진상조사위를 따로 꾸려서 밝혀내야 할 진상이라는 게 따로 있소?"

처음 겪는 일인 데다가 성인지 감수성이 구식일 수밖에 없는 총장은 진지하게 물어야 할 이 말을 농처럼 물었다.

"탄원서 내용이 다입니다."

문 교수는 자신이 읽고도 제대로 이해하지 못한 5쪽짜리 탄원서 내용이 사건 실체의 전부라고 답했다. 물론 그렇지는 않았다.

명과 성으로부터 각각 2시간 이상씩 들은 바에 의하면 탄원서 내용은 빙산의 일각이었다. 명경수는 수면에 드러난 빙산의 크기와 빙질을 축소 폄훼하느라 안간힘을 썼으나, 성애옥은 아예 탄원서 내용은 수면 위 빙산에 불과하다면서 대하소설에 해당하는 수면 밑 빙산에 대해 입을 열었다. 문엽은 이 중세의 고딕 소설에 『소녀경』 같고 『금병매』를 융·복합한 것 같은 서사를 총장에게 전할 재주와 용기가 없었다. 그러니 탄원서 내용이 전부라고 할 수밖에 없었다.

또 학과의 사건인지라, 두 사람이 자신에게 이실직고한 사건 전모를 총장에게 시시콜콜 보고할 이유가 없었다. 문엽은 학과가 자체적·주체적으로 해결할 수 있도록 선처해 달라고 건의했다.

총장이 김순녀 교수가 요구한 진상조사를 통해 학교가 개망신당하는 일을 원치 않듯이, 문 교수도 학과가 통째 개망신당하는 일은 원치 않았다. 총장은 문의 제의를 거부할 이유가 없었다.

"그럼 김 교수가 요청한 진상조사는 내가 알아서 좀 미뤄볼 테니, 문 교수는 책임지고 당사자들을 빨리 만나서 쌍방 간 해결토록 노력해 보시오."

총장이 역할 분담을 제의했다. 책임지라는 말을 알아듣지 못한 문엽이 출타를 서두르는 총장을 막아선 채 의아한 표정으로 양손바닥을 비벼댔다. 학과가 자체적·주체적으로 해결하도록 노력하겠다는 것이지, 자신이 책임을 지겠다는 말을 한 적이 없기 때문이었다.

"성애옥 교수가 원하는 게 뭔지 물어서, 명 교수에게 그걸 다 들어주라고 하란 말이오."

짜증스레 내뱉은 총장이 파리 모양 양손을 비벼대고 있는 문 교수를 밀쳐내며 소리쳤다.

"그게 싫으면 옷 벗고 나가든지……."

총장이 대꾸 없이 눈치만 살피고 있는 문 교수를 돌아보며 덧붙였다.

김순녀 교수는 성애옥이 원하는 것은 명경수의 공식적인 공개사과와 재발방지를 위한 사직이라고 했다. 문엽은 어처구니가 없었다. 역시 대화 상대가 아니었다.

쌍방이 2년 넘게 썸을 타며 간을 봐온 것이 명백한 사실인데, 성애옥이 완전한 피해자 코스프레를 하고 있었다. 그러나 문엽은 성애옥이 진짜 원하는 것은 그런 형식적·의례적인 사과나 파국이 아니라, 명경수와의 관계 복원이 아닐까 싶었다. 물론 보다 더 진전된 관계라면 말할 것도 없고……. 그래서 명경수에게 사직하라는 카드를 제시한 것이 아닐까 싶었다.

하지만 명경수는 이미 마음 정리가 끝나 있었다. 명은 성이 남편과 이혼했다는 말을 듣는 순간, 마치 죽비로 대그빡을 얻어맞은 양 정신이 번쩍 들었다고 했다.

총장의 말뜻을 뒤늦게 해석한 문엽은 성애옥을 다시 만났다. 공개사과를 하게 되면 진상을 밝혀야 하고, 그러려면 탄원서 내용뿐만 아니라, 사건의 진상 전모가 어떤 식으로든 낱낱이 거론 또는 전면 공개될 수밖에 없을 텐데, 그래도 명경수의 공개사과와 사직을 원하느냐고 물었다. 터럭이 뽑힌 자초지종을 만천하에 공개해도 되겠느냐는 물음이었다.

성애옥의 탄원서 내용을 부러 자극적으로 미주알고주알 세세하게 들먹이고는 터럭이 담긴 봉투를 들이밀며 단도직입적으로 묻자 사색이 되었다. 지나치게 리얼하고 디테일한 탄원서를 써서 제출한 것과 문엽에게 사건 전모를 낱낱이 밝힌 것에 대해 뒤늦은 후회를 하는 것 같았다.

진상조사 과정에서 문엽 자신을 포함해 다 같이 개가 되고, 학과도 치명상을 입을 수 있다는 말에 충격을 받은 성 교수가 이틀 뒤 교무팀에 휴직원을 제출했다. 김순녀 교수는 따로 만날 필요가 없었다.

휴직원을 낸 성애옥 교수는 3개월 뒤에 복직했다. 문 교수의 말―학과가 구조조정 대상에 오른 것은 사실이었다―을 화두 삼아 두문불출하며 면벽수행을 했는지는 몰라도 3개월이 지나 다시 나타났을 때, 학과 소속 교수들만 입회한 자리에서 명경수의 비공개 구두 사과를 받는 것으로 사건을 끝내겠다는 의사를 전달했다. 이로써 터럭 사건은 공식적으로 종결됐다.

하지만 어찌 알았는지, 중석대 구성원 사이에서는 뽑힌 또는 뽑은 터럭이 세 가닥인지, 다섯 가닥인지에 대한 진위를 놓고 설왕설래했으며, 또 학교가 진상조사에 응하지 않아 김순녀 교수가 성 교수의 터럭을 국과수에 감정 의뢰했다는 소문에 대한 진위를 두고 숱한 말들이 오갔다. 또 만약에 그 터럭이 국과수로 가지 않았다면, 그 터럭은 어떻게 되었는지, 누가 가지고 있는지도 회자 대상이 되었다. 말로 빌어먹고 사는 교수들 다웠다.

사내다움을 미덕으로 살아온, 남성 중심 사고에 찌든 일부 마초 성향 교수들은 명경수가 슛을 안 쏘고 문전에서만 깔짝깔짝거렸으니 열받을 만도 했을 것이라는 야릇한 조롱과 19금에 해당하는 무책임한 음설을 퍼뜨리고 다녔다.

명경수는 뻔뻔해지기로 했는지, 아니면 체념을 했는지 이런 음설을 듣고도 히죽거리며 학교를 돌아다녔다. 그러나 성애옥은 다시 휴직원을 제출했다. 그러니까 문엽은 명 교수의 절체절명의 위기였던 선배 여교수 '터럭 발취 사건'을 자신의 일인 양 앞장서서 해결해 준 존명(存命)의 은인이었다.

이 사건의 전말을 지켜본 고시철―또는 중석대 구성원 전체가―이 느낀 것은 단 한 가지였다. 명경수와 성애옥이 만약 직원이었다면 어떻게 됐을까……. 불문곡직하고 즉시 권고사직 아니면 면직되었을 것이다. 하지만 대학은 무소불위의 교수 중심 집단인지라 그들의 패륜적 행위를 비판하거나 심판하려 드는 자가 없었다.

금상필 총장은 두 교수의 행위를 책망하기보다 이것이 밝혀지면 학교의 품위가 손상될 수 있다면서 시종 구성원의 입단속과 언론단속에만 심혈을 기울였다.

고시철은 이 사건이 진행되고 있을 때, 대학원장 때문에 어쩔 수 없이 잠정 휴학 중이었던 국문과 박사과정을 자퇴했다.

그런데 명경수를 터럭 발취 사건으로부터 구출해낸 뒤, 학생처장 임기를 마치고 학과로 복귀한 문 교수가 시철의 자퇴를 뒤늦게 문제 삼고 나섰다. 참으로 어처구니없는 교수 권한 남용이었다.

학생처장으로 근무하면서 보니 직원들 기강이 해이해질 대로 해이해져서 근무 태도 불량에, 업무 태만 사태가 점점 늘고 있는 것 같아 우려가 크다, 일부 고참 직원들은 제멋대로 행동하면서 보직교수를 무시하거나 심지어 골탕까지 먹이고 있다, 직원의 대학원 진학도 문제가 많다, 대학원 원생이면 의당 학생 신분인데, 직원 신분으로 교수를 대하려고 하니 문제가 크다. 시철을 불러 앉힌 대학원장이 문엽 교수가 찾아와서 한 시간 동안 이런 불평을 구구절절 늘어놓고 돌아갔다고 전했다. 아마도 고 팀장을 두고 하는 말 같아서 전달해 주는 것이니 참고하는 게 좋겠다고 했다. 시철은 이런 말을 전달해 주는 이유가 뭔지 원장에게 묻고 싶었으나 참았다.

어쨌든 조변석개나 조령모개도 아니고 이게 뭔 헛소린가 싶었다. 이런저런 얘기할 것 없이 분명한 것은, 문 교수가 한입 가지고 두 말을 하고 다닌다는 것이었다.

금기태 설립자 겸 이사장까지 참석한 지난 동계 직원 연수회에서 지금은 정보·통신의 발달로 평생교육시대가 된 만큼 직원의 자질과 능력 개발을 위해서는 다양한 자기계발 학습이 반드시 필요하고, 이런 차원에서 직원들의 대학원 진학은 필수불가결하고 유용한 현상이자 장려해야 마땅한 일이라고 역설했던 문 교수였다. 이 뜻밖의 발언을 들은 금 이사장이 문 교수는 역시 '앞서가는 중석대의 열린 리더'이자, 상대적 약자인 직원을 배려할 줄 아는 대인배라면서 극구 칭찬을 아끼지 않았었다.

시철은 만약의 사태[봉변]를 대비해 자신의 대학원 자퇴 경위를 육하원칙에 의거 문서로 작성했다. 문엽과 명경수가 시철의 대학원 자퇴에 괘씸죄 프레임을 씌워 예상치 않은 치사한 이면 플레이를 하고 있는지라 향후 유사시 대비가 필요할 것 같았다.

시철의 자퇴로 국문과 대학원이 데미지를 입거나 당장 문을 닫는 것은 아니었기에, 명 교수와 지종순은 시철 없는 지난 두 학기 내내 여전히 사제의 경계를 아슬아슬 넘나들며 알콩달콩 잘 지냈다고 했다. 지종순의 학점은 명 교수의 수강과목뿐만 아니라 전과목이 A⁺였다. 국문과 대학원에서 학과 개설 이후 최고의 재원(才媛)을 발탁한 것이다.

종순은 자신에게 필요한 사람을 관리하는 능력도 빼어난 여자였다. 명경수가 성애옥과 밖으로는 동료 교수로 보이게 행동하면서 안으로는 마그마 같은 사랑을 끓이고 있을 때도 이를 모르는 척하고 두 교수의 접대를 깍듯이 했다. 그녀는 명 교수와 성 교수를 모시고 수시로 안천과 평주 두 지역을 넘나들며 유명 맛집 기행을 하고, 생일과 기념할 만한 일이 있을 때 꼬박꼬박 선물을 챙겨주며 화기애애하게 보냈다고 했다. 특정인을 통해 안 사실이 아니라, 동문 또는 비동문 출신 가릴 것 없이, 또 학과 소속 시간강사들 모두가 알고 있는 사실이었다.

또 종순은 한 학기에 두 번 꼴로 학과 교수 전체를 한자리에 모시고 식사를 대접했는데, 그때마다 문 교수는 시철의 휴학과 자퇴는 시건방지고 모욕적인 교권 모욕 행위라면서 성토를 했다는 것이다. 방귀 뀐, 아니 똥 싼 놈이 되레 성내는 격이었다.

이사장의 총애를 받는 실세 교수 문엽에게 찍힌 시철은 결국 2월 정기

인사에서 예비군연대로 밀려났다. 교직원과 예비역 재학생 들의 예비군 훈련을 관리하는 예비군 연대장의 '시다바리'가 되었다. 국방부의 명을 받는 예비군연대는 대학 입장에서 볼 때 지원 부서인지라 통상적으로 비정규직 직원을 파견하여 근무토록 하는 한직이었다. 그러니까 시철의 예비군연대 파견 근무는 아주 파격적이고 모욕적인 인사였는데, 문 교수가 이사장을 부추겨 만들어낸 결과물이라고 했다. 외식 때 했던 성토를 이사장에게 가서도 한 것이다.

교권의 부당한 만행에 맞서 국문과 박사과정을 자퇴한 죄로 졸지에 돈 잃고 좌천까지 당한 시철은 부아가 치밀었다. 대체 자신이 뭘 잘못했는지 한갓진 예비군연대 사무실에 죽치고 앉아서 자기점검—자기반성—자아비판 과정을 순서대로 밟아봤다. 몇 날 며칠 동안 머리를 달궈가며 이 과정을 반복에 반복을 거듭했으나 이렇다 할 답은 안 나오고 울화통만 터졌다.

4

"빠른 시일 내에 모든 것을 원상 복구시켜 놔."

명경수를 부른 문엽은 둘만이 알 수 있는 주종관계 시절로 되돌아가려고 했다. 조인트만 까지 않았을 뿐이지 하나하나 따지고, 한바탕 야단을 치고, 단단히 경고를 한 뒤에 명령했다. 명경수를 누가 교수로 임용시켜 줬는지도 다시 일깨워줬다.

문 교수는 자신의 포지션이 상왕에서 똥친 막대기로 전락되었다는 사실을 알았기 때문에 눈에 보이는 것이 없었다. 보직 4년 동안 책임시수인 일주일 6시수를 채우느라 뜨문뜨문 보아왔던 학과 제자들은 자신을 동네 유기견 보듯이 했고, 소속 강사들은 명 교수의 눈치를 보느라 자신의 연구실마저 슬슬 피해 다녔다. 게다가 학부는 물론이요 대학원 과정에서조차 고전 전공자는 씨가 말라 가르칠 제자가 없었다.

문엽은 명경수가 자신의 밥그릇을 빼앗아 제 밥그릇으로 키웠다는 생각을 하지 않을 수 없었다. 이성을 잃은 문엽은 야차 같았다. 배신에 대한 충격으로 돌변한 것인지, 아니면 본래 그런 심성이 있었던 것인지는 알 수 없었으나 예전에 알던 문엽이 아니었다.

그러나 명경수는 문 교수의 명령이 오해에서 비롯된 것이고, 또 실체가 없기 때문에 복구할 원상이 없다고 했다. 되레 지난 4년 동안 세상과 학문의 추세가 급격히 변한 것을 받아들이라고 했다.

그러면서 명은 불경스럽게도 짝다리를 짚고 선 채 덧붙이기를 선배님께서 대학원생들을 너무 빡세게 몰아붙여 고전 공부하기가 힘들다는 소문이 지역사회에 쫙 퍼졌다고 했다. 그러니까 대학원 제자가 없어진 것은 고전의 급격한 사양화 현상과 문 교수의 시대착오적인 엄한 교수법이 맞물려 빚어진 참사라는 것이었다.

문 교수는 명경수의 대거리에 큰 충격을 받았다. 지난 4년 동안 급격히 변한 세상과 학문의 추세가 아니라, 명의 돌변한 불량한 태도가 문 교수를 맨붕에 빠지게 했다.

급기야 문은 무의식의 밑바닥에서 마그마처럼 끓고 있던 분노와 야성이 폭발하고야 말았다. 자신은 제놈이 싸지른 똥을 치우고 밑구멍까지 닦아주느라 망신도 개고생도 마다하지 않았는데, 제놈은 상전인 양 행세하며 선배의 전공과목을 완전히 방기해 고사시킨 것이나 다름없었다. 단매에 물고를 내고 싶었다.

그러나 꼭지가 돌았다고 해서 폭력을 행사한다면 놈의 뜻대로 해주는 것과 다를 바 없다는 생각이 들었다. 문엽은 문득 명경수가 더 이상 자신의 가방모찌나 수하가 아닐 수도 있다는 생각이 들었다. 역시 그랬다.

"아니, 내가 뭘 어쨌다고 나를 이렇게 닦달하시는 겁니까?"

'제가'도 아닌 '내가'였다. 소눈깔 같은 눈을 까뒤집은 명경수가 위아래로 희번덕거리며 대들었다. 이쯤 되면 해보자는 것이었다. 문엽은 도끼로 이마빡을 얻어맞은 느낌이었다. 하극상이 아닌가. 깊은 충격에 말문이 막힌 문엽은 명이 부라리고 있는 눈깔을 멍하니 바라볼 수밖에 없었다.

"선배님이 본부 보직을 하시는 4년 동안 내가 기울어져가는 학과를, 아니 구조조정 대상까지 오른 학과를 지키려고 얼마나 쌔빠지게 개고생을 한 줄 아십니까?"

적반하장 정도가 아니었다. 사실도 왜곡되어 있었다. 구조조정 대상 학과에 오른 것은 제놈이 성애옥과 놀아나 학과 위상이 나락으로 떨어졌을 때였다. 그리고 그 문제를 해결한 사람은 문 교수 자신이 아니었던가.

그런데 명경수 이놈이 학과를 지켜낸 사람이 자신이라며 되레 공치사를 하며 따지고 들었다. 또 자신이 보직을 하는 동안 학과를 잘 부탁한다고 했던 사람이 학과를 잘 지켜낸 사람에게 지금 와서 왜 딴소리를 하느냐고 했다. 그러면서 어려움에 처한 학과 지킴이를 기창국이 했겠느냐, 성애옥이 했겠느냐, 라며 자신을 핍박할 게 아니라 머리가 있으면 생각을 해보라고 했다. 또 이제야 하는 얘기지만 대학구조개혁본부에서 실문과와 1:1 통폐합시키겠다고 나대는 것을 자신이 온몸으로 막았는데, 그동안 선배는 도와준 게 뭐냐고 했다.

말을 듣다 보니 국문과가 놈의 사유물 내지는 전유물이 된 것 같았다. 문 교수는 기가 막혀서 숨조차 제대로 쉴 수 없었다. 금기태 이사장에게 달려가 머리를 조아려가며 구조개혁본부장인 데이비드 금이 추진하는 실문과와의 1:1 통폐합 시도를 막후에서 막은 사람이 문 교수 자신이었다. 문엽은 이놈이 뭘 몰라도 한참 모르는 놈이라는 생각이 들었다.

결국 명경수가 더 이상 과거의 명경수가 아님을 간파한 문엽은 그를 통한 원상 복구를 포기하고, 조교를 불러 동문 출신 시간강사들을 전원 집합시키라고 지시했다. 강사들을 불러 모은 문 교수는 사태가 이 지경이 될 때까지 명경수에게 붙어먹느라 그동안 자신에게 귀띔조차 해주지 않은 책임을 엄중히 따져 물었다.

문에게 기회주의자 내지는 몰염치한으로 몰린 시간강사들은 그저 양손을 가지런히 모으고 머리를 조아린 채 묵묵부답이었다. 처분만 바랄 뿐이었다. 욕하면 듣고, 때리면 맞고, 죽으라면 죽을 수밖에 없는 것이 시간강사가 아니던가. 4년 동안 새파랗게 어린 명 교수와 그의 '내연녀' 행세하는 지종순에게 수시로 당한 수모도 만만치 않은데, 위로는커녕 되레 엄한 강사를 붙들고 웬 패악질이란 말인가.

명경수가 문엽의 위세나 지지를 등에 업지 않았다면 강사들이 그에게 꼼짝 못할 이유가 어디 있었겠는가. 강사들 입장에서는 문엽이 없는 동안 명경수의 뜻을 문엽의 뜻으로 알 수밖에 없었기에, 명의 말을 곧 문의 말로 받아들여 군말 없이 따랐던 것이 아니었던가.

아무튼 학생들 앞에서의 '가오' 빼고는 가진 것 없는 것이 강사들이었다. 그런 그들로부터 뺏을 수 있는 것이 있다면 달랑 강의뿐인데, 학기 중이라 당장 빼앗을 수도 없었고, 또 학기가 끝나 빼앗는다 해도 대체할 강사를 구하기가 쉽지 않았다. 그래서 강사들을 세워놓고 따져 묻는다는 것이 무용하고 치졸한 일일 수밖에 없었다. 화를 내고도 아무런 소득을 얻지 못했다고 판단한 문엽은 계속 분통만 터트릴 뿐이었다.

계집질도 해본 놈이 잘하고, 복수도 해본 놈이 잘할 터인데, 평생 높고 편안한 지위에 올라앉아 에헴, 하며 대접만 받고 살아온 문엽인지라 조악하고 서투른 방식의 복수밖에는 생각나는 것이 없었다. 여기에 문엽의 제자—자신의 고전 전공 1호 박사학위 취득자였다—인 방우득 강사가 걸려들었다. 충남 대천 출신으로 16년 동안이나 휴학과 복학을 반복하며 중석대 재학생으로 지내온 요령부득에 외골수인 강사였다.

"야. 차 빼!"

"예?"

빈 주차공간에 주차를 마치고 막 돌아서던 방우득은 주차한 차를 빼라는 문 교수의 말을 알아듣지 못해 뜨악한 표정으로 물었다.

"네놈들 꼴도 보기 싫으니까, 내 차 옆에 주차하지 말라고."

눈을 부라린 문 교수가 차를 빼라는 손짓을 해대며 소리쳤다. 당장 빼지 않으면 우득의 차를 때려 부수기라도 할 기세였다.

문 교수의 말인즉슨, 네 꼴도 보기 싫을 뿐만 아니라 네 차 꼴도 보기 싫으니 자신의 차 옆에 주차하지 말라는 뜻이었다. 그러니까 당장 네 차를 빼서 멀찍이 안 보이는 곳으로 이동주차를 하라는 말이었다.

상궤를 넘어선 트집인지라, 말뜻을 몇 번 되새기고 나서야 겨우 알아들은 우득은 그 즉시 차를 빼 위고관 뒤편으로 이동했다. 그는 빈 주차공간을 찾아 헤매 다니느라 강의에 늦었다.

문엽 교수는 '방우득 주차단속 사건'을 필두로 강사 다섯 명—동문 출신 셋, 비동문 둘—에 대한 '강의 실태 점검 및 조사'에 착수했다. 조교를 통해 기초 보고를 받은 뒤, 무작위로 선정한 수강 학생들을 직접 자신의 연구실로 불러 심층 구두 조사를 실시했다.

구두 조사는 꼬투리를 잡기 위한 예비조사 차원에서 이루어졌는데, 일종의 내사였다. 거기서 특이점이 포착되면 본조사로 들어갔다. 학생들에게 무기명으로 강의나 성적 불만족 사례와 사유 등을 대상 기간 없이 육하원칙에 따라 적어내라고 했다. 이것 말고도 부당·불편 사례가 있으면 기탄없이 적어서 제출하라고 했다. 일종의 군대식 진술서 겸 소원수리를 받은 것이다.

학과에서는 그 누구도 상식 밖의 이 치졸한 조사를 말릴 교수가 없었다. 학교는 학과의 실세 교수가 하는 일인지라 개입하지 않았다. 간섭하고 싶어도 그럴 수 있는 마땅한 근거가 없었다.

자신에 대한 표적조사인지라 명 교수가 반발할 수는 있어도 이를 막을 수는 없었다. 문 교수가 학과의 그릇된 운영 실태를 찾아내 바로 잡기 위한 자정 작업이자, 발전 방향 모색을 위한 조사라고 했기 때문이다.

문엽과 명경수의 권력 다툼은 이 뒷조사를 통하여 종식됐다. 승패가 갈린 것이다.

학과가 외부기관으로부터 위탁을 받아 5년째 주관·실시해 온 한자경시대회가 있었다. 학과 학생들이 진행요원으로 차출되어 명경수 교수의 지시와 감독에 따라 토요일 내내 '죽도록' 일을 했음에도 점심으로 짜장면 한 끼와 간식으로 새우깡 한 봉지에 주스 한 팩만 얻어먹었을 뿐, 약속한 진행수당을 한 푼도 받지 못했다고 한 1학년생이 폭로한 것이다.

그 학생은 교수에게 '사기'를 당했다는 불쾌감이 들었으나, 알바를 하면서 흔히 겪은 일이기도 했고, 본래 무료 봉사인 것을 잘못 전달했거나 잘못 알아들었나 보다 하고 넘어갔었는데, 한 선배로부터 작년까지만 해도 일당 5만 원씩을 받았다는 사실을 뒤늦게 알게 되어 기분이 엄청 나빴고 억울했다고 적은 것이다.

문 교수는 이 학생의 폭로를 빌미로 즉각 학과 행사 전반에 대한 진상조사 겸 자체 감사에 들어갔다. 조교로부터 업무와 회계 관련 문건 일체를 넘겨받아 회계 관련 서류만 닷새 동안 이 잡듯이 들여다봤다. 자정(自淨)을 위한 자체 감사라고 했다.

문엽도 일찍이 해먹어 본 경험이 있었기 때문에 문제를 집어내는 것은 식은 죽 먹기였다. 그는 서류만 들여다보지 않고, 간이영수증을 들고 발행업소를 찾아가서 실제로 그런 물건을 팔았는지, 팔았다면 영수증에 적힌 값과 동일한 가격을 받은 것이 맞는지 등을 사장 또는 점원에게 직접 확인했다.

과다계상, 허위 지출, 간이영수증 위·변조, 편법유용 등 부정과 비리가 고구마줄기처럼 엮여 있었다. 물론 문도 일찍이 해본 짓[관행]이었다. 한 두 곳에 횡령 흔적도 보였으나 액수가 크지 않았고, 굳이 횡령까지 건드리지 않아도 명경수를 공격하고도 남을 만큼 충분한 유용 관련 소스를 얻은지라 문제 삼지 않았다.

문제가 지나치게 커져서 자신의 손을 떠나 학과 밖으로 나가는, 그래서 법무·감사실이 개입하는 것은 경계해야 했다.

진상조사 결과를 통해 꽃놀이패를 거머쥔 문엽은 명경수를 단숨에 제압했다. 명경수는 자신만 그런 것이 아니라 선배님도 일찍이 그렇게 하지 않았느냐면서 눈깔을 까뒤집고 덤벼들었으나, 이내 문의 사악한 의중을 파악하고는 꼬리를 내리고 말았다.

문엽이 그렇다면 자신처럼 증거를 내놓으라고 했고, 못 내놓으면 무고로 형사 고소를 하겠다고 내지른 것이다. 문엽은 명경수를 조사하기 전에 자신과 관련된 모든 증거를 인멸했기 때문에 명이 댈 수 있는 4년 전 증거는 찾을 수가 없었다.

이로써 이참에 자신도 이제 나이도 먹을 만큼 먹었고 연륜도 쌓일 만큼 쌓였기 때문에, 당신이 함부로 부려먹었던 한때의 가방모찌나 학과의 꼬붕이 아니라는 점을 보여주려 발버둥 쳤던 명경수의 항거는 수포로 돌아가고 말았다. 이 굴욕적 패배로 명경수는 학과에서 실체 없는 그림자, 꿔다놓은 보릿자루가 되고 말았다. 그러다 보니 연구 말고 따로 할 일이 없었다. 물론 뭣 모르는 밖엣 사람들이 볼 때는 명경수가 명경지수 같은 고아(高雅)한 학자가 된 것으로 보였을 것이다.

문엽은 반역의 수괴인 명경수를 처리하고 나서 그에게 '붙어먹은' 동문 출신 시간강사들은 학기 종료와 함께 불문곡직 일괄 퇴출 내지는 한 학기 또는 1년 동안 강의를 주지 않기로 했다. 하지만 놀랍게도 지종순은 비동문이라는 점과 그녀가 평소 문 교수 또한 명 교수나 성 교수 못지않게 성심성의껏 관리—사실은 허깨비와 다름없는 기창국 교수만 챙기지 않았을 뿐 명실상부한 실세인 문 교수는 명 교수보다 더 챙겨왔다—해 온 덕에 퇴출 대상에서 제외됐다.

간교하고 노회한 그녀가 어리고 귀 얇고 겁 많아 세상물정 모르는 철부지 명경수를 부추겨 학과의 관례와 전통과 문화와 위계질서와 프레임 등을 깡그리 초토화시킨 장본인임에도 불구하고 아무런 불이익도 받지 않은 것이다.

명경수와의 싸움에서 완승한 문엽이 고시철을 다시 불러 지난번 대학원 박사과정 입학 면접시험 전에 명경수 교수와 무슨 일이 있었는지 물었다. 단지 궁금해서 묻는다고 했으나, 민원을 해결해 주겠다는 뜻이 숨어 있는 질문 같았다. 명경수의 뒷배가 되어주느라 자신이 잘못 판단한 일이 있었다면 차제에 바로 잡겠다는 뜻이라고 했다.

시철은 혹시나 뒷날에 쓰일까 싶어 꼼꼼히 작성해 둔 '사건 개요서'를 프린트해서 건넸다. 그러고는 신규 교과목 개설 간여, 강의 알선, 동문 강사 음해 등 지종순이 행해 온 여덟 가지 그릇된 죄목을 지적하고, 명경수의 반역 행위의 배후에 그녀가 있음을 고변했다.

시철은 국문과와 얽힌 문제가 해결됨에 따라 홀가분한 마음으로 신설된 실문과 대학원 박사과정에 진학했다. 또한 예비군연대로 좌천 8개월 만에 식스아츠칼리지 운영팀장으로 전보됐다. 문엽 교수가 식스아츠칼리지 학장으로 보임되면서 이루어진 전격적 인사 조처였다.

5

"종순이가 힘들어해요."

　FP 출신 이미연이 말했다. 지종순은 지난해 인근 대학에 강의전담 교원으로 있던 친구 이미연을 중석대 식스아츠칼리지 비정년트랙 교원으로 데려다 앉혔다. 뒷돈의 힘이 컸으나, 정확한 정보력을 바탕으로 한 로비력으로 뒷돈을 찔러줄 확실한 라인과 루트를 찾아준 지종순의 코치 덕이었다. 자리를 중개하는 교수들이 잘 모르는 상대의 돈을 함부로 받아먹지 않기 때문에 종순의 역할은 결정적이었다.

　지종순은 이미연을 비록 비정년트랙이지만 전임 교원으로 만들어줌으로써, 대학사회에서 자신의 위상이 그녀보다 한끝 위라는 것을 과시하고, 장차 자신이 필요할 때 그녀의 도움을 받고자 하는 '큰 그림', 아니 품앗이 차원에서 작업을 한 것이었다. 종순은 눈앞의 이익이나 기회를 결코 놓치지 않았지만, 그렇다고 해서 눈앞만 보고 사는 단순한 아줌마도 아니었다. 처세의 달인이라고 자부하는 만큼 대학사회가 작동하는 메커니즘과 원로·중견교수들의 심중까지 훤히 꿰뚫어 보고 있었다. 물론 대학이 그만큼 엉성하고 헐렁하다는 방증이기도 했다.

　이런 지종순이 절친 이미연을 메신저로 보냈다. 할 말이 있으니 퇴근 후 밖에서 잠깐 보자고 했다. 공동 연구실 사용 관련 애로사항—비정년트랙 전임 교원들은 규정에 따라 4인 1실로 한 방을 공동으로 사용했는데, 종종 파트너 문제로 시비가 터졌다. 그녀도 파트너 중 한 명이 말도 많고 향수가 진해 눈조차 뜰 수 없다며 한 달 전부터 방을 바꿔달라는 민원을 지속적으로 제기했다—때문인 줄 알았는데, 그게 아니었다.

　서로 아는 사이이기도 했으나, 이미연은 식스아츠칼리지 소속 교원인지라 행정팀장인 시철로서는 만나자고 하면 특별한 기피 사유가 없는 한 만나야 할 의무가 있었다. 그게 시철의 일이었다. 물론 교외(校外)의 술자리까지 불려 나와야 할 의무는 없었다.

시철은 뭐라 대꾸할 말이 없어 이 교수가 따라주는 잔만 비웠다. 20여 분 가까이 서로 잔만 주고받으며 비우고 따라주기를 반복했다. 그렇게 주거니 받거니 하며 무언의 대화를 나누는 사이에 서로의 얼굴이 불콰해졌다.

"다 끝났으니까, 이제 그만 해. 서로 그럴 사이도 아니잖아?"

이 교수가 시철의 빈 잔을 다시 채우며 혀 말린 소리를 했다. 전작이 있었던 같았다. 시철은 대꾸 없이 무슨 말을 하는 거야, 라는 표정으로 이 교수를 바라봤다. 그럴 사이가 아니라니……?

"왜 이래. 종순이가 고 팀장님 좋아하는 거 알잖아?"

이 교수가 담배를 뽑아 물며—실외 테크 좌석이라 흡연이 가능했다—콧소리로 말했다. 그러고는 눈까지 흘겼다. 시철은 불쾌한 표정을 짓고 자작했다. 그녀의 꿍꿍이에 말려드는 것 같아 기분이 더러웠다.

"다 끝난 거지? 본래 걔가 어린 명경수한테는 관심도 없었어. 교수니까 깍듯이 모신 거지. 초지일관 님이었다는 거, 잘 알잖아?"

이 교수가 담배를 꼬나 쥔 손으로 시철을 가리키며 말했다. 그러고는 눈웃음을 지으며 담배연기를 내뿜었다. 시철은 캑캑거리며 이 교수를 째려봤다. 이게 또 무슨 개수작인가 싶었다. 생각 같아서는 맥주라도 끼얹어주고 싶었으나, 교수를 상대로 그런 사고를 칠 수는 없었다. 둘이 몰래 하는 음주는 사적 차원이지만, 사고가 알려지면 공적 차원으로 바뀔 수 있었다. 상대는 자연인 이미연도 아니고, FP도 아니고, 아줌마도 아니고 중석대 교수였다.

"종순이 오라고 부른다."

이 교수가 숄더백에서 휴대전화를 꺼내들며 말했다. 시철은 어처구니가 없었다. 농락을 당하고 있는 기분이었다.

"금방 와. 요 앞 커피숍에서 기다리고 있어."

이 교수가 길 건너편 '할리스 커피'를 손가락질로 가리키며 말했다. 시철은 마시던 잔을 내려놓고 자리에서 일어났다.

"왜? 어디 가려고? ……싸러 가? 화장실은 그쪽이 아닌데……."

이 교수가 술집을 벗어나는 시철의 등 뒤에 대고 소리를 질러댔다. 그 소리에 비아냥이 담겨 있는 것 같아 뒤가 찝찝했다.

시철은 지종순에게 또다시 이용, 아니 농락당하고 싶지 않았다. 종순이 식스아츠칼리지 운영팀장이 된 시철과 관계를 복원해야 할 이유는 한두 가지가 아니었다.

문엽과 불구대천지원수가 된 명경수는 끈 떨어진 갓이었다. 반역을 획책한 명은 학과 일에 일체 참여할 수 없었고, 심지어는 현대문학 전공 대학원 지원자를 면접하는 자리―국문과에서 현대문학 전공자는 오직 명경수뿐이었다―에도 참석조차 할 수 없었다. 이러니 명 교수는 더 이상 종순의 뒷배가 되어 줄 수 없었다.

문엽은 명경수로부터 거둬들인 학과 권력의 일부를 시철에게 위임했다. 시철이 2인자가 된 것이다. 종순이 시철을 모르는 척할 수 없는 가장 큰 이유였다.

지종순은 야심만만한 권력 지향적 여자였다. 관심과 사랑의 한복판에 있어야 비로소 자존감을 느끼는 여자였다. 중석대에서 달성해야 할 나름의 목표도 있는 여자였다. 때문에 이미연을 내세운 한 차례 미팅 시도가 깨졌다고 해서 곱게 물러설 여자가 아니었다.

그런데 이건 또 무슨 조홧속인지 문엽과 성애옥의 관계가 명경수와 성애옥이 썸을 탈 때와 유사한 궤적을 그리며 진일보하고 있었다. 지난번 터럭 사건에서 문엽이 명경수의 편을 드는 바람에 성애옥이 문을 원망하고 혐오했었는데, 문이 명을 응징해 유폐시킨 이후, 둘 사이에 야릇한 기운이 돌기 시작했다. 시철은 학과가 참 요지경이구나 싶었다.

그러나 통빡이 빠른 지종순은 단박에 그 이유를 알고 이미연에게 말해 줬다고 했다. 문엽의 명경수에 대한 응징이 학과에서의 사실상 퇴출 수준 인지라 어찌 됐든 결과적으로 성애옥의 바람이 이루어진 것이고, 또 이 응징의 지속을 위해서는 둘 사이의 *끈끈한* 결속—정년을 앞둔 기창국 교 수는 허깨비나 마찬가지였다—이 필요할 것이기 때문에 필연적으로 가까 워질 수밖에 없는 것이라고 했다.

지종순은 호시탐탐 이런 문엽과 성애옥 사이를 비집고 들어가 오작교 역할을 하려고 안간힘을 쓰는 것 같았다. 종순이 둘 사이에서 얻은 것은 학과에서의 생존과 무탈 뿐이었다. 이는 그녀의 목표 달성에 있어 필요조 건의 일부일 뿐 온전한 필요조건도 충분조건도 아니었다.

학과에서는 지종순이 박사학위 취득 후 새롭게 얻을 수 있는 것이 딱 히 없었다. 고작 전공 관련 강의 한 과목을 맡는 것이 전부였다. 학위 취득 후에 모의 강의 테스트를 통과하면 누구에게나 주는 것이었다.

이에 비해 기초교양과 융·복합교육 전체를 담당하는 식스아츠칼리지 가 관장하는 교과목은 부지기수였다. 게다가 구조조정 대상인 국문과는 정년 및 비정년트랙 교수를 뽑지 않았다.

때문에 식스아츠칼리지에서 이미연 같은 비정년트랙 전임교수가 되려 면, 설령 문 학장이 적극적으로 나선다—그럴 가능성은 적었다. 명경수는 종순의 이용가치가 컸기 때문에 인사에 뒷배가 되어주었으나, 문엽에게 종순은 그럴 만한 가치가 없었다. 학벌 중심 사고와 인색한 성품을 가진 문엽은 명경수 채용 이후 그 누가 됐건 채용에 도움을 주거나 간여한 적 이 없었다—고 해도 시철의 협조가 필요했다. 시철이 그녀를 전임교수로 만들 힘은 없으나, 이런저런 흠집을 찾아내거나 트집을 잡아서 딴지를 걸 수는 있었다. 그러니까 종순으로서는 어찌 됐든 시철과의 관계 복원이 우선 과제일 수밖에 없었다.

"집 앞에 왔어. 나와."

혀가 잔뜩 꼬인 목소리였다. 10시 45분이었다. 초저녁부터 퍼마셨을
리도, 단숨에 많이 퍼마셨을 리도 없었다. 어쩌면 부러 취한 척하느라 혀
꼬인 소리를 한다는 의심이 들었다.

— 여기 내 마음속에 모든 말을 다 꺼내어 줄 순 없지만 사랑한단 말이
에요

여자의 말과 엉킨 발라드가 수화기를 타고 들려왔다.

텔레비전 드라마에 열중하고 있던 아내가 갑자기 비명을 지르고 박장
대소했다. 좀처럼 웃지 않는 아내는 소리 내어 웃기 전에 비명을 지르는
버릇이 있었다. 시철은 휴대전화를 감싸 쥔 채 조용히 일어났다. 그러고는
슬금슬금 아내의 등 뒤를 돌아 사랑방으로 들어가 문을 닫았다.

"난 이제 가진 게 아무것도 없는 년이야. 아주 후리한 년이 됐다고, 알
아들어?"

이혼 판결을 받았다는 말 같았다. 시철은 자신도 모르게 두려움을 느꼈
다. 선전포고로 들린 때문이었다.

"고소해?"

대꾸할 말이 없었다. 지종순의 이혼 판결에 고소해 할 이유가 뭐란 말
인가.

"야, 고소하냐고 묻고 있잖아?"

종순이 수화기 저편에서 악을 쓰고 있었다. 시철은 휴대전화 수신 음량
을 급히 줄이기는 했으나, 혹여 아내가 들을까 걱정이었다. 방문을 닫았으
나, 여자의 목소리가 워낙 컸다.

"응."

시철이 대답했다. 더 이상 소리를 지르게 놔둘 수 없었고, 집 앞에 와 있다는 여자가 올라와서 인터폰을 누르는 일은 없어야 했다. 시철은 그녀가 '후리한 년이 됐다'고 하는 말이 무슨 뜻인지 잘 알고 있었다.

"응? 응이라고 했냐?"

"응."

"가진 거 많은 놈하고, 가진 거 없는 놈이 맞붙으면…… 누, 누가 이긴다고 알려줬지?"

지종순은 시철이 예전에 들려줬던 말을 끄집어내 묻고 있었다. 재임용에서 부당하게 잘린 비정년트랙 교원들이 학교를 상대로 행정소송을 걸었을 때, 시철이 그녀에게 해준 말이었다. 재임용 탈락 사유가 불명확하고 증거 자료도 미흡해서 피고인 학교가 승산이 없을 것이라고 했다. 그러면서 덧붙이기를, 설령 학교가 승소를 한다고 해도 약자를 상대로 해서 얻은 승소이기 때문에 학교의 위상과 이미지에 좋지 않은 영향을 줄 수 있어서 이겨도 진 것이나 다름없다고 했었다.

당시 종순은 구더기 무서워 장 못 담그냐면서, 대미지를 구더기에 비유해 시철의 말을 뭉갰다. 힘을 신봉하는, 강자를 따르는 여자다운 말이었다. 아무튼 지금 그녀가 시철이 들려줬던 지난 말을 상기시키며 겁박을 하고 있는 것이다.

"왜 말이 없어? 네가 그랬잖아…… 없는 놈은 져도 이긴 거라고. 나하고 붙어볼 거야?"

종순의 시비에 속수무책이었다.

"나와. 빨릿! 올라가서 도어폰 누르기 전에……."

"기다려."

전화로 해결할 문제가 아니라고 판단한 시철은 전화를 끊고 외출복으로 갈아입었다.

아내는 늦은 시간에 뭣 때문에 어딜 가느냐고 묻지도 않고 고개를 끄덕였다. 잘 갔다 오라는 허락이었다. 그는 서둘러 집을 나오며 드라마에 빠져 남편에게 관심이 없는 아내와 이런 드라마를 만들어 제공하는 제작자와 방송국에 새삼 고맙다는 생각이 들었다. 아내가 드라마에 빠져 산다고 함부로 퉁을 놓았던 것이 미안했다.

지종순은 집 앞이 아니라, 지난번 이미연을 만났던 술집에 있었다. 택시로 5분 거리였다. 겁박과 속임수에 끌려나온 시철은 한바탕 화풀이를 쏟아부으려다가 말았다. 진짜 술이 너무 취해 보였고, 처량해 보이기도 했고, 무엇보다 손님이 많았다.

시철은 얌전히 앉아서 그녀가 철철 넘치게 따라주는 술잔만 말없이 기울였다. 테이블 위에 사용한 것으로 보이는 수저가 한 벌 있는 것으로 보아 함께 있던 누군가가 자리를 뜬 것 같았다.

통화할 때까지만 해도 당장 무슨 사고라도 칠 것처럼 악을 써댔던 종순도 아무 말 없이 시철의 잔에 술만 따랐다. 취기가 비슷해지기를 기다리는 것 같았다.

— 아무 말 하지 말아요 그대 마음 알아요…….

시철은 김범수의 '끝사랑'을 들으며 통유리창에 비친 자신의 모습을 바라보다가 닭발볶음을 집어 씹었다.

"우, 우리…… 오랜만에 나이트 어때?"

종순이 개개풀린 눈빛으로 물었다. 5년 전, 종순이 시철을 꼬드길 때 했던 말이었다. 그때는 물론 '오랜만에'가 아닌 '오늘'이었다.

시철은 이게 무슨 수작인가 싶었다. 그녀의 말을 받아주고 싶어도 이제는 뒷일을 생각해야만 했다.

"난 후리한 놈이 아니야."

시철은 상스럽게 사타구니를 추스르며 말했다. 정확히 말하자면 종순이 불러서 나왔다기보다, 아내 때문에 나온 것이 아니던가. '후리한 놈'이라면 아마 나오지 않았을 것이다.

"나는 별거 아닌 년이라서 괜찮고, 마누라는 그, 그렇게 무서워?"

시철은 서로 비교 대상이 아니라는 말을 하려다 말았다. 종순이 혀와 눈뿐만 아니라 머릿속까지 게게 풀린 것 같다는 생각이 든 때문이었다.

종순의 술잔을 빼앗은 그는 가까운 호프집에 가서 생맥주를 한잔 살 테니 그거나 마시고 헤어지자고 했다. 그러나 종순은 계속 흐느적거리며 나이트클럽을 고집했다.

"다음에 가자."

시철이 건성으로 대꾸했다.

"마누라 허락 받고 나서?"

"응. 후리가 아니니까."

시철은 취한 여자와 대거리하는 게 싫었다.

"문 교수님한테 나에 대해 여러 가지를 꼰질렀나 봐."

시철은 정신이 번쩍 들었다. 그러면 그렇지…… 종순이 나이트클럽에 같이 갈 남자가 없어 밤늦은 시간에, 그것도 1년 만에 전화를 해 나오라고 했겠는가.

"여덟 가지 그릇된 죄목? 내가 여덟 가지씩이나 너한테 죽을죄를 지었어?"

문엽에게 문건으로 건넨 내용을 들먹이고 있었다.

"야이, 쪼다야. 그런 건 나한테 직접 말을 했어야지……."

테이블 밑으로 다리를 뻗은 종순이 발가락으로 시철의 사타구니를 툭툭 치며 말했다. 5년 전에도 그랬었다.

"일어나자."

시철은 종순의 발을 치우며 말했다.

"사내가 되가지고 쪽팔리게……."

시철은 종순이 뭘 두고 쪽팔린다고 하는 것인지 헤아리지 못했다. '고자질'한 것을 말하는 것인지, '유혹'에 대한 거부를 말하는 것인지 알 수 없었다.

"명경수하고는 화해 안 해? 그 핏덩어리하고 언제까지 날을 세우고 지낼 거야?"

명 교수와의 화해를 주선하겠으니 자신과도 화해를 하자는 의미 같았다. 수(手)와 팻감을 액세서리처럼 주렁주렁 달고 사는 여자였다.

"그러고 있다가 문엽이와 명경수가 어느 날 덜커덕 화해라도 하게 되면 우리 자기만 좆 되는 거잖아."

"자기라고 부르지 말랬지!"

시철이 발끈했다.

"그럼 너라고 부를까?"

종순이 이죽거렸다.

대학사회의 작동 원리에 대해 자기보다 더 잘 알고 있을 사람이 문 교수 편에 붙어서 명 교수를 무조건 멀리했다가 좆 되는 수가 있다는 걸 모르느냐고 했다. 그러면서 멀리 내다보고 살라는 충고까지 덧붙였다. 시철은 대꾸할 말이 없었다. 종순은 술에 취한 것이 아니었다.

"대학사회에서 직원은 교수에게 붙어먹으려 하지만, 결국 교수는 교수끼리 붙어먹지 않나?"

틀린 말은 아니었다. 명 교수가 문 교수와 붙어먹고 무고한 직원인 자신을 모욕하고 핍박한 것이었다.

"장차 명경수가 보직을 맡으면, 자기가 그 밑에서 일하지 않는다는 보장이 없을 텐데…… 안 그래?"

종순이 씨익, 웃으며 쐐기를 박듯 덧붙였다. 지금 학장이 된 문엽 밑에서 일하는 것이나 다를 바 없다는 말이었다.

"그러니까 말이 나온 김에 내일 우리 셋이서 만나자. 내가 명경수 데리고 나갈게. 어때?"

"……."

"밥도 내가 쏠게. 우아한 정식으루다가…… 어때?"

시철은 잔 바닥에 남은 맥주를 마셨다.

"오케이?"

"……."

"오케이한 거다?"

"……."

시철은 명 교수가 강의 첫 시간에 얼러댔던 정식 수업과 종순이 사겠다는 정식 사이에 어떤 관계가 있는지 헤아려보려 했으나, 헤아려지지가 않았다. 계산을 치르고 밖으로 나와 택시 정류장 쪽으로 걷던 종순이 갑자기 시철의 허리를 바짝 껴안았다.

"아니, 왜……."

당황한 시철이 종순의 팔을 떼어내 밀치는 순간, 그녀가 휘청하며 몸을 젖혔다. 시철은 차도 쪽으로 뒷걸음질 치며 넘어지려는 종순을 가까스로 잡았다. 그 순간, 종순이 흐느적거리며 시철을 껴안았다.

"아니, 둘이서 뭣들 하고 있는 거야?"

이미연이었다. 어디서 나타났는지 갑자기 튀어나온 그녀가 둘 사이를 쳐다보며 교활하고 음흉한 웃음을 지었다. 자정이 넘은 시간이었다.

"미친년. 남 일에 상관 말고 가던 길이나 가라."

종순이 시철의 가슴에 뺨을 비벼대며 말했다.

시철은 테이블 위에서 봤던 수저 한 벌이 문득 떠올랐다.

허틀러 행장기

1

청천벽력이었습니다. 날벼락을 맞은 겁니다. 절망과 좌절로 인한 고통과 처연함으로 한동안 천지와 사리 분별이 되지 않았습니다. 제 애통함은 유족들에게 비할 바가 아니었습니다. 망자가 생전에 제 등골을 빼 유족들을 건사했을 터이기 때문입니다.

이른바 '과부'가 된 사모님은 남편의 죽음보다 장례 방식과 절차에 따른 학교 측과의 이견으로 발생한 분노 때문에 제정신이 아니었어요. 아무 힘없는 저를 영안실에 불러 앉혀놓고는 소리쳐 따지고 울기를 반복하다가 급기야는 목이 쉬어 말조차 제대로 하지 못할 지경에 이르렀지요.

"학교장으로 해달라는 것도 아니고 단대장으로 조촐하게 해달라는 건데 그게 왜 안 된다는 거야? 왜 못해주겠다는 거냐고? 교수가 학생을 지도하다가 죽은 거라고 했잖아. 그러면 공무 수행 중에 죽은 거 맞잖아, 아니야? 평교수도 아니고 학장이 공무 수행 중에 죽었는데, 왜 개인 가족장으로 치르라는 거냐고?"

사모님이 저를 붙잡고 이렇게 윽박지르며 따졌습니다. 저는 뭐라 딱히 대꾸할 말이 없었습니다. 제가 대충 둘러댄 말에 발목이 잡혀 닦달을 당하고 있는 것이지요. 짐작이 가는 바는 있으나 그걸 말할 수는 없었습니다. 허 교수님이 학생 지도를 하다가 죽은 건지, 또 그게 공무 수행에 해당하는 건지, 저는 정확히 아는 바가 없었습니다.

저야말로 비명횡사하셨을 망자에게 욕하고 따질 게 많은 사람입니다. 저는 17년의 삶, 그것도 생때같은 한 시절을 망자에게 통째로 소신공양하듯이 헌신한 사람이니까요.

일개 시간강사 신분으로서 고향 선배이시자, 같은 문인이시자—저는 주류 중앙지 신춘문예로, 허 교수님은 비주류 문예잡지로 등단했는데, 제가 2년이 빠릅니다—어쨌든 지난 17년 동안 저를 강사로 써주시며 미래를 약조해 주신 망자인지라, 단과대학장(單科大學葬)으로 모셔야겠다는 일념으로 사실을 은폐·왜곡하고 양심까지 팔아가며 최선을 다했습니다. 물론 그분의 명예를 더럽혀서 제가 얻을 수 있는 것이 없기에 선한 거짓말을 한 측면도 있습니다.

제가 나름 문명(文名)을 얻은 시인인지라 제 거짓말이 학무처장과 교무부총장에게까지는 잘 먹혔습니다. 실세 교무부총장님까지 믿은 제 말을 누가 검증하려고 덤벼들겠습니까.

그런데 느닷없이 소속 학과의 교수들이 학무처장과 부총장을 제치고—대학에서 교수들이 조직의 계통과 위계질서를 무시하는 경우는 다반사입니다—총장님을 찾아뵙는 통에 거짓말이 들통나게 되었고, 학교장과 단대장 사이에서 오락가락하셨던 총장님의 고민이 가족장으로 결론지어진 것입니다.

저는 허삼락 교수 살아생전에는 그 앞에서 감히 숨조차 제대로 못 쉬던 교수들이 총장님에게 개떼처럼 몰려가 '17년의 실체적 진실'을 고했다는 말을 듣고는 하이에나가 따로 없구나, 생각했습니다.

사모님은 제가 대충 둘러댄 거짓말을 사인(死因)으로 알고 계셨기에—

어쩌면 그렇게 믿고 싶었을 것입니다—저를 윽박지르고 학교 측에 난동을 부리기까지 한 것입니다. 그러나 저는 고교 국어 교사 출신으로 허 교수와 30년 넘게 살아오신 사모님께서는 '17년의 실체적 진실' 따위보다 더한 것도 알고 계실 것이라 믿고 싶습니다.

중석대 교수에 임용된 이후, 거의 17년 가까이 매 주마다 1박 2일짜리 세미나를 꼬박꼬박 다녔을 텐데 모르셨을 리가……. 아, 그러고 보니 사모님께서 조교 사무실을 급습해 여조교의 머리끄덩이를 잡으신 적도 있었네요.

하지만 다 알고 계신다 해도 사모님께서는 망자와 부부의 명예를 위해 게거품을 물 수밖에 없었겠지요.

2

세초(笹草) 허삼락(許三樂) 교수는 중석대학교 실용문예창작학과 개설자이자 인문예술대학 초대 학장이십니다. 호(號)인 세초는, 인간은 세상의 잡풀 같은 존재인데 자신도 이와 같다, 라는 뜻에서 세초(世草)로 지었다가, 이상한 오해를 받은 사연이 있어 세초(笹草)로 바꿨다고 하셨어요. 하지만 학과 학생과 교수 들에게는 세초가 아닌 허틀러라는 별명으로 불렸어요.

허 교수는 18년 전 국어국문학과 신규교수로 임용되자마자 혹독한, 아니 치욕적인 신고식을 치르고 가까스로 자리를 잡았으나, 곧바로 자신이 전직 주류 중앙지 주재기자 시절에 확보한 다종다양한 정보와 인맥을 바탕으로 빼어난 로비 역량을 발휘하여 교육부로부터 실용문예창작학과 신설 인가를 받아냈고, 그때부터 줄곧 학과 창업주이자 터줏대감으로서 중석대 전대미문의 절대 권력을 행세했습니다. 마침내 지난해에는 구조 변경을 통해 인문사회대학에서 인문예술대학으로 개칭한 단과대학의 선출직 학장에 오르는 영예까지 거머쥐셨고요.

선출직 학장이라고는 하지만, 해당 단대의 소속 교수들끼리 연차에 따라 돌아가면서 품앗이하듯 하는 일종의 명예직 같아서 별 의미는 없었어요. 그러나 실용문예창작학과 신설에 따른 공적과 선임교수로서의 파워는 가공할 만한 것이었습니다. 그 기세가 오죽하면 허틀러이겠습니까.

당시 교육부는 국가 수익에 도움이 안 되는 인문·사회 계열 중심의 증과증원은 가능한 한 틀어막고, 이·공대 중심으로 증과증원을 인가하되, 특히 나라의 IT 기술 발전을 위해 공대의 증과증원에 주력하겠다는 방침을 발표한 시점이었습니다. 그래서 국어국문학과 소속의 허 교수가 실용문예창작학과 신설을 호언장담하고 다닐 때, 다들 팔순 노파를 임신시키겠다는 사기꾼이라면서 비웃었더랬습니다. 특히 전공이 같다는 이유로 사실왜곡까지 해가며 허 교수 임용을 결사반대했던 국문과의 정의명 교수가 그 선두에서 비웃었지요.

아무튼 등록금 환원율로 따질 때, 인문·사회 계열은 칠판과 분필만 투자하면 떼돈을 벌 수 있는지라 학과 신설과 증과증원이 기형적으로 늘어났고, 실험실습 투자와 인프라 구축비용이 따르는 이·공대, 특히 공대—물론 PC만 사면 되는 컴퓨터 관련 학과들은 유사 학과가 다섯 개까지 생기기도 했지만요—는 전반적으로 쪼그라들게 된 것입니다.

중석대도 한때는 컴퓨터 유관 학과들이 죄 공대 소속이었는데, 컴퓨터공학과·경영공학과·IT전자공학과·정보통신공학과·정보보안학과 등으로 명칭을 분개(分介)하여 해당 모집인원만도 230여 명에 이르렀지요.

아무튼 이렇듯 어려운 환경 속에서 불세출의 로비력으로 당당히 실용문예창작학과를 만든 허 교수는 학과 생존·운영·발전에 관한 전권을 틀어쥐고 절대 권력을 행세하게 되었던 것입니다. 본래 대학이라는 것은 실체가 없고 학과가 실체이기 때문에, 실체가 있는 학과의 실세 교수는 아무리 소유주가 명백한 사립대학이라고 할지라도 경우에 따라 무소불위의 막강한 힘을 가질 수도 있답니다.

대학이 교수와 직원의 신분 차이―교수에 따라서는, 또 대학에 따라서 상전과 머슴의 관계로 설정하기도 한답니다―와 위계를 중요시한다면, 학과는 임용 순으로 교수들의 서열을 절대시하기 때문에 퇴직을 하거나 죽지 않는 한 허 교수는 실문과의 명실상부 살아계신 유일신입니다. 실문과가 한창 잘 나갔던 10년 전에는 그분 밑으로 네 분의 정년트랙 교원과 두 분의 비정년트랙 교원이 있었는데, 모두 허 교수의 '간택'을 받아 응분의 사례를 치르고 임용되었어요.

저는 강의전담 강사로 비정년 중 한 명이지요. 물론 교수 선발 및 임용권은 학교법인 금기태 이사장에게 있었기에 허 교수가 선발·임용할 권한은 없으나, 학과의 사정을 들어서 이를 훼방 놓거나 반대할 권한은 있었다고 볼 수 있습니다. 학과 정년트랙 교수들은 이런 권한을 가지고 있기에 법인이 함부로 깔보기가 힘듭니다. 전직 기자 출신에, 교육부 간부들에게까지 영향력을 행세하는 분인지라 이사장으로서도 허삼락 교수를 여타 교수들처럼 대놓고 핫바지 취급을 하지 못했지요. 바로 이런 점을 소문으로 접한 저를 비롯한 뭇강사들이 허 교수를 떠받들며 목을 맸던 것이고요.

임용 관련 기밀에 대해서는 개인 프라이버시 등의 이유로 서로들 말을 안 해 알 수 없지만, 허 교수가 일정액의 중개 수수료를 받아 챙겼으리라는 것은 우리 업계의 공공연한 비밀입니다. 저는 허 교수의 고향 후배로서 개인비서이자, 집사이자, 머슴인지라―혹자들은 저를 채홍사 또는 청소부로 의심하지만 그건 음해이지 사실이 아닙니다―이 공공연한 비밀에 관한 물적 증거까지 가지고 있는 사람입니다.

시인이라서 일체만물을 사랑하고 아끼는 허 교수는 자신의 비좁은 연구실에 구관조 한 마리와 화초들을 잔뜩 들여놓고 제게 관리를 맡겼습니다. 맡길 때, "이 구관조와 저 화초들을 나인 양 생각하게"라고 했지요. 시상(詩想)의 원천이니 잘 관리하라고 했어요. 그때 구관조가 저를 보며, "나인 양 생각해"라고 지껄여댔던 기억이 생생하네요.

저는 밉상이지만 때로는 유용한 정보원이 되어준 구관조를 '정화조'라고 불렀습니다. 가끔 허 교수의 천박한 욕설과 정체불명의 신음을 흉내 내곤 했기 때문이랍니다.

제가 지금까지 일방적으로 허 교수를 헐뜯었습니다만, 단점만 있는 분은 아닙니다. 여타 엉큼하고 지저분한 교수들과 다르게 성격이 똑 부러지고 화통한지라 매사에 맺고 끊는 게 확실합니다. 내숭이 없어요. 시인임에도 외포와 내연이 여일합니다. 앞에서 하는 말과 뒤에서 하는 말이 서로 다르다거나, 뒷구멍으로 호박씨를 까다가 느닷없이 동료 교수나 학생들을 엿 먹인다거나, 교외(校外)에서 뒷담화질을 해 졸업한 제자들을 기분 상하게 하거나 곤경에 빠뜨리는 일도 없어요.

문제가 있으면 그 자리에서 즉각 다 해결하십니다. 한입 가지고 두말하는 것이 교수 사회의 고질병이기도 한데, 허 교수는 이 병이 없었지요. 화나면 불러서 호통을 치거나, 못마땅하면 면전에 대고 곧장 고성과 욕—쌍욕은 하지 않았습니다—을 내질렀습니다. 제자들에게만 그러지 않고 학과 소속 교수들에게도 공평하게 그랬습니다.

저는 허 교수에게 워낙 각별한 취급을 받는 사람인지라 조인트를 까이기도 했습니다. 그래서 불만을 가졌었냐고요? 아니요, 전혀……. 마조히스트는 아니지만, 각별한 애정 표현으로 알았습니다. 저는 오직, 허 교수의 비명횡사가 미치도록 안타깝고 불만스러울 따름입니다.

허 교수의 표리 동일은 구관조의 입을 통해서도 입증이 가능합니다. 앞서 말씀드린 구관조와 화초들의 관리자 부(副)는 조교이고, 저는 정(正)입니다. 최종 관리 책임자가 저라는 말입니다. 요즘 젊은 조교들은 자유분방하고 예측불허인지라, 구관조의 먹이를 주고 똥을 치우거나 제때 화초에 물을 주는 일에는 소홀하기가 그지없습니다. 어쩌다 주의를 당부하면, "그게 조교 업무 소관인가요?"라고 묻기도 합니다. 그래서 제 업무 소관이 된 겁니다.

— 들러리, 들러리!

— 어려워, 어려워!

구관조가 2학기 말이나 겨울방학 중이면 종종 이런 말을 지껄였는데, 처음에는 무슨 소리인지 알아듣지 못해서 마냥 기분이 나빴어요. 아무리 새라고는 하지만, 밥 주고 똥 치워주는 사람에게 할 말은 아니잖아요.

그러던 어느 날, 허 교수가 통화를 마칠 때까지 기다리며—목소리가 폭포수인 양 워낙 우렁차십니다—연구실 문밖에 서 있던 저는 마침내 그 뜻을 알게 되었어요.

— 당신은 들러리요, 들러리. 그러니 지원해봤자 소용없소. 어려워요, 어려워.

— 글쎄, 그 정도 가지고는 어렵다니까. 좀 더 써야지.

그러니까 실문과 지원자들의 교수 임용 가부는 정화조에게 물어보면 알 수 있는 겁니다.

허 교수는 추간판탈출증으로 군 미필자라고 알려져 있는데, 어찌된 노릇인지 실문과는 군대 문화에 입각한 상명하복 체제로 일사불란하고 일목요연하게 운영되었습니다. 그리고 보니 중석대에서 그의 허리에 문제가 있다는 사실을 믿는 바보가 있을까요.

통상적으로 진리와 학문을 다루는 대학에서는 자율성과 다양성을 으뜸으로 친다고 하는데, 실문과만큼은 상명하복과 일사불란이 모토였습니다. 마치 검사 동일체 원칙처럼 실문과는 교수 동일체 원칙으로 작동했습니다. 또 당이 결정하면 우리는 따른다, 식이었는데 허 교수가 당이었어요.

저도 우연치 않게, 아니 어쩔 수 없어 학과 회의에 몇 차례 불려가 참석
해본 적이 있는데—이 경우는 공식을 가장한 대의명분이 필요하다거나,
억지 주장을 하던 허 교수가 불리할 때 바람잡이와 자기편을 끌어들이기
위해서랍니다—참석자 개개인의 의견을 일일이 묻기는 합니다. 하지만
허 교수가 먼저 "나는 이런저런 이유로 이렇게 생각하오"라거나, "나는 이
게 옳다고 보지는 않지만, 학과 발전을 위해서는 이렇게 할 수밖에 없다
고 봐"라고 자기 생각 내지 가이드라인을 제시한 뒤에, "당신은 어떻게 생
각하세요?"라며 다중이 아닌 특정 상대를 콕 집어 정중하게 묻는 식입니
다. 자기 생각을 감추고 대충 묻어갈 수 없는 방식입니다.

그러면 누구나 표정관리를 하며 우물우물하다가 끝내 허 교수의 주장
에 동의를 하게 되지요. 부동의를 하면, "내 가치관에 문제가 있나?", "내가
사심이 있단 말이지?"라고 반문을 하며 그 자리에서 불편한 감정을 극단
적 방식으로 표명합니다. 가장 불편할 때는 크아악! 하고 가래침을 긁어
모아서는 드르륵, 쾅! 하고 창문을 연 뒤에 퉤엣! 하며 뱉어낸답니다. 그것
도 서너 차례…….

누가 이런 모욕적이고 혐악한 꼴을 보고 버틸 수 있겠으며, 당하고 싶
겠어요. 때문에 실문과는 개인의견 또는 소수의견이라는 게 애당초 없습
니다. 그런 의견들은 허 교수의 가래침만도 못한 거예요.

하지만 허 교수는 다들 한자리에 불러서 각자의 의견을 빠짐없이 듣고
반영하므로 민주적 절차를 가장 잘 준수하여 운영하는 중석대 유일의 학
과가 실문과라고 자랑을 했어요. 학과 운영의 원칙이 만장일치라고 했어
요. 이 민주적 절차의 요건을 갖춰주기 위해 교수들은 회의 소집 불응 및
불참은 감히 상상조차 할 수가 없었답니다. 불참하면 난리 블루스가 벌어
지지요. 이러니 허틀러가 아니겠습니까. 학회는 빠질 수 있어도 학과 회의

는 빠질 수 없었지요.

허 교수는 실문과 주비위원장으로 시작해 장장 10년 동안 학과장을 했습니다. 학과의 모든 의사결정은 학과장 권한이었어요. 10년 동안 학과의 기틀을 잡은 허 교수는, 장기집권을 하면 학과 발전에 도움이 안 된다는 말도 안 되는 이유를 들어 스스로 학과장 직을 '선위(禪位)'했습니다. 하지만 차기 학과장부터는 무늬만 학과장이었어요. 학과장이 왕명을 출납하는 도승지인 양, 허 교수의 뜻을 전달·이행하는 '꼬붕'이 된 겁니다. 그러니까 실문과는 허삼락 교수의 사유물이었어요. 허 교수는 꼭 어린애들 소꿉놀이하듯 절대 권력을 맘껏 즐기며 학과를 쥐락펴락했어요.

3

허삼락 교수는 자신의 포스와 카리스마가 성실하고 탁월한 연구 역량과 자상한 수요자 중심 교수법에서 나오는 것이라고 자화자찬했어요. 대학에 와보니 교수들이 탱자탱자만 할 뿐 공부를 너무 안 한다고, 안 해도 너무 안 한다며 혀를 차고는 했지요.

그는 특히 옆방 수학과 모 중견교수를 경멸했어요. 딱딱, 바둑알 놓는 소리와 기성(奇聲)이 들릴 때면 욕을 하며 심지어 부들부들 치까지 떨었어요. 연구실을 가른 벽이 부실한 샌드위치 패널 칸막이인데, 허구한 날 연구실에 들어앉아 배달 음식을 시켜 먹어가며 이 교수 저 교수 불러들여서는 내기 바둑이나 두고, 짬짬이 야동을 보느라 그런 소음이 끊이지를 않았던 것이지요.

허 교수는 특히 기성에 시달려 악에 받힐 때면, "야, 저 변태 같은 색마 새끼에게 이 이어폰 끼고 들으라고 해라"라며 자신의 이어폰을 제게 내밀기까지 했답니다. 아마 그 교수도 이 욕설은 들었을 겁니다. 그러면 뭐하나요. 달라지는 것이 없는데…….

실제로 허 교수는 연구실적으로 한국학술진흥재단과 법인 이사장 상을 각각 두 차례나 받았고, 학기마다 실시하는 교수강의평가에서는 연속 1등을 열두 차례나 한 바 있습니다. 대단하지 않아요? 그러니까 옆방 교수가 연구실에 앉아 바둑이나 두고 침 질질 흘려가며 야동이나 볼 때, 허 교수는 주구장창 연구만 한 셈입니다. 물론 허 교수도 짬을 내서 야동 시청을 능가하는 짓을 하기도 했지만요.

연구논문은 한 달에 한 편 꼴로, 시는 다섯 편 꼴로 썼고, 학부 학생들을 대할 때는 마치 자상하고 인심 좋은 할아버지가 손주 다루듯 했어요. 임용 초기 국어국문학과에서 겪은—부정 임용이니 자진 사퇴하라는—트라우마 탓인지, 소속 학과 학생들과는 절대 갈등이나 마찰을 일으키지 않았어요.

하지만 대학원생들에게는 저승사자이자 슈퍼 갑이었습니다. 직접 보고 들은 것도 있지만, 실제 그 밑에서 석사과정을 한 제 고모의 말에 의하면, 그분의 언설이나 학설이 곧 정설이자 진리였다고 합니다. 강의 중 들은 학설이 너무 요상해 반박도 아닌, 토를 좀 달았을 뿐인데 '업무방해죄'로 과락 점수를 줬답니다. 허틀러를 모독했으니, 대가는 치러야겠지요.

아무튼 허 교수는 수상소감을 밝히는 자리에서 교수의 역할과 사명이 연구·교육·봉사인 만큼 이를 잘 수행해야만 정상적인 교수라고 했어요. 저의가 의심되는 이 발언으로 시상식 자리에 참석한 '비정상적인 교수' 하객들이 불편해하기도 했습니다. 그분은 늘 자신이 교수로서 원칙과 기본에 충실한 표본임을 트레이드마크로 내세웠습니다.

허 교수는 또 등단 시인이잖습니까. 본래 실문과이기 때문에 시도 연구논문으로 쳐주는데, 문예는 단연코 학문이 될 수 없다면서 점수 환산을 거부했어요. 헌 고무신과 엿은 엿장수 마음대로 맞교환이 가능하지만, 시는 창작물이고 논문은 연구 성과물이기 때문에 서로 가치 환산 자체가 불가능하다는 겁니다.

교수와 시인으로서의 자부심이 각각 엄청 큰 까닭이기도 했겠지만, 아마도 그보다는 서정시와 연애시 나부랭이를 연구실적에 욱여넣어야 겨우 책정 점수를 채울 수 있는 국문과의 정의명 교수를 염두에 두고 몽니를 부린 게 아닌가 싶기도 합니다.

정 교수는 시인이 시면 됐지, 뭔 연구논문이 필요하냐고 하는 분이었거든요. 그러니까 교원과 시인을 동일체로 보시는 분이었던 것입니다.

고등학교 때 공부 안 하던 애가 대학 와서 죽어라 공부하면, 진짜 머리가 나쁘지 않은 경우에 웬만하면 과 톱을 하잖아요. 허 교수도 이처럼 연구논문으로 SKY대 출신 교수들을 제압했어요. 양이 아닌 질로 따져보고 싶은 교수도 있겠지만, 공식적 또는 공정한 평가 기준 자체가 없어 질로 따지기가 어려울뿐더러 학계에는 질을 따질 만큼 질이 좋은 논문을 쓰는 교수도 드문지라—만약 질 좋은 논문들이 많다면, 자기들끼리 우열을 가려야 하기 때문에 당연히 질을 따질 기준을 만들었겠지요—허 교수가 연구와 학부 학생들과의 '관계'만큼은 중석대에서 단연 으뜸이었습니다. 물론 지역사회에 이것저것 간여하는 프로젝트도 많아 봉사 부문에서도 탁월한 업적을 쌓았고요.

허 교수가 시인이라고 했잖아요. 아참, 잊어버리기 전에 허 교수가 왜 저항시인이 됐으며, 세초라는 호를 짓게 된 것인지 배경을 말씀드려야겠네요. 아니다, 이분이 어떻게 해서 등단을 하게 됐는지부터 말씀드리는 게 순서겠네요. 허 교수가 전직 중앙 메이저 신문 주재기자 출신이라고는 이미 말씀드렸지요.

우리 시단을 좌지우지하는 서정시의 거두(巨頭)께서 인근 평주시에서 초청 특강을 마치고 뒤풀이하는 자리에 만찬을 주관한 시장이 동명일보 중부 지부장 허삼락을 불렀답니다. 거두의 기행과 말발을 혼자서 당해내기는 힘들다고 판단한 시장이 원군으로 불알친구이자 초등학교 동창인 허삼락의 도움을 요청한 것이지요.

거두는 만찬자리의 밥상머리에서는 이성적이고 지적이고 신사적이었으나, 뒤풀이 술상머리에서는 끓어 넘치는 감성과 욕정과 정열을 주체하지 못했습니다. 거두의 천변만화 같은 주사는 '병권'을 쥔 시장이 도를 넘지 않는 선에서 겨우겨우 컨트롤했으나, 성인지 감수성 하자에서 촉발된 문제는 속수무책이었지요. 허삼락 기자는 그날 뒤풀이 자리에서 거두가 아닌 '거구(巨狗)'의 기행—악행이 맞는 말이지요—을 통해 일생일대의 새롭고 충격적인 경험을 했답니다.

이튿날 늦은 오후까지 숙취로 헤매고 있는데, 허 지부장의 휴대전화에 모르는 부재중 전화번호가 찍혀 있더래요. 확인 결과, '02'로 시작하는 똑같은 일반전화번호가 다섯 차례나 찍혀 있기에 그 번호를 눌렀답니다.

"여어, 우리 허삼락 지부장님. 어제는 만나서 정말 반갑고 즐거웠소이다. 데자뷔 때문인지 처음 만난 분 같지 않게 오랜 지인 같은 친밀감이 들어서 좋았소."

기다렸다는 듯이 잽싸게 전화를 받은 상대가 뜬금없는 '데자뷔'를 들먹이며 너스레를 떨었는데, 곧 겸양을 넘어 비굴함이 느껴지는 말투로 주절댔다지요.

"누, 누구……? 아, 선생님이시군요."

허 지부장은 뒤늦게 상대가 전날의 거구라는 것을 알고 더욱 당황스러웠답니다. 한데 거구가 뜬금없이 시 네댓 편을 보내달라고 했다는 거예요. 어제 동석했던 자신의 제자—술자리가 파할 때쯤 수행비서인 양 나타나 거구를 모시고 간—를 보내겠다면서……

허 기자 본인이 술자리에서 고교 시절 문예반을 잠깐 했고, 그때는 장차 시인이 되는 것이 꿈이었다는 말을 안주 삼아 주절댄 바는 있으나, 아직도 그 꿈을 가지고 있다고 한 바가 없었다는데 말입니다. 아무튼 거구는 술자리에서 시인의 자질을 엿봤다면서 사양하지 말고 시 몇 편을 보내달라고 했답니다.

허삼락 기자는 거구의 파격적 주사로 불쾌했던 당시 심정과, 그간 사건 사고 현장을 취재하며 겪은 인간사 풍파 대여섯 가지를 버무려서 뒷담화인 양 지어 보냈답니다. 일장풍파를 떠올려 불쾌했던 심정에 담그니, 풍파는 가사요, 심정은 가락이 되어 그럴싸하게 짠하고 구성진 시 모양새를 갖춘 것 같았다지요. 그래도 창피해서 망설이고 있을 때, 제가 와서 '반강제'로 빼앗아간 것이랍니다.

그러고 나서 이틀쯤 지났을 때, 이번에는 술자리에 동석했던 여자가 그에게 전화를 걸어왔답니다. 술자리가 파한 뒤에 거두에게 성폭행을 당했다고, 그날 받은 명함을 보고 제보하는 것이라고 하면서요. 그는 본의 아니게 성폭행의 자초지종을 아랫도리가 뻐근해질 만큼 디테일하게 취재했으나, 기사를 쓰지는 않았답니다. 풍류를 아는 대인배가 쓸 기사가 아니라고 했어요.

솔직히 저는 그날 무슨 일이 있었는지 알지 못합니다. 술자리가 파하고 일행과 헤어지자마자 스승님께서 당신을 모시려고 대기하고 있다가 온 저를 먼저 보내셨거든요. 흔히 겪는 일이지요. 그렇다고 해서 안 오면 다음 날 개난리가 났어요

이렇게 해서 1993년 여름, 기자 허삼락은 제 손길을 거친 뒤에 스승님께서 직영하시는 문예지로 추천을 받아 시인이 되었습니다. 사회 부조리와 모순을 현장감 있게 다룬 시로써 등단을 하게 된 것입니다.

제가 떠받들어 모시는 거두께서 자신의 과한 기행이 왜곡·과장되어 기

사화될까 봐, 당시 허 기자의 시 등단을 뇌물로 제공한 것이지요. 제가 그 거두의 직계 애제자입니다.

허 교수는 급작스레 시인이 됐으나, 시는 별로였어요. 그래도 거두의 추천으로 당당히 시인이 된 허 교수—당시에는 주재기자였지요—는 이전까지 취재를 한 후에 기사를 쓰고 남은 여담이나 넋두리는 술에 타서 마셔버렸는데, 이후에는 이런 것들을 비유나 상징 등으로 적당히 버무려서 시로 만들게 된 것입니다. 그러니까 그분의 시는 서민들이 마시는 막걸리나 소주 같았는데, 관념이 아닌 현장에서 탄생한 것이기에 그럴 수밖에 없었다고 봐야지요.

레거시 극우 언론지 기자에서 일약 저항시인으로의 신분세탁—본인은 환골탈태라고 하더군요—은 이렇게 해서 이루어진 것입니다. 호를 세초로 지을 수밖에 없었던 사연이지요.

허 교수는 실문과 신설에 따라 연구실을 이공대 건물인 소피관으로 옮길 때, 친분이 있는 서예·캘리그라피학과 교수에게 부탁을 해서 '見利思義(견리사의)'를 써달라고 했대요. 장차 사적 이로움 앞에서 의를 추구하는 교수가 되겠다는 것과 의를 저버리고 자신을 공격했던 국문과 교수들의 가증스런 만행을 영원히 잊지 않겠다는 의미에서였다나요. 아무튼 그 원한은 골수에 사무치나 어떤 이유에서인지는 모르겠는데 보복은 하지 않겠다고 했답니다. 역시 대인배 닮은 풍모가 있다니까요.

그분은 국문과 교수들을 피해 연구실도 당시 인문사회대에서 이공대 건물로, 수학과 교수들의 연구실이 다닥다닥 붙어 있는 옆 동 2층으로 옮겼어요. 수학과에서 정년을 마치고 명예교수까지 한 노교수가 떠나면서 빈 연구실이 생겼는데, 그 방으로 간 것이지요.

물론 허 교수처럼 자기 연구실을 소속 단대를 바꿔가면서까지 옮기고 싶다고 해서 학교가 그에 응해 배정해 주지는 않아요. 학과 편제도 그렇고, 연구실 배정도 그렇고 나름의 학교 규정이 있거든요. 그러나 금상조 총장과 막역하고 금기태 이사장과 배짱이 맞는 허 교수는 아예 학교 규정을 바꿔버렸답니다.

그런데 연구실을 이사하고 나서 정말 웃지 못할 일이 생겼어요. 옆 방 수학과 모 교수가 이웃이 된 걸 환영한답시고 초코파이 한 상자를 들고 찾아와 기웃거리다가 그 편액을 보고는 대뜸 이렇게 말했답니다.

"오우, 우리 허 교수님. 저항시인이라시더니, 사회주의자신가 봐."

허 교수는 느닷없이 내방한 생면부지의 교수가 자신을 빨갱이라고 하는 바람에 당황했대요. 그러자 더 당황한 그 교수가 뒷수습이랍시고 말하기를, "자본주의는 이윤, 사회주의는 의리잖아요. 우리는 이윤을 나눌 사이는 아니니까, 의리 있게 지냅시다"라고 했다는 겁니다. 사자성어만으로도 사상 검증을 해내는 그 교수도 고교 시절 문학청년이었노라며 호감을 표했답니다.

그 자리에 우연히 저도 있었는데, 정말 황당했어요. 나중에 알고 보니, 그날 옆 방 교수가 한 말은 헛말도 농담도 아닌, 진담이었습니다. 극우 이념을 상수(常數)로 삼고 세상을 자기중심의 가치관으로 살아가는 골수 '파랭이'였던 거죠. 바로 이분이 허구한 날 바둑과 야동으로 허 교수로부터 분노와 욕설을 끌어내는 분입니다.

오뉴월 땡볕에 쪼그리고 앉아 잡초를 뽑는 청소 아주머니 엉덩이를 보고는, 양팔을 한껏 벌려 허공에다 그 모양새를 본떠 과장되게 그리면서 "히야, 집에 신랑이 무지하게 좋아하겠어"라고 개소리를 지껄이는가 하면, 임용 인사차 내방한 신임 여교수의 용모를 핥듯이 뜯어보다가, "히야, 신랑이 수지맞았네. 무지하게 좋아하겠는데……"라는 개수작을 내뱉는 저질인데, 나중에 알아보니 천성이 그런데다가 건장한 체구를 받쳐주지 못하는 거시기 콤플렉스 때문에 생긴 못된 습관이라고 했어요. 연구실에서 옆 방 신경 쓰지 않고 야동을 즐기시는 이유를 알겠더라고요.

이 황당한 사회주의 발언을 듣고, 한편으로는 불쾌했으나, 다른 한편으로는 남의 허물에서 깨달음을 얻는 허 교수가 그 야동 교수의 오해와 오인으로부터 벗어날 두 가지 나름의 방책을 마련했답니다. 자신은 인간 세상의 하잘 것 없는 잡풀, 즉 민초(民草)라 하여 지은 세초(世草)가 아니라, 쓸모 있는 풀이라는 세초(笹草)—'笹'는 조릿대 세랍니다—로 호를 바꾸고, 창간을 준비하던 시 전문 문예지의 제호도 당초 『시와 생활』에서 『시와 환희』로 바꾼 것입니다.

그즈음 허 교수의 '꼬붕'이 된 저는 '환희'는 뭔가 좀 에로틱한 싸구려 느낌이 있으니 『시와 향유』로 하자고 건의했지만, 묵살당했습니다.

4

이제 이쯤에서 제 얘기도 해야겠네요. 제가 지금 왜 여기에 있게 됐으며, 어쩌다가 허삼락 교수와 엮이게 됐는지는 어느 정도 아실 것 같으니, 왜 꼬붕이 되었고 꼬붕이 될 수밖에 없었는지를 말씀드릴게요.

우리나라 마성적 트리비얼리즘 서정시계의 태두이시자 강단 문학의 으뜸 원로이신 제 은사님께서 제 고향인 평주시에 초청받아 오셨다가 취중 실수를 하셨고, 그래서 제가 그 뒤처리를 돕다가 허삼락 지부장과 가까워지게 된 것입니다. 앞서 말씀드렸듯이 그의 등단시도 제 마사지를 받았고요.

그러다가 1년쯤 지난 어느 날, 허 지부장으로부터 본인이 교수가 됐다는 연락이 온 겁니다. 정말 뜻밖의 소식이었어요. 하늘의 별따기보다 어렵다는 전임교수직인데, 수박 서리하듯이 된 거예요.

제가 즉각 방문해서 경하 드리겠다고 하니, 지금은 임시나 마찬가지이니 내년에나 찾아오라고 하더군요. 저는 그 말뜻을 나중에야 알게 됐지요.

그로부터 다시 1년 남짓 지났을 때, 은사님께서 저를 불러 "너는 지금부터 무조건 허 교수 불알을 붙잡고 늘어져라" 하고 하명하셨어요. 중석대에 실용문예창작학과가 생겼는데, 신설 학과이니 반드시 교수 수요가 있을 것이다, "내가 뒤에서 힘껏 밀 테이니 너는 그의 머슴이 되어 견마지로 하라"고 당부하셨어요. 허 교수가 실문과 주인이자 실세인데, 이제부터는 그가 은사님을 더욱 깍듯이 모실 수밖에 없을 터이니, 은사님의 입김이 미칠 수밖에 없을 것이라고 하셨습니다. 기자 시인일 때는 은사님을 소 닭 보듯 할 수도 있었지만, 교수 시인이 되었으니 더는 그렇게 할 수 없게 된 것이지요. 같은 제도권 소속이 되었기 때문입니다. 그래서 허 교수는 은사님과 원앙 관계가 된 거예요. 은사님 말씀이 허언은 아니셨어요.

그러다 제가 중석대 강사로서 첫 학기 강의를 하던 중에 어쩌다가 우자광이라는 대학원생을 알게 됐습니다. 국문과 조교 말년인 그는 같은 과에서 박사과정 중이었어요.

허 교수가 국문과 임용 초기 음해 공작에 빠져 허우적댈 때, 그 우자광이 허 교수를 구출하기 위해 견마지로 했는데 나중에 팽을 당했다는 얘기를 들은 것이지요. 허 교수가 그를 교수로 만들어주겠다며 굳은 약조까지 했다는데, 정작 시간 강의조차 얻지 못했다는 얘기를 들은 겁니다. 저는 이때 '견리사의'가 허 교수의 좌우명이 아닌, '양두구육'의 위장용 양(羊)에 불과하다는 사실을 알게 됐습니다.

제가 파악한 결과—이런 분석은 보따리장사들에게 필수적입니다—허 교수가 우자광을 팽한 데는 두 가지 이유가 있는 것 같았어요. 먼저 국문과에서 겪은 치욕이 골수에 사무칠 원한이기도 하지만, 창피하고 자존심 상하는 그래서 감추고 싶은 과거라는 것도 무시할 수 없었을 겁니다. 명색이 교수가 새파랗게 젊은, 하찮은 조교 놈 따위의 도움을 받았다는 사실이 불편했던 것이지요. 누가, 자신의 치부를 알고, 또 약점을 꿰고 있는 조교를 곁에 두고 싶겠어요. 채권자를 곁에 달고 사는 거잖아요.

또 다른 하나는 집도 절도 없고 아무 배경조차 없는 고아를, 그러니까 더 이상 이용 가치가 없는 짐 같은 존재를 가까이할 이유가 없었을 겁니다. 강을 다 건넜는데, 나룻배를 들고 다닐 이유가 있겠어요. 들리는 말에 의하면, 문제의 우 조교는 법인 금기태 이사장의 큰형이 역에서 주워 길러주며 부려먹었던 고아라고 하더라고요.

남의 불행이 나의 행복이 되면 안 되는데, 세상살이가 어디 그런가요. 저는 우자광과는 처지와 형편이 크게 달랐어요. 우선 저는 대다수가 우러러 보는 S대를 나왔고, 고향이 이곳 안천 옆인 평주직할시였고, 이재에 밝아 일찍이 평주에서 기획 부동산으로 자수성가한 형을 두었거든요. 자수성가한 형이 저와 무슨 상관이냐고요? 제가 대학의 전임교수가 되는 것이 우리 형의 꿈입니다. 형은 제가 명실상부 S대 출신임에도 교수가 되지 못한 것을 두고 세상이 불가사의하고 불공정하다고 했어요. 취하면 세상이 썩었다고도 했어요. 저는 썩은 세상에서 부동산과 주식 투기로 돈만 많이 번 형의 자긍심이자 꿈이었지요.

이런 말까지 하고 싶지는 않지만요, 이 정도까지 까발렸는데 더 못할 얘기가 뭐 있겠습니까. 저는 S대를 나온 '죄'와 '실력'으로 허 교수 논문의 9.5할을 썼습니다. 논문뿐만이 아닙니다. 지방 문단에 발표하는 시도 허 교수가 초고를 쓰고 제가 마사지를 해줬지만, 중앙 문단에 발표하는 시는 허 교수가 주제를 잡아주면 제가 거의 쓰고, 허 교수가 감수를 했답니다. 예술가로서 하면 안 될 짓을 한 것이지요.

허 교수와 저는 띠 동갑인데요, 허 교수가 문화강좌 등을 통해 관계하는 아주머니들이 제 연배들입니다. 그러니까 한두 사람만 건너면 다들 연결이 돼요. 허 교수가 술 먹고 멍멍이가 되어 치는 '정사(情事) 사고'는 제 담당이라는 거죠. 이걸 사모님이 모조리 아신다면—아마 0.5할만 알고 계실 겁니다—저렇게까지 애통해하지 않거나, 창피해서 유족 노릇도 못할 것 같네요. 문상객을 맞이할 낯이 없을 거라는 겁니다.

허 교수가 저를 통해 얻을 수 있는 것은 이 세 가지뿐만 아니라, 자수성가한 제 형을 통해서도 덤으로 얻을 수 있는 게 있었답니다.

허 교수가 '시와 환희사(社)'를 손바닥 위에다 차릴 수는 없잖아요. 허 교수가 저를 바라보고, 제가 형을 바라보자, 형이 평주시에 소유하고 있는 건물 중에서 허 교수가 원하는 건물의 공간을 빼내 마치 개평을 주듯이 내줬어요. 저는 허 교수의 뻔뻔한 요구에 따라 인테리어와 집기도 형에게 부탁했고요.

형은 사무실을 내주고, 저는 편집 제작에 따른 교정·교열, 개문(改文)·윤문, 시평 등은 기본 업무이고, 급사 역까지 해야만 했습니다. 중앙 시단에서 잘 나가는 일류 시인인 제가 삼류 시인인 허 교수 앞에서는 은사님 말 그대로 상머슴에 불과했던 것이지요.

『시와 환희』는 세 편의 신작시로 세 차례의 신작 발표를 통해 등단을 시켜줬는데—세 편씩 두 번의 추천 절차를 거치자고 했으나, 그러면 잡지의 권위도 못 세우고 장사도 안 된다고 했어요—이 등단작들은 모두 제 손질을 거쳐야 했답니다. 발행인 겸 주간인 허 교수가 편당 게재료로 50만 원씩을 받았고요, 또 해당자들은 별도로 게재 잡지를 30퍼센트 할인가격으로 100부씩 사야 했답니다. 저와 나눠먹는 건 없었어요.

계간으로 발행했는데, 한 호당 세 명씩 등단을 시켰지요. 석사지도를 받던, 환갑을 앞둔 제 고모도 허 교수의 강권으로 이 계간지로 시인이 되었답니다.

이런 식으로 해서 12년 동안 ·├아낸 시인이 141명입니다. 중간에 사고로 한 번의 결간만 있었을 뿐, 『시와 환희』는 지금까지 계속되고 있답니다. 이 141명 중에 2명은 작품 역량이 빼어나 중앙의 시 전문 문예지와 신춘문예로 각각 등단을 하기도 했습니다. 물론 제가 약간 다듬어는 줬습니다. 신춘문예 본심 심사위원이기도 한 저는 '신춘문예 맞춤형' 시에 대해 나름대로 일가견이 있다고 할 수 있으니까요. 고액 논술 과외 교사가 SKY대 맞춤형 지도하는 걸 생각하면 이해가 되실 겁니다.

허 교수는 이 실적을 자신의 공인 양 내세워 평주시와 인근 지방도시의 시인 지망 중장년들의 세계에서 미다스의 손과 같은 존재로 통했답니다.

5

사모님이 가족실에서 장례 방식을 놓고 조문 온 학무처장과 옥신각신 생떼를 부리는 사이에 분향실에서는 예기치 못한 일이 터졌어요. 물론 저는 충분히 예기한 바 있었기에 종일 불안불안했지요.

꼭두새벽에 터진 비명횡사여서 유족과 학과 관계자들이 우왕좌왕하느라 부고가 늦었고, 게다가 한파와 폭설이 겹쳐 교통상황마저 여의치 않은지라 문상객들이 저녁 늦게야 하나둘씩 찾아오기 시작했는데, 의외로 그 숫자가 많지 않았습니다. 아무리 악천후라 해도 명색이 주류 신문 지부장 출신에다, 교수로서 학장까지 한 고인인데 조문객이 너무 적어 상조사에서 파견한 직원들이 의아해 할 정도였어요.

"야이, 허삼락이. 씨부럴! 니기미, 좆 까요. 누구 맘대로 뒈져!"

엄숙, 경건해야 마땅할 분향실에서 망자의 이름을 강아지처럼 부르고, 쌍욕이 터져 나오다니요. 한갓진 가운데 마른오징어채를 질겅질겅 씹어가며 사모님과 학무처장의 지루한 밀당 대화에 배석했던 제가 잽싸게 분향실로 달려갔습니다.

"허삼락! 이렇게 뒈질 거면 살아 있을 때 나한테나 잘하지, 씨발!"

망자의 이름을 자기 집 개 이름인 양 재차 소리쳐 부른 그가 달밤의 늑대처럼 웅크리고 앉아 울부짖어댔어요.

허 교수가 죽고 싶어서, 또는 죽으려고 해서 죽은 게 아닌 불의의 사고사인데, 무도한 문상객은 술 냄새를 뿜어대며 그가 비명횡사를 작심하고 선택이라도 한 양 생트집을 잡아가며 시비를 걸고 있었어요. 태어나서 처음으로 망자와 싸움질하는 놈을 보게 된 거예요.

저는 고인의 영정 앞에서 고개를 빳빳이 세운 채 술주정을 하는 이 기세등등한 패륜아가 누구인지, 또 어떻게 해야 할지 생각하느라 분향실을 기웃거리는 구경꾼들 틈에 끼어서 잔머리를 굴려야 했답니다. 누구 하나 선뜻 나서서 말리려는 사람이 없었기에—학과 교수들은 되레 즐기는 것 같기도 했어요—그 만취한 패륜아의 행패가 길어지고 있었어요. 패륜아와 눈이 마주친 사모님은 어찌된 일인지 슬그머니 자리를 피했어요.

"이렇게 돌아가실 건데 왜, 저한테 왜, 그러셨냐구요, 왜, 왜요, 왜?"

잔머리를 굴리던 저는 뒤늦게 그를 알아볼 수 있었습니다. 그를 알아본 저는 그의 처절한 울부짖음에 동병상련을 느꼈답니다. 응원이라도 해주고 싶었어요. 그래서 좀 더 놔둬볼까 하다가 아무리 그래도 망자에 대한, 또 유족에 대한 도리가 아니다 싶어 조교와 함께 힘을 모아 그를 밖으로 끌어냈습니다.

저와 조교가 실랑이를 하며 그 패륜 강사를 끌어낼 때까지도 실문과 교수들은 구경만 할 뿐 아무도 거들지 않았답니다. 심지어는 저와 눈이 마주치자 외면을 하더라고요. 정말 싸가지에, 의리라고는 눈곱만큼도 없는 인간들이었습니다. 이런 아비규환 속에서도 사모님은 망자의 명예가 아닌 유족의 명예를 지키고자 함인지 장례 방식에 대한 학교 측의 선처와 결단을 끈질기게 요구하고 있었답니다. 학무처장과의 담판이 결렬되자, 사모님은 실문과 교수들에게 다가가 다그치기 시작했습니다.

"다들 우리 집에 와서 굽실거렸던 얼굴들이네. 교수시켜 달라고 굽실거리던 분들이 그 양반 죽으니까 뻔뻔하게 나 몰라라 하시겠다? 너희들 교수 사회는 의리도 없냐? 은혜 갚는 법도 모르냐?"

허리를 짚고 선 사모님이 교수들에게 반말과 삿대질을 하며 내지른 독설이었는데, 도망치듯 빈소를 빠져나가는 학무처장도 들으라는 듯이 큰 소리로 내질렀어요. 김순녀 교수는 임용 초기 학교를 기습 방문한 사모님에게 머리끄덩이를 잡힌 악연이 있었기 때문인지, 사색이 된 얼굴을 양손에 묻고는 울먹이기까지 했어요. 멀뚱멀뚱한 표정으로 벽에 기대들 앉아 작벽상현(作壁上現) 하던 나머지 교수들도 화들짝 놀라 움찔하더군요.

여필종부도 아니고, 부창부수도 아니고, 아무튼 사모님에게서 생전 허삼락 교수의 성깔과 무도한 배포를 엿보는 듯했어요. 봉변을 당한 교수들은 잠시 후 서로서로 곁눈질을 교환한 뒤 슬금슬금 자리에서 일어나 게걸음질을 치며 밖으로 나갔어요. 교수들이 쫓겨나듯이 밖으로 나간 사이에 두 건의 해프닝이 더 벌어졌어요.

박사과정 중인 여학생 하나가 까르띠에 나노 백에서 직접 가져온 향을 꺼내 사르고는 영정 앞에 얌전히 쪼그리고 앉아 20분 동안 흐느껴 울기만 하다가 돌아간 겁니다. 유족들로선 '이건 또 뭐지' 하는 표정으로 그 여학생의 조신하고 의미심장한 조문을 지켜볼 수밖에 없었답니다.

저도 잘 아는 30대 초반 대학원생은 너무 오래 같은 자세로 쪼그리고 앉아 흐느꼈던 탓에 제대로 일어나지를 못해 허우적거렸어요. 그녀가 20분 동안이나 조의를 표할 수 있었던 건 워낙 조문객이 가뭄에 콩 나듯 드물었기 때문이었어요.

상주와 유족은 패륜아 조객으로부터 받은 충격이 남아서인지 허우적대는 여자를 보고도 꼼짝하지 않았어요. 결국 또 제가 가서 도와줬답니다. 부축을 받아 분향실을 나가다 말고 돌아선 여자가 다시 나노 백을 열어 담뱃갑 크기의 종이상자를 유족 앞에 부조물(扶助物) 건네주듯 내려놓고 갔어요.

"이게 뭐야?"

종이상자를 열어본 사모님이 고개를 갸우뚱하며 내용물을 딸에게 들이밀며 쉰 목소리로 묻더군요. 상자 안에는 말라비틀어진 누런 고무풍선 두 개가 뒤엉켜 있었어요. 저는 그때, 일찍이 10여 년 전에 겪었던 일이 불현듯 떠올랐습니다.

"여보게, 박박. 저 새장을 덮을 암막 커튼 좀 어디서 구할 수 없겠나?"

갑자기 저를 호출한 허 교수가 '정화조' 집을 가리키며 물었어요. 저는 손 뼘으로 새장 사이즈를 이리저리 잰 뒤에 곧장 터미널 옆 재래시장으로 달려갔습니다. 커튼 가게 다섯 군데를 돌고 다시 첫 번째 들렀던 가게로 가서 거금 5만 원을 주고 사정사정한 끝에 두건 모양의 새장 암막 덮개를 만들어다가 바쳤습니다.

그 당시에는 앵무새가 보면 안 될 짓을 저지르고자 암막 커튼이 필요했다는 사실을 까맣게 몰랐어요. 앵무새의 편안한 잠을 위해 어둠이 필요한가보다 했어요. 옆 방 교수가 야동을 보는 것조차 경멸한 허 교수였으니까요.

하지만 앵무새 눈만 가린다고 해서 끝날 문제가 아니었습니다. 피해 당사자가 학과의 유일한 여교수인 김순녀 교수를 조용히 찾아가 울고불고 하며 미주알고주알 자초지종을 털어놓았거든요. 김 교수가 연구실에서 어떻게 그게 가능한지를 묻자, 피해자가 그게 얼마든지 가능하니 믿어달라면서 몸으로 1인 2역을 하며 당시의 체위까지 재연하더랍니다.

김 교수는 자기도 익히 경험해 봤지만, 그 박사과정 여학생이 당했다고 고백, 아니 신고한 이야기는 듣고도 이해가 되지 않았답니다. 동료 교수 간에 있었던 성폭행 시비와도 성격이 달랐답니다. 벌건 대낮에 경량 칸막이가 벽인 연구실에서 순식간에 '뒤치기'를 당했다는 것인데…… 동물의 왕국도 아니고, 상아탑에서……. 도무지 상상이 되지 않더랍니다. 묵시적 동의 없이는 당할 수 없는 일이라고 생각한 것이지요.

어쨌거나 발언의 진위를 가리고 문제 제기를 위해서라도 질문해야 할 사항들이 있었으나, 민망하고 추접스러워 더 이상 확인용 질문을 할 수 없었다는 김 교수는, 부랴부랴 학과 교수들과 이 문제를 공유한 뒤에 대외적 공론화는 무리라는 자체 결론을 내리고 허 교수와의 긴급 면담을 신청했습니다. 이 자리에서 학과의 위상과 안위, 교수들의 명예와 품위 사수를 위해 지혜를 모으고 역할을 분담한 교수들이 해당 여학생을 구슬리고 설득해 해외 자매대학으로 유학을 보내는 것으로 일단락 지었답니다. 이 여학생은 지금 SAC(식스아츠칼리지) 강의전담 교원으로 있지요.

그런데 그렇게 일단락 지은 이후에 어찌된 일인지 앵무새 암막 커튼 얘기가 나돌게 되었고, 그놈의 암막 커튼 때문에 제가 성폭행 공동정범 내지는 방조범인 양 욕을 얻어먹게 되었다는 겁니다. 그러니 제가 어찌 잊을 수 있겠습니까.

한데 방금 전 종이상자를 건네고 간 여학생을 보아하니, 허 교수는 암막 커튼 사건을 치른 이후에도 서약과 달리 개과천선하지 못했나 보네요.

6

여전히 단대장(單大葬)을 고집하고 있는 사모님을 뺀 아들과 딸, 며느리와 사위는 어서 출상하기만을 기다리는 눈치였습니다.

그새 상복과 다름없는 검정 치마정장 차림을 한 또 다른 여학생이 영정사진 앞에 다소곳이 앉아 고개를 수그린 채 10분을 오롯이 울먹이다가 갔습니다. 그 모습을 본 사모님이 질투심 때문인지, 기가 막힌 때문인지 자리를 박차고 일어나 분향실을 나갔어요. 그러고 나서 얼마 지나지 않아 세 명의 늙수그레한 아저씨들이 어기적거리며 찾아왔어요. 구렁이 담 넘듯이 슬그머니 나타난 아저씨들은 인쇄 골목에서 온 사장님들이라고 했는데, 각자 지업사, 인쇄소, 제본소 사장이라고 자기소개들을 했어요.

처음에는 거래처 사장님들이 문상을 오셨구나, 하고 생각했어요. 그래서 감사한 마음에 분향실을 나와 빈소에 뙈리를 틀고 앉은 사장님들께 밥과 육개장이 담긴 쟁반을 직접 들고 가서 깍듯이 인사드리며 고마움을 표했습니다. 자세히 보니 낯이 익은 사장님들이더라고요. 그런데 제 인사에 대한 대꾸가 뜻밖이었습니다.

"우리 외상값은 이제 누구한테 받으면 됩니까?"

제본소 사장님이었어요.

"예?"

외상값이라니요…… 그것도 2년 치라니…….

저는 앞서 세 건의 감정적 사고와 성격이 다른, 전혀 예기치 못한 금적 사고에 당황하지 않을 수 없었습니다.

물론 일체의 돈은 허 교수가 직접 관리했기 때문에 거래 대금 결제와 얽힌 자세한 내막이야 알 수 없는 노릇이었으나, 제가 알고 있는 바에 따르면 허 교수가 거래처와 외상을 할 이유가 없어요. 계간으로 발행하는 『시와 환희』는 각급 유관기관으로부터 사업비 일부를 지원받았고, 필자들로부터 게재료도 받았고, 작은 돈이지만 여기저기서 광고비도 뜯어냈고요. 그리고 단행본으로 발간해 주는 시집과 수필집 등은 자비 부담 원칙에 따라 선금을 받고 진행했기 때문입니다. 주먹구구식으로 따져도 허 교수는 늘 남는 장사를 했습니다.

"인쇄업계에서 외상 거래는 없어졌다고 들었는데, 어떻게 된 일인가요?"

저는 어처구니가 없어서 하소연하듯이 물었어요. 1997년 IMF 외환위기 이후 업계의 외상 거래 관행이 사라졌다고 허 교수가 말했거든요. 그래서 발행 저자들로부터 선금을 받을 수밖에 없다고 했어요.

"교수님이시잖아요, 교수님!"

중석대 교수라는 신분과 신용을 믿고 외상 거래를 했다는 답이었어요. 교수가 외상값을 떼어먹는 경우는 있을 수 없다는 거죠.

인쇄 골목 사장님들로부터 전혀 예상치 못한 외상값 변제 문제로 닦달을 받고 있을 때, 누군가가 제 어깨를 툭툭 쳤어요. 돌아보니 심부름을 보냈던 학회장이에요. 저는 사장님들께 양해를 구하고 학회장을 따라 밖으로 나왔습니다.

"여기예요, 교수님."

사고 지점 사진을 휴대전화 액정화면에 띄운 학회장이 손가락질을 하며 말했어요.

"마티재 넘어가는 구도로입니다."

학회장과 동행했던 후배 강사가 사고 지점을 들여다보고 있는 제게 설명을 덧붙였어요.

마티고개로는 급경사에 갈지자 급커브가 연속된 2차선 국도입니다. 바로 이런 문제로 사고가 많아 마티재 밑으로 터널을 뚫어 4차선 직선 도로를 낸 곳이에요. 그러니까 내처 달려야 할 운전자라면 터널을 피해 굳이 이 험하고 좁은 곡예 구간을 통과할 이유가 없는 것이지요.

도로가 깎아지른 8부 능선을 끼고 도는 탓에 덧붙은 갓길 폭이 양팔 길이에 불과했습니다. 게다가 낡은 아스팔트 노면에는 잔설과 모래가 뒤섞여 있었는데, 산 쪽 노면에는 잔설이, 낭떠러지 쪽 노면에는 모래가 많이 보였어요. 학회장이 내비게이션 '김기사'와 사고현장 사진을 번갈아 띄워가며 부연설명을 해줬는데, 설명이 리얼하고 디테일해서 마치 사고 중계 실황을 보고 있는 것 같더군요. 후배 강사가 액정화면을 밀어 올리자, 숨어 있던 노면이 드러나면서 경사도와 커브 각도를 어림할 수 있었습니다.

"소나타가 중앙선을 넘어서 10톤 덤프트럭 밑으로 이렇게 들어간 거예요."

학회장이 담당 경찰관에게 들었다는 사고 상황을 전하면서 '이렇게'라고 할 때마다 손가락 끝으로 액정화면을 이리저리 가리켰습니다.

"경찰 말로는 내리막 커브를 돌다가 차바퀴가 제설용 굵은 모래와 잔자갈에 밀려 나가니까, 차가 돌면서 반대편 차선으로 파고들었고, 마침 사각지대를 돌아 경사면을 내려오던 덤프트럭 밑으로 들어갔을 것이라고 합니다."

소나타를 차체로 깔고 앉았던 덤프트럭은 4대강 사업으로 공주보 공사에 투입된 중장비라고 했어요. 저는 4대강 사업이 별 사고를 다 치는구나, 싶었습니다.

"보험사 직원 말로는, 스키드 마크를 볼 때, 소나타가 경사면을 오르면서부터 모래 깔린 차선을 피하느라 중앙선을 넘어 반대편 차선을 탔을 가능성도 있다고 했어요."

경찰은 두 차량 모두 블랙박스가 없는 데다가 목격자도 없어서 조사를 더 해봐야겠다고 덧붙였답니다.

"운전 미숙일 수도 있다고 하던데요."

후배 강사가 말했습니다.

"그건 아니야."

저도 모르게 불필요한 말을 뱉고 말았습니다. 이 때문에 후배 강사와 학회장이 저를 이상한 시선으로 바라봤습니다. 그걸, 당신이 어떻게 아느냐는 것이지요. 저는 시치미를 떼고 학회장의 휴대전화를 달라고 해서 사고현장 사진을 다시 꼼꼼히 들여다봤습니다. 사고 도로와 부근 도로를 중심으로 찍은 사진이었는데, 모두 열두 장이었어요.

저는 사진을 살펴보면서 왜 그 지점에서 사고가 난 것인지는 알 수 없었으나, 왜 그 근처에서 사고가 났는지는 미루어 짐작할 수 있었습니다. 각양각색으로 치장한 모텔 입간판이 도로가로 여럿 보였거든요. '모텔 엑스터시', '환희', '아몰랑'은 상호 식별까지 가능했어요.

장례식장 밖에서 사고 상황을 전해 듣고 빈소로 되돌아갔을 때, 인쇄골목 사장님들은 보이지 않았습니다. 낯모르는 사람들이 초상집에 몰려와 망자의 외상값 타령하는 것은 도리가 아니라면서 사모님이 부의금까지 되돌려주며 쫓아버렸다는 거예요. 사모님은 제 손에 석 장의 명함을 쥐여주고는 밖으로 나갔다가 들어온 실문과 교수들 쪽으로 황급히 다가갔어요.

명함은 쫓아버렸다는 사장님들 것이었는데, 저더러 알아서 해결하라는 뜻인 것 같았어요. 아, 제가 정말 자기네들 머슴인가요. 홍어좆인가요.

"학과장으로 치르는 건 어떻겠습니까, 사모님?"

실문과 학과장의 입에서 나온 말이었어요. 저는 제 귀를 의심했습니다. 밖에 나가 서로 머리를 맞대고 30여 분 동안 의논해서 나왔다는 결과가 학과장(學科葬)이라니…… 그런데, 그런 장의(葬儀)도 있나?

7

조문객들의 발걸음이 더 뜸해진, 밤 9시가 지나서 후배 강사와 학회장에게 빈소를 부탁하고 장례식장을 빠져나온 저는 주차장에서 차를 빼 안천

읍으로 향했습니다. 휑한 4번 국도를 달리는 내내 교교한 달빛이 하릴없이 저를 좇아왔습니다. 찼다가 이지러지는 달이었는데, 달빛과는 달리 제게는 강의시간에 쫓겨 한입 베어 물고 못다 먹은 햄버거처럼 보였어요.

저는 이 생각 저 생각에 꺼들리며 구름에 달 가듯이 차를 몰았습니다. 사모님이 남편의 사고 소식을 접한 직후 유품을 챙기려 학교 연구실로 곧장 달려갔으나, 경황 없는 상태에서 너무 급하게 서두른 바람에 제대로 챙기지를 못했다면서 사모님이 저에게 다시 가보라고 했거든요. 어떻게 연구실에 귀중품 하나, 통장 하나가 없느냐는 거였어요. 사모님은 그게 마치 제 잘못인 양 말했어요. 또 듣기에 따라서는 제가 뭘 빼돌리기라도 한 것 같은 뉘앙스였어요.

사모님은 경찰로부터 돌려받은 열쇠 뭉치를 건네주면서 열쇠가 없어 열어보지 못한 철제 서랍장을 꼭 확인해 보라고도 했어요.

상주도 아닌데 종일 정신없이 시달려서 몹시 힘들었거든요, 제가. 그래서 내일 아침에 가면 안 되겠냐고 하자, 사모님이 내일 아침에는 또 무슨 일이 생길는지 모르니까 당장 다녀오는 것이 좋겠다면서 닦달하더라고요. 상머슴이 따로 없어요.

'시와 환희사'에 대해서는 아직 아무런 말이 없는 것으로 봐서 사무실 존재에 대해 모르고 있거나 깜박 잊은 것 같았어요. 알고 있었다면 당연히 그곳도 직접 쳐들어갔거나, 저를 보냈겠지요.

허 교수 연구실에는 달리 챙길 유품이 없었습니다. 책상서랍과 5단 철제 서랍장과 캐비닛을 샅샅이 뒤졌으나, 통장이나 귀중품 비스무리한 것조차 보이지 않았어요. 저는 또 사모님께 지청구를 듣겠구나, 걱정하며 책꽂이와 책장에 꽂힌 책들 사이사이를 이 잡듯이 훑었어요.

책장에는 허 교수의 다사다난한 삶과 견인불발의 정신을 담은 다섯 권의 시집들이 나란히 꽂혀 있었습니다. 생전에 허 교수는 지방 시인이면 지방 시인답게 지역에 걸맞은 향토색 짙은 제목을 시집 표제로 '삽입'해야 먹힌다면서 『개 혀?』, 『존 내 나유~』를 택했고, 아랫도리를 자극할 만한 원초적 본능을 찔러 넣어줘야만 독자들의 회가 동하고 뇌리에 각인도 된다면서 『순동엄마 외출중?』, 『알몸 전진』, 『샤워녀』라는 표제의 시집들을 발행했답니다.

저는 이런 지방 시인 밑에서 '시다바리' 노릇을 하며 지내야 한다는 것이 수치스러웠으나, 거두 스승님의 조언에 따라 수치가 저를 전임교수로 만들어줄 수도 있기에 꿋꿋하게 참고 견뎌내는 것을 포기하지 않았던 것입니다. 담배 심부름은 조교가 여자라는 이유로, 호텔 예약 심부름은 사나이들끼리만 알아야 하는 비밀이라는 이유로 제가 다 해야만 했어요.

40분 넘게 갯벌에 떨어뜨린 바늘 찾듯 뒤졌으나 연구실은 마치 손이라도 탄 것처럼 깨끗했어요. 망연자실한 저는 불현듯 평주시에 있는 시와 환희사 사무실이 궁금했어요. 연구실이 투명한 세모래 밭이라면, 거기는 무언가 숨겨져 있는 개펄일 수도 있겠다는 생각이 든 거예요.

연구실에서 허탕을 치고 나온 저는 다시 교교한 달빛을 달고 왔던 길을 되짚어 평주시 중심지에 있는, 형 소유 상가건물의 시와 환희사로 갔습니다. 비밀번호로 디지털 도어락을 열고 사무실에 들어가 사모님에게 받은 열쇠 뭉치에서 허 교수의 방문 열쇠—사모님은 무슨 열쇠인지 몰랐겠지요—를 찾아 꽂았어요.

책상 위에는 『시와 환희』 봄호 교정지가 펼쳐져 있었습니다. 빨간 펜으로 칠갑을 한 교정·교열지가 흩어져 있었는데, 허 교수 필체였습니다. 저는 허 교수의 달필을 내려다보면서 삶과 죽음이 교정지 사이에 끼어 있었나 싶어 잠시 울컥했어요.

따로 발행인 겸 주간실이라고 하여 독방을 썼기 때문인지 문만 잠갔을 뿐, 3단 책상서랍은 잠겨 있지 않았습니다. 서랍 첫 칸을 열자 돋보기,

USB, 건전지, 문구류 등 잡동사니가 보였는데, 정리정돈이 깔끔했어요. 두 번째 칸에서는 시와 환희사의 직인, 고무인과 허 교수의 도장, 낙관 그리고 동인들의 개인 막도장들—검정 비닐봉지에 넣어둔—이 무더기로 나왔어요. 각종 문예 기금을 타낼 때 동인들의 건별 동의 절차 없이 허 교수 임의로 썼던 도장들이었어요. 물론 사후 보고도 없었고요.

사진 대여섯 장도 나왔는데, 저도 모르는 여자와 일본 건축가 안도 다다오가 설계했다는 제주 섭지코지 유민미술관을 배경으로 찍은 사진이었어요. 사진 하단에 날짜가 박혀 있었는데, 더듬어 보니 해외 학술 여행을 간다고 했던 날과 일치하더라고요.

허 교수는 제가 해외여행을 갈 때마다 현지 특산품이나 냉장고용 마그네틱 기념품 등을 사다 달라고 했어요. 외도(外道)를 해외 학술 여행으로 둔갑시킬 때 알리바이용으로 필요했던 것이지요.

맨 아래 서랍에서는 이력서 뭉치가 나왔습니다. 누렇게 색이 바랜 이력서도 있었답니다. 어떤 것들은 열어보지도 않았는지 밀봉된 봉투째였어요. 거기서 허 교수 개인명의 통장, 차명 통장, 시와 환희사 통장 등 여섯 개의 입출금용 통장도 나왔어요. 이력서 뭉치를 들어내고 보니 발렌타인 30년산과 로얄 살루트 21년산도 나왔답니다. 또 두툼한 마닐라 각대봉투도 있었어요. 어디다 쓰려고 했던 것인지, 마닐라 각대봉투에서는 중석대 부속병원 공사와 관련된 각종 사진과 서류 복사본 들이 나왔어요.

또 다른 각대봉투에는 국문과 교수들과 관련된 사사로운 문건들이 보였답니다. 국문과 반윤길 교수와 정의명 교수에 관해 기록한 문건들도 보이고, 평주시 관선 시장을 지낸 우대업이라는 분의 이력서와 활동일지 등도 보였어요. 제 기억이 맞는다면 우대업은 금상조 전 총장의 장인이에요. 아무튼 악명 높았던 주재기자 출신이라 그런지, 이런저런 잡다하고 수상쩍은 문건들이 수두룩했어요.

호기심에 이력서 뭉치를 꺼내 들춰보니, 술주정을 못되게 하고 간 패륜 아와 20분 애도녀 것은 보였는데, 아무리 찾아봐도 어찌된 일인지 제 이력서는 보이지 않았답니다. 저는 갑자기 가슴이 묵직해지면서 알 수 없는 욕지기가 느껴지더니 급기야 머리가 어질어질해지면서 현기증이 찾아왔어요. 분노와 과로가 겹친 때문인 것 같았어요.

아무튼 3단 서랍을 모두 열어 내용물을 샅샅이 확인하고 나니, 허 교수의 머릿속과 가슴속과 뱃속까지, 아니 똥구멍 안쪽의 똥까지 파헤쳐서 들여다본 기분이 들었어요. 정말 더럽고 추잡해서 감당키 어려운 기분이었어요. 둘 중 어느 게 고급 양주인지 모르는 저는 적색 로얄 살루트 21년산을 따서 깡소주 마시듯이 병째로 벌컥벌컥 들이켰어요. 마실 때는 목구멍까지 치밀어 올랐던 더러운 기운과 기분이 단숨에 씻겨내려가는 것 같았는데, 절반 가까이 들이켰을 때 갑자기 머리가 터질 듯 쑤셨고, 취기가 돌면서 음주 전보다 기분이 더 더러워지기 시작했어요. 정말 개똥밭을 구르는 기분이었어요.

"야이, 존나 개 씨바알 새끼야아! 니기미 개애 좆같은 새끼야아아……."

저는 격한 분노를 추스르지 못해 소파에 벌렁 드러누워 생떼 쓰는 어린아이인 양 발버둥질을 했어요. 그러다가 천장을 향해 조문 왔던 패륜아 욕쟁이처럼, 아니 그보다 더 심하게 허 교수를 향한 쌍욕을 내지르며 절규했어요. 사무실이 무너져 내릴 듯이 쩌렁쩌렁했어요. 믿어주실는지 모르겠으나, 태어나서 처음 하는 쌍욕이었답니다.

김유정의 「봄봄」에 나오는 주인공 '나'보다 수십 배 더한 상머슴살이를 근 17년 가까이 했는데, 제게 돌아온 것이라고는 지금 손에 들고 있는 양주 한 병뿐인 거잖아요. 그것도 허 교수에게 받은 게 아니라, 제가 훔친 거요.

8

마신 술에 꺼들리다 격한 발버둥질로 벽을 걸어차고 고함질까지 내지르며 발광을 하던 끝에 호된 야단을 맞고는—건물 경비 할아버지가 뛰어올라와 명색이 대학교수님이 몰상식하게 민폐를 끼친다면서 10분 넘게 돼지게 혼을 내키고 돌아갔어요—더욱 취기가 올라 해롱해롱하다가 깜박 잠이 들었는데, 우리 고모 말마따나 아침 해가 똥구멍을 찌를 때가 되어서야 깜짝 놀라서 일어났어요. 술이 몹시 약한데, 갑작스레 쏟아 부은 탓이었어요.

휴대전화를 꺼내 보니 부재중 번호가 예닐곱 통 찍혀 있었어요. 자세히 보니 자정 전에 사모님이 여섯 통, 자정 직후에 아내가 한 통, 했더군요.

술이 깨지 않아 머리가 띵했어요. 고양이세수를 하고 시와 환희사를 빠져 나와 '성세서부병원'으로 차를 몰았습니다. 늦었지만, 고모를 문병해야 했거든요.

평주시의 동쪽 끄트머리에서 서쪽 끄트머리를 향해 가다 서다를 반복하며 달리는 동안 다시금 참담한 기분이 치밀어 올라 죽어버리고만 싶었어요. 장장 17년 동안 간난신고 중에 좌고우면하며 애지중지 쒀온 죽 솥이, 엎어진 것도 아니고 깨져버렸는데 더는 살아 무엇 하겠어요. 제 나이 쉰둘인데 어디 가서 다시 솥을 구하며, 누구 밑에 가서 다시 죽을 쑤겠습니까.

큰길 건너 제2 주차장에 차를 세우고, 고모가 입원한 6인 병실을 찾아 올라갔어요. 저는 병실로 들어서려다 말고 멈춰 섰어요. 다투는 듯한 고성 때문이었어요.

"덤프트럭 운전수 말로는 자기가 경적을 수차례나 울려댔는데도 방향을 바꾸거나 멈추려 하지 않고 대들었다고 하는데, 맞아요?"

윽박지르는 듯한 남자 목소리였습니다.

"제가 동반자살을 하려고 했다는 말씀이 하시고 싶은 거예요, 타살을 하려고 했다는 말씀이 하시고 싶은 거예요?"

격앙된 고모 목소리였어요. 일단 하이톤의 쌩쌩한 목소리를 들으니 중상은 아닌 것 같아 안심이 되었어요.

"뭐요? 내가 언제 그렇게 말했습니까?"

남자가 따지듯 물었어요.

"그 뜻이 아니라면 뭐예요?"

"허, 참……."

저는 이쯤에서 들어가 봐야 하는 게 아닐까 생각했지만, 좀 더 기다려보기로 했습니다. 사고에 대한 조사를 받고 있는 것 같은데, 제가 들어간다고 해서 딱히 도울 게 없으니까요. 무엇보다 술 냄새가 남아 있기 때문에 신경이 쓰였어요. 병실 밖에 선 채 고모를 믿어보기로 했어요. 보통 분이 아니거든요.

"제가 덤프트럭 밑으로 기어들어갔다는 거 아녀요?"

"덤프트럭 운전수가 진술한 말을 확인하느라 질문한 거 아닙니까?"

남자가 으르렁거리듯이 되받았어요.

"사고로 다쳐서 누워 계신 환자에게 그런 식으로 질문을 하시면 안되죠."

이번에는 보험설계사로 가계를 돕는 아내의 목소리였어요. 생활고로 담금질된 아내도 만만한 여자는 아닙니다.

"그럼 어떻게 질문해야 합니까?"

사고처리반 경찰관이 두 여자의 당찬 대거리에 곤욕을 치르는 모양새였습니다. 6인 병실이 쥐 죽은 듯이 조용했어요.

제가 고모를 향해 늦어서 미안하다는 표정을 지으며 병실에 나타나자,

울그락불그락하던 경찰관이 저를 힐끔 돌아봤어요. 그 순간, 고모가 저를 보고는 입술에 집게손가락을 대며 눈을 껌벅였어요. 끼어들지 말고 가만히 있으라는 신호 같았어요.

환자복 차림에 이마에는 붕대를 감고 어깨와 장단지에 각각 깁스를 한 고모가 저를 보자 난색을 표했어요. 웬일인지 병상 곁에 있던 아내도 저를 모르는 사람 취급했어요.

조사업무에 방해를 받았다고 생각했는지, 저를 향해 잠시 못마땅한 표정을 지은 경찰관이 고모에게 하던 질문을 계속했어요.

"제설용 모래에 밀렸다고 했는데, 제설 모래가 없는 반대 차선 노면에도 스키드 마크가 전혀 없어요. 왜 그런 겁니까?"

"그걸 왜 저한테 묻죠? 그리고 좀 전에는 있다고 하셨잖아요?"

"그건 차 밑에 깔린 소나타가 덤프트럭에 밀리면서 난 바퀴자국이에요."

경찰관이 지친 표정으로 짜증스레 답했어요.

"그러니까 덤프트럭 운전수가 브레이크를 밟지 않았다는 거잖아요?"

"아참, 이 아주머니가……."

경찰관이 발끈하며 윽박지르듯이 고함을 내질렀어요. 회진 온 의료진이 병실 문밖에 잠시 서 있다가 곧장 옆 병실로 가버렸어요.

"이 아주머니? 내가 왜 이 아주머니야? 왜 당신한테 내가 이 아주머니냐고? 나, 사고로 죽다 살아온 여자얏!"

고모가 어깃장을 놓고 있었어요. 평소의 예의 바르고 합리적인 고모답지 않았습니다.

"음주운전을 한 것도 아니고…… 운전 중에 엉뚱한 짓을 하셨던 거 아닙니까?"

약이 바짝 오른 경찰관이 비아냥거리듯 물었어요.

"당신, 이거 성희롱 발언이야. 소속과 관등성명을 대, 당장!"

6인 병실의 환자와 보호자 들이 급기야 웅성웅성거리기 시작했어요. 담당 간호사와 조무사 들도 달려왔어요. 경찰관의 경거망동 때문에 조사가 이상한 다툼으로 흐르고 있었어요.

고모는 나서지 말라고 눈짓을 보냈으나, 그쯤에서 제가 나섰습니다. 경찰관에게 성희롱성 발언이 맞으니까 어서 사과하시라고 말이에요.

"미안합니다."

거친 콧김을 내뿜으며 씩씩거리던 경찰관이 마지못해 사과를 하고는 돌아섰어요. 지금은 더 이상 조사가 힘들겠다고 판단한 것 같았어요.

"두 차량 모두 블랙박스가 없어서 몇 번 더 진술을 받으러 와야겠습니다. 양쪽 말이 계속해서 서로 다르면 대질을 할 수도 있습니다. 오늘은 일단 돌아가겠습니다. 안정을 잘 취하세요."

말을 마친 경찰관이 거수경례를 하는 둥 마는 둥 하고 나갔습니다. 나가면서 저를 보고는 코를 킁킁거렸습니다. 술 냄새를 맡은 거지요.

"고모, 늦어서 미안해. 많이 다치셨어요?"

경찰관이 씩씩거리며 나간 뒤에 제가 물었습니다.

"여기 왜 왔어? 오지 말라고 했잖아."

고모가 눈을 부라리며 귀엣말을 하듯이 속삭였어요.

"얼마나 놀라셨어요, 고모?"

저는 어린애 모양 울먹였어요.

"길이 미끄러워서 난 사고다."

경찰관에게 시달린 때문인지 고모가 여전히 긴장한 목소리로 동문서답을 했어요. 저는 고모에게 너무 미안했습니다. 제가 고모를 이렇게 만들었다는 죄책감이 들어 미칠 것 같았어요. 괜찮으시냐고 다시 물었더니 고모가 제 귀를 잡아당겨 속삭이듯 작은 소리로 답했어요. 병실의 다른 사람들을 의식하는 거 같았어요.

"글쎄, 너는 이 사고와 무관하니까, 여기 오지 말라고 했잖니."

제가 사고와 유관하다는 식의 말이나 행동을 한 바가 없는데, 고모가 왜 자꾸 이런 식으로 말을 하는지 알 수 없었어요. 또 사고와 유·무관을 떠나서 조카가 다친 고모를 문병 와 걱정하는 것은 당연지사가 아닌가요.

고모가 아내에게 눈짓을 보내며 성한 왼팔을 내둘렀어요. 그러자 고모의 눈짓을 받은 아내가 제 옷소매를 잡아끌었습니다.

"경찰이 우발적 사고로 보기 힘든 점이 있다면서 사고 과정을 반복해서 추궁했어. 몸은 아픈데 자꾸 같은 말을 되물으니까 예민해지신 것 같아."

저를 끌어내다시피 한 아내가 아예 현관 출입구 밖까지 바래다주면서 말했어요. 그러고는 여긴 자기에게 맡기고 어서 장례식장으로 가서 허삼락 교수나 잘 모셔드리라며 떠밀었어요. 진심인지 비아냥인지 헷갈리는 말이었으나, 그걸로 아내에게 시비를 걸 수는 없었어요.

푸르뎅뎅하게 멍든 하얀 하늘에서 눈이 내렸습니다. 병원 정문을 터덜터덜 걸어 나온 저는 큰길 건너편에 있는 제2 주차장을 향해 터벅터벅 걸어가면서 다시금 생각이 복잡해졌습니다.

3년 전, 허 교수가 석·박사과정 지원자가 적다고 닦달—이러면 내년에 대학원 과정이 폐과된다고 했는데, 그렇게 되면 제 강의가 또 줄어요—을 해서 어쩔 수 없이 잘 노는 고모를 꼬드겨 입학을 시킨 것인데, 이런 불상사까지 생기게 될 줄을 누가 알았겠습니까.

일찍이 초등학교 시절부터 평주직할시의 재원(才媛)으로 미모와 몸매까지 뛰어났던 고모에게는 집적대며 따라붙는 남정네들이 꽤 많답니다. 그 때문에 남자를 우습게 취급하다가 그게 과해서 결혼을 못하고 말았어요. 메이저 항공사 스튜어디스 수석사무장으로 명퇴를 하고 낙향했는데, 제가 이런 고모를 붙잡고 곧잘 제 신세를 하소연하고는 했습니다.

"고모. 나 힘들어요."

"안다. 네가 잘돼야 하는데……."

"잘될까요?"

"그럼. 네 형도 최선을 다하고 있잖니."

"그러네요."

저는 울컥했어요. 잘될 것 같지 않았기 때문이지요.

"잘되게 해야지."

제 손을 잡은 고모가 주문을 외듯 말했어요.

"고마워요, 고모."

"그런데 허 교수 그놈, 신의가 눈곱만큼도 없더구나."

지난여름, 고모의 석사학위 수료를 축하해 드리고자 마련한 식사자리에서 나눴던 말인데, 괜한 하소연을 했다는 후회가 자꾸 들었습니다. 고모는 허 교수가 게걸스럽고 추접해서 수료로 끝내고, 학위논문은 쓰지 않겠다고 했거든요. 논문을 쓰는 과정에서 또다시 허 교수를 만나고 싶지 않다는 것이었어요. 그런 고모가 왜 그와 한 차를 타고, 터널이 아닌 마티재 갈지자 옛길을 넘었던 것일까요…….

"야, 이 새꺄! 눈까리를 똑바로 뜨고 다녓!"

택시기사였어요. 급브레이크를 밟은 기사가 운전석 차문을 열고 저를 향해 쌍욕을 퍼붓고 있었어요. 그의 쌍욕에 놀란 눈발이 회오리를 치는 것 같았어요.

저는 눈이 내려 쌓인 횡단보도 중간에 서 있었는데, 빨간불이었어요.

오, 모세

자기 능력 이상의 것을 바라는 자들에게는 사악한 속임수가 있다.
— 니체, 『차라투스트라는 이렇게 말했다』 중에서

1

직원으로부터 불쾌한 전화를 받고 한참을 뭉그적거리다가 마지못해 작성한 사유서를 이메일로 전송한 오모세 교수는 생각이 복잡해졌다. 그는 닦달질하는 관리팀 직원의 전화질에 자존심이 상했고, 왠지 자신이 루저로 전락한 듯한 위기감과 자괴감이 들어 불쾌하고 초조한 기분에 시달렸다.

모세는 계획했던 나오시마 건축 여행을 미루고 학교 외국인 교원 기숙사에서 사흘 동안 두문불출했다.

"학교 카메라 가져가셨나요?"

사흘 전, 국제전화를 건 직원이 대뜸 내지른 질문이었는데, 말투로 미루어 볼 때, '당신에게 어떤 권한이 있어서, 아니면 어떤 근거로 학과의 공적 기자재를 반출 절차도 없이 멋대로 빼돌린 거요'라고 힐책하는 듯 들렸다. 직원은 학과 보유 카메라를 굳이 학교 카메라라고 했다.

모세는 도둑놈 취급을 당하는 기분이어서 몹시 불쾌했다. 그래서 반말로 대차게 되물었다.

"왜? 가져가면 안 되는 건가?"

반말이 거슬렸는지, 아니면 당연한 것을 묻는다고 생각한 것인지, 직원이 아무런 대꾸 없이 침묵했다.

"안 되는 거냐고?"

모세가 버럭 소리를 질렀다.

"……예, 당연히 안 되죠, 그러시면……."

반말과 시비조의 말투에 겁을 먹었는지, 방귀 뀐 놈이 성낸다고 생각을 한 것인지 대꾸를 얼버무린 직원이 국제전화를 걸어서 긴급히 사유서를 요청할 수밖에 없게 된 사정을 더듬더듬 상세하게 설명했다.

학교가 재수가 없어 교육부 특별감사를 받고 있는데, 감사관이 국고보조금으로 구입한 일체의 교육기자재를 확인·점검하고 있다고 했다. 니콘 D850 카메라 바디와 대구경 망원 줌 렌즈가 국고보조금으로 구입한 것이기 때문에 감사관이 실물을 가져와보라고 했다고 한다. 그래서 학과 조교에게 연락을 했더니, 오모세 교수가 자매대인 일본 다카마쓰학원대학 교환교수로 가면서 가져갔다고 해 그대로 감사관에게 전하니까 그렇다면 반출 근거를 제시하라고 했다는 것이다.

학과에서 제시할 만한 반출 근거는 따로 없다고 하자, 깐깐한 감사관이 경위 파악을 해야겠다면서 학과장을 불렀는데, 학과장이 대응하기를, 교육부 7급 행정공무원 따위가 얻다 대고 교수를 오라마라 하느냐며 관리팀 직원에게 호통을 치고는 꿈쩍도 하지 않는다는 것이었다.

피감기관의 직원으로서 학과장 호통을 감사관에게 그대로 전달할 수는 없는지라, 학과장에게 경위서라도 한 줄 써달라고 정중히 부탁을 했는데 이마저도 거부당했다고 한다. 자신은 그런 고가의 카메라와 렌즈가 학과에 있는지조차 모르고 있었다면서, 그게 수학과에 왜 있어야 하는지 또 왜 필요한지도 모르기 때문에 경위서를 써주고 싶어도 써줄 수가 없다고 뻗댔다는 것이다.

그러니까 학과 교수들 간에 어떤 사정이 있는지는 모르겠으나, 학과장이 오 교수를 엿 먹이려는 의도로 보이는데 오 교수뿐만 아니라 피감 학교가 엿을 먹는 것이 심각한 문제라고 관리과 직원이 에둘러 말한 뒤에 전화를 끊었다. 충분히 고지했으니 알아서들 하라는 뜻이었다.

자초지종은 이러했지만, 학과장이 감사관 대신 애먼 직원에게 호통을 친 것처럼, 오 교수도 그 직원에게 화를 내는 것으로 동료 교수인, 얄미운 학과장에 대한 분풀이를 대신했다.

사유서를 써 이메일로 보낸 모세는 더럽고 찜찜한 기분에 심사가 뒤엉켰다. 그는 교환교수로 학교를 떠나기 전까지 사회복지교육원 원장에 이어 직할 단과대학인 식스아츠칼리지(六藝대학: SAC)의 학장직을 수행했다. 그런데 학장 임기를 한 학기 남겨놓은 시점에서 뜻밖의 문제가 불거졌다. 임기를 마치고 떠난 사회복지교육원에서 문제가 터졌다.

왜 그랬는지 후임 원장이 자기가 할 일, 아니 갈 길을 가지 않고, 오모세가 지난 2년 동안 한 일과 걸어온 길을 여기저기 들쑤시고 되짚어가며 샅샅이 파헤쳐내 복기(復棋)를 했다. 그 결과가 녹록지 않았다. 오모세 원장 밑에서 '묵묵히' 일했던 행정팀장이 보직 해임에 감봉 처분을 받고, 각종 규정을 무시하고 오의 지시만 따른 한 과장은 면직됐다.

학교—정확히 표현하면 금기태 이사장이—가 팀장보다 과장에게 더 큰 책임을 물은 이유는 오 원장이 지출결의를 할 때, 팀장의 결재권을 무시하고 과장과의 '비밀 협의'를 통해 진행했다는 사실이 팀장의 자술서와 탄원서를 통해 밝혀진 때문이었다. 물론 회계 규정상 팀장의 결재를 건너뛴 지출 상신은 불가한지라, 오 원장이 우민동 팀장에게 말하기를, 예산집행의 타당성·정당성 여부 등은 실무 담당자인 도미정 과장과 상의할 것이고, 모든 책임은 자신이 질 터이니 당신은 무조건 결재란에 서명이나 하라고 윽박질렀다는 것이다. 도 과장은 입사 25년 차 중견 여직원이었다.

억박질렀다고 '무조건' 결재를 한 팀장도 문제였다. 보직교수의 권세와 인사 평정권에 눌려 좋은 게 좋은 것이라고 생각했을 가능성도 무시할 수는 없었다. 아무튼 오모세는 원장직을 수행하는 2년 동안 행정조교와 근로장학생 들까지 금전적 차원에서 이것저것 살뜰히 챙겨주면서 이의와 불만만을 제기하는 우 팀장을 의사결정과 결재라인에서 배제시켜 버렸다.

후임 구해주 원장의 폭로로 가장 크게 문제된 것이 골프장 이용료 법인카드 결재 건과 행정조교 세 명에게 아무런 근거 없이 특별 지급한 쓰시마 여행 경비 건이었다. 골프장을 열세 차례―도 과장이 세 차례 동반했다―드나들면서 780만 원을, 여행 경비로는 150만 원을 부정 지출했다.

이렇게 해서 우 팀장과 도 과장은 각각 중징계―또한 이를 사전에 적발하지 못한 법무·감사실장은 직무태만으로 좌천됐다―를 당했으나, 오모세는 교수인지라 문제된 돈만 토해내고 가벼운 '주의' 처분을 받은 뒤, 남은 식스아츠칼리지 학장 임기를 무사히 마쳤다.

오모세의 숨겨졌던 비위와 부정을 잡아낸 후임 구해주 원장으로서는 자신의 밤샘 노력과 교수들로부터 받을 비난―동료 교수의 비위를 파헤쳤다는―에 비해 턱없이 낮은 '주의' 처분에 수긍할 수 없어 못내 아쉬워했으나, 모세와 도원결의 관계인 실세 교수들이 세를 모아 구명운동을 가열차게 벌인 바람에 더 이상 왈가왈부할 수 없었다. 후임 원장으로서는 동료 교수의 원한을 샀으나, 금 이사장으로부터 깊은 사랑과 신망을 얻었기 때문에 불만이 없었다.

오모세는 자신의 직책과 직위상의 재량권을 자의적으로 축소 해석하여 적용한 뒤, 마구잡이식으로 뒤를 캐 까발린 후임 원장의 악의적 행위와 고자질을 그대로 받아들여서 정식 감사까지 하고 개망신을 준 학교에 대해 강한 불만을 품은 채 그동안 보직을 수행하느라―정확히 말하자면 보직을 계속하고 싶어서―미뤄두었던 교환교수를 신청했다. 총장은 이런

저런 잡음이 끊이지 않아 골칫덩어리였던 그를 학장 임기 종료 즉시 교환 교수로 파견하는 데 흔쾌히 동의했다.

오모세는 구원(舊怨)이 있는 학과장도 자신의 이런 행적과 처지를 잘 알기에 이참에 엿이나 먹여보려고 감사에 비협조적이었던 것이 아닐까 싶었다. 안 그래도 서로서로 데면데면하게 지내온 학과 내 교수들 관계가 학과구조조정 문제로 사분오열되는 바람에 파탄 지경에 처해 있었다. 교수 간 위계질서가 없어진 것이다.

수학과의 정규직 교수 네 명 중 둘은 기존 학과 무조건 고수, 하나는 통계학과와 선(先) 통합, 하나는 IT보안학과로 리폼을 각각 주장했다. 고지식한 학과장은 순수학문의 중요성을 내세워 고수를, 모세는 수학적 입장에서 통계학과의 통합을 주장하면서 안 그래도 틀어졌던 사이가 험악해졌다. 어쨌든 내년도 입시요강을 확정하려면 늦어도 4월 초까지는 내부 [학교] 의견을 모아 한국대학교육협의회(대교협)로 보내야 하기 때문에 조만간 학과 운명은 어떤 식으로든 결판이 나야 했다. 끝내 교수들 간에 합의된 의견이 나오지 않는다면 금 이사장의 의중을 받들어 구조본 데이비드 금 본부장이 만든 안을 놓고 학무회의 의결을 거쳐 결정이 날 판이었다. 다수결 사안이 아니므로 기존 학과 고수는 어려울 것인데, 어떤 결판이 날는지 오래전부터 학과의 독자적 생존을 포기한 오모세로서도 궁금했다.

오모세가 국제전화를 통해 조교를 다그치자, 학과장 입장에서는 공금을 부정 집행해 주의 처분까지 받고, 제가 부려먹은 부하직원을 파면까지 이르게 한 놈이, 학과 재물인 고가의 카메라를 무단 반출했다는 사실에 어처구니없어 하고 있다고, 일러바쳤다. 또 학과장은 수학과에서 그런 전문가용 고가의 카메라가 왜 필요한지에 대해서도 의문을 제기하면서, 가능한 한 오 교수가 학과장 시절 사적 용도로 국가보조금을 집행한 점을 문제 삼고 싶어 하는 것 같다고도 했다. 오는 조교와 통화하는 내내 학과 장에 대해 바드득바드득 이를 갈았다.

환갑 나이인 오모세는 남은 5년을 이런 식의 무시 내지는 '쭉정이' 취급을 받으며 살고 싶지 않았다. 그리고 65세 정년 그 이후까지를 내다보고 싶었다. 무언가 주체 또는 중심이 될 수 있는 전기 내지는 돌파구가 필요했다. 원로 대우를 받아야 할 늘그막에 이 무슨 망신이고 홀대란 말인가. 그래서 벌겋게 충혈된 눈을 부릅뜬 채 다카마쓰 밤하늘의 별들을 손가락질로 이리저리 헤아리며 전전반측하던 모세는 제2의 학위취득을 위한 박사과정에 진학하기로 전격적인 결단을 내린 것이다. 이국땅에서의 박사과정 진학을 국면전환 돌파구로, 인생 이모작의 출발점으로 삼기로 했다.

오모세는 양교—중석대와 다카마쓰대—의 허락을 득해 외국인 특례입학 절차에 따라 박사과정에 등록했다. 중석대는 구조조정 대상 학과의 교수가 또 다른 전공 학위를 받으면 활용성이 여러모로 높아질 뿐만 아니라 새로 취득한 학위의 유관 학과로 '전보(轉補)'가 가능하다는 이유로, 또 다카마쓰대는 사회복지교육원 원장과 학장까지 지낸 자매대학의 중견·원로급 교수가 복지환경학을 배우고자 대학원에 원생으로 입학함으로써 자교(自校)의 위상 증진과 양교의 친교 강화에 기여한다는 이유로 양국 외교 관계의 악화에도 불구하고 오의 박사과정 입학을 현수막까지 내걸어 호들갑스럽게 환영했다.

그러나 학과의 동료 교수들은 모세의 복지환경학 대학원 진학을 두고, 36년 동안이나 다 같이 마셔온 우물에 똥을 싸지르고 떠난 배신행위와 다를 바 없다며 성토에 가까운 격한 반응을 보였다고 했다. 오는 더 이상 물이 나오지 않는 마른 우물에 누가 뭘 싸지르든 그게 무슨 문제가 된다는 것이냐, 오히려 마른 우물바닥에 죽치고 앉아서 물 나올 때만을 기다리는 놈들이 바보가 아닌가, 라며 공세적 반응을 보였다. 그러고는 어차피 각자도생을 꿈꾸는 놈들이 자신의 선제적 선택을 배신으로까지 모는 저의가 무엇이냐며, 말을 전달해 준 법인기획조정실장 견대성 교수에게 대놓고 따져 물었다.

누가 찧고 까분다고 해도 주체적이며 미래지향적인 삶을 살기로 한 오모세의 머릿속에서는 대학원 진학을 계기로 '큰 그림'이 그려지고 있었다. 대학의 위상과 패러다임이 진즉 바뀌었는데, 교수된 자로서 과거 호우지절(好雨之節)의 영광에 매여 징징거리고 있을 수만은 없는 일이라고 생각했다. 이것이 오의 호연지기였다.

40년 가까이 대수학만 파먹고 살아온 모세였으나 복지환경학을 공부하는 데는 의외로 큰 어려움이 없었다. 다카마쓰대 측은 모든 학칙을 '유도리' 있게 해석·적용—학위과정도 단축시켜 주겠다고 했다—해 주었으며, 첫인상이 권위적이고 냉소적으로 보였던 야마모토 이찌방(山本一番) 지도교수도 오모세를 교수급 학생으로 특별 예우해 주면서 마치 '다이다이' 맞춤형 학업을 하듯이 기초부터 디테일하게 가르쳐 주었다. 그는 자신과 같은 처지에 놓인 중석대의 동료 교수들에게도 다카마쓰대의 박사과정 입학을 '강추'하고 싶을 정도였다.

오는 그동안 1 더하기 2가 3이라면, 2 더하기 1도 마땅히 3이 되어야 한다고 생각했다. 이걸 아니라고 주장하는 놈들을 조삼모사 하는 간특한 놈들로 치부하며 살아왔다. 신도 사고를 한다면 수학적으로 할 것이라고 했는데, 신이 아닌 잡것들이 사리사욕에 어두워 이를 무시한다고 생각했을 뿐이다.

그런데 사회학에서는 '1+2=3'이라고 해서 '2+1=3'이 되는 것이 아니었다. 처음에 이걸 이해하는 것이, 아니 받아들이는 것이 학업보다 힘들었다. 하지만 이걸 이해하고 받아들이는 과정 자체가 학업임을 깨닫는 순간,

탄탄대로였다. 결국 수학과 복지환경학은 서로 필요한 점은 있으나 융·복합 대상 학문이 아니라는 것을 깨닫고 수리적 사고를 버리자, 야마모토와의 수업 분위기도 한결 부드러워지고 진도가 빨라졌다. 어쨌든 모세는 한국보다 고령화가 빨라서 15년쯤 앞서간 일본의 선진 복지를 긍정적·수용적 자세로 배우게 되었다.

여러 가지 혜택도 뒤따랐다. 양교에서 학비를 지원 또는 감면해줬고, 모세가 논문 작성을 구실로 교환교수 파견기간을 1년 더 연장해줄 것을 요청하자, 마치 1+1 행사하듯 기꺼이 받아줬다. 중석대로서는 곧 망할 학과의 늙다리 교수인지라 복수 학위를 따겠다는 모세의 기특한 결단에 적극적인 지원을 아끼지 않았다. 아마도 학교가 장차 이를 모범 또는 권장 사례로 모세와 비슷한 처지에 있는 학과의 교수들을 대상으로 써먹으려는 계산이 깔린 것 같았다. 학생은 줄고, 비인기 학과는 앞다퉈 줄줄이 망해 가는데, 망한 학과에 교수들만 넘쳐날 일이 학교의 골칫거리였다.

모세는 혼효(混淆)의 늪에서 뒤늦게 생로를 찾은 기분이었다. 니콘 카메라 무단 반출 문제로 촉발된 사유서 제출 사건이 그에게 전화위복이 되어 반전의 길을 열어준 것이다.

2

1년짜리 SAC 학장 발령을 받은 소이만 교수는 어처구니가 없었다. SAC는 총장 직할 단과대학인지라 학장이 타 단과대학장과 달리—일반 단대는 소속 교수들이 직선으로 선출한 복수 후보자를 총장에게 추천하고 이들 중 1인을 선택해 임명한다—총장이 직접 임명했다. 학장의 임기는 2년이었다. SAC 학장도 마찬가지였다. 그런데 어찌된 노릇인지 반쪽짜리 임기를 준 것이다.

이를 두고 전전긍긍하던 소 학장이 용기를 내 의문과 이의를 제기하자, 총장은 조만간 큰 틀에서의 대대적인 구조조정이 필요할 것 같아서 불가피하게 그런 것이니 양해 바란다고 했다. 하지만 그로서는 1년 하는 걸 지켜보고 나서 남은 1년을 어찌할지 결정하겠다는 뜻으로 받아들여져 기분이 상했다.

어찌 됐든 부당하고 불편한 변칙적 인사였다. 생각 같아서는 적당한 핑계를 대고 고사하고 싶었으나, 소속 학과도 대규모 정원 미달 사태로 불안한 상태인지라, 학교 측—정확히 말해 금기태 이사장—과 불필요한 마찰을 빚고 싶지 않았다.

소이만은 역사콘텐츠학과 교수였는데, 보수 정권이 역사를 고등 교과목에서 폐지한 이후 학과가 급격히 쇠퇴하기 시작했다. 복구는 다시 해줬지만 학과의 부침이 워낙 커서 냉탕과 열탕을 드나들어 감기가 든 꼴이었다. 학과 이름도 군더더기 없이 깔끔한 역사학과에서 역사문화학과—역사미래학과—역사콘텐츠학과 순으로 덧칠을 해야만 했다.

인사 발령은 이사장의 조카인 금상걸 총장 명의로 했으나, 인사 결정은 결국 금기태 이사장이 했을 터였다. 인사권과 재정권은 37년째 이사장이 틀어쥐고 있었다. 그런데 반쪽짜리만이 문제가 아니었다. 4월이 되자 오모세를 SAC 특임자문위원으로 임명했다. 사전 상의나 통보조차 없었고, 심지어 오 교수는 한국에도 없었다. 교환교수로 일본에 가 있는 그가 대한해협을 사이에 두고 무슨 자문을 어떻게 한다는 것인가.

금 이사장이 부득이한 이유로 못마땅한 사람을 주요 보직에 앉힐 때 종종 쓰는 편법이었다. 전임자를 자신의 아바타로 만들어 후임자를 간섭토록 하는 것인데, 특임자문위원제 도입은 이를 제도적으로 만든 안전장치 같은 것이었다. 이런 면에 있어서 이사장은 디테일했다.

곧 허수아비가 될 게 뻔한 소이만은 당장 그만 둬야 하는 것이 아닌가 싶었다. 그러나 제대로 된 보직자는 이사장과 총장이 아닌, 학생과 학교를 위해 존재해야 한다는 평소 소신에 따라 일단 하는 데까지 최선을 다하고 진퇴는 나중에 판단해도 된다는 생각으로 정리했다. 그리고 무엇보다 잘 못된 것이 있고—그가 보기에 SAC에는 잘못된 것들이 많았다—그 잘못된 것을 알고 있다면 고치려고 노력해야 하는 것이 참 지식인의 마땅한 도리 이자 자세임도 무시할 수 없었다. 그래서 소이만은 일단 당면 현실에서 도 망치지 않기로 결심했다. 물론 자기 합리화 또는 명분을 위한 생각일 수도 있었다.

자신 이외에는 아무도 믿지 않는—어떤 경우에는 자기 자신도 믿지 못 하는 것 같았다—금 이사장이라고는 하지만, 인문학적 소양이라고는 손 톱에 낀 때만큼도 없을뿐더러 소속 교수들과 온갖 말썽을 불러일으켜 주 어진 2년 임기를 가까스로 채우고 나자 빼돌리듯이 일본 자매대 교환교 수로 보낸 오모세를 뜬금없이, 그것도 정기 인사가 끝난 4월에 SAC 특임 자문위원으로 앉혔다는 사실은 정말 어처구니가 없고 믿기지 않는 일이 었다.

교환교수로 이미 일본에 가 있는 그를 자문위원으로 앉혔다는 것도 이 해되지 않았고, 자문위원 임명은 근거 규정도 없을뿐더러, '특임'을 붙이 기는 했으나 자문위원이 달랑 특정인 한 명뿐이라는 것도 이해되지 않았 다. 말하자면 이사장이 오모세에게는 언제 어디서든지 SAC의 운영 전반 에 대하여 개입 및 간섭할 권한을 준다는 징표, 아니 '마패' 부여 같은 발 령이 아닌가 싶었다.

이런 결정의 배경에 오모세의 지록위마와 감언이설만 작용했다고 보 기는 어려웠다. 어쩌면 금 이사장에게 소이만이 모르는 오모세만의 쓰임 새가 따로 있는 것 같다는 의구심이 들었다. 인문학에 문외한인 교수가

SAC 학장을 한 것도 문제라고 할 수 있으나, 그의 타고난 성품과 기질 그리고 독단적, 강압적인 업무 진행 및 처리 방식도 문제가 됐다. 오 교수는 드러난 실태를 중시하고 현실주의적 가치관을 신봉하는 교수였다. 그는, 그게 옳아서 그렇게 해야 된다는 것은 알지만, 상황과 여건이 여의치 않아서 그게 옳다고 해도 당장 그렇게 할 수 없는 경우가 있다는 것을 용납하지 않았다. 옳으면 이유 불문, 지금—여기에서 무조건 해야 했다. 또 문제는, 옳은 게 무엇이냐—즉 판단하기를 뜻한다—는 것인데, 그가 옳다고 생각하면 옳은 것이라는 점이었다.

금기태 이사장은 오모세의 이런 점을 치하하며 높이 평가했다. 중석대에는 하는 일 없이 불평불만만 늘어놓으며 또박또박 월급만 받아 처먹고 있는 이상주의자들이 천지인데, 오모세는 찾아보기 힘든, 행동하는 실사구시 교수라고 치켜세웠다.

모세는 지식인임에도 불구하고 스스로 앎의 가치를 존중하지도 중시하지도 않았다. 때로는 앎과 현실은 다른 것이라면서 앎을 인정하려 들지 않을 때도 있었다. 또 안다고 해서 다 실행할 수 있는 것이 아니기 때문에 굳이 이것저것 알려고 헤매다 시간 낭비만 할 것이 아니라, 이미 알고 있는 것을 실행하는 즉각적 용기와 태도가 중요하다고 떠벌이기도 했다.

게다가 이렇게 하지 않거나 하지 못하고 눈치만 보거나 변죽만 울리는 교수들을 입만 살아 울어대는 논두렁의 개구리와 같다면서 얕잡아보고 경멸하기까지 했다. 바로 이런 점 때문에 깡패와 형사의 폭력을 구별할 줄 모르는 일부 교수들은 모세를 불합리한 세상과 맞서 싸우는 저항주의자로 보기도 했다.

이치와 도리를 무시하는 권력의 강압적 힘을 믿는다는 점에서 오모세와 금기태 이사장은 찰떡궁합이었다. 모세는 어떤 사안이 됐건, 선택과 결정 또는 집행을 하기 전에 반드시 딘인으로 이사장을 찾아가서 소정의 면담 절차를 거쳤다. 이사장이 자리에 없어도, 또 사안에 따라서 면담을 거절당해도 이사장이 있는 판석동(板石洞) 법인 사무실의 이사장 비서실에 이삼십 분 죽치고 앉아 있다가 돌아왔다. 구성원에게 자신이 하는 일을 이사장의 뜻으로 보이게 하기 위해서 반드시 거치는 모세의 절차였다. 물론 둘이 만났다 해도, 당사자들이 말하지 않는 한 그 자리에서 어떤 얘기가 오갔는지 누가 알겠는가. 모세가 독대를 고집하는 이유였다.

모세는 독대의 이런 점을 이용해서 자기가 하는 말은 이사장의 뜻이니까 어디 할 테면 하고 말 테면 말아보라는 식으로 몰아붙였다. 구약의 모세가 하나님의 뜻을 내세우는 것과 같았다. 오와 생각이 다른 교수들은 이사장에게 찾아가 그의 면전에서 오가 한 말의 진위 여부나, 또 그가 한 말이 당신의 뜻이냐고 물어볼 수 없는 노릇이었다.

그런데 미스터리한 것은 금 이사장이 모세의 이런 행태를 알고 있음에도 모른 체한다는 사실이었다. 모세와 만날 때 독대를 하지 않고 비서격인 견대성 법인기획조정실장 또는 누군가를 배석시키면 해결될 문제임에도 이사장은 그러지 않았다.

자문위원 임명과 무관하게, 그러니까 자문위원 발령 두 달 전에 출국을 이틀 앞둔 오모세가 학장 내정자인 소이만 교수를 찾아왔었다.

오모세가 말하길, 지난 2년 동안 SAC에서 자신이 추진해 온 일은 모두 안장생 특임부총장, 금상구 전 총장, 금기태 이사장 등과의 논의—교감—내락의 절차를 거친 것이니, 자세히 알지도 못하는 상황에서 겉만 보고 함부로 손대지 말라고 했다. 그러면서 금 이사장과의 '내락'을 통해 구축한 SAC의 비전과 운영 프레임의 배경과 의미를 자세히 설명해 줘야 하나, 지금은 시간이 없어서 나중에 말해주겠다고 했다. 혹 그 전에라도 소 학장이 궁금하거나 문제가 생기면 언제든지 일본으로 전화를 하라고 덧붙였다.

오모세는 SAC에 망해가는 학과들을 끌어 모은 것에 대하여 여러 가지 문제를 제기할 수도 있을 것이나, 다 생각이 있어서 그렇게 한 것이니 함부로 건드리지 말고 그대로 놔두라고 했다. 마치 집주인이 세입자를 상대로 주의를 주는 듯한 말투였다.

그러면서 급진적이며 과감한 혁명을 주도했던 자기가 SAC를 떠났으니, 교양학부대학 시절로 회귀를 갈망하는 세력들의 음모와 반동이 거셀 것인데, 소 학장이 여기에 당당히 맞서서 자신이 세운 SAC의 정체성을 반드시 지켜내야 한다고 했다. 그는 이사장의 뜻에 따라 자신의 연임이 내정된 것이었으나, 혁신에 반대해 자신을 미워하는 SAC 소속 비정년트랙 교수들이 불순한 학생들과 짝짜꿍이를 해서 집단적 모략과 조직적 반발을 하는 바람에 무산된 것이라고 주장했다. 소이만이 받아들이기에 버거운 말이었다.

또 소이만 학장이 올해 안에 반드시 해결해야 할 중점과제로 SAC에 소속된 기존 학과들을 모두 전공 단위로 바꾸는 것이라고 했다. 학과의 위상을 전공으로 낮추라는 뜻이었다.

오모세는 학장실을 나서기 전에 마치 제집을 잠시 비우고 휴가라도 떠나는 듯 영역표시라도 하는 양 감회 가득한 표정으로 구석구석을 찬찬히 둘러봤다. 그러고는 갑자기 떠나느라—학교 측의 결정에 따라 교환교수 파견 대상자로 확정이 된 뒤에도 떠나지 않으려고 뭉그적거렸다. 그러다가 그동안 수면 아래에 가라앉아 있던 여러 가지 문제들이 하나둘 떠오르기 시작하자 어쩔 수 없이 출국을 서두른 것이다—정리할 것들이 많아 출국 준비도 못한 상황이지만, 이 두 가지 과제를 명심해 달라는 부탁을 해야겠기에 부랴부랴 찾아온 것이라고 했다.

오모세는 그 두 가지 과제를 소 학장이 왜 반드시 해야만 하는지에 대한 추가 설명 없이 꺾어 신은 구두 뒤축을 짤짤 끌며 학장실을 나갔다.

소이만은 모욕을 당한 기분이었다. 당장이라도 금 이사장을 찾아가 오의 말에 대한 진위를 가리고 싶었으나, 그러지 않았다. 진위가 밝혀진다고 해도 달라질 것은 없다는 생각이 든 때문이었다.

자존심이 몹시 상한 소이만은 모욕감에 생각이 복잡했으나, 개는 짖어도 기차는 간다 하지 않던가. 그는 자신에게 맡겨진 학장으로서 본분에 충실키로 했다.

공표된 중석대의 SAC 탄생 배경과 목적은 분명했다. 전공 중심의 구태의연한 교육이 한계에 부딪혔고, 그래서 통섭으로부터 촉발된 융·복합교육의 당위성과 필요성이 대두되었으며, 이에 따라 시대—보다 정확하게는 대기업 또는 교육부—가 요구하는 실제적 교육에 부합하고자 함이었다. 또 차별화된 교양교육 프레임 구축 및 운영이 대교협의 평가 항목에 반영되어 교육부의 자금지원 잣대로 작용했기 때문에 교육부를 비롯한 정부 기관의 각종 재정지원금을 따먹기 위한 고육지책이었다.

다른 한편으로는 중석대가 당면한 절박한 문제도 무시할 수 없었다. 최근 들어 순수학문을 다루던 학과를 중심으로 정원 미달 사태가 속출해서 이에 대한 대책 마련이 시급하고 절실한 실정이었다. 또 정부의 등록금 동결 정책과 정원 감축, 학과 구조개혁 등에 따른 비용 절감 차원에서도 새로운 프레임이 필요했다.

하지만 실을 바늘귀에 꿰지 못하면 바느질을 할 수 없는 것처럼 이질적인 학과를 한 구덩이에 물리적으로 합쳐놨다고 해서 문제가 해결되는 게 아니었다. 합쳐놓고 보니, 가치관과 이해관계가 제가끔인 교수들이 하나의 바늘에 가지런히 꿰어지는 것을 원치 않는다는 더 큰 문제가 발생했다.

이런 불편한 소이를 소 학장과 같은 학과의 동료 교수가 지역 신문 칼럼을 통해 까발렸다. 거칠고 돌발적인 오모세 학장 재임 시에는 납작 엎드려 있다가 상궤와 이치를 중시하는 소 학장이 부임하자 같은 과 동료 교수로서의 안면도 몰수하고 냅다 선빵을 날린 것이다.

굴지의 대기업에서도 CEO들이 앞다퉈가며 유명 역사학자들을 초청해서 가르침을 받느라 야단법석인데, 정작 대학에서는 문·사·철을 구조조정 대상으로 한데 묶어 홀대하고 있으니, 이런 반시대적인 역주행 작태를 더 늦기 전에 바로잡아야 국가 교육과 미래가 바로 선다는 주장이었다. 소이만은 오모세가 예상한 반동이 임용 동기 교수로부터 촉발됐다는 사실에 적지 않게 놀랐다.

국어국문학과 학과장이 회의 중에 이 칼럼을 소 학장 턱밑에 들이밀며 윽박질렀다. 소 학장은 훑어보는 척만 하고 대꾸하지 않았다. 오모세 학장 때는 국으로 침묵했던 교수들이 소이만에게는 수시로 땡벌처럼 달려들어 침을 쏘아댔다.

그들은 기업이 필요해서 꽂힌 것은 각각 구분된 문·사·철 개별 학문이 아니고, 문·사·철이 화학적·유기적으로 융·복합된 인문학이며, 그 인문학은 학문으로서의 이론적 인문학이 아니라 재화나 소비 창출에 활용되어 이윤을 줄 수 있는, 즉 아이폰 개발에 기반이 된 스티브 잡스식으로 물화된 인문학이라는 것을 모르고 하는 소리였다. 오로지 이윤 창출이 궁극의 목적인 기업이 무엇 때문에 고답적인 순수학문에 빠져서 세상물정 모르는 고지식한 꼰대들을 불러들여 고액의 강연료를 지불해가며 황금 같은 시간을 투자하겠는가. 하지만 이런 말을 해줘도 소용없었다. 들으려고 하지 않았다.

중석대도 바로 이런 화학적·유기적으로 융·복합된, 즉 기업과 교육부가 요구하는 리버럴아츠교육을 위해 SAC를 만든 것인데, 역사학과 동료 교수와 국문과 학과장은 되레 개별 학문으로서의 문·사·철에 대한 강화를 주장하며 '특혜' 지원을 요구했다. 소이만은 우물 안 개구리가 따로 없다는 생각이 들었다.

"집을 합쳤으면 살림살이도 합쳐야 하는 거 아니오?"

오모세 특임자문위원의 첫 '원격 자문'이었다. 1학기 기말시험과 성적 입력 및 정정 기간이 끝나자마자 학장실로 전화가 걸려왔다. 정보원을 심고 갔는지, 멀리 다카마쓰에서도 중석대 학사일정을 들여다보며 SAC 운영 상황을 꾸준히 모니터링하고 있는 것 같았다. 이메일을 보냈는데, 닷새가 지나도록 답장이 없어 직접 전화를 했다며, 다소 불만스럽고 질책하는 투로 말했다. 소 학장은 그가 보낸 메일을 읽었으나 휴지통으로 보내버렸다.

자신이 2년 동안 간난신고 속에서 다섯 개 학과를 SAC—교양학부대학에서 당초 개편한 SAC에는 본래 학과가 없었다—로 합쳐놨는데, 왜 합당한 후속조처를 하지 않고 뭉그적대고 있느냐는 지적이었다.

오 자문은 닷새 전에 보낸 이메일을 통해 SAC 학사업무의 일관성·합리성·효율성을 기하고, 예산을 절감하는 차원에서 다섯 개 학과의 과사무실을 하나로 통합 운영해야 한다고 주장했다. 그가 말하는 비용 절감 대상은 조교 인건비와 공간이었다. 기존 다섯 개의 공간을 하나로 줄이고, 다섯 명의 조교도 두 명으로 줄여야 한다는 것이었다. 또 학장 부속실을 통합 사무실로 쓸 경우, 부속실 소속 조교 두 명도 한 명으로 줄일 수 있다고 했다. 그러니까 일곱을 셋으로 줄일 수 있다는 말이었다.

"학과가 엄연히 존재하는데 어떻게 과사무실을 통합한단 말이오? 먼저 학과 교수들의 의견도 들어보고, 과사무실 통합에 관한 기준과 근거도 만들어야 하지 않겠소. 그게 순서가⋯⋯."

"그러기에 학과를 서둘러 전공으로 바꾸라고 하지 않았소?"

말을 자른 오가 엉뚱한 트집을 잡았다. 대화를 하면서 주제나 요지를 뒤섞는 것이 그의 특기라고는 들었으나, 뜻이 다른 말을 뜻이 같은 양 주장하며 덤벼드는 데는 당황하지 않을 수가 없었다.

"아, 아니…… 그 말은…… 그런 뜻으로 한 말이…….”

"이제 와서 그런 걸 따진들 뭐하겠소. 먼저 과사무실부터 통합합시다.”

상대의 말을 자르거나 뭉개버리고 설레발치는 수준이 군부 독재자급이었다.

"오 교수. 절차적 민주주의는 지킵시다.”

가까스로 화를 참은 소 학장이 대꾸했다.

오모세가 다섯 개 학과 교수들의 강한 거부와 반발이 예상되는 불합리한 조처를 자신에게 떠미루려고 한다는 것을 소이만은 잘 알고 있었다. 행정조교는 학과에서 행정적인 여러 잡일을 하지만, 교수들의 사환 역할도 하고 있다는 사실을 무시할 수 없었다. 이런 조교를 감원—개별 학과 입장에서 볼 때는 없애는 것이다—하는 문제는 교수들을 자극할 만한 민감하고 조심스러운 일이었다. 자칫 교수의 위상 추락과 권익 박탈로 받아들일 수도 있었다.

오모세는 멀리 떨어져 있으면서 샌님 소이만의 손을 빌려 무리하고 무모한 일들을 처리하려고 덤벼들었다. 남의 입과 손을 빌려서 일을 처리하고, 자신의 공인 양 가로채는 것이 근자에 그가 일하는 방식이었다. 아무튼 오모세는 통화 내내 당장 과사무실들을 통합해야 한다면서 닦달을 해 댔다.

"소 학장. 사람은 화장실 들어갈 때와 나올 때가 다른 법 아니겠소. 우리가 그걸 탓할 수는 없는 거요. 망할 학과를 SAC에 넣어 살려냈는데 뭐 아쉬울 게 있겠소? 좀 있으면 보따리 찾아내라고 할 거요. 그 전에 우리가 먼저 조입시다.”

오모세는 마치 아랫사람에게 지시하듯이 말했다. 이만은 모세의 말투에 비위가 상했다. 게다가 그가 싸지른 똥을 왜 자신이 치워야 한단 말인가.

망하면, 그 망한 학과를 폐과하고 소속 교수들만 SAC에서 받아주면 될 것을, 학과들이 망하기 전에 해당 학과를 통째로 받아주자고 한 사람이 누군데 이제 와서 왜 딴소리를 하는지 모를 일이었다.

아마도 비정년트랙 교수들에게 잃은 인심을 정년트랙 교수들로부터 얻으려고 부린 얄팍한 수작이 아닌가 싶기도 했다. SAC의 전신인 교양학부대학 시절, 소속 교원의 95퍼센트 이상이 비정년트랙 교수였다. SAC로 재편되고 1년이 지난 뒤, 5개 학과가 편입된 것인데, 이들 학과의 교수들은 모두 기라성 같은 정년트랙 교수였다.

오모세는 학장 시절에 비정년트랙 교수들을 자신보다 신분이 낮고 불안정하다는 약점을 이용해서 머슴인 양 하대하며 함부로 대했다. 결국 이 문제가 불거져 학장 연임을 못하게 된 것이다. 때문에 그는 정년트랙 교수들에게 불만과 원성을 살 일은 자신이 직접 하려고 하지 않았다. 그에게는 정년트랙 교수가 회후의 보루인 셈이었다.

"그래도 먼저 학과의 입장이나 의견을 듣는 것이 순서가……."

학과사무실의 통합은 시급하지도, 중요한 현안도 아니었다. 학과가 SAC에 편입되고 1년이 지나고 학장이 바뀌자, 과사무실부터 통합한다는 것은 성급한 조처일 수 있었다. 교수들로부터 불필요한 공분을 사고, 사기를 떨어뜨릴 위험성이 컸다. 소 학장으로서는 오 학장 때에 SAC 운영 과정에서 금이 가고 어긋나 쪼개지고 뒤틀린 것부터 찾아내서 바로 잡는 일이 우선되어야 했다.

오모세는 안장생 특임부총장과 함께 중석대 전체 학과의 기초교양교육을 통괄하는 권한이 주어져 있었다. 그런 그가 SAC 학장을 하면서 엉뚱하게도 교양 시수 운영 권한을 개별 학과에 위임함으로써 교양 시수 일부가 전공 시수로 슬그머니 원상회복되어 있었다.

바보가 아닌 오모세가 이렇게 될 줄 모르고 위임했다고 볼 수는 없었다. 말로는 교양교육 강화를 부르짖으면서도 그 역시 전공 중심 주의 사고에 묶여 있다는 방증이었다. 자신의 사적 권세를 얻으려고 이해득실을 따져 표리부동하고 양두구육 하는 교수가 많았는데, 오모세가 그중 한 사람이었던 것이다.

이를 뒤늦게 알게 된 안장생 특임부총장이 오모세가 자신을 계획적으로 이용했다고 길길이 날뛰었다. 하지만 뒤늦게 알았다는 것은 여러 정황상 거짓에 가까웠고, 서로가 서로를 이용했을 가능성이 컸다. 어쨌든 이 일로 둘은 삐져서 틀어졌고, 안 특임부총장은 기다렸다는 듯이 이를 침소봉대하여 사의를 밝혔다. 안장생으로서는 울고 싶었는데 뺨을 맞은 격이었고, 안 그래도 사면초가에 처해 있던 오모세로서는 결정타를 얻어맞은 꼴이었다.

중석대의 육예교육과 SAC 운영은 애초에 안장생이 갈아놓은 어설픈 터에 부실한 씨를 뿌렸기 때문에 좀처럼 싹이 트지 않았다. 안 특임부총장이 아귀도 안 맞는 엉성하고 헐렁한 '와꾸'를 가지고 감언이설로 시작한 일이었기 때문에 하자가 생길 때마다 임기응변식으로 땜빵을 할 수밖에 없었다. 그런데 또 그는 하자가 드러나 자신이 궁지에 몰린다 싶으면, 스스로 세운 원칙과 기준마저도 깨고 그때그때마다 '딜'을 하며 안 그래도 부실한 '와꾸'를 이리저리 뜯어 고쳤다.

그동안 이런 상황 속에서도 이해(利害)를 나눠온 안장생과 오모세는 이와 입술 관계였다. 안장생이 덜 익은 플랜과 감언이설로 일을 저지르면, SAC 학장 완장을 찬 오모세가 비정년트랙 교수들을 다그쳐 뒤처리를 했다.

"소 학장. 다 아시면서 이거 왜 이러시오. 그 입장이나 의견이라는 걸 우리가 모른단 말이오? 보나마나 안 된다, 반대다, 싫다, 시기상조다, 좀 더 생각해 보자, 다음에 다시 얘기하자…… 라고 할 게 뻔한데, 우리가 지금까지 수없이 당해 온 거잖소. 사안을 대하는 입장이 이기적인 자폐아들에게 무슨 입장을 묻는단 말이오. 내가 2년 동안 해봐서 아는데, 그게 다

허튼짓이었소. 시간 낭비였단 말이오."

소이만은 오모세의 예단과 '우리'라는 표현이 몹시 불쾌했다. 또 금 이사장을 흉내 내는 듯한 훈계조의 말투도 매우 거슬렸다.

"합당한 절차와 충분한 시간을 주지 않고 무조건 통합을 강행했다가는 큰 반발만 부르게 될 거요."

SAC 소속 비정년트랙 교수들은 물론이요 5개 학과의 정년트랙 교수들의 불만이 극에 달한 상태였다. 정년트랙 교수들은 오모세와 구조개혁본부의 합작으로 이루어진, 자신들 소속 학과의 SAC 편입을 장차 부실 학과 해체를 위한 수순으로 생각하고 있었다.

오모세가 학장을 하면서 독단적·일방적으로 밀어붙여 만든 규정과 운영 세칙 때문이었다. 향후 SAC가 신입생 모집을 통으로 할 수 있는 근거를 만든 것이었다. 즉 학과 단위 모집이 아니라는 것인데, 이는 단순히 그동안 정원미달로 겪어온 고충이 없어졌다고 반길 문제—오모세는 이렇게 주장했다—가 아니라, 결국 학과가 사라질 수 있다는 점을 생각해야 했다. 이렇게 되면 학교는 학과에 완충기(緩衝期)만 제공해 준 셈이 되는 것이다. 물론 학교는 악의적인 해석이라면서 적극 부인했다.

5개 학과의 교수들은 학장이 바뀌면 뭔가 달라질 줄 알았는데, 한 학기가 지나고도 뭐 하나 달라진 것은 고사하고 달라질 기미조차 없다고 불만을 토로했다. 교수들은 예나 지금이나 자신들을 일점일획도 바꾸지 않으면서 학교가 바뀌지 않는 것만을 성토하며 탓했다. 그러니까 그들은 자신들 소속 학과의 자구책과 영구 존치안을 SAC에서 마련해 주기를 기대하고 있는 것이었다. 즉 부실 학과를 소생시켜 주는 응급실·수술치료실·회복실쯤으로 SAC를 생각하는 것 같았다.

소이만 학장으로서도 답답한 노릇이었다. SAC 운영과 육예교육과 관련된 문제는 금 이사장의 재가가 있어야 움직일 수 있었다. 이사장 조카인 금상걸 총장도 실권이 없었다. 지난 한 학기를 통해 이런 사실을 알게 된 소 학장은, 전임 학장이 저질러놓고 간 이런저런 사고들을 찾아내서 수습하는 일에만 전력투구했다. 또 그는 운영 플랜과 교육 프로그램 문제가 아니라, 당장 비정년트랙 교수들이 탄원한 인권, 교권, 학습권 침해 등에 대한 재발방지대책을 마련하여 제시하는 것이 급선무였다.

"세상살이라는 게 어디 계획대로 됩디까? 문제가 생기면 그때그때 적절히 해결해 나가면서 사는 거 아니오."

소이만보다 두 살 아래인 오모세가 시건방지게 세상살이를 들먹이며 지껄였다. 소는 가증스러웠으나 내색하지 않았다.

"오 교수, 폐과시켜야 할 학과를 폐과시켰다면, 이제 와서 기득권을 인정해 달라고 떼를 쓰지는 않았을 거요. 폐과를 시킨 뒤에 교수들만 SAC로 흡수했다면 이런 복잡한 문제들은 안 생겼을 것이란 말이오."

소이만이 가슴에 묻고 삭이려던 말을 내질렀다. 물론 자신에게 악역을 강요하는 오 교수에 대한 불만 표출이었다. 곧 망할 학과들을 SAC에 편입시켜 살려놓은 이유도 알 수 없을뿐더러, 또 육예교육을 위한 플랫폼으로서의 역할과 기능만 담당한다는 SAC에 학과가 왜 필요하다는 말인가. SAC에 소속한 학과에게만 육예교육을 시키는 것이라면 몰라도 전체 학생들을 대상으로 하는 육예교육인데, SAC에 학과를 두는 이유가 대체 뭐란 말인가. 그것도 이미 망한 학과들을……

"나도 그 점이 안타깝소. 하지만 옥의 티라고 생각하시오. 다 생각이 있어서 그러신 게 아니겠소?"

오모세가 또 슬그머니 이사장을 끌어들였다. 그러면서 지난 일을 탓해봐야 앞으로 해야 할 일에 아무런 도움이 안 된다는 것과 자신은 앞으로 해야 할 일이 뭔지를 잘 알고 있으니 자신의 말을 잘 따르라는 듯한 언질을 주며 한껏 거드름까지 피웠다. 그는 아마도 이런 거드름과 자기과시를 하려고 전화를 한 것 같았다.

5개 학과의 SAC 편입에 대해서는 소 학장도 들어서 아는 게 있었다. 안장생 특임부총장은 아무런 준비가 안 된 상태에서 부실 학과가 무더기로 폐과된다면, 잡다한 문제들이 한꺼번에 터져 나올 것이기 때문에 이를 대비하고 완화시키려면 일단 SAC에 편입시켜 시간을 벌어야 한다고 이사장에게 건의했다. 누가 봐도 조삼모사요, 언 발에 오줌 누는 짓이었으나, 이사장은 이 건의가 시의적절하고 타당성이 있다고 판단해 받아들인 것이다.

그러나 소이만이 아는 것은 이와 달랐다. 중석대 교양교육의 요체인 육예교육을 인정해 주고, 적극 지지·참여해 준다는 묵시적 동조를 전제로 5개 학과 주요 교수들, 즉 친 법인파와 평주고교 출신들과 물밑으로 주고받은 야합의 결과라고 했다. 어느 것이 맞건 간에 정당한 조처는 아니었다.

소 학장은 용건도 모호한 통화가 길어지고 있다는 생각이 들었다.

"나는 이번 학기를 끝으로 수학과 교수로서의 모든 기득권을 내려놓을 생각이오. 비정년 교원들처럼 학과 소속 없이 식스아츠칼리지에서 육예교육만 담당할 생각이오."

얼핏 파격적인 선언 같았으나, 소이만은 진작부터 예상하고 있었던지라 별다른 반응을 보이지 않았다.

그가 속한 수학과는 통계학과와 섞여 내년부터 IT보안개발학과—지난 5월 대교협의 승인을 받았다—로 바뀔 터인데, 거기서 빠져나와 육예교육 전담 교수가 되겠다는 말이었다.

복지환경 관련 박사학위과정을 밟고 있는 오모세가 조만간 이를 양날의 검으로 활용할 것이라는 짐작은 하고 있었다. 그는 금기태 이사장이 참석한 구조개혁 회의에서 두 가지 주장을 했는데, 하나는 소속 학과가 망하게 될 경우, 해당 교수는 또 다른 전공 학위를 따서 전과(轉科)에 대비해야 한다는 주장과, 아니면 SAC로 전속되어서 육예교육을 담당해야 한다는 것이었다. 이래야만 소속 학과가 망한 데 따른 최소한의 책임도 지고, 학교에 부담을 주지 않는 '바람직한 구성원'이 되는 것이라고 했다. 그러니까 자신의 주장을 실천하겠다는 선언이었다.

오모세는 당시 이 주장을 중석대 교협 회보—이 글을 실을 때 교수들 간에 시비가 있었으나, 아무도 그를 막지 못했다—에도 실어 자신의 새로운 존재감과 자신에 대한 이용가치를 금 이사장에게 일깨워줬다.

오는 평소에 말하기를, 자신은 언설로 주장만하고 뒤로 자빠져서는 딴짓만 해대는 표리부동한 교수가 아니라, 먼저 행동하고 나중에 주장하는, 언행일치·실사구시를 넘어선 선행후언(先行後言)하는 '중석대적 미래형 지식인'이라고 자화자찬했다.

"이제부터 SAC와 오모세는 일심동체요."

단언명제인 양 내뱉은 오가 진정한 육예교육의 성공을 위해 더욱 헌신할 것이라고 덧붙였다. 그러고는 "소 학장도 안천읍 개구리들 울음소리에 취해 있지만 말고 판석동의 뜻을 보시오"라고 충고했다. 안천에는 학교가, 판석동에는 학교법인이 있었다.

소 학장은 긴 통화에 기운이 빠졌다. 벽시계가 10시 25분을 가리키고 있었다. 9시 5분에 시작한 통화였다.

소이만은 5분 뒤에 학무회의가 있다면서 전화를 끊었다.

중석대의 SAC는 3년 전 오모세가 사회복지교육원 원장 임기 말에 안장생 특임부총장과 한통속이 되어 여러 차례 판석동을 드나들던 끝에 신설됐다. 정확히 말하면, 교양학부대학을 전국 대학들의 교양교육 트렌드에 맞춰 확대·개편한 것이다.

금기태 이사장이 어디서 들었는지 리버럴아츠교육이 한국 대학의 새로운 교육 트렌드로 자리 잡고 있으니, 더 늦기 전에 선진적 교양교육을 당장 실시하라고 닦달을 했다고 했다. 그러나 앞뒤 상황과 맥락을 짐작컨대 의뭉스러운 안장생이 생각 없는 오모세를 행동대장으로 앞세워 금 이사장을 부추긴 것이 틀림없었다.

전임 금상필 총장이 구성원의 공감과 '합의'를 얻어낼 준비 기간이 필요하다고 하자, 아무리 시골구석에 틀어박혀 있다고 하지만, 앞서가는 선진 대학들이 너도나도 리버럴아츠교육을 실시하고 있다는 사실조차 모르고 허송세월한 것으로도 모자라 이제 와서 고작한다는 소리가 시간을 더 달라는 것이냐며 대노했다는 것이다.

여든 안팎의 고령에도 불구하고 학교를 직접 방문해 일갈한 이사장은 리버럴아츠교육이 부실한 것과 관련해서 그동안 측근들로부터 사기와 농락이라도 당해 온 양 학무위원들을 앉혀놓고 질책했다고 한다. 학무위원들은 순종키로 했다.

그러고는 금 총장을 내보낸—배려인지 무시인지는 아무도 몰랐다—뒤, 안 특임부총장과 오모세 그리고 학무부총장과 학무처장을 불러서는, 없는 걸 새로 만들어내라는 것도 아니고 남들이 하는 것을 보고 그대로 흉내를 내보라는 것인데, 그것조차도 당장 못하겠다면서 시간을 달라고 하니, 당신들은 도대체 그 자리에 앉아서 월급만 꼬박꼬박 받아먹을 줄이나 알지 달리 할 줄 아는 게 무엇이냐며 따져 물었다는 것이다.

물론 이 대노와 일갈의 근원이 의뭉스러운 안장생과 교활하고 강퍅한 오모세로부터 비롯됐다는 사실을 모르는 구성원은 없었다. 그 둘은 언제나 금 이사장에게 신기루를 보여주며 담판을 지었다.

3

오모세는 1년 6개월 만에 귀국─다카마쓰대 측에 사이버 시대이니 남은 과정은 원격 수업으로 하자고 오가 제안하자, 야마모토 교수가 기꺼이 수락했다고 했다─하여 복교했다. 그는 다카마쓰대에 있는 동안 하루가 여삼추 같았으며, 씹던 껌을 문틀에 붙여놓고 놀러 나온 아이처럼 조급했다.

통화 때마다 시종일관 뜨뜻미지근하게 굴던 소이만 학장은 1년이 지나자, 아예 전화도 받지 않으려 했다. 휴대전화는 발신자 차단을 걸어놨는지 불통이었다. 학장실로 걸면 조교가 받아 부재중이라고 했고, 연구실은 신호음만 갔다. 어쩌다 전화를 받으면 바쁘다면서 용건만 말하라고 보챘다. 그래서 용건을 말하려고 서두를 꺼내면 일단 잘 알았으니 다음에 또 통화하자며 끊었다.

모세는 불안하고 조바심이 나 견딜 수가 없었다. 자신이 씹다 붙여놓고 온 껌을 소이만이 떼어내 아예 삼켜버리는 것이 아닐까 싶었다. 그래서 귀국과 복교를 서두르지 않을 수 없었다. 떨어져 있어 안 보면 멀어지는 것이 인지상정이 아니던가. 모세는 금 이사장과 영영 멀어지는 것 같아 견딜 수가 없었다.

그는 복교하고 채 일주일이 지나지 않아 1년 6개월 동안 여러모로 급격히 변화된 대학 분위기를 감지할 수 있었다. 개교 40주년을 1년 앞두고 'BEYOND 40'이라는 슬로건하에 기업의 위기관리 경영 기법을 도입했다는 금기태 이사장이 대학 구조개혁의 고삐를 바싹 조이고 있다는 것을 실감할 수 있었다.

대학등록금은 정부의 반값 등록금 정책 어쩌고 하면서부터 반값 대신 10년째 동결 중이었고, 인구 절벽에 따라 학령인구도 급감하기 시작했다. 중석대같이 시골구석에 처박힌 '지잡대'는 장차 살길이 막막했다.

사립대학이 등록금 동결 및 인하 정책에 볼멘소리라도 할라치면, 교육부가 '선제적' 감사를 통해 업무와 회계 투명성 일체를 들여다봤다. 또 교육부의 정책이라는 게 엿장수 가위질 같아서 예측불가함은 기본이고 공정하지도 공평하지도 않은지라, 지난 10년 동안 전국 대학의 총 정원은 13만 4857명 감소했다는데, 서울 소재 대학은 같은 기간에 되레 3만 4415명이나 늘었다.

중석대 설립자이자 실소유주인 금기태 이사장은 이런 문제를 가볍게 볼 수 없었다. 이런 와중에 현재 상태대로 간다면 5년 안에 전국 대학에 9만 명의 정원 미달 사태가 올 것인데, 이렇게 되면 정원 5천 명 규모의 20여 개 대학이 문을 닫게 된다는 암울한 기사까지 떴다. 또 망할 때, 국·공립대보다 사립대가, 수도권 대학보다는 지방대가, 그것도 벚꽃이 피고 지는 순서에 따라 남쪽 아랫녘부터 망할 것이라고 했다.

만고풍상 속에서도 38년을 꿋꿋하게 버텨왔던 수학과, 통계학과, 생물학과, 환경공학과, 응용물리학과가 1년 6개월 사이에 추가로 사라졌고, 그 자리에 교육부 시책에 준하는 AI 관련 2개 학과가 신설되었다. 또 6개 학과가 둘로 합쳐졌고, 3개 학과가 성격을 바꿔 개명(改名)을 하고 리모델링했다.

하지만 중석대식의 리버럴아츠교육과 융·복합교육의 메카라고 자랑하던 SAC는 개설 4년째를 맞이했지만, 정체성과 운영 방안을 두고 여전히 장기 정체(停滯)에 빠진 채 헛바퀴만 굴리고 있었다. 러문과와 불문과는 학교의 고사(枯死) 전략에 의해 진즉 폐과됐으나, 영문과, 일문과, 중문과는 국고지원사업 신청 전략에 볼모로 잡혀—사업에서는 최종 탈락됐다—뜬금없이 경상대로 이속(移屬)된 채 4년째 근근이 숨만 쉬고 있었다. 구조본 위원장인 데이비드 금이 이들의 숨통을 조이고 있었다.

중석대는 9개의 단과대학으로 구성되어 있는데, 인문예술, 사회과학,

이과, 공과, 경상, 보건·의료, 의과대학과 리버럴아츠와 융·복합교육을 가르치는 SAC, 교육부 권고—교육부에 물어보면 그런 적 없다고 잡아 뗄 것이다—를 받아들여 급조한 융·복합 대학이다.

SAC는 4개 학과가 늘어 9개 학과로 구성되어 있는데, 글로벌융복합, 국어국문창작콘텐츠, 경제, 정치외교, 역사문화, 무용, 실용음악, 미생물, 응용화학과이다. 러문과와 불문과는 뒤늦게 SAC에 편입을 주장하는 교수와 반대하는 교수로 양분되어 6개월 동안 '내부 총질'을 하다가 자멸하여 폐과 수순을 밟게 되었다. 수학과와 통계학과가 합쳐 새로 생긴 IT보안개발학과는 새로 개설한 융·복합대학으로 갔다.

이제는 학과와 학부는 물론이요 단대의 숫자를 기억하는 것도 만만치 않았다. 수시로 조직 편제가 바뀌었기 때문에 '족보(기구조직표)' 관리가 어려워졌고, 입학 지원자와 학부형 들을 상대하는 입학팀의 중견 직원마저도 정신을 바짝 차리지 않으면, 그런 학과가 있는지 또는 있었는지조차 알지 못해 헤맸다. 교육부의 권고 사항에 따라 급조한 융·복합대학은 단대 서열 1위였다.

SAC에 편입된 학과들은 편입 연도 기준으로 과거 5년 동안 신입생 모집에서 풀죽을 쒀왔고, 재학률도 53퍼센트대로 떨어진 불량·부실 학과들로서 모집정원 대폭 감소 및 폐과 대상으로 살생부에 등재된 학과들이었다. 표면적으로는 육예교육—어떤 근거인지는 몰라도 중석대는 리버럴아츠교육과 같은 개념으로 취급했다—을 효율적·효과적으로 하기 위해 단대를 개설했다고 하지만, 불량·부실 학과들을 한 구덩이에 몰아넣었다는 것을 단박에 알 수 있었다.

그런데 육예교육의 인프라를 강화하고 시너지 효과를 높이기 위해서 학과들을 합쳤다면서 아무런 후속 조처를 취하지 않은 채 여전히 뭉그적거리고만 있었다. 9개 학과 중 5개 학과는 편입된 지 2년 6개월이 지났을 터인데, 아직도 편입 당시의 기준과 조건을 두고 해석상 시비가 팽팽했다. 장차 벌어지게 될 상황에 따라 분란의 소지가 컸다.

SAC가 리버럴아츠에 상당하는 육예교육을 표방한다고 했는데, 모세는 리버럴아츠나 육예가 뭔지를 아직 제대로 알지 못했다. 물론 조만간 복지환경학으로 박사학위를 하나 더 딴다고는 하지만, 그게 리버럴아츠나 육예와 유관한 학문이라고는 볼 수 없었다.

식스아츠는 중국 주대(周代)의 육예—예·악·사·어·서·수(禮樂射御書數)—를 차용해 시대에 맞게 영어식으로 표기한 것이라고 했다. 예는 윤리와 법률, 악은 문학과 예술, 사·어는 군사와 체육, 서는 문자, 수는 과학을 의미한다는 것이다.

안장생의 언설에 따르면, 육예를 주대(周代)의 과목과 방식대로 가르치자는 것은 아니나, 그 취지와 목적 그리고 콘셉트를 법고창신 차원에서 계승·발전시켜 나가자는 것이었다. 이렇게 되면 중석대만의 특화된 선진 교양교육이 가능하다는 것인데 떠돌이 약장수 같은 주장이었다.

하지만 모세가 알기로는, '후마니타스칼리지', '다산칼리지', '필란트로피아칼리지' 등등 그럴싸한 명칭들을 타 대학에 선점당해, 단대 네이밍을 두고 전전긍긍하는 안장생에게 금상필 전임 총장이 동양의 육예가 서양의 리버럴아츠와 샘샘이라는 귀띔을 해주었고, 그래서 육예 과목에 꿰맞춘 콘셉트를 잡은 것이라고 했다.

마드무아젤 홍의 권유에 따라 프랑스의 '고상하고 우아한' 선진 고등교육을 표방해 온 금기태 이사장은, 프랑스 교육 정신이 오롯이 담긴 '간지나는' 명칭을 찾아 쓰고자 태스크포스팀까지 따로 꾸려서 두 달간이나 머리를 짜냈으나 '식스아츠칼리지'만한 명칭을 찾아내지 못했다.

중석대의 식스아츠칼리지 탄생 연원과 배경을 말하자면, 2005년까지 거슬러 올라가야 한다. 14년 전인 2005년에 신설한 '중석교양교육원'이

원조인데, 당시 정치·사회적으로 대학 전공의 폐쇄성과 학문의 정체성(停滯性)으로 한계와 폐해를 문제 삼으며 동종교배, 근친상간, 우물 안 개구리 등등 점잖지 못한 비유로 대학의 전공 및 학과 중심 교육이 타도의 대상 내지는 적폐 취급을 받고 있을 때, 중석대가 전국 최초로 교양을 특화하여 전담하는 교양교육원을 출범시킨 것이다.

전국 최초로 탄생은 했지만, 당시 중석대에서는 그 누구도 전공교육의 개선이 필요하다고 생각하거나 말한 구성원도 없었고, 심지어는 교양교육원을 만드는 이유조차 관심 갖고 물어보는 구성원이 없었다. 또 당시만 해도 교수들이 다들 저마다의 철밥통을 끼고 앉아 탱자탱자하던 시절인데, 굳이 궁금해 할 필요가 무엇이었겠는가. 다만 당시 이사장의 조카로서 총장이었던 금상필로부터 흘러나와 회자된 말은 있었다.

개교 이후 최초의 정원 미달 사태로 신입생 53명을 못 채운 2004학년도 신학기 어느 날, 금 이사장이 총장인 금상구에게 서울 사대문 안에 있는 s대의 한 교수를 소개해 주었다고 했다. 이사장의 처조카뻘이라고 했는데, 독일 유학을 다녀온 철학 교수로서 교양교육 분야에 탁월한 식견과 선구적·선진적 교육 방법론을 가지고 있으나 은자(隱者)로 살아온 '대학자(大學者)'라고 했다.

헤겔 철학을 전공했다는 50대 중반의 이 대학자가 s대에서는 거들떠보지도 않는 그의 교양교육 콘셉트를 금기태 이사장에게 브리핑했다는 것이다. 그 뒤 이사장의 지시를 받은 총장이 부랴부랴 교양교육원을 만들고, 이사장이 지명한 교수를 원장으로 보임하여 대학자의 계획을 실행토록 했다.

금상필 총장은 s대 교수 안장생의 머릿속에 있는 꿈을 모조리 뽑아내어 중석대에 시현해 놓으라는 금기태 이사장의 뜻을 무조건 받들어 행할 수밖에 없었다. 그러나 금 총장은 대학자 안장생의 꿈이 대체 뭔지, 윌리엄

터너의 그림처럼 몽롱하고 부잡스러워서 실체를 알기 힘든 데다가 어렴풋이 잡아낸 형상조차도 몽환적이고 암호 같아서 뿌연 안갯속, 아니 검은 매연 속을 헤매는 기분이었다. 도무지 현실성이 없어 보였다. 하지만 금 총장은 중석대가 작은아버지의 대학인지라, 녹을 먹는 동안은 명령에 따라 굿이나 보고 떡이나 먹어야 할 주어진 운명을 받아들일 수밖에 없었다.

전국 최초로 '교양 중심 교육'을 시작했다. 그러나 맨땅의 헤딩인지라, 교양 교과목을 계발하고 교양 수업 시수를 늘리는 문제 등으로 교수들과 입씨름만 하다가 얼개조차 짜지 못한 채 3년을 허송세월했다. 상명하복만으로 대학자 안장생의 오묘한 양자암호를 풀 수 없었던 것이다.

절대다수의 교수들은 교양을 전공의 적(敵) 개념으로 받아들였다. 그러니까 전공 기득권을 가진 정년트랙 전임교수들에게 교양교육 '선동자들'은 무조건 무찔러야 할 적이었다. 반면 교양의 깃발 아래 뭉친 비정년트랙 교수들에게는 자신들의 입지를 구축할 수 있는 새로운 기회이자 희망이었다. 굳이 비유하자면 팔레스타인 영토에 이스라엘을 건국하는 유대인의 심정 같은 것이었다. 이러니 교양이 학문이나 교육의 논리가 아니라, 힘의 논리로 좌우될 수밖에 없었다.

또 대다수 교수가 박정희 군사독재시대 국가제일주의 정신에 입각한 국민윤리와, 반공정신에 입각한 교련교육을 교양이라는 이름으로 배운 세대들인지라, 교양 중심 교육을 하겠다는 것이 과거의 국가주의 내지는 전체주의의 복원과 흡사한 것으로 받아들였다. 새로운 교양교육을 설계했다는 안장생 교수가 여기에 대해 명확한 답을 해줘야 마땅한데, 그러지 못했다.

당시의 험악하고 엄중한 조국의 현실을 벗어나 멀리 독일 땅에서 헤겔 관념의 실체를 찾아 헤매고 다니다가 귀국한 때문인지, 책으로 배운 이성 제일주의 관념만을 권위적 화술로 되새김질하며 평생을 살아온 강단 철학자의 한계 때문인지, 전공 중심 사고에 찌든 교수들에게 자신이 생각하고 있다는 교양교육의 정체와 그에 대한 필요성과 중요성에 대해 설명을 하지도 이해시키지도 설득시키지도 못했다. 그저 아무런 논거 없이 튼튼한 기초학문이 곧 교양이자, 침체와 답보에 빠져 지탄받고 있는 한국 대학교육의 살길이라는 순환 논리만 되풀이해 대고 있었다. 정말 요령부득이었다.

답답해진 금상필 총장이 대체 그 기초학문이라는 게 뭐냐고 묻자, 학문의 기초, 교양의 기초가 되는 것이 기초학문이라면서 이를테면 철학, 문학, 생물학 등등이라고 했다. 사양 중인 순수학문 모두가 기초학문이라는 주장이었다. 설명을 들었으나 금 총장도 딱히 도울 방도를 찾지 못했다.

안장생은 이때 이미 순수학문의 쇠락으로 지위와 신분상 불안을 느끼는 교수들을 구제하고, 이들의 후견인을 자처해 s대를 정년퇴직한 후에도 변함없이 자신의 명성과 지위를 유지·확장해 나가고자, 전공의 한계를 극복할 수 있는 특화된 대안교육이라는 신기루를 만들어 금 이사장에게 '안장생표 교양교육'을 제안한 것 같았다.

금기태 이사장은 보다 큰 그림, 즉 빅 픽처를 생각하는 게 아닌가 싶었다. 특수부대 장교 출신 교수를 원장으로 내세웠으나, 교양교육원은 3년 동안 학내 교수들과의 갈등과 불화 속에서 페인트 모션만 반복했다. 이런 교양교육원을 금 이사장이 교양학부대학으로 전격 확대·개편한 것이다.

책가방이 작아서 그동안 공부를 못했다는 말인가. 교수들의 반응이 이러했다. 규모와 직제가 낮아 진도가 못 나갔다고 파악하지 않고서는 할 수 없는 조처였기 때문이었다.

금 이사장은 이 조처에 대해, 제시한 이상향을 향해 가지 않고 머뭇거리는 가운데 발목이 잡혀 있는 교양교육에 동력을 제공하고 활성화시키기 위한 '특단의 조처'라고 했다. 그러면서 자신들의 알량한 전공을 방패

삼아 안장생표 교양교육을 매장시키고자 방해하고 폄훼하는 교수들에게 엄중 경고를 하기 위한 조처이기도 하다고 덧붙였다. '특단의 조처'에 따른 후속 조처들도 이어졌다.

대학이 모든 것을 가르쳐야 하고, 또 모든 것을 가르칠 수 있다는 오판 내지는 오만이 아니고서는 상상조차 할 수 없는 글쓰기, 독서, 발표, 토론, 영어, 일어, 중국어, 베트남어, 스포츠, 예절 관련 교과목이 교양필수로 대거 추가되었고, 이를 담당할 비정년트랙 교수들을 대규모로 신규 채용했다. 이들에게는 연봉 2천3백만 원이 책정됐다.

인구 절벽으로 입학 재원은 해마다 줄고 있어도, 교수 재원은 해마다 차고 넘치는지라 강의전담 교원이나 비정년트랙 교원 들은 공고만 붙이면 벌떼처럼 몰려와 언제든지 원하는 만큼 뽑아 쓸 수 있었다. 비정년트랙 교원이라고 해서 정년트랙 교원보다 실력이나 자질, 하다못해 학벌까지도 어느 것 하나 처지는 게 없었는데, 대학은 이런 고급 인력들을 반값도 안 되는 인건비로 부릴 수 있었고, 또 부리다 못마땅하거나 필요 없게 되면 적당한 사유를 들어 2년 단위로 손쉽게 자를 수—물론 지금은 고용안정화법에 따라 그럴 수 없게 됐다—도 있었다.

금 이사장의 특단의 조처에 힘입어 중석대 교양학부대학의 교수진은 신선하고 알차고 풍성했으나, 안장생이 짠 콘셉트와 프레임이 헐렁하고 흐리멍덩한지라 교양교육의 방향성과 콘텐츠는 여전히 우왕좌왕하며 오리무중이었다. 교재와 교안 없이, 검증되지 않은 교수 개인의 지식과 정보를 융·복합이라는 이름으로 제가끔 가르치는 경우가 비일비재했다. 같은 교과목을 각각의 교수마다 다른 내용으로 다르게 가르쳤다. 성적 산출 기준도 교수마다 제멋대로였다.

학생들은 교수의 강의 내용보다 강의가 물렁하고 성적을 잘 주는 교수를 찾아다녔다. 상대평가라고 해도 그 안에서 상대적으로 성적을 후하게 주는 교수를 선호할 수밖에 없지 않겠는가. 그러니 학생들은 학문을 배우는 것이 아니라, 개별 교수들의 주관적·편향적 지식과 경험을 얻어듣고 행운에 따라 성적을 받아가는 복불복식의 공부를 하게 되었다.

명색이 교양학부대학에서 가르치는 교양의 정체성 또한 모호하고 잡스러웠다. 대학은 더 이상 학문을 가르치는 곳이 아니라, 학생들의 기호와 시대의 트렌드에 맞춰 시중에 떠도는 소문 수준의 정보와 검증 안 된 지식을 적당히 버무려 백화점 교양강좌에서나 접할 법한 과목을 개설해 가르쳤다.

설계자 안장생은 학문의 위계, 질서, 계통을 따지지 않았다. 독일 철학을 했다는 양반이 어디서 주워들었는지 프랑스 철학자가 만든 용어를 도용해서 리좀(Rhizome) 방식이라고 했다. 리좀을 알고 하는 말이 아니었다. 교수들은 그가 따지지 않는 것이 아니라, 몰라서 따지지 못하는 것이라고 했다. 눈치가 빠르고 처세에 능한 학생들은 가르치지 않고 때우는 방식의 수업과 학점이 후한 과목을 골라 들으며 학점만 관리했다. 그러고는 그 학점으로 장학금을 받아 챙겼다.

국가제일주의에 입각해 자유보다 책임을 중시해야 하는 것이 진정한 자유민주주의라고 주장하는 안장생은 여전히 '국민교육'과 '시민교육'의 개념조차 구분하지 못하면서—어쩌면 그게 있는지조차 모를 수도 있다—전공 중심 교육의 한계와 폐해 타파를 위한 교양 중심 교육의 중요성만을 여전히 앵무새처럼 부르짖었다.

또 세월이 지나 지방대인 중석대의 수준을 알게 되자, 누군가 나서서 안장생표 교양교육의 문제점을 지적하며 따지고 들면, 중석대 학생들 수준에 맞춘 '중석대식 교양교육'이라고 자신 있게 받아쳤다. 그는 설명하지 못하는 모든 것에 대한 답을 '중석대식 교양교육'으로 갈음했다.

'중석대식 교양교육'이 전가의 보도였다. 마이동풍, 동문서답, 침소봉대, 교언영색, 아전인수, 지록위마, 조삼모사, 양두구육…… 온갖 사자성어를 다 끌어다 붙여도 안장생의 교양교육에 대한 신념과 사고와 행위를 형언키 어려웠다. 대학의 위기상황 속에서 무심한 세월은 속절없이 내달렸다.

'M·P·N(깍듯한 예절, 탄탄한 체력, 건전하고 투철한 국가관)'을 우선하는 특화된 교양교육 강화를 통해 전공교육의 한계를 극복해야 한다는 안장생의 슬로건하에 다시 5년이 흘렀다. '중석대식 교양교육'은 대다수 교수들에 의해 여전히 초등학교 앞 좌판에 깔린 불량식품처럼 취급받았으나, 이해관계가 맞물린 구조조정 대상 학과 교수들의 암묵적 기대와 지지 속에서 지속됐다. 물론 가끔 좌판의 모양새나 위치를 바꾸거나, 식품의 맛을 업그레이드하기도 했으나, 그렇다고 해도 '사이비', '불량'의 혐의를 벗어나지는 못했다.

그사이에 중석대는 두 차례 더 신입생 미충원 사태를 겪었고, 등록금은 여전히 동결 상태였고, '부실대학'이라고도 불리는 '재정지원제한대학'에 한 차례 더 걸려들었다. 그러나 중석대 교육 브랜드의 핵심이라고 내세우는 교양교육은 완구용 고무찰흙인 양 특정인의 손아귀에서 모양만 바꿔가며 천변만화했다.

그 특정인에게 '기초교양교육'이 뭐냐고 물으면, 여전히 학문의 기본이 되는 교육이요 리버럴아츠교육이요 통섭교육이요 융·복합교육이요 통찰력 함양교육이라고 했다. 언제나 다람쥐 쳇바퀴 도는 답이었는데, 그 이상도 이하도 없었다. 더 이상 캐물으면 화를 버럭 내질렀다. 그 특정인은 예전의 안장생이 아니었다.

그는 금기태 이사장 외에는 총장을 비롯한 모든 중석대 구성원이 아랫사람이었다. 결국 '큰 가방' 꼴인 교양학부대학은 폐과된 학과의 교수들을 무리 없이 수용하여 활용하는 데 한시적 완충지 역할을 했다는 것 말고는 별다른 의미를 찾을 수 없었다. 대학 위기 극복을 위한 성동격서용 단과대학이었다.

이렇게 헐렁한 특정인의 머릿속에서 또다시 2년이 흘렀다. 금쪽같은—돌이켜 보면 위기 속에서 변화를 꾀할 수 있었던, 물리적으로 주어진 귀한 시간들이었다—시간을 허비한 것이다. 그러나 금기태 이사장은 특정인 안장생과 원앙처럼 공존공생했다.

소속 대학에서 정년퇴직을 1년 앞둔 안장생 교수가 갑자기 교양학부대학의 구조적 문제점과 한계를 지적—교양교육원처럼 교양학부대학 또한 그가 주문한 대로 만들어서 하라는 대로 했으나, 교양교육원에 대한 부진을 남의 탓으로 돌린 것처럼 교양학부대학의 부진 또한 남의 탓으로 돌렸다. 시종일관 자신이 주도한 일을 남의 탓으로 돌린 것인데, '남'이란 중석대 대다수 교수들이다. 그들의 고리타분한 전공 중심 사고가 모든 부진과 실패의 근본 원인이라는 것이다—하며, 미국 동부식 리버럴아츠교육의 도입이 절실하고 시급히 필요하다면서 이를 구현할 시범 학부를 급조해야 한다고 했다.

이른바 시범 학부를 모델하우스 짓듯이 3개월 만에 만들었는데, 이게 더 큰 일을 저지르기 위한 군불 지피기였다는 것은 나중에 알게 됐다.

단과대학급인 교양학부대학도 구두 설계만으로 뚝딱 신설한 안장생인지라, 단독주택에 해당하는 학부 개설 따위는 머릿속의 구상과 말 몇 마디로 갈음할 수 있다고 여기는 듯했다. 안장생이 아닌 다른 교수라면 감히 중석대에서 상상조차 할 수 없는 일이었다.

아무튼 안의 혀끝에서 120명 정원의 '글로벌사이버콘텐츠창의학부(글사콘창)'가 탄생했다. 금 이사장도 자신이 궁극적으로 구현코자 하는 중석대의 미래가 '심플하지만 글로벌한 대학'—글사콘창의 콘셉트와 운영 방안과는 무관한 표현이다—이라고 맞장구를 치며 전폭적인 지지와 지원을 보냈다. 마치 명창과 고수의 콤비를 연상케 했다. 명창인 안장생은 중석대 내규에 따른 정상적·통상적인 학부 신설 절차를 거치지 않고, 고수인 금 이사장의 의사결정권을 또 이용했다.

글사콘창학부 운영 방안 태스크포스팀 보고회에 자신과 평주고교 동 창인 법인 이사까지 참석시킨 안장생이 말하길, 이 학부는 '전공 중심 대 학교육의 적폐를 혁파하기 위해 진정한 지·덕·체의 함양은 물론 교양도 깊고 넓게, 전공도 깊고 넓게 가르쳐 통찰력과 실행능력을 겸비한, 그리 하여 취직이 잘되는 중석인을 무진장 배출해서 리버럴아츠교육의 중석대 버전인 육예교육의 전범을 구축하는 선구자이자 길라잡이가 되는 것'이 궁극의 목표이자 사명이라고 했다. 따라서 글사콘창이 지금은 학부 단위 로 미약한 출발을 했지만 장차 모집인원이 크게 늘어 칼리지 규모로, 자 신이 단언컨대 창대해질 것이라고 했다.

그런데 정작 어떤 교양을, 어떤 방식으로 얼마나 깊고 넓게 가르칠 것 인지에 대해서는 따로 언급이 없었다. 보고회에 참석한 학무처장이 손을 번쩍 들고 이에 대해 물어봤으나, 순환논증의 오류에 빠진 양 또다시 장 광설을, 앞서보다 더 큰 목소리로 반복했을 뿐이었다.

답답한 학무처장이 추가 질문을 하자, 안장생은 노기 띤 표정으로 깊고 넓은 교양은 한 사람이 가르칠 수 있는 게 아니기 때문에 학무처장을 포 함한 모든 교수들이 다 같이 계발하여서 다 같이 깊고 넓게 가르치는 것 이라고 일갈했다. 그러고는 '전공 이기심이 한국 대학교육을 망쳤다, 그래 서 대학교육을 살리려면 빡센 교양교육이 반드시 필요하다'라며 사자후 를 토했다. 추가 질문을 막기 위한 선제적 조처 같았다. 참석 교수들이 한 결같이 말하길, 안장생의 말은 교설(敎說) 같지만, 생각하며 들으면 무시당 한 기분이 들고, 생각 없이 들으면 세뇌당하는 기분이 드는 교설(巧說)이라 면서 투덜거렸다.

그러나 지성이면 감천이라고, 안장생의 동어반복 전략에 중독이 된 일부 구성원과 지쳐서 침묵하기로 작정한 다수의 구성원이 나타나기 시작했다. 또 안장생의 힘이 금기태 이사장의 절대 신임에 닿아 있다는 것을 눈치 챈 일부 교수들은 그의 편에 들러붙기도 했다. 오모세도 그 일부 교수 중 하나였다. 어쨌든 다수 구성원의 침묵은 안장생의 추진력이 되었다.

대학자 안장생은 자신의 s대 정년퇴임과 함께 중석대에 글사콘창이 신설되면서 연봉 1억에, 숙소를 따로 제공받는 조건으로 중석대 석좌교수가 되었다. 또 그는 임기가 한정된 교수 신분임에도 글사콘창 초대 학부장을 맡았다. 전례가 없는 일이었는데, 금 이사장이 금상걸 총장을 시켜서 글사콘창 운영에 대한 전권을 안장생에게 준 것이었다.

그러나 안장생은 책임이 막중한 신설 학부의 학부장임에도 금 이사장과 계약한 대로 일주일에 이틀만 얼굴을 내밀뿐 강 건너 불구경하듯, 처삼촌 벌초하듯 물리적·심리적 거리두기를 한 채 글사콘창과 데면데면한 관계를 유지해 나갔다. 그러니까 섣부른 지도나 개입—그만한 능력이 있는지도 의심스러웠지만—으로 나중에 책임질 빌미가 될 만한 일을 애초부터 만들지 않겠다는 속셈인 것 같았다. 학부 속에 있어야 할 학부장이 학부와 불가근불가원 관계를 유지하며 겉돌았다.

이런 무관심하고 불성실한 태도를 문제 삼을 만한 규정은 없었다. 있다고 해도 '불성실한 태도'를 규정하기 쉽지 않으니 소용없었다. 아니, 규정을 한다 해도 통제하거나 조처할 사람이 없었다.

질문하는 학생 또는 문의하는 학부형들과 툭하면 싸웠고, s대와 비교를 해서 그런지 학생들의 학업 이행 수준을 얕잡아보며 무시했고, 질문을 받으면 답은 안 해주고 시종 면박을 주거나 윽박지르기 일쑤였다. 어쩌다 자녀의 성적 등으로 이의를 제기하는 학부형의 전화를 받으면 올바른 자식 교육에 대한 일장 훈계를 했는데, 상대가 대거리를 해오면 화를 내고 전화를 끊었다. 이로 인해 발생한 민원을 무시 내지는 회피하며 다니는 것이 더 큰 문제였다.

지잡대를 무시하는 것도 있었으나, 자기감정만 따르는 어린아이 같았다. 화가 난 학부형들은 자신들이 잘 알지 못하는, 또 도망 다니는 안장생을 상대하기보다는, 얼마든지 상대가 가능하고 용이한 중석대 총장에게 항의했다.

안장생의 구태의연한 1970년대식의 일방통행적이며 고압적인 강의 스타일과 상명하복식의 권위적인 학생 지도가 늘 문제였다. 말로는 교수도 변화와 혁신을 해야 산다고 주장하면서 자신은 교권의 지엄함을 강조하며 구태 속에 당당히 안주했다. 학생과 학부형 들을 대하는 태도도 비논리·몰상식 수준이었다. 학생의 질문을 받고 답을 할 때 횡설수설해서 질문한 학생을 되레 혼란에 빠뜨리는 교수들이 더러 있는데, 이들 중 대다수가 공부할 때 이론이나 공식 등을 이해하지 못한 상태에서 통째 암기를 하고 넘어갔다는 공통점을 가지고 있었다. 이런 경우, 자신도 모르는 것을 학생들에게 가르쳐야 하는데, 질문들을 어찌 감당할 수 있겠는가. 안장생도 그런 교수의 전형이 아닌가 의심스러웠다. 어쨌든 안이 저지른 뒤 치다꺼리는 금상걸 총장의 몫으로 넘어왔다.

석좌교수 안장생은 화, 수요일 출근해서 오전에 각각 두 시간씩 강의를 하고, 나머지 요일에는 자신이 설립한 '전국대학기본·융복합교양육성추진연합회(전기교추연)' 명예회장으로서 서울과 지방, 주로 지방의 사립대학들을 순회하며 고액 특강을 했다. 그에게 기본교양 및 육예교육은 종교와 동급이었기에 그가 만든 기관과 유관 대학에게는 교주에 필적할 만한 권한이 있었다. 그래서 그를 찾는 데가 많았다.

또 전국의 대학이 교양교육 관련 평가를 받을 때, 그가 제한적이기는 하지만, 무시할 수만은 없는 영향력을 행세한다는 소문도 있었는데, 사실 같았다.

그가 지방대 특강 때마다 써먹는 단골 주제는 '기본교양 및 육예교육의 성공적 착근 사례'였는데, 전공 기득권으로 꽉 찬 우물 속에 틀어박혀서 자기들끼리 똘똘 뭉쳐 조직적·전면적·지속적으로 반발하는 다수의 복지부동 교수들을 무찌르고, 어떻게 중석대에 육예교양교육을 성공적으로 착근시킬 수 있었는가, 였다. 그는 스스로를 사도 바울과 같은 교양교육 전도사라고 자처하면서 교양이 살아야 대학교육이 살 수 있고, 그래야 또 나라가 살 수 있기 때문에 늙은 나이에도 불구하고 온갖 오해와 핍박과 박해를 감내해 가며 교양 부흥을 위해 혼신의 노력을 다하는 것이라며 사자후를 토하고 다녔다.

그의 특강을 듣고 난 대다수 교수들은 교양이 종교였다는 새로운 사실과, 그가 스스로 바울이라고는 하지만, 예수 행세를 한다는 사실을 알게 되었다면서 숙덕거렸다.

안장생이 지방 곳곳에 전파하고 다니는 교양은 '믿음'이었다. 실체를 보여주지 않으면서 있다고 주장하는 것이 종교와 닮아 있었다.

한번 한 거짓말은 거짓말이지만, 천 번 한 거짓말은 진실이 된다고 한 괴벨스의 주장처럼 그의 허깨비 같은 교설(巧說)들이 지방의 궁색한 일부 고등교육 현장에서 진실·진리인 양 받아들여졌다. 그는 전파하고 다니는 교양의 실체를 알고자 묻는 교수들에게 유구한 역사를 가진 교양의 본디 모습은 실로 장대하고 웅혼하기 때문에 그 실체를 한정된 언설로는 형언할 수가 없다, 고로 그 존재 가치는 실체를 알고자 함에 있지 않고 실체에 대한 믿음에 있다고 하면서, 믿으면 그 실체가 비로소 눈앞에 보일 것인데, 그때 실체를 보고 나서 질문하면 기꺼이 답을 해주겠노라고 했다. 그전에는 답을 해줘도 알아들 수 없을 것이라고 했다. 그러면서 덧붙이기를, 전공 기득권이라는 마귀사탄에 붙들려 교양의 의미조차 알지 못한 채, 교양의 실체를 부정하는 교수들의 어리석음과 완고함과 강퍅함 앞에서는 어떤 진리도 통하지 않는다고 일갈했다.

그는 어느새 지방사립대 경영진과 경영진을 따르는 보직자들이 유독 선호하고 추종하는 유명인사가 되었다. 그래서 학부장직은 고사하고, 책임시수 4시간도 못 때워서 대타 강의를 맡기는 경우가 점점 늘었다. 그가 학부장으로서 해야 할 일은 금상걸 총장이 비서의 도움을 받아 알아서 처리했다.

중석대에서 자신도 모르는 일—교양의 실체가 장대하고 웅혼해서 알지 못한다고 자인하지 않았는가. 물론 실체를 본 사람의 질문을 받겠다고 한 뒷말은 고래로 이어져온 사기꾼들의 전형적인 수법이 아니던가—을 저질러 혼란과 분란을 야기했음에도 불구하고, 안장생은 밖에서의 혁혁한 '전도 활동'을 인정받은 것인지, 석좌교수로 임용된 지 2년째 되던 해에 특임부총장으로 영전했다. 육예교육 담당 특임부총장이었다.

하지만 전국적 명사가 된 그는 중석대 특임부총장을 큐빅 반지인 양 자랑스러워하지 않았다. 공·사석에서 자신을 소개할 때, 중석대 특임부총장 명함이 아닌 s대 명예교수 명함을 돌렸다. 그에게 s대 명예교수는 직함이 작아도 다이아몬드 반지였다.

자신이 급조한 글로벌사이버콘텐츠창의학부를 소가 닭을 보듯이 취급하던 안장생은 특임부총장이 된 해, 그러니까 학부 개설 3년째를 맞이한 해에 일방적으로 학부 실패를 선언—앞선 교양교육원, 교양교육대학과 같은 패턴으로 실패를 학부 교수들 탓으로 돌렸다—하고는 자신이 스토리텔링 한 실패담—구태의연한 전공 중심 사고에 젖은 교수들이 실패의 원인이라는—을 반면교사용이라면서 떠들고 다녔다. 기본 얼개도 안 갖춘 채 똥 던지듯이 내던진 학부를 어떻게 해서든지 제대로 일으켜보려고 불철주야·노심초사 뼈 빠지게 노력해 온 세 명의 학부 교수들—이들 중

두 명은 비정년트랙이다―은 안장생의 일방적 폭거로 맨붕에 빠졌다.

전국구 명사인 안장생이 이 실패담을 교내에서가 아니라, 교외에서 떠들고 다니는 바람에 학부형들이 주워듣게 되었고, 그 진위를 재학 중인 자기 자식들에게 물었다. 결국 안장생과 학생과 학부형 들이 서로 뒤엉켜 설전이 벌어졌는데, 이 설전이 이전투구로, 자중지란으로 번졌다. 이런 와중에 안장생이 저질러놓은 사고들을 뒤치다꺼리 하느라 금 총장과 학교가 초주검이 되었다.

자신이 주장하고 설계―비록 머릿속 설계이지만―하여 만든, 즉 오로지 자신의 노력으로 만든 학부가 실패했다며 동네방네 나발을 불고 다닌 것인데, 도무지 이해가 되지 않는 일이었다. 자해 공갈단이나 하는 짓이 아니던가.

안장생의 주장에 따르면, 실패의 원인과 책임이 소속 학부 교수와 나머지 불특정 다수의 교수들, 즉 전체 교수들의 노골적 방해와 비협조, 폄훼와 저주에 있다는 것이었다. 심지어 글사콘창 소속 교수들조차 전공의 시각으로 교양을 보고 있는 구태의연한 작태가 근본적·고질적·결정적 원인이 되었다고 했다. 즉 글사콘창의 진정한 콘셉트와 방향성을 모르고 자신의 지시에 대한 믿음 없이 지난 2년 동안 시늉만 하고 엉뚱한 짓을 하면서 허송세월을 했기 때문에 글사콘창이 회생 불가하게 폭삭 망했다는 것이다.

소속 교수들은 이 망언에 분노했다. 망할 것이 빤하니까 망하기 전에 망했다고 선수를 치고, 그 책임을 남들에게 전가시키려는 비열한 수작이었는데, 다년간 안장생을 속속들이 겪어봐서 잘 알고 있는 똘똘한 교수들이 이를 모를 리 없었다. 다만 알면서도 자신들의 '밥그릇' 문제가 걸려 있기 때문에 침묵하고 있을 뿐이었다. 안장생은 이렇게 해서 글사콘창의 신입생 정원 미달에 대한 책임으로부터 도망쳤다.

그런데 글사콘창 학부의 실패를 만천하에 공언하고 그 책임을 남 탓으로 돌린 안장생이 어찌된 일인지 학부의 콘셉트와 프레임을 확대·확장해서 SAC(식스아츠칼리지)를 만들겠다고 나섰다. 이번에는 '큰 가방' 프레임을 넘어선 가방의 모양새와 구조 타령이었다.

교양학부대학이 육예교육을 수용하기에 적절치 않은 시스템이라는 것이다. 형식과 내용이 같아야 하는데, 이것이 서로 달라서 문제라고 했다. 이쯤 되자 중석대 교수들도 바보가 아닌지라 말도 안 되는 주장이라며 반박했다. 그러자 안장생이 모르는 소리들을 하고 있다면서 펄쩍 뛰었다. 콘셉트와 프레임의 겉모습이 같다고 해서 다 같은 것이 아니라는, 특유의 알아듣기 힘든 억지 주장으로 반론을 제기하며 교수들을 나무랐다.

자존심이 상해 발끈한 교수들은 그것이 결국 다 같은 것이고, 설령 내용과 형식이 서로 다르다고 할지라도 『전쟁과 평화』와 같은 명작이 나오는 것이라는, '전문적 사례'까지 끌어들여 한 달 동안이나 안장생과 논쟁했다. 아니 신경전을 벌였다. 『전쟁과 평화』를 들어보기만 했지, 읽어본 적이 없는 안장생은 논쟁을 받아 이어나가지 못했다.

신경전이 길어지고 자신이 논리와 세(勢)로 밀리게 되자, 안장생은 금 이사장을 찾아갔다. 어찌된 일인지 자신이 수세에 몰리고 있는데도 금 이사장이 지켜보기만 할 뿐 나서지 않은 때문이었다.

이사장과 마주한 안장생은 뜬금없이 이념을 끌어들였다. 빨갱이들처럼 다른 것을 같다고 하며 빡빡 우겨대는 안티 교수들의 아집과 잘못된 집단 지성이 장차 중석대를 망하게 할 적폐이자 암적 요소라는 저주 같은 진단과 예언을 전달했다. 얼굴이 붉어진 안이 마치 누명을 쓰고 울부짖는 바울인 양 고래고래 소리를 질러 대자, 서둘러 보청기를 뺀 여든둘의 이사장이 그를 달랬다.

금 이사장은 자신의 경험상, 장마철 개구리처럼 울 줄이나 알지, 하나만 알고 둘은 모르는 게 교수들이니 기운 빠지게 싸울 것까지는 없다고 달랜 뒤, 그날 밤 마드무아젤 홍─금 이사장의 내연녀였으나, 부인과 사별한 지금은 동거녀이다─까지 불러내어 별장에서 위로연을 베풀었다고 했다. 그녀는 안의 '리좀 발언' 이후 가까워졌다. 독일 철학을 전공한 철학자가 프랑스 철학을 안다는 이유였다.

그리고 이날 밤, 주흥이 오른 안장생이 뒤늦게 금 이사장의 허락을 받아 오모세를 불러냈다. 안이 오를 부른 것은 여러 의미로 해석될 수 있었으나, 어쨌든 그 뒤부터 모세는 안장생의 지팡이이자 '가방모찌'가 되었다.

이튿날, 이사장이 마드무아젤 홍까지 불러서 환산(環山) 별장에서 주연을 베풀었다는 소문이 학내에 퍼졌다. 모세가 안의 나팔수가 되어 퍼뜨린 소문이었다. 별장에서의 주연이 중요한 의사결정 단계에서 곧잘 벌이는 쇼이자 승인 세리머니라는 것을 잘 알고 있는 중석대 교수들은 망연자실했다.

금기태 이사장과 금상걸 총장의 전폭적인 지지와 오모세를 원군으로 얻은 안장생이 그로부터 3개월 뒤에 식스아츠칼리지를 전격 신설한 것이다.

SAC 신설과 함께 교양교육담당 특임부총장으로 영전한 안장생은 또다시 전공의 시각으로 교양을 보면 안 된다는, '生卽敎養 死卽專攻(생즉교양 사즉전공)'이라는 캐치프레이즈를 내걸고 비정년트랙 교수들을 독려했다. 교양을 담당하는 일부 비정년트랙 교수들은 그를 개선장군처럼 맞이했다.

안장생은 자신의 모순을 기꺼이 이해하고 동문서답을 알아듣는, 아니 알아듣는 척하는 오모세를 금 이사장에게 SAC 초대 학장으로 추천했다. 동문서답에 긍정적, 호의적 반응을 보인다는 것은 대의를 함께한다는 의미라 볼 수 있기 때문이었다.

오모세를 '바지학장'으로 앉힌 안장생은 교양담당 특임부총장으로서

SAC를 수렴청정하고 섭정했다. 하지만 안장생이 오모세의 현란한 처세술에 속아 미처 보지 못한 게 있었다. 중석대 터줏대감을 자임하는 모세는 '큰 그릇'이었다. 안장생의 가방모찌 따위에 만족할 사람도, 바지학장에 만족할 소인배가 아니었다. 가방모찌와 바지학장은 안장생의 머리 꼭대기로 오르는 사다리였다. 오는 그 머리 꼭대기에서 금 이사장을 마주보며 중석대를 굽어보고자 했던 것이다.

오모세가 학장이 된 지 채 한 학기가 끝나기도 전에 안장생은 오모세의 기습적인 뒤집기 기술에 걸려들어 나자빠지고 말았다. 결국 타성바지나 다름없는 안이 중석대에서 잔뼈가 굵은 교수들의 '진면목'을 알려고 하지 않고 얕잡아봤다가 된통 당하게 된 것이다.

안장생이 오모세의 특출한 처세술인 교언영색―감언이설―구밀복검―안면몰수―면종복배식의 5단계 농락 플레이에 걸려든 것이다. 36계 병법 중 30계인 반객위주(反客爲主: 손님으로 갔다가 주인 행세를 하라)가 오의 필살기라는 것과 오가 중석대에서는 오직 금 이사장만 인정하고 따른다는 것을 알았다면 당하지 않을 수도 있었다.

그러나 안장생도 고수였다. 그는 모세의 배신이 몰고 온 자신의 위상 실추와 왕따 현상에 대해 따로 저항하거나 반발하지 않았다. 모세의 30계에 12계(順手牽羊: 모르는 척 양을 끌고 가라)로 맞섰다. 가만히 놔둬도 스스로 망하게 될 것이라는 것을 알았던 때문일까.

안장생은 오의 배신과 무관하게 특강, 세미나, 정책자문 참석 등을 이유로 밖으로만 나돌았다. 밖에서 버는 돈이 만만치 않다는 소문이 돌았는데, 그런 소문 속에서 중석대 육예교육은 또 1년 반을 허송세월했다.

SAC는 교양학부대학 때보다 사무행정실과 학장실 공간이 늘고, 교양 교과목의 가짓수와 이수학점이 늘고, 비정규직 행정직원과 비정년트랙 교수들만 늘었을 뿐 달라진 것이 없었다. 안장생을 '뒷방 늙은이'로 만들고 권세가 커진 오모세는 비정년트랙 교수들과의 잦은 마찰과 갈등으로 SAC에서 끊임없는 말썽을 불러일으켰다. 안장생의 머리 꼭대기에 올라 안장생을 제압하고 금기태 이사장의 신임을 얻었기에 그는 적어도 SAC 내에서는 무소불위였다.

교양학부대학 때부터 비정년트랙 교수들은 정년트랙 교수들과 같은 수준의 연구·교육·봉사를 함에도 불구하고 저임금과 낮은 복지 그리고 무시와 홀대 등으로 학교와의 관계가 온전치 못했다. 물론 SAC 개설 이후 새로 임용된 비정년트랙 교수들도 마찬가지였다. 그래서 상대적 박탈감과 소외감으로 속앓이들을 하고 있었는데, 이를 다독이며 해결해야 할 학장인 오모세는 되레 비정년트랙 교수로서의 주제 파악을 똑바로 하고 행동하라는 식으로 엄포를 놓거나 불평·불만을 드러내는 교수들에게는 너절한 불이익을 주며 윽박질렀다.

결국 감정까지 상하게 된 그들의 울분이 커지고 깊어져서 원혐이 되었고, 폭발 직전의 마그마가 되었다. 하지만 오모세는 자신이 철밥통 정년트랙이라는 점과 금 이사장의 신임을 받고 있는 실세 학장이라는 점을 내세워 여전히 비정년트랙 교수들을 업신여기며 통제하고 감시하고 억압했다.

육예교육에 걸맞은 인문학적 소양이라거나 이렇다 할 성품조차 갖추지 못한 오모세가 학장직을 수행하는 방편은 오직 '5단계 농락 플레이'에 기반한 처세술뿐이었다. 육예교육을 실행하려면 뭘 좀 알아야 하는데, 자칭 현실주의자이다 보니 아는 것이 중요하지 않았다. 결국 연원도, 사유도, 상황도, 맥락도 모르는 상태에서 육예교육을 실행하려니 무리와 오류와 시행착오와 강압이 따르지 않을 수 없었다. 문제가 여기저기서 터졌는데, 방치하다 보니 곳곳에서 곪고 썩었다.

본래 SAC의 육예교육은 안 특임부총장이 그때그때 시의적절한 계획을 수립─드라마 촬영현장에서 쪽대본을 쓰듯이─하면, 모세가 이를 받아서 그때그때 실행한다, 였다. 그런데 안장생은 당초 육예교육에 대한 설계조차 미완이어서 정작 제대로 알거나 할 수 있는 게 없었고, 모세와의 관계마저 틀어져 굳이 고민할 필요도 없는지라 금 이사장과의 관계만 '관리'하면서 전도사처럼 밖으로 나돌기만 했다. 안장생에게 육예교육은 보이는 것의 실상이요 바라는 것의 실체와 같은 것이었다. 정말 볼드모트 같은 것이었는데, 문제는 볼드모트처럼 언젠가는 실체가 나타난다는 보장이 없다는 것이었다.

오모세로서는 발등에 떨어진 불이었다. 당장 언 발에 오줌이라도 눠야 버틸 판이었다. 그러다 보니 설익고 엉성하기 짝이 없는, 자신조차도 뭔지 알 수 없는 계획안으로 비정년트랙 교수들을 몰아붙일 수밖에 없었다. 어정쩡하고 불안정한 신분 때문에 알아도 아는 척, 몰라도 모르는 척조차 할 수 없는 비정녁트랙 교수들을 몰아붙인 것이다.

모세가 이처럼 오직 자신의 학장직을 지켜야 한다는 일념으로 1년 6개월 동안 천둥벌거숭이가 되어 되도 않는 방책들과 독단으로 악전고투하고 있을 때, 뜻밖의 사태—어쩌면 예상된 사태일 수 있었다—가 터지고 말았다. 안장생이 36계 중 12계를 버리고, 36계 주위상(走爲上: 도망치다)을 선택한 것이다.

절대 권력자인 금 이사장을 뒷배 삼아 중석대 교양교육을 장장 14년 동안이나 쥐락펴락해 온 안장생이 특임부총장 잔여 임기를 6개월가량 남겨놓고 사의를 밝힌 것이다. 그러니까 고액에 스카우트 한 에이스 투수가 불펜에서 연습구만 던지다가 은퇴를 선언한 것이나 마찬가지였다.

정확히 14년 5개월 동안 공언(空言)만 장대(張大)했을 뿐 이렇다 할 성과, 아니 싹조차 틔우지도 못한 채 지지부진, 갈팡질팡, 좌충우돌, 좌고우면만 하다가, 자신이 내세워 조종하려 했던 오모세에게조차 무시당하는 상황에 이르자, 그만 발을 빼겠다는 뜻이었다. 결국 36계였는데, 안장생으로서는 예정된 선택일 수밖에 없었다.

그는 금기태 이사장을 찾아가 14년 전 '판석맹약(板石盟約)'—아마도 판석동 법인에서 이사장과 모종의 약조가 있었던 것 같다—의 초심으로써 몸이 허락할 때까지 견마지로하려 했으나, 어느덧 자신의 몸이 많이 늙어 사유가 노쇠해져 미망에 빠졌고 육예교육에 대한 중석대 교수들의 무지와 비협조를 더 이상 감당할 기운이 없어서 물러나기로 했으니 허락해 달라고 간청했다. 그러면서 자신이 물러나야 오모세 학장이 가고자 하는 새 길을 온전히 갈 수 있을 것이라고 덧붙였다. 결국 오모세의 전횡 때문에 물러난다는 것을 에둘러 표한 것이다. 음흉한 대학자였다.

이사장은 그만 물러나겠다는 뜻을 밝힌 안에게 아무것도 묻지 않고, 그동안 수고했다면서 그러라고 했다. 배석한 견대성 정책기획조정실장의 말에 의하면, 금 이사장이 입을 앙다문 채 장장 1분여 동안 안장생을 물끄러미 쳐다본 것이 전부였다고 했다. 예상치 못한 반응이었다.

안장생은 자신을 흔쾌히 놓아준 이사장이 감사하다기보다 서운했다. 그래서 하지 않아도 될, 아니 하면 안 될 말을 하고 말았다. 지금은 비록 떠나지만 완전히 가는 것은 아니고, 14년 후의와 신의만큼은 영원히 지키겠다는 흰소리를 한 것이다.

"14년을 쉬지 않고 달렸으니 당연히 힘들지. 사람도 짐승인지라 힘들 때는 쉬어야 해. 잘 쉬고 계시다가 부르면 다시 오시오."

감언에 동한 금 이사장이 이마를 다탁 위에 대고 감사를 표하는 그의 등을 토닥이며 말했다. 마드무아젤 홍을 빼고, 누가 됐건 간에 간다는 사람은 잡지 않는다는 금 이사장다운 대처였다.

자신이 원하던 바였으나, 그래도 일언반구 없이 즉각적으로 냉큼 사의를 받아준 것에 대해 여전히 얼떨떨하고 서운한 안장생은 부르면 다시 오라는 말에 당황한 양 양손만 비벼댔다. 마치 거짓말을 했다가 들킨 아이 같았다.

"이제는 제 나이가……."

무릎을 조아린 안이 뒷말을 삼켰다.

"난 여든둘에 현역이오. 은퇴할 생각일랑 마시고, 때가 오면 또 봅시다."

금 이사장은 안장생이 다탁 위에 올려놓은 사직서를 내려다보며 호기롭게 말했다. 본래 사직서는 교학처장이나 총장에게 제출하면 될 일이었다. 굳이 법인으로 와서 이사장에게 제출할 필요가 없었다. 하지만 안장생의 깊고 컴컴한 속내를 어찌 알겠는가.

그로부터 일주일 뒤, 학내에 이상한 소문이 나돌았다. 안장생 특임부총장이 건강상 이유로 교수생활을 은퇴하려고 중석대를 사직한 것이 아니라, 남녘에 있는 모 지방사립대학으로부터 콜을 받고 전격 이직한 것이라고 했다. 잔뜩 벌여놓기만 하고 뒷수습을 못하고 있는 육예교육에 대한 책임 회피를 위해 오 학장의 독단을 핑계로 사직한 것이라는 또 다른 소문도 있었다. 이런 소문 탓에 안장생은 도망자에 배신자라는 낙인이 찍혔다. 비정년트랙 교수들은 SAC 내 권력 투쟁에서 안 특임부총장이 오 학장에게 밀려난 것이라고 했다.

모두 맞는다고 할 수도 없지만, 아니라고 할 수도 없는 소문이었다. 모세에게 밀린 안장생은 스카우트 제의와 무관하게 금기태 이사장으로부터 중간 신임을 받고 싶었고, 사직서를 반려하면 그대로 눌러앉을 생각이었다. 그러니까 소문과 사실이 다르지 않았다.

그런데 알 수 없는 것은 무책임을 혐오하여 호환 마마보다도 무섭고 위험한 것이라고 역설하던 금기태 이사장이 그동안 안장생이 해 온 일의 과정과 맺지 못한 결과에 대해서는 침묵했다는 것이다.

4

"요즘 우리 오 교수를 보고 있으면 융·복합교육이라는 게 왜 필요하고 중요한 것인지를 온몸으로 짜릿하게 느낄 수 있다니까, 오우 대단해! 굿이야, 굿!"

취기가 빠짝 오른 견대성 교수가 오모세를 향해 엄지척을 해 보이고는, 온몸을 비비 꼬아가며 말했다. 비아냥만은 아닌 것 같아서 오는 우쭐했다.

"독박 쓴 교수와 양박 쓴 교수가 같을 순 없지. 흐흐."

묘종팔 교수가 맞장구를 쳤다. 모세가 곧 두 개의 박사학위를 가질 것이라는 뜻으로 한 나름의 조크 같았다. 법인 정책기획실장 견대성은 기획력은 없으나 눈치와 예능감이 탁월했다. 프랑크 시나트라의 〈마이웨이〉를 프랑스어 버전으로 감칠맛 나게 불렀는데, 이 노래를 금기태 이사장과 마드무아젤 홍이 무척 좋아했다.

견 교수가 상송으로 취흥을 띄우면 금기태 이사장은 시로써 화답했다. 그는 추레한 삶을 곧은 낚시질하듯이 살다간―금기태의 표현이다―박용래 시인의 '오류동의 동전(五柳洞의 銅錢)'이라는 시를 구슬픈 어조로 읊조리고는 했는데, 박 시인의 시 160편 중 50여 편을 암송할 만큼 광팬이었다. 노년에 치매 예방을 위해 한두 편씩 짬짬이 외웠다고 했는데, 시인 서정주를 뺨칠 만한 암기력과 기억력을 가진 노인이었다.

금 이사장이 박용래 시인을 좋아한다는 것은 특이 취향이었는데, 어쨌든 견도 금 이사장이 애송하는 시 50편 중에 10여 편을 구구단인 양 줄줄 외웠다. 물론 대다수 본부 보직자들도 한두 편 정도는 외워 술자리에서 분위기를 띄우고 이사장의 취흥을 돋우는데 활용했다. 이게 중석대만의 자랑스러운 문기(文氣)이자 낭만이었다.

놀라운 것은 '블루투스(구생만 교수의 별명)'―이사장과의 술자리에 블루투스를 지참하고 다닌다고 해서 붙여진 별명이다—의 경우, 입학처장으로 보임된 지 3개월 만에 50편뿐만 아니라 10여 편의 시를 더 외워 금 이사장을 감동시켰다는 것이다. 어떻게 해서든지 금기태 이사장에게 잘 보이려고 안달하는 중석대 교수들은 다들 이렇게 열심히 살았다.

오모세가 자신의 제2 박사학위 취득을 당겨서 자축—보직이 없는 그로서는 금 이사장을 만나려면 구실이 필요했다—하고, 이 자축이 가능토록 배려해 준 금기태 이사장의 은공에 대한 감사의 뜻으로 골프 라운딩을 준비했으나 무산됐다. 이사장의 스케줄 관리 담당인 견 실장이 당분간 시간 내기가 힘들다고 했다. 믿기 어려운 말이었으나 믿어야 했다.

묘와 견을 포함해 넷이 함께하려던 이사장과의 골프 라운딩은 무산됐어도, 도원결의 관계인 두 선배는 따로 모셔야 했다. 이사장이 술자리마저 힘에 부친다는 이유로 사양했다는 바람에 셋만의 오붓한 자리가 된 것이다.

이사장은 고향의 '뒷골방죽' 저수량만큼의 술을 마셨노라고 자랑하는 주당이었다. 지금도 여전히 교육부 관계자들과 은밀한 술 모임을 갖는 것으로 알려져 있었다. 82세 고령이라 음주가 힘이 부친다는 것은 핑계였다.

모세는 견과 묘를 포함하여 측근들이 둘러친 인의 장막이 더욱 공고해졌다는 느낌을 받았다.

"자축과 보은을 위한 이사장님 초빙 라운딩이라…… 결초보은은 들어봤어도 골프보은은 첨 들어보네. 흐흐흐. 아무튼 타이틀이 멋졌어. 더하기 빼기밖에는 모르던 우리 모세가 늘그막에 공부한 태가 난다. 크크크. 굿!"

말 많고 가벼운 견 교수가 자발 맞게 웃으며 덧붙였다. 그 바람에 씹던 안주 찌꺼기가 튀어나와 오의 뺨에 들러붙었다.

"금 회장님이 우리에게 감사해야 한다니까. 우리가 아니었으면 진정한 중석인, 장차 중석대 육예교육을 구원할 모세를 해고할 뻔한 거잖아?"

술자리에서 이사장을 회장으로 부르는 것은 셋의 불문율이었다. 견은 취기 때문인지 불필요한 과거사를 지껄였다. 사회복지교육원 예산 유용 및 횡령 의혹 사건 때 자신들이 한 구명 운동을 두고 하는 말이었다. 오모 세는 술을 사면서 엿 먹는 기분이었다.

"자, 백골난망 견 선배님. 제 술 한 잔 받으세요."

오모세는 3년이나 지난 얘기를 다시 우려먹는 공치사에 기분이 상했으 나, 중석대의 비주류이면서 명실상부 실세—둘 다 일당백으로 주류 교수 들을 상대했다—인 선배 교수들 앞인지라 표정과 태도를 관리하지 않을 수 없었다. 게다가 국가대표 미들급 복싱선수였던 묘종팔 교수와 함께하 는 자리에서는 각별한 조심이 필요했다. 빗맞은 한 방에도 불구가 될 수 있었다.

오모세에게 두 교수는 같은 대학, 같은 대학원을 나온 선배이자 뒷배로 서 구세주 같은 분들이었다. 지역 명문 평주고와 S대 출신 들이 주류로서 금씨 일가를 둘러싸고 득세하는 중석대에서 타 지역 이류급 고교와 대학 출신임에도 사회복지교육원 원장과 SAC 학장을 할 수 있었던 것은 두 선 배 밑으로 들어가 깍듯이 모셔운 공덕이었다.

특히 묘 교수는 말이 험하고 주먹이 거칠었지만, 금 이사장의 호위무사 이자 골프 코치로서 35년 가까이 총애를 받아온 아첨꾼이었다. 외모는 슈 퍼 헤비급으로 변해 둔하고 미련해 보였으나, 여전히 몸놀림이 잽쌌고 순 식간에 사슴을 말로 둔갑시키는 언변까지 있어서, 금기태 이사장의 총애 는 물론, 금상걸 총장의 신임까지 받고 있었다. 무식하고 투박한 외모는 되레 그가 내뱉는 말의 진정성을 보증해 주는 기이한 효과를 낳았다. 저 런 적나라한 외모에서는 거짓말이 나올 수 없을 것이라는 사회적 편견 때 문이었다.

어쨌든 이 묘종팔 교수가 3년 전에 예산 유용 및 횡령 사건으로 사경을 헤매는—전례에 따르면 면직까지 가능한 조사 결과였다—오모세를, 단기

필마로 장판교에서 유비의 아들을 구한 조자룡이처럼 단박에 구원해 준 은인이었던 것이다.

묘 교수는 학생처장만 8년째 맡고 있었다. 연달아 8년은 아니었고, 2+6년이었다. 장기집권이었는데, 그럴 만한 이유가 있었다. 버르장머리 없고 막무가내인 학생들—심지어는 학생회장과 대의원회 위원장이 조폭 소속인 경우도 있었다—과 부대끼는 것에 신물이 난 본인은 그만하고자 했으나, 유독 학생들을 무서워하는 총장들이 아직은 대체할 만한 인물이 없다면서 놓아주지 않았다.

운동으로 다져진 체력에 두주불사인 묘 교수는 문제가 터질 때마다 학생자치단체 장들을 따로따로 만나 주량과 말발로 각개격파했다. 대화에서는 주로 개별 학생자치단체들 간의 연대를 막기 위한 전략으로 정교한 이간질이 이루어졌다.

아무튼 학교와 학생 간에 이견이나 충돌이 생기면 설명—이해—설득—조정—합의의 수순을 밟았는데, 초장에 음주 담판으로 전광석화처럼 해결했다. 물론 그의 살기 띤 적나라한 표정과 주먹도 한몫했다.

술을 잔뜩 먹이고—물론 묘 처장도 똑같이 마신다—술이 '꽐라'가 된 상태에서, 교수와 학생이 서로를 알아보지 못하는 지경에 이르기 직전—묘는 이를 '진실의 순간(Moment of Truth)'이라고 했다—에, 그러니까 초저녁에 시작한 음주가 새벽 2시가 넘어서 체력과 정신력이 한계에 다다랐을 즈음에 본격적인 '쇼부'에 들어갔다. 한 집에서 막걸리 또는 소주—맥주—비막(맥주+막걸리) 수순으로 마셨고, 합의가 이루어지기 전에 먼저 취하거나, 졸거나, 화장실을 가려고 자리를 뜨는 쪽이 패자가 됐다.

패자는 승자의 요구를 무조건 수용해야 했다. 그래서 묘 처장보다 방광이 작은 학생들은 기저귀를 차고 협상에 임한다는 소문이 돌았다. 묘 처장은 이런 소문으로 둔갑한 사실이 자신의 위신과 명예에 해가 되는지라 언제나 일관되게 부정했다.

"회장님께서 우리 오 교수가 뽑아 올린 손익계산서를 보시고 탄복하셨어. 오 교수가 중석대의 모세라며 학과는 죽어나가고 등록금은 10년째나 동결인 상태에서 우리 대학이 살아남으려면 자기와 같은 현실적 손익 마인드를 가져야 한다고 하시더만. 이번엔 회장님 복심을 제대로 찌른 것 같아. 이러다가 조만간 SAC 학장으로 복귀하는 거 아냐."

양은 주전자에 '비막'을 말아 돌린 견 교수가 모세의 어깨를 토닥이며 말했다.

"회장님 눈에 쏙 든 거야. 흐흐흐."

묘 교수가 특유의 느끼한 웃음으로 거들었다. 주거니 받거니 하는 양과 속도와 주종(酒鍾)의 수순이 심상치 않았다. 30분이 안 됐는데, 소주 두 병에 맥주 여섯 병을 마셨고 막걸리와 맥주를 융·복합해 마시고 있었다. 묘를 뺀 견과 오는 그사이에 화장실을 두 번 다녀왔다. 둘 다 사흘만의 술자리라고 했는데, 술꾼이 사흘을 굶으면 이렇게 급히 많이들 마시나 싶었다. 모세는 술꾼들이라기보다 알코올중독자들로 보였다.

여느 때와 마찬가지로 견 교수가 선배인 묘 교수의 비위를 맞추느라 무던히 애를 쓰는 것 같았다. 둘은 연예계의 남철·남성남, 바니걸스, 장소팔·고춘자처럼 잘 어울렸는데, 언제 어디서나 견이 묘를 하늘처럼 떠받들었다.

"어차피 수학 능력 안 되고 수학할 의지도 없는 놈들인데, 뭘 가르치고 어떻게 가르친다 한들 돼지 목에 진주목걸이 아닌가요?"

견 교수에게 부탁해서 금 이사장에게 바친 '교양교육 손익계산 보고서'를 잠깐 요약 설명—셋 사이에는 비밀이 없어야 했다—한 뒤에 비막을 원샷했다.

구조 혁신을 할 때, 학생 교육이 아닌 학교 경영을 기준으로 해야 한다는 것이 오모세의 소신이었다. 그러니까 안장생이 말한 육예교육을 교양교육이라는 측면에서만 볼 것이 아니라, 학교 경영적 측면에서도 바라봐야 한다는 점을 덧붙인 것이다.

제대로 된 교양교육을 하려면 돈이 많이 들어간다. 모세는 교양교육을 한답시고 학교 재정을 거덜 내고 있는 모 대학의 조사 사례를 들어 이 점을 일깨워주고 싶었던 것이다. 이 자리에 금 이사장이 없는 게 아쉬웠다. 이사장의 비위를 맞추기 위해 열심히 준비한 이야깃거리와 감언(甘言)이 많았다.

견 실장은 금 이사장이 술자리에는 참석치 않으리라는 것을 미리 알고 있었던 것 같았다. 음흉한 놈이 모세에게는 일러주지 않은 것이다. 견이 금 이사장을 둘러싼 제1 철의 장막이었다.

"돼지, 진주목걸이. 오우, 우리 오 교수, 비유도 따봉이야. 그렇죠, 형님?"

견이 갑자기 과장된 언행으로 묘의 동조를 구했다. 모세는 견이 또 뭘 감추는 게 있거나, 제 발 저린 짓을 한 건 아닌지 의심스러웠다. 무언가 캥기는 짓을 했을 때 곧잘 보이는 오버였기 때문이다.

"누구나 늦바람이 무서운 법이지."

묘 교수가 추임새를 넣듯이 대꾸했다. 그러고는 옆에 붙어 앉아서 젓가락으로 전(煎)을 찢는 여주인의 허벅지를 주물러댔다. 청바지를 입은 여주인의 허벅지가 대리석 원기둥 같았다. 전직 국가대표 사이클 선수였다는 여주인은 묘 교수의 12년 후배인데, 두 번째 이혼을 한 뒤에 '두 바퀴'라는 술집을 차렸다고 했다. 묘 교수의 단골술집이었다.

"술은 역시 맘이 맞는 사람들끼리 마셔야 맛이 납니다요. 자, 형수님!"

견이 자신이 비운 잔을 여주인에게 건네며 말했다.

"형수는 무슨……"

퉁을 준 여주인이 낚아채듯 잔을 받으며 묘 교수를 흘겼다.

"형님, 잘 좀 해드리세요. 회장님도 선택을 했으면 집중이 중요하다고 하시잖아요."

견이 적당히 찌그러진 양은 주전자를 두 손으로 받쳐 비막을 따르며 묘를 향해 말했다.

"니들 내 술 한 잔 받고 싶냐?"

허리를 숙인 묘가 구두를 벗어들며 물었다.

"악, 형님! 이, 이러시면 저 먼저 갑니다요."

비명을 내지른 견이 술을 따르다 말고 벌떡 일어섰다.

— 잊지는 말아야지 만날 순 없어어도오

백영규의 '잊지는 말아야지'가 흘러나왔다. 노래가 나오자, 묘 교수가 여주인과 잠깐 눈을 맞췄다. 올 때마다 나오는 곡이었는데, 아시안게임 수상자 축하연에서 둘이 듀엣으로 불러 호응을 얻은 노래라고 했다.

"형님. 제가 떠나기 전에 부탁드린 건 좀 알아보셨어요?"

모세가 주전자를 들어 묘 교수의 빈 잔에 비막을 따르며 물었다. 질문을 하자마자 묘 교수의 표정이 순식간에 일그러지는 것을 보고는 아차, 싶었으나 엎질러진 물이었다.

교환교수로 떠나기 전에 가졌던 도일(渡日) 송별연 자리에서 술에 취한 모세가 구해주 교수에 대한 복수를 다짐하며 뒷조사를 부탁했는데, 뭘 좀 알아냈냐는 물음이었다. 당시 두 선배 교수도 모세의 분노와 복수 의지에 동조와 응원의 뜻을 보낸 바 있었다. 그 문제를 해결하느라 셋이 두 달 가까이 치른 고초가 이만저만이 아니었다. 모세의 난데없는 질문에 잠시 침묵이 흘렀다. 둘 다 모세의 질문에 당황해하는 것 같았다.

"이리 와 봐."

잠시 눈을 감았던 묘 교수가 집게손가락을 까딱까딱해 모세를 가까이 불렀다. 집게손가락이 가래떡 굵기였다. 자리에서 일어선 모세가 취기를 가누며 묘에게 다가갔다. 순간 빡, 하는 소리와 함께 목과 상체가 동시에 휙돌아간 모세가 바닥에 나뒹굴었다. 모세는 번개를 맞은 것 같았다.

묘종팔의 갑작스럽고 강력한 손찌검에 놀란 견 교수와 여주인이 어쩔 줄 몰라 주춤하다가 쓰러져 버둥대는 모세를 일으켜 세웠다. 우당탕하는 소리에 물이 떨어지는 행주를 든 채 달려 나왔던 주방아줌마가 살벌한 분위기를 보고는 뒷걸음질 쳤다. 술손님들도 곁눈질로 상황을 살피는 눈치였다.

— 꿈속에 젖어 젖어

묘 교수와 함께 모세를 일으켜 세운 여주인은 테이블을 돌며 소동에 놀란 손님들에게 해명과 사과를 했다.

"해주가 널 무고한 거냐?"

토르의 망치 같은 주먹을 움켜쥔 묘가 가까스로 정신을 가누고 있는 모세에게 물었다.

"……예?"

— 님 찾아 가며언 내 님은 나알 반겨주시겠지이

모세가 겁에 질린 표정으로 허둥댔다. 항의나 반항의 기미는 엿보이지 않았다.

"네가 구 교수한테 무고를 당한 거냐고?"

묘가 폴니르 망치 같은 주먹을 들어 올리며 재차 물었다. 고개를 숙인 모세가 대답하지 않았다. 무고는 아닌 때문이었다. 모세 곁에서 읍을 하고 서 있던 견 교수가 눈짓을 보냈다. 어서 사과를 하라는 눈짓 같았다.

"어이, 오 교수. 복수 같은 건 달건이 새끼들이나 하는 짓이야. 고개 들어봐."

모세가 고개를 들었다. 그러고는 미간에 실지렁이 같은 주름을 잡았다.

"우린 교수다. 교수답게 살자."

묘가 고개를 든 모세를 올려다보며 말했다.

"우리가 뭐라고?"

대꾸가 없자, 벌떡 일어선 묘가 모세를 노려보며 다시 물었다. 실지렁이가 송충이로 변했다.

"햐, 이 새끼 보게."

묘가 번쩍 들어 올렸던 폴니르 망치를 내렸다. 그러고는 담뱃갑과 라이터를 챙겼다.

"형님! 이러고 가시면 어쩝니까요?"

견 교수가 돌아서 나가려는 묘 교수의 옷소매를 움켜잡으며 무릎을 꿇었다. 그러고는 장승처럼 서 있는 모세를 향해 눈을 부라리며 "야!", 하고 소리쳤다. 어서 복명복창을 하라는 뜻이었다.

"교숩니다요, 형님!"

모세도 무릎을 꿇고 묘 교수의 바짓가랑이에 매달렸다. 술손님들이 굳은 표정으로 이들의 하는 짓을 힐끔힐끔 훔쳐봤다. 바짓가랑이가 잡힌 채 엉거주춤한 자세로 서 있던 묘 교수가 주변을 휘둘러보고는 마지못한 양 자리에 앉았다.

묘가 자리를 잡고 앉자, 견이 자신의 구두 한 짝을 벗어서 상 위에 올렸다. 고린내가 술 냄새와 버무려졌다.

묘가 기다렸다는 듯이 견의 구두에 비막을 따랐다. 묘 교수가 해병대 장교 시절 부하들과 함께 마셨다고 자랑을 하던 '구두주(酒)', 그리고 셋이 영원한 의리를 다짐하며 마셨던 구두주, 일명 '도원결의하나주'를 23년 만에 다시 받은 모세가 잔을 머리 위로 번쩍 치켜들었다.

"죽으나 사나, 우리 삼형제는."

정신을 가누고 빳빳이 선 모세가 건배 앞 구절을 선창했다.

— 잊지는 말아야지 헤어져 있어도오……

"하나닷!"

자리에서 벌떡 일어선 묘와 견이 이구동성으로 화답했다. '구두주'가 오모세에 이어 견대성, 묘종팔 순으로 한 순배 돌았다. 술손님들이 놀랍고 한심하다는 표정으로 이들의 하는 양을 힐끔힐끔 바라봤다.

5

"그건 안 됩니다."

소이만 학장이 오모세 특임자문위원의 '자문'을 일언지하에 거절했다. 가짓빛 멍 자국이 절정에 오른 모세의 뺨이 검붉게 변했다. 모세가 자신의 말을 무시한 소 학장을 쏘아봤다.

밖에는 가을 장맛비가 그악스레 내리고 있었다. 빗줄기가 채찍질하듯 창을 때렸다.

— 나 주님이 더욱 필요해 이전보다

소 학장이 틀어놓은 복음성가 메들리가 빗소리에 꺼들리고 있었다.

"왜?"

모세가 담배를 꼬나물며 시비조로 물었다.

"여긴 금연이오!"

소 학장이 제지했으나, 모세는 못들은 척 담뱃불을 댕겼다. 소파에서 벌떡 일어난 소가 창을 거칠게 열었다. 창을 열자, 순식간에 들이친 빗물이 응접소파를 적시고, 바닥에 흥건히 고였다.

— 주가 필요해 필요해

황급히 비를 피한 모세가 두어 모금 빤 담뱃불을 껐다. 담배를 피우고 있는 한 소 학장이 창을 닫을 것 같진 않았다.

그는 복교한 지 얼마 되지도 않았는데, 불필요한 말썽을 일으켜 구설에 오르내리고 싶지 않았다. 며칠 전 구두주를 마실 때, 묘종팔 교수가 건넨 충고대로 당분간 자숙이 필요할 것 같았다. 창을 닫은 소 학장이 모세의 자문에 대한 자신의 의견을 뒤늦게 밝혔다.

"A 전공과 B 전공이 화학적으로 결합되어져 개별적 차원에서 새로운 결과물을 창출하도록 가르치는 것이 융·복합교육이지, A 분야를 전공한 특정 교수가 자신의 입장과 시각에서 B 분야 전공을 공부해 결합시킨 결과물을 학생들에게 가르치는 것은 융·복합교육이라고 볼 수 없습니다. 오 교수님이 당장 시행하라고 다그치는 융·복합교육이 후자 아닙니까?"

"맞소."

모세는 껌을 꺼내 씹으며 그게 무슨 흠결이라도 있느냐는 듯이 답했다.

— 더욱 표현할 수 없네 주가 필요해

"그건 대학에서 가르칠 학문이 될 수 없습니다. 융·복합이란 이런 거야, 라는 사례 설명이 어떻게 정식 교과목이 되고, 학문이 될 수 있습니까. 그건 융·복합 오리엔테이션이지요. 또 개인적 소신과 관점에 근거한 지식이나 정보는 학문이 될 수 없는 게 아닙니까?"

"교수가 사적 소신과 관점에 근거해서 강의를 하면 안 된다는 근거가 뭐요?"

모세가 시비조로 물었다.

— 나 주님이 더욱 필요해 이전보다

"융·복합교육을 시작한 게 6년이 넘었는데, 우리 대학은 아직 변변한 교재도, 교안도 없습니다. 융·복합 과목을 담당한 교수들이 학제 간 복수 학위를 가진 것도 아니고, 석학도 아닐 터인데 교재나 교안 없이 주먹구구식으로 하는 강의가 어떻게 학문이란 말이오?"

공동 교재나 교안은 물론, 개별 교재나 교안조차 없었다. 젊은 교수들이 정체불명의 융·복합 교과목을 무작위로 만들어 각자의 개인기로 임기응변식 강의를 하고 있었다. 소 학장이 이런 문제 때문에 중단시킨 강의를 다음 학기부터 다시 재개하라는 것이 모세의 주장이었다.

"난 또 뭐라고."

콧방귀를 뀐 모세가 말을 이었다.

"소 학장, 시대정신에 뒤처진 그런 고리타분한 생각은 빨리 버리셔. 학문이 세상의 변화 속도를 따라잡지 못하고 있다는 건 어제오늘 일이 아닌데, 그걸 아는 사람이 한갓지게 학문 타령이오? 바로 그 속도 때문에 대학이 망해가고 있는 거요. 그래서 융·복합을 하자는 거 아뇨. 그리고 교안이나 교재 그런 거 만들자고 모여서 자료 조사하고, 수집하고, 갑론을박하며 분석하고, 검증하고, 회의하고, 집필하고, 교정 보고, 인쇄하고, 제본하고…… 이렇게 시간과 돈을 처들이다 보면, 죽은 자식 불알 만지는 꼴이 되고 마는 거요."

즉각적이지 않으면, 융·복합이 시대에 뒤처져 죽은 자식 불알처럼 된다는 뜻이었다. 소 학장은 학문을 죽은 자식 불알에 비유해 표현하는 모세가 못마땅했다.

─ 내 입술의 말보다 더욱 표현할 수 없네

"인터넷 사이트와 대학의 역할과 기능이 같다는 말씀을……."

번개와 천둥소리에 소 학장의 말이 잘렸다. "고지식하기는……"이라고, 퉁을 놓은 모세가 말을 이었다.

"지금이 어떤 시대인데 자꾸 근본이니, 계통이니, 역사니 하는 거요. 그런 건 포스트모던 시대를 거치면서 다 해체가 됐고, 지금은 리좀 철학으로 4차 산업혁명을 준비해야 하는 융·복합의 시대가 아니오. 죽은 학문이 아니라, 살아 있는 학문을 해야 중석대도 살아남지 않겠소? 그러니까 지식, 정보, 학문을 따로따로 분류해서 자꾸 부정적인 쪽으로만 몰고 가지 마시고, 금기태 이사장님 말씀처럼 된다는 신념과 열정으로 도전적이고 현실적인 방안을 생각해 보자는 거요."

모세는 금 이사장과 안장생으로부터 주워들은 말들을 되새김질해 가며 소 학장을 설득하려고 안간힘을 썼다. 그는 말을 하면서도 자신의 말이 맞는지 틀리는지 알 수 없는 가운데 횡설수설했다.

— 나의 호흡보다 나의 노래보다 나의 생명보다

"오 교수님은 자꾸 현실, 현실 하시는데 그게 대체 어떤 현실을 말씀하시는 겁니까?"

소 학장은 모세가 말하는 현실의 정체를 소상히 밝혀 달라고 요구했다.

"당신이 말한 전자, 그러니까 진짜배기라는 융·복합교육을 우리 애들이 따라할 수 있을 거라고 생각하시오? A 전공, B 전공을 따로따로 배워서, 물론 따로따로 배우려고 하지도 않고 따로따로 배울 능력도 없겠지만, 어쨌든 당신이 말하는 그 화학적 융·복합을 우리 애들이 스스로 할 수 있다고 진짜로 생각하느냐는 거요?"

모세가 학생들의 낮은 수학 능력과 학구열을 문제 삼아 소 학장을 몰아붙였다. 부정하기 힘든 현실이기는 했다.

— 주가 필요해 세월이 흘러도 주 곁에 거하리 결코 돌아가지 않으리 옛 삶으로

"그래서 인성교육은 되고, 융·복합교육은 안 된다는 겁니까?"

모세의 어깃장에 짜증이 난 소 학장이 되물었다. 소 학장은 충·효 사상의 시급한 복원을 위해 개설했다는 심성개조교육을 문제 삼았다. 쇼펜하우어가 말하길, 아리스토텔레스 이래로 모든 미학이 한 명의 시인도 만들어내지 못했듯이, 윤리적인 강연이나 설교로 한 명의 덕 있는 사람도 배출해내지 못했다고 했는데, 윤리도 아닌 심성을 교육으로 바꿔놓을 수 있다고 하니 기가 막힐 노릇이 아니냐고 덧붙였다. 모세는 고리타분한 옛날

얘기로 오늘을 논하지 말라고 했다.

하늘이 찢어졌는지 비가 뭉텅이로 내렸다. 천둥과 번개의 소리와 빛이 융·복합을 했는지 계통과 순서가 없었다.

— 내 힘으로 안 될 때 빈손으로 걸을 때

모세는 SAC의 교육 틀을 전복시키고자 덤벼드는 소 학장의 대거리가 못마땅했다. 소 학장에게는 금기태 이사장의 교육 비전과 가치를 무너뜨릴 권한이 없다는 것을 당장 일깨워줘야 했다.

그런데 갑자기 아랫배가 아팠다. 구두주가 부른 뒤탈 같았다. 모세는 갑 티슈를 집어 들고 벌떡 일어섰다. 그러고는 학장실 문을 박차고 달려 나갔다. 허둥지둥 바지를 까 내리자, 천둥 같은 방귀 소리와 함께 소나기 같은 설사가 뭉텅이로 쏟아졌다. 머슴이 어찌 주인 행세를 하려든단 말인가. 육예교육에 대한 어젠다와 프레임은 금 이사장의 동의하에 안장생과 자신이 2년여를 걸친 작업 끝에 마무리한 대과업이었다. 그런데 소이만이 깔아뭉개며 무너뜨리고 있었다.

견대성 정책기획실장에 의하면, 소 학장이 금 이사장을 만난 자리에서 SAC는 지어서 팔 집이 아니라, 우리가 오래 살아야 할 집이기 때문에 부실공사가 있으면 안 된다고 했다고 한다. 그러고는 부실공사를 조목조목 일러바쳤다는 것이다.

결국 자신과 안장생이 SAC를 날림으로 지었다는 것인데, 한 가지 일을 하면서도 최악의 상황을 상정해서 수십 가지 가상의 걱정을 하는 놈이니 어떤 근거로 어떻게 떠들어 댔을는지는 안 봐도 빤했다.

소 학장이 보강 공사를 통해 금 이사장의 뜻을 더욱 제대로 반영할 수도 있었고, 또 금 이사장이 그의 보고나 건의, 보강 공사 등을 통해 새로운 영감을 얻어서 새로운 시도를 얼마든지 꾀할 수 있었다.

3년 6개월 전, 모세가 SAC 학장 연임을 포기한 것은 버르장머리 없는 학생들과의 모양새 빠지는 마찰과 비정년트랙 교원들과의 불미스러운 다툼으로 인해 모세에게 불리해진 학내 여론이 엉뚱한 방향으로 치달을 수도 있다는 우려 때문이었다. 당시 똥고집 부리다가는 소탐대실할 수도 있다는 묘와 견 두 형님의 충고도 무시할 수 없었다.

강의 중에 키스를 하고 있는 커플에게 여기는 공공의 강의실이니 예의를 지키라고 지적한 것과 강의 중 잡담을 하는 여학생들에게 떠들지 말라고 지적한 것과 자다 깨 동네 편의점 가는 패션으로 핫팬츠에 욕실용 슬리퍼를 질질 끌고 시험을 보러 온 여학생에게 다시 가서 제대로 된 신발을 신고 오라고 지도한 것이 어떻게 성희롱, 성차별, 모욕, 학습권 침해가 될 수 있단 말인가. 강의실에서, 그것도 인성 과목 시간에 인성과 공중 예의의 기본 중 기본을 가르친 교수가 잘못됐다는 말인가. 만약 잘못된 것이라면 '21세기 인성과 삶'이라는 교과목은 생활 속 실천이 아니라 시험을 치르려고 개설한 것인가.

그런데 학생 당사자들의 이런 문제에 대한 사실관계 진술과 그에 따른 주장이 너무도 황당무계했다. 키스를 한 커플은 강의 중이 아니라 강의 시작 전—학생 당사자는 출석 체크 중이었기 때문에 강의 중은 아니다, 라고 했다—에 "발정난 개새끼들처럼 놀지 말고 당장 떨어지라"고 했으며, 잡담한 여학생들은 "미친년들 발광하듯이 지껄이지 말라"고 했으며, 핫팬츠에 슬리퍼 착용 여학생은 "발모가지를 분질러버리기 전에 신발 바꿔 신고 오라"고 했다며 각각 진상조사위에 출석해 자술했다.

오모세는 이런 진술 내용의 확인을 요청한 조사위에 학생들의 감정적이고 일방적인 악의적 주장이며, 자세한 워딩은 기억할 수 없다고 답했다. 견대성의 코치에 따른 것이었다.

시인도 반성도 하지 않는 오모세의 태도에 분노한 학생들이 현장 증인들의 진술서까지 받아 제출했으나, 학생이 학생 편에서 편파적으로 진술한 내용을 그대로 인정할 수 없다며 버텼다. 오 교수가 사실관계를 인정하지 않자, 진상 규명이 지연됐다. 그러자 학생 당사자들이 소셜 미디어에 글을 올리고 지방 언론사들을 들쑤셔댔으나, 매스 미디어 보도는 견대성 교수가 전직 기자 출신 교수를 앞세워 막아줬다.

다수의 비정년트랙 교원과의 갈등과 말썽도 만만치 않았다. 모세는 같은 과목을 분반하여 다섯 명의 교수가 각자 가르치는데, 성적평가를 각자의 기준과 형편에 따라 각자가 정성평가를 하겠다는 것이 말이 되는가. 같은 과목을 공동 교재나 교안 없이 제가끔 제멋대로 가르치는 것은 봐줬으나, 성적평가까지 공통의 기준 없이 각자가 제멋대로 하는 것은 학장으로서 수수방관만 할 수 없다며 문제를 제기했다.

모세는 학장의 직권으로 해당 교수 다섯 명에게 서로 논의해서 통일된 정량적 평가 기준을 만들라고 지시했다. 그래야 상대평가 과목이라 하더라도 수강 교수에 따라서 성적 불이익을 당하는 학생이 최소화될 것이라는 판단에서였다. 그런데 이것이 심각한 교권 침해에 해당한다면서 이 지시를 취소하고 사과하라며 SAC 비정년트랙 교원 전체가 공동 성명서를 냈다. 글쓰기 지도를 하는 놈들이어서 그런지, 말도 안 되는 얘기를 말이 되는 것처럼 글로 꾸며 성명서를 낸 것이다.

사실, 오모세가 이를 문제 삼은 것은 공정한 학점 평가제도 시행을 위해서라기보다 이과 출신인 자신을 우습게 보고 덤벼드는 비정년트랙 교수들의 버르장머리를 고쳐주려는 의도에서 비롯된 것이었다. 그런데 비정년트랙 교수들이 이를 학장의 갑질이라고 성토하며 되치기를 하고 나왔다.

모세는 자신이 이학 전공자인지라, 작문은 문외한일 것이라는 판단하에 무조건 덤벼드는 것이라는 생각이 들어 불쾌했다. 게다가 실용문을 문예문으로 가르치는 놈들—대다수가 문학과 철학 전공자였다—이 되레 학장인 모세에게 글쓰기에 대해 뭣도 모르면 가만히 있으라는 식으로 면박까지 주니 열을 받지 않을 수 없었다.

"문장과 문체를 구분하지 못하니까 정량평가 기준을 못 만들겠다는 거 아니오?"

대표 자격으로 항의 방문을 온 작문 교수를 향해 모세가 단도직입적으로 내질렀다.

"오 학장님! 무슨 말씀을 그렇게 함부로…… 우릴 무시하십니까?"

30대 후반이라고 했는데 머리가 훌러덩 벗겨진 놈이 성을 내며 대들었다. 학생들과 정신적 유대와 밀도 깊은 공감을 통해 학습 효과를 높이고자 오직 반말로 강의하고 반말로 소통한다는 이상한 놈이었다. 인문학을 공부했다는 새파랗게 젊은 비정년트랙 가운데는 이렇게 유별나고 특이한 별종들이 많았다.

반말이 기분 나쁘다는 학생들의 민원이 있어서 몇 차례 불러 주의와 경고를 주었으나, 그 학생들이 곧 자신의 교수법을 이해하게 될 것이라며 걱정하지 말라고 한 뒤, 고유의 강의법은 교권에 해당한다고 덧붙였다.

"뭐얏! 함부로?"

고성을 내지른 모세가 눈을 부라리며 말을 이었다.

"교정 교열은 제대로 보지 못하면서 윤문을 해대는 게 당신들 아니오?"

틀린 말이 아니었다. 작문 담당 교수들이 왜 자기들 식으로 자신이 쓴 글을 고치는 것인지 이해할 수 없고 불쾌하다며 항의하는 학생들이 있었다. 대학 후배인 '중석 글쓰기 클리닉 센터(JWCC)' 원장의 보고와 가르침을 통해 알게 된 사실이었다.

원장의 고자질에 따르면, 작문 교수들이 맞춤법과 띄어쓰기가 틀렸거나 오문(誤文)인 문장은 그대로 놔두면서 멀쩡한 문장 표현을 바꾸는 경우가 많아 일부 학생들의 불만을 사고 있으며, 종종 항의를 받기까지 한다고 했다. 그러면서 표현을 바꾼다는 것은 문장에 문제가 없는데, 교수들이 자기 식으로 표현 방식과 단어를 바꿔 윤문을 한다는 뜻이라고 했다. 즉 문장이 아닌 문체를 지도한다는 것이었다. 그러면서 문장은 정답이 있으나 문체는 정답이 없는 것이라고 했다.

이러한 이유로 일부 학생들이 작문에 대한 흥미를 잃거나, 제대로 쓰고도 지적을 받는 바람에 좌절을 하는 부작용도 있다는 것이었다.

"누, 누가, 누가 그렇다는 겁니까?"

대머리가 벌겋게 달아오른 놈이 흥분한 양 말을 더듬었다.

"글은 약속이고 논리야. 맞춤법 띄어쓰기도 모르는 것들이…… 아니라고? 다들 이 방에 모여서 테스트 한번 해볼까?"

오모세는 작문 담당 비정년트랙 교수들이 연판장 형식으로 작성했다는 '오모세 학장님께 드리는 정량평가 불가 사유서'를 신장대 떨듯 흔들어대며 소리쳤다. 30대 후반 대머리가 입술과 사지를 부들부들 떨었다. 성정이 강퍅하고 모진 오모세가 또 너무 나간 것이다. 하지만 오로서도 그렇게 대응할 만한 이유가 있었다. '오모세 학장님께 드리는 정량평가 불가 사유서'는 또 다른 반항이었다.

작문 담당 비정년트랙 교수들이 이미 연판장을 만들어 금상걸 총장에게 대면 제출하고 그 자리에서 참소를 했다는 것이다. '품위가 없어서 저속한 데다가 상대하기가 두렵고 무서울 정도로 폭력적이어서 자기들이 학장으로 모시기가 버겁다'고 하면서…… SAC 소속 비정년트랙 교수 65명 가운데 41명이 서명에 참여했다. 그러니까 작문과 아무 상관이 없는 비정년트랙 교수들까지 끌어모아 동조 연명을 하도록 종용한 것이다.

금 총장에게 양해를 구한—밀리면 안 되고, 이참에 버르장머리를 고쳐놔야 한다고 했다—오모세가 강력히 맞대응을 했으나, 놈들이 점점 세를 불려가며 여론을 확산시키는 바람에 되레 악재가 되고 말았다. 이 건을 빌미로 비정년트랙 교수들이 오모세에 대한 불만 세력들을 응집시키기 위해 총력전을 벌이고 있다는, 심상치 않은 정보를 입수한 금 총장이 오모세를 불러서 서둘러 유감 표명이라도 하라고 종용했다.

비정년트랙 교수들의 입에서 오모세가 금기태 이사장의 '대리인이자 하수인'이라는 말이 떠돈다고 했다. 그동안 그렇게 보일 만한 언행을 일삼고 다닌 때문이라고 했다는 것이다. 금 총장으로서는 비정년트랙 교수들의 오에 대한 불만이 자칫 이사장으로까지 확대되는 것을 막아야 하지 않겠는가.

그러나 노회한 오모세는 이 점을 역이용하려고 했다. 이 문제를 하극상이자 집단 해교행위라고 주장하면서 금 이사장에게 주동자급의 비정년트랙 교수들의 징계를 요청했다. 하지만 금 이사장은 하극상이 아닌 교권 침해로 보는 쪽에 섰다.

모세는 자기편에 서주지 않는 금 총장이 야속했으나, 어쩌겠는가. 결국 SAC 비정년트랙 교수 전체에게 유감 표명과 재발 방지를 구두 약속할 수밖에 없었다.

당시 묘와 견의 말에 의하면, 이런 상황에서 학장 임기 2년을 무사히 마친 것만도 요행이요 기적이라고 했다. 그러나 모세는 그때건 지금이건 그들의 말에 동의할 수 없었다. 그는 그 당시 집단행동에 지레 겁먹은 금기태 이사장의 수세적이고 온정적인 태도가 비정년트랙 교수들에게 저항정신과 무사안일주의에 빠져 개길 수 있는 근거와 빌미를 만들어줬다고 생각했다.

금상걸 총장이 자신의 안위를 위해 사건의 실체를 호도하면서 비정년트랙 교수들과 금 이사장 사이에서 줄타기를 한 결과물이기도 했다. 또한 오의 편에 서주지 않고 한발 물러서 있던 묘와 견도 얄밉고 원망스러웠으나 어쩌겠는가. 그렇다고 해서 서로 믿고 도와야 할 아군에게 총질을 해

델 수는 없는 노릇이 아닌가.

오모세는 밑을 닦고, 바지를 올리고, 물을 내렸다. 하늘이 구토를 하는지 사나운 비가 여전했다. 모세에게 필요한 것은 재기였다. 재기는 SAC에서 해야 하고, 재기하면 해야만 할 일도 많았지만 하고 싶은 일들이 너무 많았다. 그래서 SAC 학장이 되어야 했다. '전기교추연'의 회장—안장생이 모세를 회장으로 앉히느라 자신은 명예회장을 했었다—으로 재등극해서 환대 속에 전국 지방대학을 순회하며 과거의 영광을 재연하고 싶었다.

다카마쓰학원대학에 교환교수로 있으면서 규슈와 시코쿠 지역의 몇몇 대학의 교양교육을 벤치마킹하며 따로 준비한 계획도 있었다.

그는 구성원에게 자신의 가치와 존재감을 드러내고, 금 이사장에게 SAC와 육예교육에 대한 불타는 의지와 열정을 전달할 필요가 있었다. 자문을 빙자로 소이만 학장을 찾아와 융·복합교육에 대해 시비를 거는 이유가 여기에 있었다. 학장실로 돌아온 모세는 다시 소 학장과 마주 앉았다. 그러나 소 학장이 서둘러 교재를 챙겨 일어서며 말했다.

"수업이 있어서 이만……."

모세가 화장실에서 돌아올 때까지 기다리고 있었던 것 같았다. 벽걸이 시계가 2시 5분을 가리키고 있었다.

"10분만 더 얘기하고 일어나겠소."

오모세가 소이만을 도로 주저앉혔다. 바람에 휩쓸린 빗줄기가 채찍인 양 창문을 때리며 여전히 요동쳤다.

"소 학장 말마따나 융·복합은 교수가 하는 게 아니기 때문에 학생들이 각자 알아서 할 거요."

모세가 억지를 부렸다. 소 학장이 뜨악한 표정으로 오를 바라봤다.

"교육은 가르치는 교수의 실력과 기량에 있는 것이 아니라, 가르침을 받는 학생의 자질과 욕구에 달려 있는 게 아니겠소. 공부는 교수가 하는 게 아니라, 학생이 하는 것이란 말이오. 이게 교육은 이상이 아니라, 현실인 이유 아니겠소. 그러니 이상을 빌미로 더 이상 기득권을 챙기려 하지마시오, 소 학장."

모세가 겁박을 하듯 말했다. 중언부언하며 같은 뜻을 다른 표현으로 반복했다. 일본에서 복지환경학을 배울 때 수사학도 배운 것 같았다.

"그건 제가 오 교수님께 드리고 싶은 말입니다. 기득권을 챙기려는 사람이 누군데……."

교재를 다시 손에 든 소가 구시렁거리며 자리에서 일어섰다.

"소 학장의 가당찮은 '학생 중심' 이상이 SAC 시스템을 무너뜨리고 있으니 하는 말이오."

"10분 지났습니다."

2시 20분을 가리키는 벽걸이 시계를 바라보며 말했다. 그러고는 학장실을 서둘러 나가던 소가 돌아서서 덧붙였다.

"꽉티슈 안 갖다 놓으셨습니다, 오 교수님."

소이만은 이래서 교수들이 오모세를 불편해하고 상대하지 않으려고 피하는 것이로구나, 하는 생각이 들었다.

소이만은 금기태 이사장이 안장생 교수를 내세워, 아니 안 교수가 금 이사장을 현혹하여 14년 동안이나 만지작거려 왔음에도 아직껏 뼈대조차 세우지 못한 채 부유하고 있는 육예교육을 일으켜 세워보고자 하는 사명감에 학장직을 수락—SAC 학장은 임명직인데, 금 이사장이 자신을 선택한 이유를 아직껏 알지 못했다. 다만 짚이는 게 있다면, 오모세가 보기에 자신이 조용하고 무던한 성격인지라, 지난 2년 동안 만들어놓은 육예교육을 함부로 건드리지 않고 잘 지켜 줄 것이라는 믿음으로 금 이사장에게 천거한 것 같다. 학교가 보기에 자신은 순종적이고 또 순복(順服)한 샌님 교수였을 것이다—한 것이다. 그러니까 소이만이 학장직을 받아들인 이유는, 개문발차 한 육예교육을 서행시키면서 육예교육의 정체성을 재정립하고, 선언적·전시적 리버럴아츠교육이 아닌 학생들에게 실효적인 교육이 될 수 있도록 보완·정비할 생각이었다.

그러나 소 학장의 이런 생각은 일찍이 자신이 전혀 예상치 못한 엉뚱한 데서 꼬이고 말았다. SAC 소속 비정년트랙 교수들은 오모세의 학장 퇴임을 계기로 학문과 교수법의 자유와 다양성을 주장하며 학교 측, 즉 소학장의 어떠한 개입도 받아들일 수 없다고 했다. 일종의 반동이었다. 소학장 또한 오 학장과 마찬가지로 금 이사장과 학교 측 입장을 대변하는 것은 다를 바가 없고, 또 그럴 수밖에 없을 것이기 때문에 이전 학장에게 당한 일을 새로운 학장에게 똑같이 당할 수 없다고 했다. SAC 비정년트랙 교수들이 오모세를 겪으면서 예언가가 되어 있었다.

다수의 교수가 강의하는 단일 교과목의 강의 및 평가 매뉴얼 작업조차 오 학장 시절에 비롯된 교권 강탈 음모의 재연이라며 결사반대했다. 전공이 다른 두 명의 교수가 서로 협력하여 융·복합 과목을 공동 강의·지도하는 것도 반대했다. 같은 교수인데 서로 비교 대상이 되기 싫다는 것이 이유였다.

비정년트랙 교수들은 무엇이 됐건 이런저런 이유를 들어 새로운 것은 무조건 반대했고, 해오던 것은 오 학장과 학교 측이 잘못한 것이기 때문에 자신들의 제안에 따라 바꿔야 한다고 했다. 바꿔서 하자는 것도 새것일 터인데, 있던 것을 자신들의 뜻대로 바꾸는 것은 새것이 아니고, 없던 것을 소 학장이 만들자고 하는 것만 새것이라고 했다. 비정년트랙 교수들이 조용하고 무던한 소이만을 호구로 보고 그의 머리 꼭대기에서 놀았다.

오 학장만 한 전투력과 깡다구가 없는 소이만은 학장으로서 할 수 있는 일이 없었다. 낮은 단계의 정비 및 보완 시도였는데, 이마저도 교수들의 거센 저항에 부딪힌 소는 개점휴업 상태에 빠진 점주인 양 황망하고 난감해 갈팡질팡할 따름이었다. 소가 비정년트랙 교수들에게 드러난 문제들을 사안별로 따져보고 해결 방안을 같이 찾아보자고 제안해도 거절했다. 뭐든 '같이'는 안 된다고 했다.

비정년트랙 교수들은 오직 오모세로부터 지난 2년 동안 무시당하고 부당하게 짓눌렸던 자신들의 권익 회복 및 사수가 육예교육의 기본이자 원칙이라고 했다. 이게 해결되면 육예교육은 문제될 것이 없다는 것이다. 소는 어처구니가 없었다.

그는 금 이사장과 SAC 소속 비정년트랙 교수들과 학생들의 목적과 이해가 서로 다른 데 있다는 사실을 새삼스레 깨달았다. 소 학장과 교수들 간의 갈등을 보고받은 금 총장은 기존의 시스템 속에서, 금 이사장의 뜻을 벗어나지 않는 선에서 민원 없는 SAC를 운영해 달라고 당부했다. 결국 금 이사장의 목적과 이해에 따르라는 지시였다.

중석대 학생들은 전공과 아무 상관없는 교양을 왜, 무엇 때문에 강제적으로, 그것도 감당하기도 어려운 수준에서 분에 넘치도록 거창하게 들어야 하는지는 모르겠다, 그러나 학교가 굳이 강행을 한다면 들어는 줄 터이니 학점이나 잘 달라고 했다. 소가 실시한 여론조사 결과였다. 소이만은 모두가 만족하고 모두에게 유익한, 중석대의 교육 브랜드로 자랑할 수 있는 제대로 된 육예교육을 만들어나가고 싶었으나 오모세의 말마따나 이상이라고 생각할 수밖에 없었다.

— 활 쏘러 언제가나요?

— 수레는 어디서 몰아요?

육예교육 정상화 방안을 찾고자 연 교수·학생 간담회 자리에서 학생들이 비아냥거리며 던진 질문이었다. 육예인 예·악·사·어·서·수(禮樂射御書數) 중에서 '사'가 활, '어'가 수레였다.

6

소이만 학장 설득에 실패한 오모세는 당장 할 일이 없었다. 그는 소이만을 만만하게 보고 후임으로 천거한 자신을 자책할 수밖에 없었다.

뭐든 일이 하고 싶으나 아무 일도 할 수 없는 그는 소이만 학장을 엿 먹이고 있는 SAC 비정년트랙 교수들의 육예교육에 대한 비협조적 행태를 헐뜯고 다녔다. 자신이 학장을 할 때, 비정년트랙 교수들의 하극상에 대해 학교가 단호히 대처하지 않은 결과, 그들의 비협조와 비토 행태가 관행으로 고착화되어 SAC 설립 목적을 달성키 어렵게 되었다고 주장했다. 소이만은 오의 이런 행보를 불편해했다.

안장생이 육예교육의 지지부진한 원인을 정년트랙 교수들에게 돌렸다면, 오모세는 SAC 비정년트랙 교수들에게 돌렸다. 그는 자신의 존재감을 드러내고자 학내 모임 자리마다 빠짐없이 참석─전에는 의무 참석 자리에도 불참했었다─했다. 정년, 비정년 가릴 것 없이 대다수 교수들은 오모세가 설치고 다니는 것을 탐탁지 않게 생각했다.

평교수 오모세는 장기판의 훈수꾼처럼 행동하며 허송세월했다. 소속 학과[또는 전공]가 없는지라 입시 홍보나, 학생 지도나, 취업 지원 등의 '잡무'도 없었다.

잡무라고는 하지만, 학과에 소속된 모든 교수들은 이런 것으로 근무 평가를 받고, 그 결과가 인사고과에 반영되었기에 잡무라고 해도 잡무가 아니었다. 남녘 지방대학의 호기로운 모 교수가 입시 홍보를 위해 고교를 방문하는 것은 교수가 하는 정당한 직무가 될 수 없다면서 쟁송했으나, 교수의 정당한 직무가 맞는다는 대법원의 최종 판결이 나왔다.

학과가 없는 모세와는 무관한 일이었다. 뿐만 아니라 그는 연구실적 문제로 전공 학문을 연구하거나 강의를 위해 전공을 복습할 일도 없어졌다.

무소속이 되니 대부분의 평가와 책임으로부터도 자유로워졌다.

하지만 오모세는 넘쳐흐르는 시간과 자유를 감당할 수 없었을 뿐만 아니라, 현실에 안주하는 순응주의적 인간도 아니었다. 그런 인간이라면 환갑 넘겨 새로운 박사학위를 땄겠는가. 방중임에도 꼬박꼬박 아침 7시에 조기 출근한 그는 규칙적으로 학교 뒤편에 있는 환산 임도(林道) 맨발 왕복으로 컨디션을 조절한 뒤, 탐문수사를 하듯이 이 교수 저 교수 연구실을 기웃거리며 육예교육과 SAC가 돌아가는 형편을 얻어듣는 양 하면서 소 학장의 우유부단함도 디스하고 다녔다. 그러면서 그는 금 이사장으로부터 명받은 특임자문위원 자격으로 여전히 소 학장을 찾아가 트집도 잡고 훈수도 뒀다. 물론 쇠귀에 경 읽기였으나, 모세는 경 읽는 일이 자신의 복귀 정당성과 명분을 축적하는 일인지라 게을리하지 않았다. 그는 누가 뭐라 해도 성실한 인간이었다.

백의 무관(白衣 無冠) 오모세는 편안한 가운데 항상 불안하고 다급했다. 소속 학과를 포기했기 때문에 복교와 함께 연구실도 외따로 떨어져 나왔다. SAC 학장실 맞은편이 그의 연구실이었다. 강사휴게실 자리였다. 금 이사장의 배려가 담긴 방 배치라고 했는데, 배려라기보다는 서로 마주 보며 감시·견제하라는 뜻이 담긴 게 아닌가 의심스러웠다.

학과 없는 평교수 오모세는 하루 종일 찾는 이가 없었다. 고립무원이라는 생각을 떨치기 힘들었다.

'손익계산서'를 받아 본 금 이사장으로부터는 어찌된 노릇인지 어떤 연락도 오지 않았다. 견대성 정책기획실장이 오에게 한 말은 공치사(空致辭)였던 것이다.

SAC 학장 시절에는 육예에 기반한 기본교양교육의 2인자이자 전도사로서 방방곡곡—입학 지원자가 넘쳐 잘 나가는 서울과 수도권 지역 대학들은 지잡대의 교양교육에 대하여 관심을 가져야 할 필요가 없었다—에 틀어박혀 몸달아하고 있는 지방대학들의 초청으로 분에 넘치는 대접과 짭짤한 부수입도 올릴 수 있었다. 타성바지 안장생이 중석대 안착을 위해 터줏대감 격인 모세와 '전략적 동맹'을 맺고자 전기교추연 초대회장에 앉힌 덕이었다.

"순망치한. 당신은 내 입술이요. 우리가 서로 잘해봅시다."

안장생은 전공과 교양교육을 대립 구도 내지는 적 개념으로 보고 있는 중석대 교수들을 컨트롤하기 위해 토박이 터줏대감인 오모세의 힘이 필요했다.

모세를 SAC 학장으로 앉힌 안장생은 전공의 시수를 야금야금 줄여서 교양 시수를 늘이도록 종용했다. 물론 '내란'에 준하는 행위였다. 중석대도 전공 중심 프레임에 따라 작동해 온 대학인지라, 그 프레임에 교수들 각자의 이해득실이 걸려 있었다. 교수들이 가만히 있을 리 없었다. 그래도 오모세는 특유의 전투력과 깡다구로 전공 시수를 줄여 교양 시수를 늘였다.

오모세가 안장생의 대리전을 치른 것이다. 오도 안처럼 자신의 교양교육에 대한 주장과 논리의 타당성을 내세우는 것이 아니라, 교수들의 전공교육에 대한 주장과 논리를 기득권 수호이자 무사안일주의로 몰아붙였다. 서로 자기주장의 타당성을 설명하지 않고, 상대 주장의 부당성을 맹공했다.

그는 교수들이 육예교육을 하고자 하는 마음이 손톱만큼도 없기 때문에 부정적인 것만 볼 수밖에 없는 것이고, 또 그것을 침소봉대하는 것이라고 매도했다. 안장생 교수가 육예교육의 필요성을 주장할 때, 저런 독단과 무모한 아집이 대체 어디에서 나오는 것인지 대다수 교수들이 궁금했었는데, 오모세도 다를 바 없다고 했다. 안의 '교양 신(神)'이 빙의한 오는 안의 열혈 사도이자 아바타였다.

안장생은 세상 모든 교육, 즉 부모들의 가정교육부터 초·중·고교에서 선생들이 못다 한 교육은 문제될 것이 없다고 했다. 교수들이 의지와 책임감만 있다면 얼마든지 대학에서 육예교육으로 해치울 수 있으며, 또 그렇게 해야만 한다고 주장하는 이상주의자였다. 물론 본인은 그게 아니라고 했으나, 그의 주장을 종합해 보면 그거였다.

그를 비난하는 교수들은 그 주장의 근거가 개발 군부독재 시절에 만든 '우리는 민족중흥의 역사적 사명을 띠고 이 땅에 태어났다'는 국민교육헌장과 '하면 된다'에 있다고 했다. 아무튼 그는 가정교육, 학교교육, 사회교육의 개념이 따로 없었고, 또 학교교육하면 유치원 초·중·고교 교육 없이 대학교육만 존재하는 양, 아니, 최종 책임은 최종적으로 교육을 하는 대학이 모두 지는 게 마땅하다고 생각하는 것 같았다. 그러니까 가정교육, 사회교육, 학교교육이 한 세트로서 대학의 몫이었다.

이 얼토당토않은 주장에 분개한 일부 교수들은 대학의 책임을 키워 자신의 권한을 극대화해 보려는 교언영색이라고 했다. 하지만 안장생은 '개는 짖어도 기차는 간다'면서 금 이사장의 비호하에, 오모세와 공모하여 중석대 안에 견고한 '망상의 성'을 쌓고 그 안에 똬리를 틀었던 것이다.

안장생은 육예교육을 통해 건전하고 투철한 국가관, 위아래와 애·어른을 알아보는 예절, 근면 성실을 실행할 수 있는 체력 단련 등, 이를 위한 특단의 교과목을 설정·개발하여 가르쳐야 한다고 주장했다. 그러면서 보수 : 진보, 좌 : 우 개념을 제대로 구분할 수 있도록 하는 국가관과 인성 함양교육도 중요하다고 했다.

그는 인성—기초교육과 교양교육처럼 심성과 인성이라는 단어도 혼용했다—을 이념 문제로 보았고, 사실과 진실에 입각한 의견보다 이념에 입각한 의견이 국난 극복의 유일한 키라고 강변했다. 국민교육헌장을 기초한 모 철학자의 제자다운 주장이었다. 아무튼 이런 점들은 금 이사장, 금 총장, 안 특임부총장, 오 학장이 동 류였다.

중석대 정년트랙 학과 교수들과 안 특임부총장과의 토론—사실상 언쟁—은 언제나 되돌이표였다. 육예교육이 제대로 추진되지 않는 문제를 제기하면—안은 절대 동의하지 않는 문제였다—안은 그때마다 마치 오물로 막힌 하수구를 쑤셔대는 배관수리공인 양 교수들의 전공 기득권, 무지와 무관심, 비협조가 원인이라고 지적했다.

오모세는 학장 시절에 자신이 처한 위기를 벗어나기 위해 자신이 만든 육예교육의 틀을 스스로 후퇴, 아니 훼손했다. 안장생을 배신한 것이다.

SAC 비정년트랙 교수들에게 몰린 오는 천신만고 끝에 전공 시수에서 빼앗아 온 교양 시수를 학과별 자율 선택으로 느슨하게 풀어주었다. 강점했던 영토를 해방시켜 준 것으로 교양 시수를 줄인 것과 다름없는 조치였다. 정년트랙 교수들의 환심을 사서 자신의 위기 상황을 벗어나 보려는 술책이었다. 이에 배신감을 느낀 안장생도 이를 핑계로 모세와 학교를 버린 것이다.

이런저런 생각에 꺼들리던 오모세는 문득 이렇게 허송세월만을 하고 있을 것이 아니라, 그의 발목을 잡고 있는 과거부터 청산해야겠다는 생각이 들었다. 자신의 불미스러운 과거가 중석대를 망령처럼 떠돌고 있는 한 육예교육과 SAC '재접수'는 녹록지 않을 것이다. 때문에 가능한 한 조속히 해결할 필요가 있었다. 시간이 지나면 유야무야될 것이라고 생각해 뭉개고 있었으나 돌아가는 모양새를 보니 그렇게 될 것 같지 않았다.

강의시간 커플 키스 사건은 공적 공간에서의 위계에 의한 성희롱으로 학내 성상담센터에 공식 접수되어 있으며, 오가 복교할 때까지 본격적인 조사를 보류해 놓은 상태라고 했다. 그러나 복교 후에도 조사는 미루어졌다. 학생처장 묘종팔 교수가 조사를 막고 있기 때문이었다. 그런데 곧 성평등·성담실이 학생처에서 총장 직속 기관으로 떨어져 나가게 되어 더는 뒤를 봐줄 수가 없다고 했다. 오는 착잡한 심정이었다. 오로서는 자해 공갈단에게 협박당하는 기분이었다. 뿐만 아니라 추가로 접수된 두 건이 더 있었다고 했다.

지난번 술자리에서 뺨을 날린 묘종팔 교수가 구해주에 대한 복수 따위를 생각할 때가 아니라면서 일러준 말이었다.

비정년트랙 교수들이 제기한 교권 침해 탄원 건도 소이만 학장이 겨우 눌러서 묻어두었을 뿐, 오가 학장직을 퇴임했다고 해서 해결된 것은 아니라고 했다. 갑자기 가슴이 묵직해지고 벌렁대면서 식은땀이 흘렀다. 오모세는 의자에서 일어나 커튼을 밀어젖히고 연구실 창문을 활짝 열었다. 멀리 서화천과 구진벼루가 보였다. 서랍에서 항불안제를 찾았다. 그는 간이 군용침대에 누워 안정을 취했다.

한 시간쯤 지나 잠에서 깬 모세는 애써 기운을 모아 정신을 가다듬었다. 밖은 어두워지고 있었다. 퇴근을 하지 않고 다시 책상 앞에 앉은 그는 깊은 생각에 잠겼다. 수요 저녁예배를 알리는 종소리가 들렸다. 늙은 종지기가 손수 친다는 종소리였다.

오모세는 자신이 복귀할 방법을 찾기 위해 육예교육과 SAC 운영에 관한 지금까지의 자료들과 금기태 이사장과 안장생 특임부총장이 해 온 말들을 복기했다. SAC 학장으로의 복귀는 비정년트랙 교수들의 여론 따위가 아니라 최종 인사 결정권을 가진 금 이사장의 결단에 달린 문제였다.

그는 안장생의 계통 없는 욕심으로 미노타우로스의 미로가 되어버린, 쾨니히스베르크 다리들의 한붓그리기(traversable network) 문제가 되어버린 육예교육과 SAC를 들여다보고 또 들여다봤다. 중석대의 업보가 된 육예교육과 SAC를 화두삼아 붙들고 씨름했다.

모세는 하나님과 씨름하는 야곱인 양 저녁도 거른 채 연구실에 틀어박혀 연구에 연구를 거듭했다. 그는 출·퇴근 없이 식음을 전폐하고 연구에 매달렸다. 가끔 창을 열고 백제 성왕이 관산성으로 가다가 매복한 신라군에게 잡혀 죽었다는 사절지(死節地)를 바라보며 생각을 다그쳤다.

사흘째 아침나절, 동이 터오르는 것을 바라보던 모세는 자신의 생각과 관점을 버려보기로 했다. 육예교육은 자신이 만든 제도가 아니었다. 그러니 자신의 생각과 관점으로 볼 문제가 아니라는 생각이 들었다.

금 이사장—안 부총장—금 총장의 관점에서 다시금 미로와 다리를 헤매 다녔다. 코페르니쿠스의 전회가 바로 이런 것이 아닌가 싶었다.

"이보시오 오 학장, 내가 하나 물어봅시다. 국가가 있어야 국민이 있는 거요, 국민이 있어야 국가가 있는 거요?"

문득 떠오른 안장생의 반문에 힌트가 있었다. 사석에서 중석대 육예교육에 대한 미래를 묻자, 뜬금없이 건넨 반문이었다. 당시 모세는 말뜻을 알아듣지 못해 답을 할 수 없었다. 그러자 "이사장 복심이라는 사람이 그걸 몰라서야……"라고 하며 혀를 찼다. 이 반문에 대한 답이 두문불출에 들어간 사흘째 아침나절 불쑥 떠오른 것이다.

모세는 육예교육의 탄생 배경에 교육 철학이 아닌, 경영 기법이 있을 것이라는 확신을 얻었다. 물론 새삼스러운 깨달음은 아니었다. 육예가 교양교육의 특화 차원에서 대두되고 운영되는 것 같았으나, 실은 중석대 구조조정의 프레임이자, 실천 도구였던 것이다. 그러니까 육예를 제대로 이해하려면 교육적 관점이 아니라 경영 기술적 관점에서의 전면적인 재해석과 구성을 통한 접근이 필요했다.

모세는 안장생도 이런 사실을 알고 있었을까 궁금했다. 대체 누가 누구를 이용한 것이란 말인가. 어쨌든 중요한 것은 이런 육예가 모세에게도 절실히 필요하다—목적이 아닌 수단으로써—는 사실이었다.

오모세는 2박 3일 만에 간이침대를 접었다. 그러고는 세면대로 가 사흘 동안 기른 염생이 수염을 깎고 세수를 했다. 광대뼈의 멍 자국은 색 바랜 청바지처럼 희미해졌으나 면도날이 닿을 때마다 통증이 느껴졌다. 묘종팔의 주먹질 훈계가 뼛속까지 대미지를 준 것 같았다.

그는 출정하는 장수인 양 바짝 긴장을 한 채 판석동 법인 사무실로 차를 몰았다. 육예교육의 실체를 깨달은 만큼, 아니 상대의 복심과 패를 본 만큼 금기태 이사장과 허심탄회한 대화를 나눌 수 있을 것 같았다. 그래서 면담을 청하고 찾을 때까지 기다리지 않고 무작정 찾아가기로 결심한 것이다.

금 이사장의 복심에 들어앉아 담판을 지을 수 있게 된 모세는 자신감이 넘쳤다. 중요한 담판이라는 생각에 모세는 달리는 차 안에서 금 이사장에게 해야 할 말들을 입속으로 중얼거리며 반복해서 갈고 다듬었다.

중석대학은 주인이 분명한 사학이었다. 사채와 부동산 투자의 귀재인 학구 금기태 이사장이 막후에서 대학 운영을 좌지우지했다. 교비와 사업 투자금이 수시로 서로 엉겨 붙었다가 떨어지고는 했는데, 매번 투자금 덩어리가 커졌다. 그렇다고 해서 교비가 줄어드는 일은 없었다. 투자금에 비해 늘어나는 경우가 극히 드물 뿐이었다.

금 이사장은 내놓지 않으면 심각한 문제가 되겠구나 싶을 때, 개평을 주듯이 사업 수익금의 5퍼센트 안팎을 중석대로 넘겨줬다. 이른바 재단전입금이었다.

신흥종교단체 '한울 구세교' 교주도 중일학원에 투자지분이 있다는 괴소문이 돌았으나 사실 입증이 어려웠다. 모세가 생각하기에는, 천성적으로 남을 믿지 못하는—때로는 자기 자신조차도 의심을 한다—금 이사장이 '동업'을 했을 가능성은 거의 없어 보였다.

1960, 70년대 전당포로 떼돈을 번 그의 큰형 금종태가 설립 초기에 약간의 금전적 도움을 줬다고 했으나, 이 또한 근거가 없었고—세간에서는 큰형의 아들들이 돌아가며 총장을 역임한 사실을 방증으로 들었으나, 엉뚱한 소문에 불과했다. 금기태에게는 외아들밖에 없었는데, 그 외아들 상

설은 부속병원을 맡아야 했다. 딸이 둘 있었으나, 하나는 미국 국적을 가진 재미 건축가 겸 교수였고, 하나는 적통(嫡統)이 아니었다—큰형이 장물과 얽힌 송사로 실형을 살고 나와 병을 앓다가 일찍 죽자, 학벌 좋고 믿을 수 있는 그의 아들들을 돌아가며 불러다가 총장으로 부려먹었을 뿐이었다.

항간에 금기태의 종교적 정체성을 미심쩍어 하는 사람들이 더러 있기는 했다. 중석대에 고전신학과와 종교문화학과가 있는데, 이걸 가지고 증거—두 학과는 언제나 구조조정 대상에서 예외였다—인 양 우겨대는 무모한 안티 교수들이 있지만, 이 또한 근거가 없었다. 그들은 당초 교명을 중석이 아닌 '한울 대학'으로 하려 했다는 낭설까지 퍼뜨리고 다녔다. 모세가 보기에는 오합지졸 같은 그들이 거물 금기태에게 대항하는 구차하고 추잡하고 치졸한 개구리 울음소리 중 하나에 불과했다.

"오우, 어서 오시게, 우리 중석대의 모세님. 일본에서 보내준 나토키나제 세트 잘 받았소. 늦었지만 고마워요."

사전 연락 없이 찾아갔으나 금 이사장은 마침 자리에 있었고, 바쁘지만 기꺼이 오모세를 만나겠다고 했다. 근자에 컨디션이 안 좋다는 견대성의 말과 달리 기력이 왕성한 이사장이 양팔을 한껏 벌려 포옹으로 맞아주었다. 지난번 골프 초대에 못 나가 아쉬웠다고, 귀엣말로 덧붙였다. 컨디션이 나빠 보이지 않았다.

교육부 감사에서 카메라 반출 건으로 물의를 일으켰을 때와 학위 문제로 교환교수 기간 연장을 요청했을 때, 각각 노인의 간과 눈 건강에 특효라는 고가의 영양제를 세트로 사서 선물로 보낸 바 있었는데, 이사장은 그걸 복용하고 크게 효과를 봤다고 덧붙였다.

"이사장님, 약소합니다만, 여기 이거⋯⋯."

'아스타잔틴'으로 연어나 새우에 함유된 성분을 추출해서 눈 건강을 획기적으로 개선해 준다는 건강보조제였다. 모세는 골프장에서 만나면 드리려고 했던 것이라며 고개 숙여 두 손으로 건넸다. 거짓말이었다. 본래는 연구실에 놓고 자신이 먹으려고 산 것이었다.

"뭘 이렇게 자꾸 주나?"

선물을 받은 이사장이 수줍게 웃으며 말했다. 여전히 정정한 모습이었다. 같은 시간 속에 살 터인데 그의 기력은 여전해 보였다.

"사모님 겁니다요."

모세가 머쓱한 표정으로 답했다. 배석한 견 실장이 엄지척을 해 보이며 입을 삐쭉거렸다. 이사장의 부인은 3년 전 지병으로 작고한지라, 사모님이라 함은 이사장의 40년 여친인 홍예란, 즉 금별아 교수의 모친이기도 한 '마드무아젤 홍'을 뜻했다.

"호오, 우리 홍 여사님 것까지……."

기특하다는 듯이 오를 바라보는 이사장의 입이 다시 한껏 찢어졌다. 이사장은 손이 닿는 거리라면 머리라도 쓰다듬어 줄 태세였다. 부인과 사별한 뒤부터 동거를 시작한 마드무아젤 홍과의 사랑과 의존도가 해를 거듭할수록 높아지는 것 같았다. 듣는 사람 입장 고려 없이 누구 앞에서 건 '우리 홍 여사님'이라고 칭했다.

모세는 연구실에서 사흘 동안 교육 공학적 관점에서 탐구하고 요약·정리한 육예교육의 나아갈 방향에 관해 보고했다. 독대 보고였다. 모세의 눈치를 읽은 이사장이 배석한 견 실장을 내보냈다.

약 15분 동안 키워드 중심으로 요점 정리를 하듯이 보고했는데, 영리하고 잇속이 밝은 이사장은 금방 알아들었다. 15분 동안에도 중간 중간 조는 듯했는데, 핵심은 다 챙겨 들은 것 같았다.

보고를 받은 이사장은 별도의 질문 없이 모세를 뚫어지게 바라봤다. 노려보는 줄 알고 섬뜩했는데, 보고의 진정성을 헤아려보려는 관찰 같았다. 이사장 나름의 관심법이었다. 예전에는 보고하는 내내 상대의 눈을 바라봤었는데 기력이 쇠한 뒤부터는 보고 중에 졸다 보고가 끝난 뒤에 상대의 눈을 뚫어지게 바라본다고 했다. 모세는 그 눈길을 견뎌내며 좋은 징조라고 생각했다.

"학구 어르신. 쇠도 달구어졌을 때 바로 두드려야 모양을 제대로 잡을 수 있는 것 아니겠습니까요."

머리를 조아린 채 잠시 눈치를 살핀 모세가 다시 말문을 열었다. 잔뜩 의욕과 투지가 실린 말투였다. 견 실장이 준 팁에 의하면, 이사장은 결의에 찬 태도와 자신이 '학구 어르신'으로 불리는 것을 좋아한다고 했다. 또 기력이 딸려서 집중력이 떨어지는지라, 사실관계가 아닌 해석과 가치 판단을 전제로 하는 대화는 5분 이상을 끌지 말라고 했다. 그리고 예전에 비해 기억력과 실천력이 현저히 떨어졌기 때문에 즉답을 받지 않으면 유야무야될 수 있다고 했다. 보고를 마친 모세가 재빠르게 쉬운 비유로 이사장의 결단을 재촉하는 이유였다.

"뭐, 뭐라구?"

잠시 뭔가를 골똘히 생각하던 이사장이 이맛살을 찌푸리며 물었다. 이마의 검버섯이 으깨지듯 일그러졌다. 재촉을 받아 불쾌해 하는 것 같았다.

"때를 놓치시면 안 된다는 말씀입니다요, 학구 어르신."

모세가 결기를 보이며 야무지게 답했다. 그러고는 덧붙였다.

"SAC가 날로 속 빈 강정이 되어가고 있는데, 시간을 자꾸 지체하면 남은 동력마저 떨어져 추진력을 잃을 수도 있습니다요, 어르신."

다시 결단을 재촉한 모세가 구두로 요약 보고한 내용의 전문이 담긴 보고서를 건넸다. 말은 시간의 제약을 받지만 글은 그렇지 않기 때문이었다.

"오 교수. 난 아직도 교수들의 속을 모르겠소. 그들과 함께한 40여 년을 헛살았나 싶기도 하다오."

이사장이 모세의 의중을 꿰뚫은 것 같았다. 말은 오뉴월 개 불알처럼 축축 늘어졌으나, 말 속에 말이 있는 언중유언(言中有言)이었다. '40여 년'이라 함은 중석대 창학 이후 40여 년이 지났음을 뜻했다.

모세는 '그 교수 놈들 속은 제가 매우 잘 알지요. 그래서 서두르자는 것입니다'라고 답하고 싶었다. 그러나 노회한 노인이 이 말을 어떻게 받아들일는지 두려워 침묵했다.

이사장이 지난번에 올린 보고서—육예교육을 비용 차원에서 접근·분석한—에 대해 물었다.

모세는 SAC 학장 시절의 경험을 바탕으로 분석한 투자비용 대비 창출 효과가 떨어지는 육예교육의 문제점을 상세히 설명했다. 무엇보다 안장생 교수가 말하는 육예교육은 따로 들어가는 비용이 없는데 비해 중석대 학생들이 감당할 수 없다는 문제가 있어 그림의 떡이요 빛 좋은 개살구일 뿐이라고 했다.

그때 밀리터리 룩을 한 묘종팔 교수가 빼꼼히 문을 열고 고개를 디밀었다. 전투모 모양의 골프 모자에 장갑까지 낀 차림새였다. 얼핏 유격 조교 같은 차림새였다. 그 뒤로 견 실장도 눈도장을 찍으려는 듯 고개를 디밀었다. 독대가 한 시간을 넘기고 있었다.

"알았으니, 잠깐 기다리게."

이사장이 무작정 들어오려는 묘와 견을 손사랫짓으로 저지했다. 두 교수의 자의적인 이사장실 출입을 비서들이 통제하지 못하는 것 같았다. 그 둘의 권세가 정점에 있다는 뜻이었다.

"제가 드린 보고서에 상세히 밝혔습니다만,"

모세는 이사장에게 방금 전에 건넨 보고서를 가리키며 서둘렀다. 이사장은 돈 문제와 관련된 지난번 보고서에 관심이 있는 것 같았으나, 모세에게 중요한 것은 지금 올린 , 즉 거기서 몇 걸음 더 나아간 보고서였다.

"몇 가지만 더 말씀 올리겠습니다요. 문젯거리들을 한곳에 모아놓았다고 해서 문제가 해결되는 것은 아닙니다. SAC의 분명한 옥쇄 아니 정체성을 만들어야 합니다. 사양 학과들을 모아만 놓았다고 해서 뭐가 달라지겠습니까. 오히려 한곳에 모아놨기 때문에 위험할 수 있습니다. 모함 같아 보이지만 곧 침몰시킬지도 모를 한배를 탔다는 것을 알면, 서로 뭉쳐서 반발을 할 수 있습니다요. 학과사무실을 빨리 하나로 통합하고, 학과마다 있는 조교도 빨리 통합해서 숫자를 줄여야 합니다. 학과를 모아놓은 것이 끝이 아니라, 혁신의 시작이라는 신호를 줘야합니다. 또 예산 절감 효과도 생각하셔야지요."

마파람에 게 눈 감추듯 덧붙였다. 사양 학과들에게 SAC는 모함(母艦)이 아닌 폐함(廢艦)이라는 것을 알게 되는 날, 이사장의 조삼모사식 구조조정 계획도 날아갈 것이다.

"학과는 합쳐놓은 게 문제라고 하면서, 학과사무실은 합쳐야 한다는 건 또 무슨 말이오?"

손에 들고 뒤적이던 보고서를 다탁 위에 슬며시 내려놓은 이사장이 서랍을 열어 풋조이 골프 장갑을 챙기며 말했다. 거기까지는 아직 생각이 못 미친 것 같았다.

"그, 그건……."

모세가 답을 하려 했으나, 이사장이 말을 끊었다. 이사장이 맥락을 떠나 앞을 무시한 채 뒷말만 추려내서 되묻는 것은, 뒷말에 관심이 있다는 뜻이었다. 결국은 또 돈과 관련된 부분이었다.

금 이사장은 자수성가한 사업가답게 돈은 1원이나 1억이나 똑같은 돈이다. 그래서 1원도 1억처럼 아끼는 수전노였다.

"알았소. 보고서를 찬찬히 잘 읽어보겠소."

이사장이 보고서를 쇼핑백에 챙겨 자리에서 일어섰다. 집에 가져가서 보겠다는 뜻이었다.

모세는 문장 표현력과 구성력이 딸려서 미처 글로 쓰지 못한 것들이 많아 따로 덧붙여야 할 말들이 있었다. 하지만 독대가 헛방귀 뀌듯이 끝나버리고 말았다. 오는 홈런을 노렸다가 파울볼만 날리다 삼진 아웃을 당한 타자인 양 허탈했다.

이런 허탈함과 아쉬움 때문이었을까, 온 김에 부속병원을 들러 2인자인 금상설 병원장을 만나 인사라도 하고 갈까 싶었다. 그러나 공연한 짓—아니 어쩌면 이사장으로부터 오해를 받거나 화를 부를 수도 있을 것 같았다—이 될 것 같아 학교로 돌아갔다. 올 때보다 되돌아가는 길이 너무 멀게만 느껴졌다.

방학이 끝나고 새학기가 개강되어 중간고사를 치르고 났을 때까지도 법인으로부터 보고서에 대한 피드백이 없었다. 견대성 정책기획실장도 따로 알려줄 특이 사항이 없다고 했다. 보고가 유야무야로 끝날 것 같았다. 1+1이 된 소이만은 여전히 SAC 학장을 하고 있었다. 당장 그만둘 것처럼 엄살을 부렸으나 꿋꿋하게 버텼다.

낙망하여 모든 의욕을 상실한 오모세는 해결하려고 벼르던 민원 문제도 뭉그적거렸다. 성평등·성상담실로부터 몇 차례 연락이 왔으나 이런저런 핑계를 대며 개겼다.

그는 또다시 지루하고 평범하고 루틴한 하루하루를 보냈다. 올해 세 번째로 정원 미달 사태를 겪은 이후, 학교 분위기가 예전 같지 않았다.

모세는 달가워하지 않는 교수들을 더 이상 찾아다닐 수도 없어—찾아다닐수록 구설수에만 오를 뿐 이득이 없었다—강의를 뺀 나머지 시간은 연구실에 처박혀 지냈다. 빈 그릇 치우기가 불편했지만 다시 배달 음식을 시켜먹었다. 불편함을 참는 것이 구내식당에서 데면데면 대하는 교수 놈들과 부딪치는 것보다 나았다.

모세는 일주일에 사흘만 경로당 가듯이 출근했다. 출근해서는 16시간 강의만 하고 귀가했다. 맡은 교과목이 두 과목뿐인지라, 같은 말만 신물 나게 반복했다. 맞은편이 SAC 학장실이어서 소이만과 가끔 마주쳤으나 서로 알은척하지 않았다.

'전기교추연'에서도 끈 떨어진 지 오래된 모세를 찾지 않았다. 끈이 떨어진 지 오래됐다고 해서 가지고 있던 지식, 정보, 경험이 없어진 것은 아닐 터인데, 무관(無冠)인지라 그를 찾는 대학이 없었다. 지방대학들이 구조조정을 끝냈는지 SAC를 벤치마킹하겠다고 찾아오거나, 찾아와 달라고 하는 대학도 없었다.

이렇게 해서 복교 이후 1년 6개월이 무료하게 지나갔다. 색다른 일이 있었다면, 다카마쓰대학 대학원에서 박사학위를 받은 것인데, 학위증을 우편물로 받는 바람에 따로 자랑을 할 수도 없었다. '두 바퀴'로 불려 나가 묘와 견 교수로부터 인사불성이 되도록 축하주를 얻어 마신 게 전부였다.

금기태 이사장으로부터는 감감무소식이었다. 견대성 실장에게 이사장이 보고서를 읽기나 했는지 물었으나, 마드무아젤 홍과 프랑스로 장기 출장 중이어서 알 수 없다고 했다. 대학 벤치마킹을 갔다고 했으나 놀러 갔다는 말이었다.

도망치듯 사직을 해서 뒤가 캥기는지, 남도의 지방대학으로 간 안장생 교수로부터 종종 연락이 왔다. 그러나 의례적인 안부와 학교 동향을 묻는 게 전부였다. 안은 뭐가, 왜 그리도 궁금한지 전화 통화를 할 때마다 한 시간 안팎으로 학교 돌아가는 형편과 이사장의 근황을 꼬치꼬치 캐물었다.

안장생은 여전히 육예, 리버럴아츠, 기초교양, 기본교양, 교양이라는 개념어를 구분 없이 뒤섞어 사용했다. 단지 변한 것이 있다면, 중석대에서는 "육예교육을 한마디로 정의하면 취직이 잘 되는 학생 교양교육"이라고 주장했으나, 남녘의 지방대학에서는 "돈이 안 되는 교육이지만, 올바른 기본교육이기 때문에 이 시대에 반드시 필요한 교육"이라고 한다는 것이었다. 거기에 있는 지인 교수를 통해 들은 말이었다. 안은 아직도 교양이 신앙의 대상인 것 같았다.

항상 누군가로부터 위로받고 싶은, 아니 받아야 할 오모세였지만, 통화할 때마다 되레 안 교수를 위로해 줘야 했다. 일찍이 그의 속셈을 꿰뚫은 바 있는 모세는 서로 동병상련인지라 진심으로 그를 위로해 줄 수 있는 유일자(有一者)였다.

안장생이 중석대를 떠났을 때, 오모세는 당장은 자신이 곤고해지겠으나, 장차 중석대에 자신이 필요할 수밖에 없을 것이라는 사실을 예측했다. 14년 동안 안이 금 이사장과 의기투합하여 저질러놓은 일이 상당하고 막대했다. 본래 있었던 교양교육의 틀조차 어그러져 계통과 질서가 무너졌다. 안장생이 다시 돌아오지 않는 한 누군가가 나서서 뒷수습을 해야만 했다. 그럴 때가 된 것이다.

450억을 들여 지은 'BHP—RC(발자크·위고·프루스트—레지던셜칼리지)'도 육예교육 실행 전략 차원의 역사(役事)로 봐야 했다. 그러니까 중석대 교육 특화 브랜드 구축의 처음과 끝에 안장생과 금기태 이사장의 원대한 계획이 있었다고 보면 된다.

그러나 모세의 이런 확신과 달리 금기태 이사장으로부터는 여전히 감감무소식이었다. 소외감과 상실감에 시달리던 오모세가 재발하는 듯한 강박과 공황장애 증상으로 다시 신경정신과 처방을 받고 있을 때, 견 실장으로부터 금 이사장이 찾는다는 연락이 왔다.

"안장생 석학이 우릴 버리고 떠난 건 다들 알고 계시지요?"

회의를 소집한 금기태 이사장이 좌중을 바라보며 툭 내뱉은 말이었다. 웃으며 한 말이었으나, 농담은 아닌 것 같았다. 그의 한마디에 당겨진 활 시위 같은 팽팽한 긴장감이 흘렀다. 견 실장의 말에 의하면, 부르면 다시 올 것으로 믿고 잠깐 쉬겠다고 해서 사직을 허락했던 안이 새장가 들듯 타 대학으로 이직한 것을 알고는 이사장이 배신감과 분노를 표명했다고 했다.

"……아, 예."

침묵에 빠진 좌중의 눈치를 살피던 오모세가 혼자 답을 했다. 이런 면 이 그의 장점이자 단점이었다.

이번에도 독대일 것이라고 예상했는데, 다수의 참석자가 있는 회의였 다. 참석자를 본 모세는 채용 면접을 받는 응시생인 양 긴장하지 않을 수 없었다.

금상걸 총장, 동기명 학무부총장, 견대성 정책기획실장, 문엽 학무처장 그리고 이지남 혁신운영팀장 겸 SAC 운영팀장까지 모두 다섯 명이었다. 육예교육을 다루는 자리일 터인데, 소이만 SAC 학장은 보이지 않았다. 생 각이 다르기 때문에 부르지 않은 것 같았다.

"2인 3각으로 뛰던 안 부총장이 떠나서 서운하시겠소?"

이사장이 모세를 바라보며 이미 3년 전에 떠난 안장생을 들먹였다. 그 러면서 오와 2인 3각으로 뛰던 안장생이 결승선을 멀리 두고 중간에 경 주를 포기해서 안타깝다는 말을 덧붙였다. 자다가 봉창 두드리는 소리로 들렸다.

모세는 이사장의 발언 의도를 파악하느라 머리가 복잡해졌다. 이사장의 이런 화법에 익숙하지 않은지라 긴장하지 않을 수 없었다. 아무튼 뼈가 있는 말 같기는 했다. 그렇지 않고서는 3년 전에 떠난 사람을 자꾸 들먹이며 긴장감을 조성할 필요가 없었다.

오는 이사장의 말을 안장생이 중간에 포기한 경주를 어떻게 마무리할 것이냐는 문제제기로 받아들였다. 모세가 듣기에는 방망이를 들어 달을 치고 가죽신을 신고 가려운 발등을 긁는 말이었다. 그러나 그런 문제제기라면 좋은 징조가 아닐까 싶었다. 노회한 이사장이 뭔가 오모세를 위한 분위기를 띄우는 것 같다는 생각이 들었다.

"남은 결승선까지는 저 혼자서라도 최선을 다해 뛰어보겠습니다요!"

이사장의 말뜻을 헤아렸다고 생각한 모세가 면접 응시자처럼 자신감 넘치는 큰 소리로 대꾸했다.

"그, 그래요. 고맙소."

이사장이 모세의 갑작스런 외침에 흠칫하며, 보청기를 빼 볼륨을 조절했다. 그러고는 모세를 바라보며 흡족한 표정을 지었다.

좌중은 모세의 빼어난 순발력과 이사장의 반응에 당혹스러운 표정을 주고받았다.

"지난번에 듣다 만 얘기를 여기 이분들과 다 같이 들으려고 오 교수를 모신 거요."

이사장은 3년 전에 떠난 안장생을 들먹이더니, 8개월 전에 하다 만 얘기를 마저 하라고 했다. 순간, 모세는 감을 잡았다. 8개월 전 일을 어제 일인 양 말했다. 그의 이런 날짜 인식이 시간의 구속 없는 근력 유지 비법인가 싶었다.

안을 들먹인 것은 중도 포기한 2인 3각 경기에 대한 책임을 빌미 삼아 자신을 재등판시키려는 이사장의 계산된 정지작업일 가능성이 컸다.

"예, 하, 학구 어르…… 아니, 이사장님."

기가 살아나 흥분한 모세가 소파에서 벌떡 일어섰다.

"육예교육에 대해서만큼은 우리 대학에서 안 석학 다음으로 오 교수가 '이찌방' 아니오?"

이사장이 조카 금상걸 총장을 바라보며 물었다. 질문이라기보다 발표 전에 모세에게 힘을 실어주려는 말이었다.

"아, 예…… 그렇습니다."

금 총장이 우물쭈물거리다가 답했다.

"자, 오 교수. 어서 시작하십시다."

이사장이 서 있는 모세를 올려다보며 재촉했다. 힘을 실어줬으니, 소신 껏 발언을 해보라는 신호 같았다.

그때, 가운 차림의 금상설 병원장이 문을 열어준 비서를 밀쳐내고 회의 실로 들어섰다. 모세는 인사를 건네려 했으나, 도도하기로 소문난 병원장 이 어느 누구와도 눈을 맞추지 않는 바람에 그럴 수 없었다. 그는 이사장 과도 눈을 맞추지 않았고 자리에 앉자마자 뚱한 표정으로 휴대전화 액정 화면만 들여다봤다. 무언가 불만이 가득해 보이는 태도였다.

금 병원장 뒤통수를 힐끔 쳐다본 모세가 좀 전까지와는 달리 긴장된 목소리로 입을 열었다.

"SAC를 하나의 모집 단위로 통합해야 합니다. 현재 SAC에 아홉 개의 개별 학과가 존치하고 있는 것은 말이 되지 않습니다. 학과로서의 생명을 다했기 때문에 SAC로 들어온 학과들이 아닙니까? 그런데 SAC에서 학과 단위로 버젓이 존재하면서 과거 학과의 위상과 역할에 준하는 권리만을 주장하고 있는데, 이건 말이 되지 않습니다."

학과의 생명이 다해 SAC에 편입된 실용음악학과 소속인 학무처장이 불편한 심기를 드러냈다. 이사장이 이런 학무처장을 주시하며 보청기를 다시 뽑아 볼륨을 재조절했다.

"대학의 실체가 학과인데, 망한 학과가 권리만 주장하고 있으니⋯⋯."

잠깐 학무처장 쪽을 보고 멈칫했던 모세가 말을 이었다.

"내가 말이 안 되는 짓을 승인했다는 것인데, 말이 되려면 어떻게 해야 한다는 건가?"

기다렸다는 듯이 오의 말을 자른 이사장이 단도직입적으로 물었다. 그러고는 자신과 등을 지고 삐딱하게 앉아 있는 금 병원장의 뒤통수를 노려봤다. 여차하면 예전에 그랬던 것처럼 똑바로 고쳐 앉으라는 호통이라도 칠 것 같은 표정이었다.

"우선 학과를 없애야 합니다."

"그, 그게 가능해요?"

금 총장이 불에 덴 양 놀라며 물었다. 목소리를 떠는 것 같았다. 그는 곁눈질로 이사장과 병원장을 힐끔거렸다.

"반발이 심할 겁니다. 그래서 먼저 학과를 전공으로 바꾸자고 했던 것입니다."

오가 SAC 학장 재임 말기에 주장했었다. 또 소 학장에게도 구두로 인계한 미션이었다. 물론 소 학장은 듣지 않았다.

"조령모개하자는 겁니까?"

병원장이 거리낌 없는 말투로 끼어들었다. 학교가 사기를 친다는 뜻과 다를 바 없는 비유였다. 총장의 말에는 느긋했던 좌중이 병원장의 말에는 좌불안석이었다. 잠시 무거운 침묵이 흘렀다. 이사장이 다시 보청기를 빼 볼륨을 조작했다.

"절차, 아니 단계를 거치자는 겁니다요. 그러니까⋯⋯."

일종의 완충기(緩衝期)를 갖기 위한 조치가 필요하다고 덧붙였다.

"그게 조령모개요! 위계(僞計)란 밀입니다, 오 교수님. 모름지기 위기 상황일수록 앞을 똑바로 보고 올바른 길을⋯⋯."

모세의 말을 자른 병원장이 소리쳤다. 그러나 이사장이 병원장의 말을 자르고 모세에게 물었다.

"오 교수 말을 마저 들어보자. 그다음에는?"

"저, 전공으로 바꿔 학과의 기득권이 소멸되면, 교수들의 구심점과 응집력이 없어질 것입니다. 그때 모집 단위 통합을 시도할 수 있을 겁니다."

표정이 굳은 모세가 병원장의 눈치를 살펴가며 '단행'을 '시도'로 바꿔 표현했다.

"그게 무슨 말씀이오?"

이사장의 제지를 무시하고 다시 끼어든 병원장이 물었다. 그러고는 맞은편에 앉은 금 총장을 무섭게 쏘아봤다. 총장도 멀뚱히 앉아만 있지 말고 소신 있는 의견을 내라는 채근 같았다. 고개를 숙인 채 물 잔만 만지작거리던 총장이 병원장을 멀거니 바라봤다. 그러나 금 총장은, 조카인 나는 외아들인 너하고 처지가 달라, 그러니 나를 채근하지 말아줘, 라는 표정이었다.

"교수들이 학과 소속이지만, 그 교수들 각자마다 전공이 있잖습니까. 결국 학과도 세부 유사 전공들이 모여서 이루어진 것이고요. 그러니까……."

"내가 그것도 모른다고 생각하는 거요?"

병원장이 오의 말에 발끈했다.

"좀 들어보자!"

이사장이 손을 내저어 병원장을 제지했다.

"학과와 학과를 모아놨지만, 지난 3년 동안 달라진 것이 아무것도 없습니다. 되레 개별 학과들의 기득권과 생떼에 SAC가 끌려가고 있지 않습니까. 융·복합교육을 추진하고자 했지만, 학과 이기주의와 교수들의 비협조에 막혀 시늉조차도 못 내고 있습니다. 그러나 이합집산이 가능할 수 있도록 학과를 터서 전공별로 흩어놓을 경우, 교수들도 학과의 눈치를 보지 않고 전공별 이해득실에 따라 서로 자유롭게 뭉치고 흩어질 수가 있습니다. 교수들도 자신들이 속한 학과가 죽쳤다는 것을 압니다. 그러니까 새판을 깔아주면, 굳이 기존의 무너진 판에서 버티고 있을 이유가 없다는 것이지요. 이렇게 되면 교수들 스스로가 자발적으로 나서서 융·복합교육이 가능한 프레임을 만들게 된다는 겁니다.”

모세가 말을 멈추고 좌중을 훑어봤다. 무슨 말을 하는지 알아듣고 있냐고 묻는 제스처 같았다. 금상걸 총장이 고개를 끄덕였다. 으레 그러는 것인지 동의해서 그러는 것인지는 알 수 없었다. 이런 총장을 병원장과 학무처장이 협공하듯 쩨려봤다.

“오 교수님 말씀은 학과 단위로 결속되어 있는 교수들을 분산시켜서 각개격파하자는 거네요. 명분이 그럴듯하니 교수들이 무턱대고 반발하기도 쉽지 않을 것 같다는 말씀인가요?”

병원장이 총장을 쳐다보며 모세에게 물었다. 총장은 몸을 틀어 병원장의 눈을 피했다.

“SAC를 통으로 모집할 경우에 모집 정원이……?”

병원장이 학무처장에게 묻자, 365명이라고 답했다. 중석대 전체 모집 정원의 4분의 1이었다.

“365명을 누구의 책임하에, 누가 책임을 지고 뽑나요? SAC 학장이? 소속 학과를 해체당한 교수 각자가, 각자의 전공별로?”

20에서 50명 규모가 정원인 학과들도 신입생 모집 때마다 그걸 감당하지 못해 쩔쩔매는 게 작금의 현실이었다. 365명 단위의 대규모 통 모집은 학령인구 감소와 등록금 동결 등으로 위기를 맞은 대학이 결코 가볍게 볼 사안도, 실험 대상으로 삼을 사안도 아니었다.

“병원장님. 5년입니다. 향후 5년 안에 우리 같은 지방대학은 학령인구 감소와 반값 등록금 정책에 더 이상 버틸 수 없게 됩니다. 예측이라고 하지만, 각종 통계와 자료로 입증이 됐기 때문에 바뀔 수 없는 현실입니다. 어차피 정원은 줄일 수밖에 없습니다. 대학 정원보다 입학지원자 수가 줄어든 것은 이미 3년 전 일이고, 현재의 우리나라 대학 정원을 기준으로 할 때, 2024년이 되면 전국의 25퍼센트에 해당하는 대학이 단 한 명의 신입생도 선발하지 못하게 된답니다."

"그러니까, 그 정원 감축 문제를 SAC를 이용해서 조정해나가시겠다……."

"그만해라."

병원장의 말을 다시 끊은 이사장이, 모세를 그만 앉으라고 손짓했다. 그러고는 뜻밖의 말을 덧붙였다.

"그런 불상사를 안 당하기 위해 SAC에서 진정한 육예교육을 시키려고 이 난리를 부리는 게 아니냐?"

다들 이사장을 쳐다봤다. SAC가 구조조정의 수단이 아니라, 진정한 육예교육 구현을 위한 수단이라는 말이었다. 중석대 구성원 중 누가 이사장의 이 말을 양두구육이라고 할 수 있겠는가. 이사장의 말에 당황한 금상설 병원장이 양손바닥으로 마른세수를 했다. 이사장의 복심을 아는 모세는 빙그레 회심의 미소를 지었다.

"학과를 전공 단위로 바꾸고, 기존의 학과사무실을 하나의 통합 사무실로 합치는 작업이 시급하다고 생각합니다. 이렇게 되면 절약할 수 있는 인건비만도……."

자리에 앉은 모세가 못다 한 말을 이었다. 나름대로 병원장에게 어필될 여지가 있다는 생각에 보고서로 올렸던 예산 절감 방안을 꺼낸 것이다. 모세는 병원장의 사랑과 지지도 받고 싶었다. 중석대의 과거와 현재가 금기태 이사장의 몫이었다면, 미래는 금상설의 몫이 아니던가.

"그깟 조교 인건비라고 해야 고작…… 됐소. 오늘은 여기까지 합시다."

이사장이 모세의 말을 제지하며 말했다. 그러고는 회의를 종료시킨 이사장이 병원장만 따로 남으라고 했다.

여비서가 들어와 금 이사장의 혈압과 당을 체크했다. 정기적으로 하루에 두 번 하는 체크였는데, 회의가 끝나면 추가했다. 여든을 넘기면서부터 지병 관리를 위해 비서로 차출한 간호사가 담당했다.

"금 원장. 내가 일전에 비서실을 통해 전해준 기사 읽었는가? 벚꽃 피는 순서대로 대학이 망할 것이다. 그 기사 말이야?"

간호 비서가 나가자, 병원장 맞은편으로 자리를 옮겨 앉은 이사장이 물었다. 표정이 엄중하면서도 애틋했다.

"……예."

질문 의도를 아는 병원장이 마지못해 대답했다.

"읽고도 그런 소릴 해?"

"……."

"향후 5년 이내에 서른 개에 달하는 지방대학이 문을 닫게 된단다. 너는 이 서른 개 대학 안에 우리 중석대가 없을 것이라고 확신하느냐?"

철부지 자식을 훈계하는 아비의 표정으로 물었다.

"아버지. 온전하게 올바로 해야 살아남을 것이고, 온전하게 올바로 살아남아야 살아남는 겁니다."

"애야, 상설아. 그건 네가 세상물정 몰라서 하는 말장난이다. 병신이어도 죽는 것보다는 살아남는 것이 낫다. 그리고 길은 애초에 있거나 없는 거다. 찾는다고 해서 없던 길이 생기지 않는다. 그리고 대학은 절대 벚꽃 피는 순서대로 망하지 않는다. 순서 없이 계통 없이 어느 날 갑자기 망할 것이다. 자연사가 아니라 사고사 한다는 말이다, 이놈아."

"그럼 길을 찾아서 만들어야지요."

"쯧쯧. 네가 그렇게 답할 줄 알았다. 없는 길을 만들어서 가던 시대는 끝났다. 예전에는 허한 대학을 살리려고 특혜를 줬지만, 지금은 허한 대학을 찾아 죽이려고 극약처방을 하고 있다. 게다가 우리는 길을 만들 만한 역량이 있는 대학이 아니다. 내가 죽기 전에 네가 그걸 깨달았으면 여한이 없겠다."

창밖으로 고개를 돌려 지난 장마에 허물어져 내린 '오정동 산성'을 내려다보던 금 이사장이 한숨을 내쉬고는 말을 이었다.

"너는 금수저 물고 태어난 탁월한 놈이지만, 중석대는 그런 대학이 아니다. 제발 네 눈높이로 중석대를 보지 마라. 이 애비는 내가 죽은 뒤에…… 네가, 네 머릿속에 든 이상을 빼내 돈키호테처럼 행동으로 옮기려고 덤벼들까 봐 걱정이다. 내가 죽으면…… 네 그 헛된 이상을 빌미로 너를 꼬드길 놈들이 많을 것이나, 그 이상을 당해낼 놈도, 책임질 놈도 없을 것이다."

목이 멘 이사장이 울컥하며 말을 맺지 못했다. 그때, 노크 소리와 함께 비서가 들어왔다. 벽걸이 시계가 3시를 가리키고 있었다. 문을 등지고 선 수행비서 겸 기사가 교육부 강 국장과의 약속시간을 지키려면 당장 출발해도 늦을 것 같다면서 재촉하고 나갔다.

"최상과 최하만 있는 세상이다. 중간이 있는 것 같지만 그건 허깨비다. 지난 10년 동안 교육부가 지방대 입학정원을 지속적으로 감축시키면서도 서울권 대학들은 되레 증원을 시켜줬다. 정원 외 증원이라고 하는데, 거짓말이고 말장난일 뿐이다. 정원 외이건, 내이건 간에 증원은 증원이 아니냐. 대학도 기업처럼 곧 재벌과 하청기업으로 갈릴 게다."

금 이사장이 신 받은 박수무당인 양 예언했다.

"아버지는 오모세 같은 교수들을 이용하신다고 생각하시지만, 오 교수 같은 사람들이 위기를 침소봉대하고 견강부회해서 아버지를 이용하고 있다는 생각을 하셔야 합니다. 오 교수는 육예교육을 이용해서 대학 운영과 미래를 사익 차원에서 보는 사람입니다. 제가 오 교수를 모르지 않는데, 지금까지 오 교수가 아버지의 말에 토를 달거나, 다른 생각을 말하는 걸 본 적이 없습니다. 아버지의 생각과 오 교수의 생각이 정말 같다고 생각하세요? 아버지 말씀대로 표현하자면, 주인과 머슴인데……? 그런데도 같을 수 있다고 생각하세요?"

"생각은 중요한 게 아니다. 알 수도 통제할 수도 없는 게 사람 마음이고 생각이다. 행동이 중요한 것이야. 오 교수는 나와 학교를 위해 행동하는 교수다."

"그런 놈들이 위기 상황을 볼모로 아버지와 중석대의 숨통을 조이고 있는 겁니다, 아버지."

병원장이 진동 중인 휴대전화 액정화면을 들여다보며 말했다. 긴급호출이었다.

"교수들의 위선과 가식이 내 힘이다. 그들의 위선과 가식이 없었다면 우리 대학은 벌써 망했다, 이놈아. 너도 머지않아 알게 될 것이다."

"……?"

"학과가 망해가도 망해서 끝난 것이 아닌 한, 교수직을 유지시켜 줘야 한다. 학과가 어느 해, 어느 날 망하는 것도 아니고, 또 망했다고 해서 당장 정리가 되는 것도 아니다. 마지막 재학생이 졸업할 때까지 몇 년이건 질질 끌다가 망하는 것이다. 곧 망할 게 뻔한 학과의 교수 결원을 보충시켜 줄 수는 없는 노릇이 아니냐. 그렇다고 해서 보충을 안 해주면 학과 교수들이 그걸 받아들이는 것이 아니라, 그걸 이유로 학과가 망한 책임을 우리에게 돌릴 수도 있다. 정년 보장만으로는 만족할 수 없으니, 자신이 속한 학과의 영속까지 보장해 달라는 것이 교수들이다. 물에 빠진 사람 건져내 줬더니 보따리 내놓으라는 격이란 말이다. 상설아, 이런 상황에 교원 노조까지 생긴다. 노조는 힘의 집단이지, 이성과 합리의 집단이 아니다. 내가 오 교수를 여러 해 지켜봤다. 포기를 모르는 사람이다. 그래서 오 교수가 늘 말만 아름다운 중석대를 구할 수 있는 모세라는 것이다."

"오 교수가 아버지의 이름을 등에 업고 학교에서……."

"상설아! 제발 정신 좀 차려라."

금 이사장이 벽력같이 내지른 고함에 병원장이 입을 닫았다.

"SAC는 중석대의 비상구이자 숨통이다. 믿었던 안장생은 줄행랑을 놨는데, 다행히 오모세가 남아 있는 것이다. 오가 나를 등에 업지 않는다면, 내가 오를 등에 업어야 앞으로 닥칠 위기를 헤쳐나갈 수 있다. 지방의 사립대학마다 앞다퉈가며 왜 한때 우리 SAC를 벤치마킹하려고 야단들이었는 줄 모르겠느냐? 우리 대학에서 죽을 쒔음에도 안장생의 몸값이 천정부지였던 이유를 모르겠느냔 말이다. SAC가 미구에 닥쳐올 쓰나미를 견뎌낼 신예 구축함이다."

"……."

"오모세. 그 사람은 눈치가 빠른 놈이다. 그놈이 우리 부자간에 생각이 서로 다르다는 걸 알면, 양쪽을 오가며 줄타기를 하려 들 거다."

"……."

"핵심 보직에 앉힌 교수들은 칼날 위에 세워둬야지 줄 위에 세워두면 안 된다."

"아버지, 오 교수는 저질러놓은 사고도 많고 교수와 학생 들 사이에서 평판이 아주 나쁘다고……."

"그놈의 평판에 우리가 신경을 쓸 게 뭐냐. 우리에게 그 평판을 책임져야 할 의무라도 있다는 게냐? 그래, 네 말이 맞다. 툭하면 사고를 치는 망나니 같은 놈이다. 그러나 다시 말하지만, 그놈이 나를 똥값에 팔고 다닌다고 해도, 그놈의 평판이 내가 중석대를 움직이는 힘이라는 사실이다. 나는 그 힘에 감사한다. 그걸 잊지 마라, 상설아."

"아버지!"

병원장이 소리쳤다. 아버지의 말을 받아들일 수 없었다. 아버지가 이런 기이한 논리와 궤변을 누구로부터 배웠단 말인가. 결국 오모세 같은 교수 놈들로부터 배운 것이 아니겠는가. 금 병원장은 한숨이 절로 나왔다.

"네 사촌동생 금상걸이는 하버드대를 나왔다고 자랑질이지만, 요상스런 모양의 건물이나 지을 줄 아는 건축가일 뿐이지, 사람 마음을 다룰 줄 모르는 놈이다. 또 얄팍한 명성에 파묻혀 저 잘난 맛에 사는 놈이기 때문에 오 교수의 상대가 못 된다. 그러니까 오 교수는 내 몫이야. 내가 알아서 하마."

금 이사장은 자신이 직접 총장으로 앉힌 조카에 대한 불만을 에둘러 표현하며, 곱게만 자란 상설에게도 빠지라고 했다. 둘 다 사람 마음을 다룰 줄 아는 놈이 아니라는 뜻이었다.

"오 교수가 알아서 최선을 다할 게다."

차기 SAC 학장을 맡기겠다는 말이었다. 상설은 아버지가 작심한 결정을 공식화하고 오모세에게 힘을 실어주려고 이런 자리를 마련해 굳이 자신까지 부른 것임을 알았다.

"오 교수가 아버지의 생각을 제대로 알고 따를 것이라 믿으세요?"

"그렇다. 그놈 속을 내가 안다. 안 되면, 그렇게 하도록 만들어야지."

다시 휴대전화로 비상 호출이 들어왔다. 더 이상은 지체 할 수가 없었다. 상설은 의자 등받이에 걸쳐둔 가운을 챙겨 들고 뛰어나갔다. 할 말은 많았으나, 늘 그랬듯이 서로에게 맞는 시간이 없었다.

8

"이게 일본에 있을 때부터 내가 쭉 먹어온 약이오."

오모세는 재킷 안주머니에서 진단서와 약봉지를 꺼내 테이블 위에 올렸다. 일어와 영어가 뒤섞인 진단서를 훑어본 성평등·성상담실장이 뜨악한 표정을 지었다. 진단서에 실지렁이 체로 'generalized anxiety disorder'라고 쓰여 있었다. 모세가 주장하는 공황장애·공황발작(panic disorder, panic attack)이 아니라, 과잉 불안 장애였다.

모세는 회의를 마치고 돌아온 이튿날, 성평등·성상담실을 제 발로 찾아갔다. 사건 발생일로 치면 3년이 훌쩍 넘은 사건인데, '뽀뽀'라고 주장하는 CC 당사자들이 아직도 오 교수의 공개 사과를 끈질기게 요구한다고 했다. 물론 오 교수는 사과 비슷한 구두 해명을 간접적으로 여러 차례 했다. 그러니 당사자들은 알쏭달쏭하고 뜨뜻미지근한 해명이나 유감 표명 따위는 받아들일 수 없다고 했다는 것이다. 도대체 학생 놈이 뭘 믿고 이러는지 알 수 없었다.

뭐가 어찌 됐건 더 이상은 미룰 수 없는 일이었다. 싸가지 없는 학생과의 해묵은 시비 따위가 SAC 학장 보임에 장애가 되는 일이 있어서야 되겠는가.

성평등·성상담실장이 보기에 뽀뽀 문제는 성 관련 사건이라기보다 CC와 오 교수 간의 감정싸움이었다. 남학생이 여학생을 내세워 성희롱을 주장하고 있지만, 실장이 보기에는 근거 없이 과한 주장이었다. 그러나 공식 접수된 사건이었고, 포르쉐를 몰고 다니는 여학생—포르쉐 차주가 운전을 했던 남학생이 아니었다—의 엄마가 변호사였다. 강남 서초동에서도 잘 나가는 대형 로펌 소속 변호사였는데, 궁벽진 대학에 계약직으로 근무하는 성평등·성상담실장으로서는 큰 부담이 아닐 수 없었다.

진단서와 복용하는 약과 사과문에 갈음할 만한 경위서까지 마지못해 제출한 모세는 교권을 강탈당한 것 같아 기분이 더럽고 착잡했다. 명색이 교수인데, 풍기 문란한 학생을 엄하게 훈계했다고 해서 이렇게까지 시달리며 살아야 하나 싶었다.

아무리 돌이켜 봐도 잘못이 없는지라, 끝까지 뭉개면서 버텨보려고 했다. 그러나 법인 회의가 끝난 뒤에 오를 부른 금상걸 총장이 "큰일을 하셔야 할 분이 사소한 시비에 매여서야……"라며 넌지시 한마디 건네는 바람에 어쩔 도리가 없었다. 물론 견대성 실장의 귀띔으로 SNS '중석대 대신 전하기'를 본 것도 해결을 결심하게 한 이유였다. 거기에 모세에 대한 온갖 비방과 저주의 글들이 넘쳤다.

문제는 포르쉐 차주 여학생이 오모세 교수 실명으로 학생들을 개돼지만도 못하게 보는 그가 그동안 학생들을 대상으로 어떤 엽기적인 갑질을 해왔고, 하고 있는지에 대해 그동안 수집한 사례를 낱낱이 밝히겠다는 선전포고를 한 것이다. 아마도 물 귀신 같은 빨간 머리 남학생이 뒤에서 조정하는 것이 틀림없었다.

모세는 세상 무서울 것이 없는 의예과 2학년생—본과 1학년이 됐다—하고 죽자 사자 해가며 언제까지 싸우고 있을 수 없는 노릇이었다. 학생 측이 진술한 관련 발언을 시인하고 깨끗하게 사과를 하면 끝날 일이었으나, 모세는 생긴 것마저 싸가지 없이 생긴 그놈에게는 죽어도 그러고 싶지 않았다. 놈은 줄곧 여학생을 내세워 공개 사과를 요구하며 겁박했다. 공개 사과라니……. 모세는 치가 떨렸다.

그런데 금 총장과 견 실장이 함께 나서서 갑자기 조속한 해결을 강권하는 것이 아닌가. 모세는 그럴 만한 이유가 있을 것이라는 생각에 갑자기 신경이 쓰이고 부담스러워졌다. 아마도 SAC 학장으로 발령을 내는 데 걸림돌이 될 수도 있다는 판단 때문인 것 같았다. 그래도 내키지 않았다.

그러니까 뽀뽀 사건은 싸가지 없는 연놈이 모세에 대한 과거 원혐을 키워 의도적으로 왜곡·확대시켜 온 사건이었다.

"어이, 이봐. 학생! 여긴 장애인 주차공간이잖아."

"그래서요?"

새빨간 포르쉐 운전석 창문이 열리며 새빨간 파마머리를 삐죽 내민 남학생이 시비조로 대꾸했다.

"차 빼라고."

인성 과목 담당 교수인 모세가 점잖게 말했다.

"아잇씨가 수위야?"

조수석 백발 여학생이 혀 짧은 소리로 물었다.

"뭐?"

모세는 어처구니가 없었다. 화보다 모욕감과 수치심이 먼저 들었다.

"그러는 너는 장애냐?"

모세의 이 대거리가 문제였다.

"아잇씨. 그게 아니라, 수위가 아니시면 그냥 빠지라고욧."

새빨간 머리가 차창 밖으로 침을 찍 뱉고는 백발녀를 지원했다. '아잇씨'가 '아이 씨발'로 들렸다. 강의시작 10분 전에 벌어진 시비였는데, 결국 새빨간 머리와 멱살잡이까지 갔다. 이게 3년 전 일이다. 연놈이 신입생일 때 벌어진 사건이었다. 연놈이 이 시비와 망신에 대한 앙갚음을 하고자 강의실 키스 사건을 일으켜 성희롱 문제로 연계한 것이었다. 오는 이런 합리적 의심을 확신했다.

오모세는 경위서를 통해 훈계를 했을 뿐, 성희롱을 의도한 바도, 성희롱을 한 바도 없다. 그럼에도 불구하고 성희롱을 당했다고 느꼈다면 유감인데, 만약 그렇게 느꼈다면 당시 내가 일시적으로 정상적인 상황 파악이 어려운 정신적 장애에 빠진 상태가 아니었나, 의심된다고 주장했다.

성평등·성상담실을 나오면서 마무리를 잘 부탁드린다며 실장을 향해 깊이 고개를 숙인 오는 학생처장인 묘종팔과 정책기획실장인 견대성 두 선배 교수에게도 각별한 지원 사격을 당부했다.

오모세는 견대성 실장을 달달 볶아 천신만고 끝에 겨우 마련한 금상설 병원장과의 만찬을 위해 택시에 올랐다.

새빨간 파마머리, 그 싸가지 없는 새끼가 금상설 병원장의 늦둥이 외아들일 줄이야 어찌 알았겠는가. 견 실장에게 왜 진즉에 알려주지 않았느냐고 하자, 자신도 금 총장으로부터 듣고 처음으로 알게 된 사실이라고 했다. 그러면서 아마도 말썽쟁이로 소문난 아들이 중석대 의대에 재학 중인 것이 알려지기라도 하면, 특혜 또는 부정 입학 시비 등 불필요한 구설에 오르지 않을까 싶어 쉬쉬한 것이 아니겠느냐고 덧붙였다.

모세는 견 실장의 말을 듣는 내내 등골이 오싹했다. 묘와 견 교수가 모세를 도와주려고 애쓰는 과정에서 알게 된 '특급 기밀'이라고 했다. 모세는 학생 연놈이 교수를 상대로 3년 가까이 되바라지게 싸운 이유와 배경을 비로소 알 것 같았다.

병원장을 만나면 무슨 말을 한단 말인가. 다 쑨 죽에 코를 빠뜨린 것이 아닌가 싶어 모세는 눈앞이 아뜩했다.

교문 앞을 출발한 택시가 4번 국도로 접어들자, 모세는 차창을 열었다. 그러고는 창밖을 향해 욕설을 내질렀다.

"아잇씨, 씨바알!"

갑작스러운 욕설에 놀란 택시 기사가 룸미러로 모세를 노려봤다.

| 발표 지면 |

조교 우자광_호서문학 2021 여름호

죽은, 어느 교수의 일기_호서문학 2020 겨울호

우아한 정식_미발표

허틀러 행장기_문학과 의식 2020 겨울

오, 모세_미발표